Italo Svevo
*Ein Mann wird älter*
*(Senilità)*

# Italo Svevo
# Ein Mann wird älter
# (Senilità)

Roman

Aus dem Italienischen
von Piero Rismondo

Mit einem Vorwort
von Daniele Del Giudice

Verlag Klaus Wagenbach   Berlin

Der Roman erschien erstmals 1898 bei
Libreria Ettore Vram in Triest.

Der Text folgt der bei Enrico dall'Oglio Editore in Mailand
unter dem Titel *Senilità* erschienenen Ausgabe.

Das Vorwort von Daniele Del Giudice
wurde von Christine Jarnot übersetzt.

Wagenbachs Taschenbuch 368,
2. Auflage im August 2004

© 2000 für diese Ausgabe:
Verlag Klaus Wagenbach, Emser Straße 40/41, 10719 Berlin.
© 1997 für das Vorwort von Daniele Del Giudice:
Giangiacomo Feltrinelli Editore, Milano

Alle Rechte an der Übersetzung ins Deutsche bei
Rowohlt Verlag GmbH, Reinbek bei Hamburg

Umschlaggestaltung Julie August unter Verwendung
einer Photographie © Fabio Amodeo. Reihenkonzept:
Rainer Groothuis. Autorenphoto © Biblioteca Civica Triest
Das Karnickel auf Seite 1 zeichnete Horst Rudolph.
Gedruckt und gebunden von Pustet, Regensburg.
Printed in Germany. Alle Rechte vorbehalten
ISBN 3 8031 2368 2

# Inhalt

# Vorwort
## von Daniele Del Giudice

### 1. *Unterwassergemälde*

Es gab ein Geheimnis in der Familie Italo Svevos: die Formel für den Unterwasseranstrich. Die Mixtur erfolgte hinter verschlossenen Türen und immer in Anwesenheit eines Familienmitgliedes. Bleiweiß, Korund, Terpentinöl, Kupfergrün, Kresol, Stearin, Arsen: dies waren die mehr oder weniger bekannten Zutaten; es gab aber noch eine andere, streng geheime, die man im Hause *ichtileia* nannte, ein schöner Name, der ganz und gar erfunden war, indem man *ichtys* und *leios,* das heißt ‹Fisch› und ‹glatt›, zusammenfügte, um damit ganz einfach auf das Natriumcarbonat der Marke Solvay zu verweisen. Eine weitere noch rätselhaftere Zutat, da sie während der Herstellung verschwand, war Wasser. Es wurde für die Salze benötigt, die sich während des Kochvorganges bildeten; beim Sieden verdunstete es, und kein Konkurrent, kein Dieb der Formel hätte beim Analysieren des Anstrichs auch nur eine Spur davon entdeckt. Geheimnisvoll waren auch das Verhältnis der Ingredienzen, die man vermischen mußte, und die Temperaturen beim Kochvorgang, so geheimnisvoll, daß man in den Laboratorien manipulierte Waagen und Thermometer benutzte, damit kein Arbeiter die exakten Mengen erfahren könnte.

Die Schwiegermutter Svevos, Olga Veneziani, leitete den Kochvorgang, der mehr oder weniger einen Tag andauerte; aber Svevo selbst übernahm mit der Zeit diese Stellung bei der Zeremonie; auch er kannte die Geheimformel, obschon er bisweilen eine Stelle vergaß und vom Werk in Murano seiner Frau schrieb: «Ich habe keine Zeit, mich an Marco zu

wenden, den ich fragen möchte, ob er sich der genauen Farb-
dosierung erinnert, die er für die graue Beplattung verwandt
hat. Aus dem Rezeptbuch ist es nicht deutlich zu ersehen. Ich
bitte Dich, ihn danach zu fragen.»

Der Anstrich setzte sich als das beste Algenbekämpfungsmittel und als der beste Korrosionsschutz für Schiffe durch
und wurde von der Kriegsmarine aller Länder verwendet.
Der Einfall stammte von Svevos Schwiegervater, der damit einen Geistesblitz seines eigenen Schwiegervaters, eines Fabri-
kanten von Schmieröl für Wagenräder, weiterentwickelte.
Die Grundidee ist die der Seife, die man zum Putzen benutzt,
die selbst aber während des Gebrauchs sauber bleibt. Eine
Lösung auf Seifenbasis, die heiß auf die Kiele der Schiffe aufgetragen wird, und dann, wenn sie sich gehärtet hatte, verhindert, daß sich Algenbärte an den Seiten bilden und sich
Meereicheln auf dem Schiffskörper festsetzen und dadurch
die Schubkraft mindern. Italo Svevo wurde am Ende des
Jahrhunderts durch seine Heirat mit Livia Veneziani zu einem
Teil der Familie und des Unternehmens, und der Anstrich,
jene Substanz, die glättete und den Parasiten verbat, die
Schnelligkeit der Schiffe zu verlangsamen, erscheint so betrachtet wie ein Sinnbild, ein kurzer Textschlüssel für seine
eigene Geschichte.


## 2. Eine einzige zerstörerische Täuschung

Una vita (Ein Leben), Senilità (Ein Mann wird älter) und La
coscienza di Zeno (Zeno Cosini), alle drei Romane Italo
Svevos, haben mit Täuschungen zu tun. Oder besser gesagt,
die Geschichte, die Svevo uns erzählt, ist die einer Person, die
niemanden täuschen kann, wie Alfonso Nitti in Una vita,
oder die von jemandem, der meisterhaft allen anderen etwas
vortäuscht. In dem Roman Senilità machen alle einander
etwas vor. Angiolina täuscht aus erzählerischem Grundsatz.

Emilio Brentani täuscht, und im folgenden werden wir sehen, auf welche Weise. Seine Schwester Amalia täuscht, um ein gefährliches Geheimnis zu bewahren, nämlich das des Äthers, an dem sie sich berauscht. Der einzige, der nichts vortäuscht, oder wenigstens nur dann, wenn es unumgänglich ist, ist Stefano Balli, der Bildhauer. Und dennoch ist er mit seiner selbstbewußten und ein wenig großmäuligen Vitalität – ein «Miles gloriosus» des Lebens und der Kunst – die wohl unsensibelste Figur des ganzen Buches, und vielleicht ist er gerade aus diesem Grund «gesund». Der Reigen der Täuschungen wird von Angiolina eröffnet: Sie verschweigt die Fotografien, die man von ihr gemacht hatte, sicherlich mit der Absicht, frühere Verlobte zu verheimlichen; mit dem gleichen Ziel täuscht sie einen dritten Mann vor, einen «Schutzmann», der wie Volpini zwischen Emilio und ihr steht; sie erfindet Verabredungen und Begegnungen, sie verleitet ihre Mutter zu solchen Täuschungsmanövern, versucht auch den Vater dazu anzustiften, der sich anfangs dabei überschlägt, dann jedoch verheddert: Er kann nichts vortäuschen, es gelingt ihm einfach nicht, weil er verrückt ist; er wiederholt nur seine sonderbare, lächerliche Geschichte von *Tic und Toc*, den beiden Feinden und Verfolgern der Familie Zarri, der eine auf dem Hügel, der andere in der Stadt. Die vernichtendste Täuschung Angiolinas ist jene, die am Schluß des Romans durch eine Spätzündung mit größter Sprengkraft wie ein letztes Feuerwerk entlarvt wird, als man dem Bericht der Signora Elena am Krankenbett der im Sterben liegenden Amalia entnimmt, daß nicht einmal die Familie Deluigi existiert, jene Familie, die Angiolina gleich zu Beginn des Romans erfand, damit sie so nach und nach die einzelnen Familienmitglieder aus dem Hut zaubern kann, um vor Emilio Verspätungen, Vergeßlichkeiten, Abwesenheiten und andere Verpflichtungen zu rechtfertigen.

Ich verwende das Wort *Täuschung* und nicht das Wort *Lüge*, denn der Begriff der *Lüge* deutet etwas Schändliches und Unmoralisches an (in der katholischen Sittenlehre beispielsweise wurde lange Zeit die Zweckmäßigkeit der *Notlüge* diskutiert; inwieweit es legitim sei, aus bestimmten, schwerwiegenden Gründen zu gestatten, die eigenen Gedanken anderen zu verheimlichen, unter dem Grundsatz der *Reservatio mentalis*. Hier hingegen wird die Unmoral von Emilio selbst gleich zu Beginn zum eigentlichen Ziel erklärt: «Während er dies aussprach, hielt er sich für einen überlegenen Immoralisten, der die Dinge so sieht, wie sie wirklich sind, und der sie auch gar nicht anders haben möchte.» Natürlich handelt es sich bei Emilios Geisteshaltung um eine von jenen unverkennbaren Geisteshaltungen, die Svevo aus seiner Lektüre Schopenhauers ableitete, die aber als Haltung an sich ziemlich entschlossen ist, wenigstens als Ausgangspunkt im Verhältnis zwischen Emilio und Angiolina: um «ihr etwas von ihrer Ehrlichkeit zu nehmen und ihr dafür etwas mehr Schläue beizubringen» (so täuscht sich Emilio selbst bei ihrer zweiten Begegnung) und «ihr das Laster beizubringen». Das, was von Beginn an zählt, ist die Bejahung des eigenen Willens im Kampf gegen den Willen aller anderen, um das zu erreichen, was man begehrt; von diesem Standpunkt aus bewegen wir uns mehr auf der Ebene der Täuschung als Instrument zur konkreten Verwirklichung des eigenen Willens als auf der Ebene der Lüge, die sittliche Schwächen, Nachgiebigkeit und ähnliches voraussetzen würde. Die Täuschung ist spontaner, instinktiver, weniger geplant als die Lüge, und tatsächlich täuscht hier jeder jeden aus dem Stegreif, es sind Täuschungen, deren Stimmigkeit mit dem schon Gesagten nur durch die Sicherheit aufrechterhalten wird, daß man am anderen Tag die Möglichkeit hat, neue Ungereimtheiten in die Welt zu setzen.

Man könnte glauben, daß Emilio das Opfer von Angiolinas Täuschungen sei, oder auch, daß die Täuschungen, die sie verbreitet, nichts gegen jene von Emilio sind. Schließlich «war Angiolina eine hartnäckige Lügnerin. Dabei verstand sie es gar nicht zu lügen». Diese Kunst ist in erster Linie Emilios Metier. Es gibt im ganzen Roman *Senilità* keinen einzigen Täuschungsversuch Angiolinas, der nicht früher oder später aufgedeckt würde; im Gegensatz dazu wird nicht eine einzige Täuschung Emilios entlarvt, obwohl es deren viele gibt. Von dessen Täuschungsmanövern bemerkt Balli nichts, auch Amalia nicht, und nicht einmal Angiolina bemerkt sie, die viel zu beschäftigt damit ist, mit ihren eigenen Manövern durchzukommen. Ich will damit sagen, daß Emilios Täuschungen so genial sind, daß sie weder durch die Handlung noch von den anderen Figuren enthüllt werden (im Gegenteil, wie wir sehen werden, treiben sie die Handlung voran), und wenn sie nicht durch den Erzähler Svevo entlarvt würden, glaubten auch wir sie. Warum? Weil Emilio sehr genau weiß, daß eine richtige Täuschung, ein richtig dreister Täuschungsversuch, der seinen Sinn erfüllt, niemals eine vollkommen aus der Luft gegriffene Erfindung sein kann. Nein, jemanden richtiggehend hinters Licht zu führen, bedeutet mit Fingerspitzengefühl zu arbeiten, an den Details zu feilen, etwas sagen und doch nicht sagen, etwas sagen und zwischen den Zeilen andeuten, nur so viel sagen, wie unbedingt notwendig ist, so daß es die anderen sind, die etwas mißverstehen; täuschen bedeutet, den anderen zu helfen, das zu glauben, was sie hören wollen, es bedarf nur eines winzigen Anstoßes, kleiner Veränderungen der allgemeinsten Art, um die Dinge vom Kielwasser der Wahrheit ins Kielwasser des Wahrscheinlichen und von dort aus ins Kielwasser des Falschen zu treiben. Also, eine Täuschung, die ihren Zweck erfüllen soll, ist keine Falschmünzerei; sie ist eine Münze, die hochkant aufgestellt wurde, so daß sie beide Seiten zeigt. Man muß es so machen, daß die anderen diejenige wählen, die wir möchten.

Ich habe schon die Tatsache angedeutet, daß Emilios Täuschungsaktionen die Handlung vorantreiben. Emilio täuscht so gewitzt (und Svevo ist so gewitzt, alle Nuancen der Entstehung von dessen Täuschungen zu zeigen), daß wir fast nicht bemerken, daß der ganze Roman *Senilità* auf einer einzigen zerstörerischen Unwahrheit beruht, die Emilio seinem

Freund Balli erzählt: «Er begann mit einer Lüge, und zwar sagte er sie so, als handle es sich um etwas Gleichgültiges. Er sagte, eine Verwandte, eine alte Dame, habe ihn an diesem Morgen aufgehalten und ihn gefragt, ob es wahr sei, daß Balli sich mit Amalia verlobt habe.» Als Täuschung erscheint dies nichts Besonderes zu sein: Das Thema ist allgemein, der Ton unverbindlich, das Ganze wird durch die indirekte rhetorische Konstruktion abgeschwächt; in Wirklichkeit soll das heißen: Sicher ist das nicht so, sicher seid ihr, meine Schwester und du, nicht verlobt, aber es besteht die Gefahr, daß die Leute anfangen, dies zu glauben. Und doch treibt dieses noch vor der Mitte des Romans eingeleitete Täuschungsmanöver, so vage es auch ist, die ganze Handlung voran und eröffnet die zweite Hälfte des Buches, welches nunmehr das Buch Amalias ist, nicht mehr das Angiolinas. Was ist geschehen? Emilio ist eifersüchtig auf Balli (Emilio ist in Wirklichkeit eifersüchtig auf jeden), er ist es, seit sie das erste Mal mit Angiolina und Margherita ausgegangen sind. Er ist eifersüchtig, da er, trotz der vielen Fehler Ballis, in diesem einen zwar unzulänglichen Menschen erkennt, welcher aber doch zumindest in einem gewissen Sinne eine feste Haltung vertritt. Er ist eifersüchtig auf dessen Erfolg bei den Frauen, eifersüchtig auch auf die Sicherheit, mit der dieser Angiolina behandelt. Diese Eifersucht hallt auch zu Hause noch nach, wenn Balli zu Emilio zum Essen kommt: «Die Eifersucht, die jetzt immer heftiger in ihm aufstieg, galt sogar der Bewunderung, die Amalia unverhohlen Balli entgegenbrachte.» Dann hörte er eines Nachts, wie die Schwester im Traum sprach; sie erträumte sich einen Geliebten, nannte den Namen Ballis. Emilio beschließt, Amalia von dieser Leidenschaft zu «heilen», indem er verhindert, daß Balli sie wieder besuchen kommt.

Was wird geschehen? Es geschieht das, was noch aussteht: Balli, der durch die Vorstellung in seinem Stolz verletzt wird, daß jemand glauben könnte, er hätte eine *Liaison* mit einer häßlichen alten Jungfer wie Amalia, wird aufhören, Brentani zu treffen. Das qualvolle stumme Leiden Amalias beginnt, ihr vergebenes Warten, das in den Schrank zurückgestellte Geschirr am Ende der Mahlzeiten, zu denen Balli nicht mehr erscheint, ihr vorsichtiges Nachfragen, Emilios ausweichende Antworten. Emilio ist grandios, wenn es um das Täuschen an zwei Fronten geht und um das Besiegeln einer Situation mit einem doppelten Täuschungsversuch; in die Enge getrieben, tischt er Amalia mit großer Leichtigkeit sogar die gleiche Unwahrheit auf, die er Balli erzählt hat, doch verdreht sie ins Gegenteil: «Man hat ihn in meiner Gegenwart gefragt, ob er sich mit dir verloben wird.» Dann wird der Gebrauch des Äthers von seiten Amalias noch unkontrollierter; es folgen ihre Erkrankung, der Tod.

Hier taucht ein erstes Problem auf: Inwieweit ist sich Emilio seiner eigenen Täuschungen bewußt? Täuscht er nur die anderen? Täuscht er sich selbst? Täuscht er sich selbst und die anderen? Diese Frage ist nicht zweitrangig, weil sich nun das Thema der Krankheit einschiebt; das heißt, steht das Thema der Krankheit in Senilità wirklich im Mittelpunkt oder, wie ich versuchen werde nachzuweisen, nicht? Dieses Problem hat auch seinen formalen Hintergrund und betrifft damit die Stimme des Erzählers in Senilità. Es wären zwei verschiedene, entgegengesetzte Varianten denkbar. Die erste Möglichkeit wäre, daß Emilio sich dessen nicht bewußt ist, was er tut; verloren in seiner eigenen «Unzulänglichkeit», unfähig, mit anderen normale Beziehungen aufzubauen, «gesunde» Beziehungen, ist er ganz seinen Leidenschaften verfallen und schadet allen anderen und sich selbst, und die Stimme des Erzählers in Senilità ist notwendig – wobei Emilio hier als Erzählgegenstand betrachtet wird –, um die Klarheit zu schaffen, die er sich selbst gegenüber nicht hat, und um somit letztendlich die Unvollkommenheit, die Schwachen (oder das Leiden) eines «modernen» Neurotikers am Ende des Jahrhunderts aufzudecken. Dies jedoch erscheint mir in erster Linie eine Lektüre von Senilità und der anderen Romane Svevos unter dem Aspekt der «Bildung» zu sein, die dann im Anschluß eine andere, psychoanalytische Lektüre von *La coscienza di Zeno* zur Folge hätte.

Die andere Möglichkeit, die ich in diesem Gedankengang über die Täuschung verfolgen werde, ist genau entgegengesetzt. Ihr Ausgangspunkt ist die Tatsache, daß Emilio den anderen etwas vortäuscht, sich über sich selbst aber ganz im klaren ist. Es gibt unendlich viele Begebenheiten in *Senilità*, in denen Emilio mit der deutlichen Absicht, die Unwahrheit zu sagen, täuscht. Von diesem Standpunkt aus betrachtet, gelingt es ihm wunderbar, noch während Amalia im Sterben liegt, Balli davon zu überzeugen und dabei dessen Gefühle und dessen Zaudern auszunutzen, daß er, Emilio, zu einem letzten Rendezvous mit Angiolina gehen *muß*. Und ganz sicher ist sich Emilio der Täuschung bewußt, die Balli von Amalia trennt und die in letzter Konsequenz zu deren Tod führt.

Emilio ist sich nicht nur überwiegend im klaren über sich selbst, wenn er Unwahrheiten sagt, er ist es sogar bis zu dem Punkt, daß er sich manchmal selbst fragt, ob dies wirklich notwendig sei. Emilio ist ein Taktiker, was seine Täuschungen betrifft; ihm ist nicht die ruhige Voraussicht eines Strategen eigen – zu sprunghaft, zu wankelmütig ist hierfür der Zustand seiner inneren Gefühlswelt –, und sein Balanceakt, grundlegende Täuschungen durch erneute Täuschungsanschläge zu korrigieren, ist in gewisser Weise ein ballistisches Manöver. Die tiefgehenden Unwahrheiten bringen ihn in verzwickte Situationen: zum Beispiel mit Balli, den er von Amalia fernhalten muß, ohne daß es zu einem Bruch käme, was dem Freund ja sogar die Möglichkeit gäbe, sich mit Angiolina alleine zu treffen. Die Eifersucht muß an zwei Fronten bekämpft werden, der Schuß muß mittels neuer Täuschungen mit kleinem Kaliber gezielt erfolgen.

Diese Schüsse sind es, die seine Gegner zur Strecke bringen, und in der Phase der zweitrangigen Täuschungen, denen zur Korrektur und aus Nervenschwäche, kommt Emilio an den Punkt, daß er Gewissensbisse hat und gefühlsmäßig beteilig ist: gefühlsmäßig beteiligt, denn seine Täuschungen werden am Ende geglaubt, der Gegenspieler unterliegt, und die Unwahrheit, die als Wahrheit akzeptiert wird, die Kapitulation, ist jedenfalls eine Geste der Liebe und verwirklicht für einen Moment die Ordnung, die Emilio den Dingen aufzwingen will. Aber es ist auch ein Gefühl für sich selbst, Selbstmitleid dafür, daß ihm seine Täuschungsmanöver gelungen sind. Diese Gewissensbisse und das Selbstmitleid (die zu einem vorübergehenden Zustand der Ruhe führen) werden jedoch sofort wieder als Teil eines grundlegenden Zyklus eingesetzt, wie wir im folgenden sehen werden.

In den Täuschungen Emilios gibt es in diesem Moment weder *Infantilität* noch *Senilität*; es sind zielgerichtete Täuschungen, die nach außen gekehrt sind, ein Anstrich, ein Korrosionsschutz und Algenbekämpfungsmittel auf Täuschungsbasis, das dem Schiff Emilio erlaubt, kraftvoll und todbringend, indem es alle anderen zeitweilig lähmt und von keinem sonstigen Parasiten verlangsamt oder gar aufgehalten wird, auf dem direktesten Wege sich selbst in den eigenen Schiffbruch zu geleiten.

### 3. *Phantasmomachie*

Doch abgesehen davon, daß Emilio Unwahrheiten erzählt, ist er auch jemand, der Phantasien «entwickelt». ‹Entwikkeln› ist der Begriff, den Svevo verwendet, und ich möchte ihn beibehalten. Seine Träume dürfen weder als einfache Phantastereien noch als traumartige Zustände verstanden werden, die von Emilio selbst oder vom Erzähler gedeutet werden könnten. Als Svevo *Senilità* schrieb, war er mit den Grundlagen der Psychoanalyse noch nicht vertraut, und man darf nicht den Fehler begehen, *Senilità* vor dem Hintergrund von *La coscienza di Zeno* zu lesen, das heißt mit unserem

Wissen über ein Buch, das erst fünfundzwanzig Jahre später erschienen ist. Tatsächlich entwickelt Emilio seine Träume nicht während des Schlafes, sondern im Wachzustand und im Bewußtsein seiner selbst. Überdies haben die Begriffe des ‹Traums› und der ‹Vorstellung› für ihn ebenso wie für den Erzähler ein und dieselbe Bedeutung.

Folglich ist Emilio jemand, der Vorstellungen oder auch Träume entwickelt, und diesem Umstand schreibt er seine Unterlegenheit zu.

> Wie sehr war ihm doch Leardi überlegen! Die Ruhe, die dieser einfallslose Tropf an den Tag gelegt hatte – das war die wahre Lebenskunst. «Ja», dachte Emilio, und er meinte nun zu einer Erkenntnis gekommen zu sein, die nicht nur ihn, sondern die edelsten Geister der Menschheit beschämen mußte, «meine Unterlegenheit ist durch das übergroße Vorstellungsvermögen meines Gehirns bedingt.»

Dieser Satz wird noch fortgeführt, und ich werde ihn in Kürze erneut aufgreifen. Doch gibt es an dieser Stelle schon wichtige Hinweise, bei denen wir verweilen wollen: Ruhe ist die wahre Lebenskunst. Ruhe bedeutet das Schweigen der Traum-Vorstellungen, das heißt deren Abwesenheit oder die Unfähigkeit, diese zu entwickeln: Es ist die Ruhe eines «einfallslosen Tropfes». Im Gegensatz dazu ist das Phantasievermögen der «höheren Menschheit» zu eigen, wobei dies etwas beinhaltet, dessen man sich schämen muß, weil das Entwickeln von Phantasien, der Überfluß von Vorstellungen im «Gehirn», die Ursache für ein Gefühl der Unterlegenheit ist.

In *La coscienza di Zeno* überreicht Svevo dem Leser die Schlüssel zum Verständnis der Erzählung, in *Senilità* gibt es diese Schlüssel nicht, Emilio besitzt sie nicht, obwohl er fortwährend analysiert und das Leben «wie ein Naturforscher» observiert, doch nicht einmal der Erzähler besitzt sie, nicht einmal er hat die Schlüssel für die Geschichte. Der Erzähler folgt und arbeitet stets auf Emilios Fersen, indem er einen

Abguß erstellt, Emilios Eindrücke sind das Resultat der Guß-formen, die der Erzähler verwendet, die Konvexität des einen ist die Konkavität des anderen, und umgekehrt.

In der Tat, wenn Leardi sich vorgestellt hätte, daß Angiolina ihn betrog, er wäre nicht imstande gewesen, sie so plastisch vor sich zu sehen, in ihren natürlichen Farben und Bewegungen, wie Emilio es tat, als er sie in gemeinsamer Umschlingung mit Leardi vor sich sah. Jetzt erst enthüllte sich ihm auch ihre Nacktheit, die er bisher nur geahnt hatte. Sie diente dazu, das Verlangen des erstbesten Manntiers von der Straße zu befriedigen und zu stillen. Ein kurzer, brutaler Akt, das hohnvolle Ende aller Träume, aller Sehnsüchte. Als es dem Träumer schwarz vor den Augen wurde, verschwand die Vision, und nur ein langes, lautes Gelächter blieb widerhallend in seinen Ohren zurück.

Ein Mensch wie Leardi ist von Ruhe erfüllt, das heißt, er beherrscht die wahre Kunst des Lebens, weil er nicht in der Lage wäre, sich Angiolina mit der gleichen Anschaulichkeit einer Traum-Vorstellung auszumalen, wie Emilio es vermag. Es würde ihm mit Müh und Not gelingen, die Nacktheit zu erspähen, und in der Nacktheit findet auch «das erstbeste Manntier» (in der Ausgabe von 1898 schrieb Svevo «jeder Flegel») sofort Frieden. Dieser kurze Zyklus der Phantasie, der unmittelbare und befriedigende Konsum führt zur Ruhe, aber bereitet auch den Boden für die schonungslose Verspottung des Traumes und der Wünsche. Der Zorn des träumenden Emilio flammt auf, und zwar als zweifacher Zorn: zum einen, weil ihm eine Vision der nackten Angiolina aus der Sicht eines anderen vorschwebt, und zum anderen, weil dieses ein seichter, schneller und beruhigender Konsum dieser Phantasieblüte an sich ist. Durch den aufflammenden Zorn erlischt augenblicklich die Vision. (Ebenfalls seltsam ist die Funktionsweise der Sinne: Die Vision verschwindet genau in dem Moment, in dem der Blick sich verdüstert, so als wäre es eine reale optische Vision im eigentlichen Sinne des Sehens, und wenn dieser nicht mehr in der Lage ist, sie aufrechtzuerhalten, tritt das Gehör hinzu, um den Schlußpunkt zu setzen.)

In der Neigung, Phantasien zu entwickeln, sieht Emilio demnach die Ursache für seine Unterlegenheit (dieses Gefühl der Unterlegenheit ist ein Merkmal derer, die Svevo in die Gattung der «Unfähigen» einreiht, zu denen sowohl Alfonso Nitti aus *Una vita* als auch Zeno gehören, wenn auch dort mit einem Hauch von Ironie und des Widerspruchs, aber damit werde ich mich erst später befassen). Die Traum-Vorstellung hat für Emilio darüber hinaus einen Wert, es ist eine Fähigkeit der «höheren» Menschheit, die Überlegenheit dessen, der die Phantasien festzuhalten vermag und den Kampf mit ihnen aufnimmt, denn um einen Kampf handelt es sich, wie sich noch herausstellen wird.

Welche Bedeutung hat nun eigentlich dieser durch Träume ausgelöste Zustand, bei dem Schwäche und Kraft gleichermaßen den Geist beherrschen? Könnte es sich um eine Krankheit handeln? Um eine «moderne» Krankheit? Im Gegenteil, wenn es eine Krankheit wäre, wäre sie sehr alt, womöglich eine Art Berufsleiden, und in ihrem eigentlichen Wesen wäre es nicht einmal eine Krankheit. Sie gehörte zu jener schwermütigen, schwarzgalligen, Phantasmen hervorbringenden Veranlagung, die von Aristoteles bis zu Marsilio Ficino und Raymundus Lullus aufmerksam geprüft und erforscht wurde (und die Erwin Panofsky in unserer Zeit neu entdeckt hat), sie gehörte ebenso zur Melancholie wie zum schwarzen Humor – Merkmale, die auch dem Temperament des Künstlers zu eigen sind (wir dürfen nicht vergessen, daß Emilio Schriftsteller ist). Die Begabung eines solchen Temperaments ist die, Vorstellungen abzusondern mit der gleichen unkontrollierbaren Natürlichkeit, mit der eine Drüse ihren eigenen Saft absondert. Das Schicksal des Künstlers ist es, die Nicht-Greifbarkeit jener Vorstellungen zu ertasten, ihre morbide Leere sterblicher Hüllen auszuloten (denn im gleichen Moment, wenn die Vorstellungen auftauchen, verschwinden die Dinge), von ihnen in einem Ort, der weder zum Leben gehört noch in das Reich der Wirklichkeit gewordenen Phantasie, gefangengenommen zu werden, sollte es nicht gelingen, diese Träume in künstlerischen Ausdruck zu verwandeln. Es ist einer jener Nicht-Orte oder parallelen Orte, in die jeder von uns mit ein wenig Beharrlichkeit einzudringen vermag. Emilios «übergroße[s] Vorstellungsvermögen des Gehirns» in Anbetracht der geliebten Frau ähnelt buchstäblich dem Begriff der «immoderata cogitatio» des Andrea Cappellanus, mit dem dieser in seinem Werk *De amore* das Entwickeln von Phantasmen beschreibt. Das bedeutet, daß Emilios Befinden paradoxerweise der mittelalterlichen Tradition des Mittagsdämons näher steht als der Wahrnehmung des Verlustes des Wirklichkeitsprinzips in der Moderne, die denjenigen quälen könnte, der den gleichen Beruf ausübt wie er, der liebt, wie er liebt.

Auch Stefano Balli, der Bildhauer, entwickelt Träume, und deshalb besitzt er in seinem Atelier eine ganze Reihe von Stühlen und Sesseln: «Sie waren deshalb alle verschieden, weil Balli, wie er erklärte, das Bedürfnis hatte, stets im Einklang mit dem künstlerischen Traum, der gerade seinen Geist bewegte, auszuruhen. Ja, er fand sogar immer wieder, daß ihm noch einige Formen fehlten.» Doch dann entschließt sich Emilio endlich nach einem langem Hin und Her, die Bitte an Angiolina zu richten, für eine Skulptur Modell zu stehen. Sie willigt ein, woraufhin er sich beeilt, die Vorgänge im Atelier zu überwachen: «Während der ganzen Zeit hatte er keinen Anlaß zur Eifersucht gehabt. Balli träumte von seiner Kunst, und wenn er sich mit Angiolina befaßte, so nur, um sie von sich fernzuhalten. Er tat dies sachlich, weder scherzte er mit ihr, noch behandelte er sie schlecht.»

Trotzdem ist Emilio kein klassischer, kontemplativer Melancholiker, der die Unumsetzbarkeit der Phantasievorstellungen im Leben und in der Kunst entdeckt, die Unmöglichkeit, diese *ad actum* zu verwirklichen, und der sich deshalb in die Melancholie zurückzieht. Emilio kämpft für die Bejahung der eigenen Phantasien zum Nachteil der Phantasien anderer. Von diesem Standpunkt aus betrachtet ist der bitterste Kampf nicht der darwinsche Überlebenskampf, von dem auch Svevo beeinflußt wurde, und auch nicht jener des individuellen Egoismus oder der Klassenkampf des erst am Anfang stehenden Sozialismus, der wahre Kampf findet absolut erbarmungslos im Bereich der Träume und Phantasien statt. An den Abenden zu Hause, während Emilio sich mit offenen Augen Angiolinas Betrug mit Balli ausmalt, träumt Amalia mit geschlossenen Augen von der Erfüllung ihrer Liebe zu Balli. Amalia ist keine «Künstlerin» und muß sich daher mit Äther behelfen, um die Geister ihrer Traumwelt wachzurufen oder um sie zu besänftigen; davon weiß Emilio nichts, er weiß jedoch genau, daß, wenn er Balli von ihr fernhält, er damit Amalia dieser Träume beraubt: «Seine Gewissensbisse wurden jedoch unerträglich, als er im Nebenzimmer die klare und laute Stimme seiner träumenden Schwester vernahm. Was wäre denn Schlechtes dabeigewesen, Amalia diese unschuldigen Träume weiterträumen zu lassen, in denen sich ihr ganzes wahres Leben konzentrierte?» In Wahrheit verwandeln sich seine Gewissensbisse am Ende in großes Selbstmitleid. «Es trieb ihm die Tränen in die Augen, und diese Gefühlsentladung verschaffte ihm eine große Erleichterung. So waren es in dieser Nacht die Gewissensbisse, die ihm den Schlaf verschafften.» Amalia wird nicht mehr träumen, sie wird alle Stadien des Zorns und des Aufbegehrens durchschreiten, um schließlich sanftmütig zu werden. «Sie war ja so klein, so schwach – wer hätte von ihr verlangen können, daß sie sich zur Wehr setzte, als man sie niederschlug?» Es fehlt nur noch wenig, und das von Emilio entsicherte Phantasma wird im Delirium explodieren.

In der Mitte des Romans gibt es eine Art Kampfpause, eine generelle Pause der Feindseligkeiten. Emilio hat nach der Affäre mit dem Schirmhändler mit Angiolina gebrochen, Amalias Tragödie hat noch nicht begonnen. Hier in dieser Pause können wir eingehender als in jedem anderen Moment das komplizierte Gewirr von Traum, Ruhe, Jugend, Künstlertum, «Krankheit» und «Heilung» in Emilios Gefühls- und Ideenwelt betrachten.

Das zehnte Kapitel setzt mit einem ruhigen Emilio ein:

> Sein Schmerz und seine Gewissensbisse nahmen immer mildere Formen an. Zwar setzte sich sein Leben weiterhin aus den gleichen Elementen zusammen wie bisher, nur wirkte jetzt alles gedämpft, wie durch ein dunkles Glas betrachtet, kraftloser, glanzloser. Eine große Ruhe kam über ihn, eine große Langeweile. Er erkannte nun mit absoluter Klarheit, wie wunderlich seine Gefühlsexzesse gewesen waren. Balli beobachtete ihn mit einer gewissen Besorgnis, doch Emilio versicherte ihm: «Ich bin von meiner Liebe kuriert.» Er war ehrlich davon überzeugt.

Der ruhige Emilio ist zugleich ein untätiger Emilio und, wie wir bald sehen werden, ein Emilio ohne Traum-Vorstellungen. Um einen Ausweg aus der Trägheit zu finden, beginnt er, einen Roman zu schreiben. Es ist das erste Mal, daß wir ihn bei der Arbeit beobachten. Bislang war uns nur bekannt, daß er Angestellter einer Versicherungsgesellschaft ist und daß er einen anderen Roman veröffentlicht hat, dessen Handlung uns der Erzähler jetzt schildert: Es ist die Handlung von *Una vita*. Der neue Roman, den Emilio nunmehr aufnimmt, erzählt Wort für Wort seine Liebesgeschichte mit Angiolina. Man sollte sich in Erinnerung rufen, daß das Mittel des Romans im Roman schon in *Una vita* benutzt wurde, Annetta und Alfonso hatten sich dazu entschlossen, eine Geschichte zu vier Händen zu schreiben. Wie wir wissen, las Giuseppina Zergol, Angiolinas Prototyp, mit der Svevo drei Jahre lang eine Beziehung hatte, als erste einige Kapitel aus *Senilità*. Also hinterläßt der Austausch zwischen Literatur und Leben doch tiefere Spuren als die einfachen realen Vorbilder der Figuren und der Erzählungen. Aber es geht nicht recht voran mit dem neuen Roman. Emilio bemerkt dies bei der Durchsicht der Seiten, die er bereits geschrieben hat:

«‹Unglaublich!› murmelte er. Der Mann war ihm überhaupt nicht ähnlich, und die Frau hatte etwas von der Raubtier-Mischung seiner ersten Romanheldin, war völlig ohne Leben und blutleer. Er mußte sich eingestehen, daß die Wahrheit, die er schildern wollte, weit weniger glaubhaft war als die Traumgespinste, die er Jahre zuvor für Wahrheit ausgegeben hatte. [...] Er legte die Feder hin und verschloß alles in seiner Lade. Er wollte es später wieder einmal hervorholen. Vielleicht schon morgen. So sagte er sich, und dieser Vorsatz genügte, um ihn zu beruhigen. Aber er nahm die Arbeit nicht wieder auf. [...]

Der Wunsch wurde in ihm rege, Angiolina wiederzusehen.»

Trotz seiner herzzerreißenden Liebesleidenschaft wird die Absicht, Angiolina wiederzusehen, erst durch ein Stocken im Schreibfluß deutlich, durch die Nicht-Lebendigkeit der Vorstellungen. In diesem Schweigen des Lebenskampfes gibt es eine Art Waffenstillstand: keine Lügen, keine Träume, aber auch keine Dichtung. Dies tritt einige Seiten darauf noch klarer zutage:

Emilio war womöglich noch ruhiger geworden. Alle erlaubten ihm zu tun, was er wollte. Er aber wollte im Grunde gar nichts. Wenn er daran dachte, Angiolina wiederzusehen, so lediglich deshalb, um wieder Wärme in sein Denken und in seine Worte zu bringen. Aus sich heraus konnte er keine Wärme aufbringen, also mußte sie von außen kommen. Auf diese Weise hoffte er, den Roman zu erleben, den zu schreiben er außerstande war.

Emilio erzählt demnach nicht nur Lügen und entwickelt Phantasien, er ist auch jemand, der den Austausch zwischen Literatur und Leben stets in Bewegung hält, so als ob die Einflüsse «von außen» mal der einen Seite, mal der anderen Seite einen Anstoß geben könnten.

An diesem Punkt taucht zum ersten Mal das Thema der Jugend auf:

> Er mußte ununterbrochen an sie denken, wie ein alter Mann an seine Jugend. Wie jung war er doch damals gewesen, als er sich nur durch einen Mord seine Seelenruhe hätte erkaufen können! Damals hätte er schreiben müssen, statt sich zuerst auf der Straße, auf der Suche nach ihr, und dann in seinem einsamen Bett abzumartern! Er hätte bestimmt den Weg zur Kunst gefunden, um den er sich jetzt vergeblich abmühte. Das war nun vorbei, und für immer. Angiolina existierte zwar noch, aber die Jugend konnte sie ihm nicht wiedergeben.

In der Nacht der Affäre mit dem Schirmhändler hätte er töten müssen. Wir erinnern uns dieser Nacht wie an eine beängstigende Verfolgungsjagd von Phantasmen. Emilio durchhastet ganz Triest in dem Glauben, Angiolina zu sehen, manchmal ist er sich nicht ganz sicher, daß sie es ist, und manchmal scheint sie es tatsächlich zu sein, dann wieder kommt es zu einer Verwechslung mit einer anderen Gruppe von drei Personen. Und doch fühlte er sich in dieser Nacht *jung*. Weitaus seltsamer ist die Parallele zwischen Töten und Schreiben. Dies ist keine Metapher und ebensowenig ein Gleichnis, sondern eine Gleichwertigkeit zweier Möglichkeiten: Um Ruhe zu finden, hätte er töten müssen. Da er diese Gelegenheit nicht genutzt hat, hätte er wenigstens schreiben können, denn auf diese Weise wäre es ihm tatsächlich gelungen, den «Weg zur Kunst» zu beschreiten. Aber warum? Welche Kraft besaß er in jener Nacht? Und welchen Ursprungs war diese Kraft?

Die schwermütige Welt des «Träumers mit offenen Augen» ist auch eine passive Welt, diese Passivität ist die bitterste und lähmendste Facette der Melancholie. Der Schwermütige begehrt nichts so sehr wie die Tat, dies nicht allein und nicht nur, um auf die Phantasien zu reagieren, sondern weil die Tat diese Phantasien hinter sich läßt, und in gewisser Weise wird dadurch der Kontakt mit der Welt wieder hergestellt. Bei der Verfolgungsjagd in jener Nacht – bei der Jagd nach dem Phantasma –, in der Aufregung zu entdecken und der Furcht, entdeckt zu werden, beim Verwechseln von Masken mit bekannten Personen, ist möglicherweise die plastischste Szene, als Emilio nur noch einen Schritt von der Frau entfernt ist, die ihm den Rücken zukehrt, und er sich darauf vorbereitet, ganz entsetzliche Worte auszusprechen – Worte, die töten können –, denn dann, exakt in diesem Moment, überkommt ihn endlich ein Ruhegefühl: «Es war ja so leicht, ruhig zu sein, wenn man weiß, daß man sogleich zur Tat schreiten kann.» Doch es kommt nicht zur Tat, wie in einem Horrorfilm dreht sich die Frau um, und es ist nicht Angiolina, sondern eine «ausgedörrte» Alte.

So hatte Emilio weder getötet noch beleidigt, und ebensowenig geschrieben. Was auch immer diese Kraft in jener Nacht gewesen ist, es ist ihm nicht gelungen, sie in die Tat umzusetzen und auch nicht in Literatur. Sie wurde unterdrückt (und entlädt sich erst in dem Wutausbruch, dem Schmerz und dem Anfall von Selbstmitleid, als Emilio stolpert und sich dabei die Haut der Hand an einer Mauer abschürft, denn da fließt nun tatsächlich Blut). Aber warum hatte er sich damals «jung» gefühlt? Worin zeigte sich seine Jugend in jener Nacht? Was bedeutete «Jugend» für ihn? War es die Erregung? Die Möglichkeit der Tat? Eine äußerste, fast unerträgliche Nervenanspannung?

Emilio entscheidet sich, Angiolina wiederzusehen, als er den leblosen Figuren seines Romans und dem Gefühl der Jugend nachtrauert, und trifft sich mit ihr. Er trifft sie nicht nur, sondern sie lieben sich endlich. So wie es jedem ergeht, der Phantasien entwickelt, endet auch Emilio damit, daß er «die Frau besessen [hatte], die er haßte, nicht die er liebte». Noch am gleichen Abend spricht er mit Balli darüber, der antwortet ihm: «Das war schlecht, daß du dich ihr wieder genähert hast.» Zu Hause empfindet Emilio allein das, was die Phantasien bewirkt haben: Zorn und Empörung.

Er konnte sich keiner Täuschung mehr hingeben: Es war der anständige Mensch in ihm, der sich empörte, über eine begangene Schamlosigkeit in Zorn geriet. Er kannte seinen jetzigen Seelenzustand nur zu gut. Es war ein Rückfall. Er litt an ähnlichen Zuständen wie vor dem Zwischenfall mit dem Schirmhändler und vor dem Besitz Angiolinas. Die Jugend kehrte wieder! Allerdings hatte er jetzt keine Mordgelüste mehr, sondern er hätte am liebsten sich selbst vor Scham und Schmerz ausgelöscht.

Jugend scheint also mit der Möglichkeit, sich über sich selbst zu empören, verbunden zu sein. (An dieser Stelle sollte man sich in Erinnerung rufen – auch wenn dies nur ein verstecktes Zusammentreffen ist, das sich im Gedächtnis der Sprache verbirgt –, daß der italienische Begriff der *l'indignazione [Empörung]* früher auch die Bedeutung von *Entzündung* hatte.) Aber wie kommt es, daß der Zyklus, der mit einer Phantasie beginnt, das Leben streift, sich weder in Handeln noch in Kunst auflöst, ein Ventil in der Empörung über sich selbst findet und dann schließlich das Gefühl der Jugend hervorruft? Den Grund dafür lesen wir einige Zeilen weiter unten: «Sie konnte nicht Haß sein, denn sie erzeugte noch die süßesten Träume in ihm.» Die Empörung über sich selbst ist also der existentielle Höhepunkt im Zyklus der Phantasien. Die durch das Scheitern übriggebliebene Kraft der Phantasien kann wieder eingesetzt werden, um neue zu erzeugen, noch erlesenere. Tatsächlich entwickelt Emilio in diesem wiedergewonnenen Zustand der Empörung über sich selbst eine der drei wesentlichen Phantasien des Romans, die ich als «der Kranke und die Pflegerin» bezeichnen würde (bald werde ich auf die beiden anderen noch zu sprechen kommen). Ihm scheint es, als sei er krank, ohne Aussicht auf Genesung. Angiolina eilt hinzu, um ihn zu pflegen. Sie benimmt sich anständig und ernst, eine warmherzige Krankenschwester, ganz und gar uneigennützig. Sie steht ihm bei, indem sie ihre kühle Hand auf seine heiße Stirn legt oder auch «mit sanften Küssen, die er nicht merken sollte».

Emilios Gesundheitszustand ist also nicht im eigentlichen Sinne schlecht, vielmehr ist krank zu sein sein süßester Traum. Warum? Weil die Krankheit der Andersartigkeit des Temperaments und der sozialen Stellung einen Namen gäbe. Sie würde sein Befinden legitimieren und rechtfertigen, sie ließe seine Andersartigkeit würdig erscheinen. Die Krankheit wäre ein Ausweg, der Ausweg, den Zeno Cosini fünfundzwanzig Jahre später mit sehr viel Ironie und nicht wenig Skepsis in der Psychoanalyse findet, indem er sich mit ihr tarnt und in die er endlich heiteren Gemüts seine Täuschungen und Phantasien hineinschmuggeln kann.

In *Senilità* hingegen herrscht noch das Reich der Auswegslosigkeit (und hierher rührt die wunderbare erzählerische Kraft); das einzige Resümee, an das wir uns halten können, ist der emotionale «Kreislauf» Emilios, vom Zustand der Ruhe bis zum Verlust jeglicher künstlerischer Ausdrucksmöglichkeiten, vom Bedürfnis zu träumen bis zum erneuten Treffen mit Angiolina, danach vom Zustand der Empörung zum Traum «des Kranken und der Pflegerin»:

> Wäre das Geträumte Wirklichkeit gewesen, das erst hätte den wahren Besitz Angiolinas bedeutet. Und zu sagen, daß er vor wenigen Stunden noch geglaubt hatte, aller Traum sei zu Ende. Die Jugend war wieder da. Sie pulste in seinem Blut, mächtiger denn je. Sie machte alle Vorsätze seines greisenhaften Verstandes zunichte.

Dies ist die einzige Stelle des Romans, wo eine deutliche Verbindung zwischen Jugend und Senilität hergestellt wird. Vielleicht gelingt es uns nun zu durchschauen, was Jugend in Emilios Gedanken- und Gefühlswelt bedeutet: Jugend bedeutet die Fähigkeit, träumen zu können, und die Realisierung dieser Träume. Angiolina ist aus diesem Grund lebendig, sie strahlt Jugendlichkeit aus, weil sie die Phantasien zuläßt, mit dem ganzen Schmerz, den die Phantasien bewirken, wenn man sich die Unmöglichkeit ihrer Realisierung vor Augen hält. Jenen Schmerz kennt Emilio nur zu gut (es ist der Schmerz, den jeder Schwermütige und jeder Melancholiker empfindet), er durchschreitet alle Stadien vom Zorn über die Empörung bis zum finalen «Zusammenbruch», bis zum Rückzug von der Welt und von den Gegenständen, die Wissen vermitteln («Die Bücher, die auf dem Bord standen, sahen ihn vergeblich an: Ihre Titel verkündeten nur totes Zeug. Sie vermochten nicht, ihn auch nur für einen Augenblick das Leben vergessen zu lassen [...].»), genau so wie in Dürers *Melancholie I* der Zirkel, die Kugel und der Hobel «unnütz» auf dem Boden zu Füßen des Engels liegen. Aber Emilio kennt auch sehr genau den entgegengesetzten Zustand, das «Ohne-Angiolina-Sein», er weiß, daß Stille, «Heilung», Abwesenheit von Träumen, «Tatenlosigkeit, Leere, den Tod der Phantasie und der Wünsche bedeuten, ein Zustand, der schmerzhafter ist als jeder andere». Also gibt es keinen Ausweg: Ob es sich nun um einen Zustand der nervlichen Überspanntheit handelt oder um einen Zustand der Ruhe, man kann nur zwischen zwei verschiedenen Formen des Schmerzes wählen.

Doch einer von beiden vermittelt ein Gefühl der Jugend. Dieser Schmerz erlaubt es, das Phantasma lebendig werden zu lassen und eine konkrete Entsprechung dafür zu finden, er erlaubt es, im Kampf für das Leben den Kampf mit dem Phantasma einzusetzen, und dieses ebenso im Kampf für die Kunst. Emilio ist nicht etwa das Opfer seiner Träume, er sucht sie sogar aus freien Stücken, er ist bereit, sich auf jeden Kampf einzulassen, nur um sich selbst zu versichern, daß er noch die Fähigkeit besitzt, Träume zu entwickeln. Und wenn er sein Ziel erreicht hat, genügt es ihm nicht, auf der unüberwindbaren Grenze zwischen Traum und Wirklichkeit in der Schwebe zu verharren, um dort die Traurigkeit wie jeder andere klassische Melancholiker bis ins kleinste zu spüren; er will auch nicht einfach das Phantasma an sich statt des realen

Objekts besitzen. Emilio ist gefährlich und «modern», denn er kämpft so lange, bis die anderen *mit ihm* in seiner Traumwelt *leben*. Er versucht sie mit Gewalt hineinzuziehen, mit jedem Mittel: mit der Lüge, wenn sie Widerstand leisten, mit der Verlockung, wenn sie gefügig sind.

Seinen Traum vom «Kranken und der Pflegerin», den er soeben erst entwickelt hat, versucht er beispielsweise sofort mit Angiolina zu teilen: «‹Ich möchte krank werden, nur damit ich von dir gepflegt werden kann.› Sie erwiderte: ‹Ach gewiß, das wäre wunderschön.›» Diese Antwort war natürlich das beste Mittel, jeden Traum zu zerstören. Ebenso reagiert Angiolina auf Emilios Beharrlichkeit in einem anderen wichtigen Traum zu Beginn des Romans, einem Traum, den man «wir beide allein auf dem Gipfel eines Berges» nennen könnte, indem sie mit einem unwiderstehlichen «Oh, das wäre wunderbar» entwischt. Es gibt aber noch einen letzten Traum mit dem gleichen Ziel, der uns noch eingehender den Mechanismus von Emilios Verhaltensweisen zeigt, den Traum vom «Triumph des Sozialismus» (er führt uns außerdem vor Augen, mit welch großen Vorbehalten Svevos eigene Kulturkenntnisse zu genießen sind):

> Es handelte sich auch diesmal um einen Traum, den er in Angiolinas Gegenwart und trotz ihrer Gegenwart weiter ausspann. Ihr ganzes Unglück, so fand er, war eine Folge der schändlichen sozialen Zustände. [...] In einer andersgearteten Gesellschaft, so meinte er, hätte sie ihm öffentlich angehören und sich die ganze Geschichte mit dem Schneidermeister ersparen können. Er akzeptierte also Angiolinas Lügengebilde, nur um sie gefügig zu erhalten und um sie zu bewegen, auf seine Ideen einzugehen und seinen Traum mit ihr zu teilen. Sie wollte Näheres darüber wissen. Er war begeistert, seine Schwärmerei in Worte kleiden zu dürfen [...].

Zu zweit träumen, wie in einer ruhigen und kitschigen Phrase eines Liedes, darin verbirgt sich in Wirklichkeit das höchste Ideal und die größte Macht dessen, was Emilio für Jugend hält.

## 4. *Hypothese über die Senilität*

Ich habe mich bemüht, der Bedeutung von *Jugend* in den wenigen Passagen, wo sie im Roman auftaucht, nachzugehen, denn nur von dort aus, von der entgegengesetzten Seite, können wir uns ihrem Gegenteil – der *Senilität* – nähern, die selbst nur selten explizit genannt wird. Was ist Senilität? Der Titel von *Senilità* war ursprünglich ein anderer, *Emilios Karneval*, wie wir aus einem Brief von Svevo an seine Frau vom 14. Mai 1897 erfahren. «Karneval» gab sehr gut die Verflechtung von Masken und Träumen wieder; es war ein mimetischer, anschaulicher Titel, der dem Leser eine Tür öffnete; *Senilità* ist sehr viel schöner und erscheint uns zeitgenössischer, obschon es ein wertender Titel ist, der den Inhalt des Romans vorab beurteilt. Es ist nicht das «Alter» (der heilenden und erlösenden Kraft des Alters widmet Svevo die Entwürfe des Romanfragments *Vegliardo*, das nach der *Coscienza di Zeno* verfaßt wurde), es bezeichnet nicht einen bestimmten Lebensabschnitt, sondern eher eine Geisteshaltung und Verhaltensweise.

Was ist also *Senilität*? Es kann viele Dinge zugleich bedeuten, einige davon sind im Roman enthalten, andere außerhalb des Romans zu finden, und die Grenze, die schließlich die Grenze eines Titels ist, ist vielleicht der Punkt, von dem aus wir von Emilios Täuschungen zu den Geheimnissen Svevos übergehen.

Eine erste Möglichkeit ergibt sich auf natürliche Weise aus der Art, wie wir den Roman bis hierhin gelesen haben, und aus dem Inhalt des Romans selbst, in dem man nie von Senilität spricht und nur ein einziges Mal von «senilem Geist». Vielmehr spricht man von *Alter*. Das Alter ist der Zustand, von dem Emilio sich emanzipieren möchte, indem er seiner Fähigkeit zu lieben, zu träumen, zu schreiben nachstrebt, also dem Gefühls-Zyklus des Traumes und der Phantasie, den er in seinem Lebenskampf so einsetzt, daß er durch Täuschungen Jugend erlangt – ein Gefühl, das er mit Hilfe der Phantasien lebendig erhält. Dabei stellt er sich jedem Schmerz und jedem Widerspruch in den Weg und *lebt* dennoch seine eigene Andersartigkeit bis zum Äußersten *aus* – die im Grunde genommen die Andersartigkeit des Künstlers ist, neben der des Liebhabers –, wobei er weder imstande ist, ihr einen Namen zu geben, noch ihr Würde zu verleihen (deswegen wäre er froh, wenn er sie wenigstens als «Krankheit» ausgeben könnte).

Das Alter ist der Zustand, in dem wir Emilio schon zu Beginn des Romans vorfinden: ein kleiner, unbedeutender Versicherungsangestellter, der still nur sich selbst liebt, der die Dreißig überschritten hat, den Geist möbliert mit Darwin und Schopenhauer, der den Eindruck hat, nie das Leben in seiner ganzen Intensität genossen zu haben, und der in der Illusion lebt, «mächtiger als der höchste Geist zu sein, gleichgültiger als der überzeugteste Pessimist» – die Illusion «all derer, die nicht leben». Das Alter ist das Nicht-Leben, Emilios Ausgangspunkt, um sich selbst im Liebeskampf mit Angiolina zu erproben (denn seine Schwäche «war eher vermutet, als durch Erfahrung bewiesen»). Und jedesmal, wenn der Konflikt unerträglich wird und Emilio sich zurückzieht, um Ruhe und «Heilung» zu suchen, begegnet ihm nur das Alter. Das ist es, was ihn am Ende des Romans nach dem Tod Amalias und nach Angiolinas Flucht in dem Moment erwartet, als jeder Kampf ein Ende hat und er zu seinem «armseligen Leben» zurückkehrt, doch nun in endgültiger und bewußter Form.

Diese Hypothese hätte den Vorteil, daß sie mit dem Roman konform gehen würde, ebenso wie mit Svevos Vorstellungen und Ansichten der Jahre 1892 bis 1897 (auf die ich mich so gut es geht stütze) vor seinem zwanzig Jahre dauernden, fast ununterbrochenen Schweigen, dessen Ergebnis *La coscienza di Zeno* sein wird.

Vor allem würde diese Hypothese zwei Momente, die miteinander in Konflikt stehen, im Gleichgewicht halten: das Alter und die Jugend. Das Thema der Jugend, das sich in den verwickelten und qualvollen Handlungsabläufen dieser Erzählung zeigt, entscheidet über Svevos «Modernität»: Svevo läßt die Phantasie, das Herzstück jedes künstlerischen Aktes und jedes Liebeskampfes, hinter sich. Damit gelingt es ihm, den einzigen «modernen» Liebesroman Italiens um die Jahrhundertwende zu schreiben, in dem zum ersten Mal schmerzhaft zum Ausdruck gebracht wird, daß diese Form der Liebesbeziehungen, der Vitalität der Phantasie nicht mehr standzuhalten vermag, und dies bedeutet den Verfall des Traumes und der Wünsche. Den Beweis dafür liefert Emilio in Anbetracht von Amalias schwerem Schicksal: «Für Amalia, so mußte er denken, war die Liebe eine große, göttliche Sehnsucht. Erst bei ihrer Verwirklichung wurde sie durch die Niedrigkeit der menschlichen Natur in den Schmutz gezerrt und tierisch.» (Wenn man nun wirklich Nachbarn für Svevo finden müßte, sollte man eher an Strindberg denken als an die Literaten Mitteleuropas.)

Alt sind sicherlich auch die Gesellschaft und die Epoche, in der die Handlung spielt: Triest und die damit verbundene Verpflichtung zum Erfolg, das handlungsunfähige Kleinbürgertum (wie quälend ist doch Angiolinas «französisches» *sche täm bokù*), das sich gegenseitig im Auge behält und keine neuen Formen für den Ausdruck von Gefühlen besitzt, das auf jede erdenkliche Weise einen Bruch mit den Verhaltensnormen verurteilt und zwar eine feste Stellung einnimmt, die aber auf wackeligen Konventionen basiert. Doch findet sich in *Senilità* davon wenig: noch weniger als in *Una vita*, wo die durchlittenen Qualen und die Frustrationen des Bankangestellten Alfonso Nitti ausreichten, um sie ans Licht zu bringen, und weniger als in *La coscienza di Zeno*, wo aus einer Mixtur familiärer Bindungen und Liebesbeziehungen das wundervolle und labyrinthische «Geschwätz» Zenos wird. In *Senilità* geht es um das Ringen der Hauptfiguren miteinander und Emilios mit sich selbst, der Hintergrund bleibt unscharf.

In einem Brief vom 10. Februar 1928 schreibt Svevo an Valerio Jahier: «Ich kann jetzt Ihre Bevorzugung von *Senilità* besser nachvollziehen, eine Bevorzugung, die mich nicht weiter schmerzt. Dieser Roman ist sicherlich der argloseste aller drei. Denken Sie nur, daß er zum Teil geschrieben wurde, um ihn Angiolina vorzulesen und sie zu erziehen.» Svevos Briefe der letzten Jahre nach dem Erfolg in Frankreich in der Phase «der Reklame und des Ruhmes» sollten mit Sympathie, aber auch mit einem gewissen Mißtrauen behandelt werden, es sind Briefe eines überaus schlauen und ironischen «wundersam Geheilten», der mit Würde und nicht wenigen Lügen von Mal zu Mal die Argumente zu bekräftigen versucht, mit denen man von allen Seiten seine drei Romane miteinander verknüpfen möchte. 1925 erzählt er Valery Larbaud, daß, wenn ein Schriftsteller nur einen einzigen Roman in der Feder hätte, dies in seinem Falle *Una vita* gewesen wäre. Jahier schreibt er 1928 über *Una vita* wie von einem Buch, das «ganz unter dem Einfluß der Theorie Schopenhauers entstanden ist. Und manchmal habe ich das Gefühl, daß der Schluß dieses Romans nicht mehr Wärme als die Schlußfolgerung eines Syllogismus enthält.»

Es besteht kein Zweifel, daß *Senilità* sein «arglosestes» Buch ist, doch eher in der Hinsicht, meine ich, daß es zutiefst mit dem Leben verflochten ist. Es ist durch einen unmittelbaren Gebrauch an das Leben gebunden (wir erfahren aus diesem Brief, daß es ein Roman ist, in dem alle den Wahn haben, jemanden zu erziehen und zu heilen, der Roman, der seinerseits selbst zum Ziel hatte, erziehen zu wollen, und zwar einen Protagonisten jenseits der Fiktion des Buches). Er ist autobiographisch, nicht einfach, weil die Figuren Entsprechungen in der Realität finden: Balli ist Veruda, Amalia ist Maria Rossi, die wirklich durch den Gebrauch des Äthers starb, Angiolina ist Giuseppina Zergol, Brentani gleich Svevo; der Roman ist autobiographisch und «arglos», weil Svevo nie vorher und nie nachher auf so unmittelbare und so direkte und kraftvolle Weise seinen eigenen inneren *Daimon* offenbarte und die Art, wie er in seinem «Lebenskampf» arbeitet: ursprünglich, leidend, «ausweglos», ohne daß durch irgendeine Erklärung sich alles am Ende fügte, auch nicht durch die Psychoanalyse, denn es gibt keine Lösung, einzig das bloße Alter, das die Erzählung vom Anfang bis zum Ende trägt. Letztendlich also ohne jegliche Masken.

Ohne Masken. Und wenn sich gerade hinter dem Titel *Senilità* eine ganz svevianische Maske des Widerspruchs und des *understatements* verbergen würde?

Ich habe schon erwähnt, daß *Senilità* ein bedeutsamer Titel ist, er bewertet in nicht wiedergutzumachender Weise nicht nur das Alt-Sein Emilios, sondern auch dessen «Jugend». Er wirft einen Schatten auf das Buch, der dazu verleitet, eine andere Hypothese zu erwägen, die ganz anders ist als die, die wir bisher verfolgt haben, die ich dennoch erläutern möchte: Senilität wäre die Grundvoraussetzung Emilios, sowohl wenn er meint, jung zu sein, als auch wenn er glaubt, alt zu sein. Auf jeden Fall drückt der Begriff der Senilität seine Unfähigkeit aus, einen unmittelbaren Kontakt mit der Welt zu unterhalten, denn Emilio wird durch sein eigenes analysierendes, beobachtendes, beurteilendes Wesen behindert, und sein mit Träumen, Anmaßungen, Phantasmen gefüllter Koffer wird ihm zum Verhängnis, gerade ihm, der er «die Dinge so, wie sie wirklich sind», hinnehmen und ausleben möchte. Emilio wurde schon alt geboren, er ist zu Beginn des Romans alt, und er wirkt noch seniler, wenn er den Versuch unternimmt, jung zu sein, am Leben teilzunehmen. Und wenn der ursprüngliche Titel «Karneval» sich nur auf ihn bezog, könnte man den Begriff der Senilität verallgemeinern und weiter ausweiten bis hin zur Verkalkung einer ganzen Welt. Balli ist senil aufgrund seiner Allüren und seiner Torheit, senil, vielmehr dekadent ist Amalia, senil ist eine ganze

Epoche, die jedes Fundament in dieser oder in der jenseitigen Welt verloren hat, jede Möglichkeit, wieder zu einem *gesunden Zustand* zurückzufinden. Krankheit und Senilität, das sind ihre Charakterzüge und ihr Schicksal.

Sicherlich eröffnet diese Hypothese die Möglichkeit, Svevo mit einem viel bedeutenderen Untergang, der Krise des Fin de siècle, und allem, was diese Krise repräsentiert, in Zusammenhang zu bringen, auch wenn das Augenmerk hier mehr auf seine kulturelle «Modernität» als auf seine erzählerische «Modernität» gerichtet ist. Bobi Bazlen hat einmal gesagt, daß Svevo «einfach genial war, sonst nichts. Ansonsten war er dumm, egoistisch, opportunistisch, linkisch, berechnend, taktlos.» Ich glaube, er hat ihn gut getroffen.

Möglicherweise ist der Titel *Senilità* nichts weiter als ein Geleitwort, ein umsichtiges Siegel, durch das man die eigene Andersartigkeit dem Leser in die Hände legen kann und somit Vorbeugungsmaßnahmen trifft. Ebenso sind die Unfähigkeit oder die Krankheit nicht Svevos «Themen», sondern eine Partei, die er ergreift, um in Anbetracht des «Lebenskampfes» eine Position außerhalb des Spiels hervorzuheben, von der aus man auf andere Weise diesen Kampf angehen kann. Alain Robbe-Grillet hat suggeriert, daß die Leiden Zenos «mit denen Kapitän Ahabs eng verwandt sind, der im Kampf mit dem weißen Wal ein Bein verliert, und auch mit Molloy, der spürt, wie die Lähmung von den Füßen aus nach oben steigt».

Svevo vergöttert diese Versager, Greise oder Kranken, denn sie sind ganz er selbst, das Beste und das Schlechteste, was er in sich trägt. Am Ende des letzten Jahrhunderts ist er weit davon entfernt, sie in irgendeiner Weise erklären zu können, nicht mit Schopenhauer und ebensowenig mit Charcot. Er entläßt sie mit einem Präventivurteil, so daß ihnen nicht noch Schlimmeres zustoßen möge: für Alfonso Nitti, der noch nichts vom Lügen versteht (das ist sein eigentliches Versagen) und deshalb unterliegt, bedeutet dies sein Todesurteil. Emilio Brentani, der mit dem Lügen gut zurechtkommt, aber in seinen Schuldgefühlen und seiner Empörung über die eigenen Phantasien verstrickt bleibt, entflieht dem Tod, wird jedoch zur Senilität verurteilt. Der einzige, der gewinnt, ist Zeno, der glorreiche Lügner, dem der Himmel einen großartigen, unverhofften Schutzbrief zugebilligt hat, nämlich den machtvollen Schirm der Psychoanalyse.

Es ist bekannt, daß von allen drei Romanen Svevos *Senilità* der von James Joyce, Eugenio Montale und Valery Larbaud am meisten geschätzte war. Ausgerechnet in einem Brief an Montale, in dem nach vielen Jahren die Möglichkeit einer Neuveröffentlichung des Buches diskutiert wird, schreibt Svevo: «Und dann gibt es da noch einen großen Zweifel: Larbaud haßt den Titel *Senilità*, der ihm wie eine Täuschung erscheint.»

Ohne zu sehr auf der «Triestinität» bestehen zu wollen, glaube ich, daß ein großes Selbstbewußtsein und desgleichen eine radikale und ironische Litotes des eigenen Ich die wichtigsten Bestandteile für die besondere emotionale Intensität sind. Der Svevo der neunziger Jahre des neunzehnten Jahrhunderts ist schon ein überaus wichtiger Schriftsteller, aber was die Lüge betrifft, und auch seine Figuren, ist er noch nicht am Ziel angelangt: Er kennt das Widersprüchliche und die Litotes, doch noch nicht die feine Kunst des Nebeneinander von Lüge und Wahrheit, die dann in wahr und falsch verdreht werden und weiter so lange gedreht und gewendet werden, bis sie perfekt synonym erscheinen, labyrinthisch, und nicht mehr auseinanderzuhalten sind. Um dies zu erreichen, das heißt um Zeno Cosini zu schaffen, braucht es zwanzig Jahre im Leben des Ettore Schmitz, zwanzig Jahre seiner unglaublichsten Lügen.

## 5. Ein Pseudonym: Ettore Schmitz

Die Beziehungen zwischen einem Schriftsteller und seinem Pseudonym können vielfältig sein. Der Künstlername kann endgültig den ursprünglichen Geburtsnamen auslöschen, ein kleiner Mord, und das ist meistens der Fall. Auch kann der offizielle Name weiterleben, doch dann ist er ins Innerste gekehrt und hütet Geheimnisse, so wie Henry Beyle zum «privaten» Schlupfwinkel aller egoistischen Besessenheiten Stendhals wurde: besonders seiner verschlüsselten Texte, einer kryptographischen Obsession, wegen der Stendhal – der nur geboren wurde, um Henry Beyle zu verbergen – sich hinter Henry Beyle versteckt, um sich von Stendhal zu befreien. Bei Pessoa reicht das Pseudonym nicht aus, der richtige Name bleibt, jedoch vervielfältigt in eine Myriade von Heteronymen, die ebenfalls Dichter oder Essayisten oder Philosophen sind, jeder von ihnen mit einer eigenen Biographie, Welt- und Kunstvorstellung, einem eigenen «Werk», so als wenn im 20. Jahrhundert ein Schriftsteller beginnen würde, nicht mehr Figuren, sondern neue Schriftsteller zu produzieren.

Doch der Fall Svevo ist in einer gewissen Weise einzigartig: Herr Ettore Schmitz erfand den Schriftsteller Italo Svevo. Derselbige veröffentlichte zwei Romane, *Una vita* und *Senilità*, die überhaupt keinen Erfolg hatten. Der Mißerfolg führte jedoch nicht zu einem Rückzug Italo Svevos in Ettore Schmitz. Im Gegenteil, dadurch, daß Italo Svevo als Schriftsteller die Welt erblickt, modelliert er eine neue und außergewöhnliche Kreatur, die vorher nicht existiert, eine Figur, die mitten im Leben steht: Ettore Schmitz, der treusorgende Ehemann, der liebevolle Vater, der Fabrikant von Algenschutzmitteln für Kriegsschiffe, der tüchtige Geschäftsmann, der der Arbeit in seinem Unternehmen nachgeht und dann durch Europa reist, um sein Produkt vorzustellen. Dies war seine paradoxeste Lüge, wiederum eine zweifache, über zwanzig Jahre der «bürgerlichen» Welt zugewandt, nach dem Schweigen, das zwischen dem Fiasko von *Senilità* und der

Niederschrift von *La coscienza di Zeno* herrschte, und dann, in den letzten Jahren der Entdeckung und der «Erlösung», dem literarischen Ambiente zugewandt, in erster Linie dem französischen. Diese Lüge wirkt wie ein verführerisches Detail einer exzentrischen Schriftstellerbiographie.

In Wirklichkeit hatte diese «Erneuerung» schon vor dem Mißerfolg von *Senilità* begonnen; sie nahm ihren Anfang mit der Verlobung mit Livia Veneziani, da schon begann Svevo die Rechnungen mit sich selbst und mit dem «Lebenskampf» zu begleichen, und das *Diario alla fidanzata (Tagebuch an die Verlobte)* der Monate Januar und Februar 1896 versorgt uns mit einem fast täglichen Diagramm dieser Metamorphose. Offen blieben noch die Rechnungen mit dem Kampf für die Kunst, die Svevo dem Roman *Senilità* anvertraut, indem er dieses Buch als eine «zweite Chance für seine Berufung» versteht. Doch auch dieser zweite Anlauf scheitert: *Senilità* wurde in Fortsetzungen in der Zeitschrift *Indipendente* von Juni bis September 1898 und als Buch einen Monat später veröffentlicht, der Roman erhielt nur eine wirkliche Rezension von Silvio Benco, nur wenige Zeilen von Cameroni im Mailänder *Sole*, genauso viele im Genueser *Supplemento al Caffaro,* und außerdem einen Brief des deutschen Schriftstellers Paul Heyse, der großes Interesse zeigte und Komplimente machte.

Reicht das Schweigen der Kritiker aus, um einer Berufung als Romancier den Rücken zu kehren? Ich glaube nicht. Das Schicksal anderer europäischer Schriftsteller – Zeitgenossen Svevos, die auch nicht mehr Glück hatten als er –, zeigt uns, daß das dies nicht so ist. Vielleicht hat die Erfindung des Ettore Schmitz, dieses angenehmen, vertrauenswürdigen, so soliden Herrn, den man gar in die Welt hinausschickte, den Sinn eines doppelten, komplizierten Siegels: Durch die Heirat und den Eintritt in die industrielle Welt der Familie Veneziani nahm Svevo im Lebenskampf, dem er sich in den Jahren des Alfonso Nitti und des Emilio Brentani nicht gewachsen fühlte, eine Position abseits des Spielfelds ein. Mit der Abkehrung von der Literatur nahm er nun eine Position abseits des Schreibens ein. Wer sich außerhalb befindet, kann in jedem Spiel jede denkbare Position einnehmen; und dies tat Svevo, indem er über Jahre in den Werken von Murano und Triest die «Mixtur» vorbereitete, indem er über Jahrzehnte *La coscienza di Zeno* vorbereitete, mittels Erzählungen, Fabeln, Einaktern, Notizen, und mittels eines unendlichen, täglichen Briefwechsels, wie ein Motor, der gewollt mit einer niedrigen Umdrehungszahl läuft, aber immer startbereit ist. Die Erfindung des Ettore Schmitz war ein schmerzhafter und erbarmungsloser Prozeß, der mit absoluter Ehrlichkeit, Disziplin und Liebe für die neue Situation umgesetzt wurde, und sie war auch ein Anstrich eines hervorragenden Korrosionsschutzmittels auf beiden Seiten, der des Lebens und der des Schreibens.

# Vorwort von Italo Svevo
## zur zweiten italienischen Ausgabe

*Senilità* (*Ein Mann wird älter*) erschien zum erstenmal vor nunmehr neunundzwanzig Jahren im Feuilletonteil unseres ruhmreichen *Indipendente*. Im gleichen Jahre 1898 folgte die Buchausgabe durch die Verlagsbuchhandlung Ettore Vram; diese Ausgabe ist heute vollständig vergriffen.

Der Roman fand kein einziges Wort des Lobes oder des Tadels durch unsere Kritik. Möglicherweise trug zu diesem Mißerfolg das überaus bescheidene Gewand bei, in dem das Buch sich darbot. Anders wäre dieses große Schweigen schwer zu erklären, denn der Roman *Una vita* (*Ein Leben*), den ich sechs Jahre zuvor veröffentlichte und dem gewiß ebenso viele Mängel anhaften, erweckte die Aufmerksamkeit mehrerer Kritiker; zu ihnen zählte Domenico Oliva, der recht Schmeichelhaftes zu sagen wußte. Ja, es war das Lob eines so maßgebenden Kritikers, das mich zur Veröffentlichung dieses zweiten Romans ermutigte, den dann auch er nicht zur Kenntnis nahm, obwohl er ihn sicherlich erhalten hatte.

Ich fügte mich einem so einmütigen Urteil (es gibt keine vollkommenere Einmütigkeit als die des Schweigens) und enthielt mich fünfundzwanzig Jahre lang des Schreibens. Wenn dies ein Irrtum war, dann war es mein Irrtum.

Diese zweite Ausgabe von *Senilità* wurde durch ein großmütiges Wort von James Joyce ermöglicht, der so an mir – wie kurz vorher an einem alten französischen Schriftsteller (Édouard Dujardin) – das Wunder des Lazarus wiederholte. Daß ein Schriftsteller, der vom eigenen Werk gebieterisch in Anspruch genommen wird, mehrmals seine kostbare Zeit verschwendet, um weniger glückliche Brüder zu fördern, zeugt von einer Großmut, die, meiner Ansicht nach, seine unerhörten Erfolge erklärt, denn auch jedes andere seiner Worte – alle, die sein umfangreiches Werk bilden, sind Ausdruck des gleichen großen Sinnes.

Mein Glück machte hier nicht halt: Männer vom Range eines Benjamin Crémieux und eines Valéry Larbaud schenkten mir ihre Zeit und ihre Zuneigung. So konnte es dazu kommen, daß die Zeitschrift *Le Navire d'argent* im vergangenen Jahr die Hälfte ihrer Nummer vom 1. Februar mir widmete. Crémieux veröffentlichte darin eine Studie über meine drei Romane und die Übersetzung einiger Kapitel der *Coscienza di Zeno (Zeno Cosini)*, Larbaud brachte Abschnitte aus zwei Kapiteln dieser alten *Senilità*. Larbauds Vorliebe für diesen Roman machte ihn mir gleich wieder so teuer wie zu der Zeit, da ich ihn erlebte. Ich empfand ihn sofort von einer dreißigjährigen Verachtung gesäubert, der ich mich, aus Schwäche, selbst angeschlossen hatte.

Der Artikel des Crémieux – ein Meilenstein in meinem Leben – löste bei uns zu seinem und zu meinem großen Erstaunen einigen Unwillen aus. Wir konnten nicht umhin, erstaunt zu sein, war uns doch das ergriffene Vorwort, das Larbaud zum Buche Dujardins geschrieben hat, noch frisch in Erinnerung.

Aber ich muß gestehen, daß ich keinerlei Groll gegen unsere Kritik empfinde, die mich so lange Jahre nicht zur Kenntnis genommen hat. Vor allem ist es richtig, daß es einige Gründe gibt, die es erklärlich machen, daß man mich vergaß. Von Groll kann auch schon deshalb keine Rede sein, weil ja Silvio Benco und Ferdinando Pasini Kritiker sind, die zählen. Benco gewährte mir seine Freundschaft von seiner frühesten Jugend an und widmete der *Coscienza di Zeno* gleich nach ihrem Erscheinen im Jahre 1923 einen Artikel, auf den ich immer stolz sein werde.

Ferdinando Pasini überraschte mich im August 1924 mit einem Artikel in der in Trient erscheinenden *Libertà*, der mich die schmerzliche Einsamkeit leichter ertragen ließ, die das Los so vieler unserer Schriftsteller ist, wenn sie versuchen, zum Publikum zu gelangen. Pasinis Wohlwollen bereitete mir deshalb solches Entzücken, weil ich es als das Ergebnis eines reinen kritischen Urteils ansehen mußte. Ich wußte von ihm nicht mehr, als daß er vielen mit Wort und Beispiel ein Lehrer war, er aber hatte von mir vorher nicht einmal den Namen gekannt. Mit seinem Artikel begann unsere Freundschaft.

Doch um auf *Senilità* zurückzukommen: Sie hat, das muß ich sagen, bei uns einen scharfsinnigen und liebevollen Kritiker in Eugenio Montale gefunden, der eine mir gewidmete Studie in *L'esame* (November-Dezember 1925) veröffentlichte. Ist dies wirklich mein bestes Werk, und ist es nützlich, daß, wer *Zeno* liest, vorher Brentani kennen sollte? Ich möchte es gerne glauben. Jedenfalls, junger und nachdenklicher Freund, Dank für so viel Eifer und so viel Liebe.

Valéry Larbaud meint, daß dem Roman der Titel, den er trägt, nicht gemäß sei. Auch ich muß nun, da ich weiß, was wirkliches Alter ist, manchmal darüber lächeln, daß ich ihm einen Exzeß in der Liebe zugeschrieben habe. Und dennoch: Wenn ich nicht einmal den Rat Larbauds befolge, der nicht nur ein anerkannter Autor ist, sondern auch ein glühender Leser (dem Verfasser von *Ce vice impuni, la lecture* kommt dieses Eigenschaftswort entschieden zu), eines Mannes also, der sowohl aus seiner eigenen schöpferischen Arbeit wie aus der Kenntnis der Gedanken vieler Großer weiß, wie man ein Buch vorzustellen hat, so muß ich dafür sehr gewichtige Gründe haben. Es käme mir vor, als würde ich das Buch verstümmeln, wenn ich ihm seinen Titel nähme, der, wie mir scheint, einiges zu erklären und zu entschuldigen vermag. Dieser Titel hat mich geleitet, ich habe ihn erlebt.

So bleibe denn dieser Roman, wie er ist, und ich lege ihn dem Leser nur mit einigen rein formalen Änderungen wieder vor.

Triest, 1. März 1927
Italo Svevo

# Ein Mann wird älter

# I

Schon mit den ersten Worten, die er an sie richtete, wollte er sie darauf aufmerksam machen, daß er nicht die Absicht habe, das Risiko einer ernstlichen Liebesbeziehung einzugehen. Er sagte ihr also ungefähr folgendes: «Ich liebe dich sehr und ich möchte, daß wir in deinem Interesse beide sehr vorsichtig sind.» Das klang so vernünftig, daß es schwer war zu glauben, es sei aus Nächstenliebe gesagt worden. Etwas aufrichtiger hätte es lauten müssen: «Du gefällst mir sehr, aber mehr als ein Spielzeug wirst du in meinem Leben nicht sein können. Ich habe andere Verpflichtungen: meine Karriere, meine Familie.»

Seine Familie? Eine einzige Schwester, die weder physisch noch moralisch störte. Sie war klein, blaß, um ein paar Jahre jünger als er, wirkte aber ihrem Wesen nach älter. Vielleicht war es auch ihr Los, als die Ältere zu erscheinen. Von den beiden war er der Egoist, der Junge. Sie lebte ganz für ihn, selbstvergessen wie eine Mutter. Das hinderte ihn nicht, wenn er von ihr sprach, zu erklären, er sei durch die schwere Verantwortung für ein zweites Menschenschicksal belastet und gebunden. Da er eine so große Bürde auf seinen Schultern zu tragen meinte, steuerte er nur mit größter Vorsicht durch das Leben. Er wich allen Gefahren aus, aber auch allen Genüssen – dem Glück. Jetzt, da er fünfunddreißig Jahre alt war, entdeckte er plötzlich in sich eine unbefriedigte Sehnsucht nach Freude und Liebe und empfand auch schon die Bitterkeit, sie nicht genossen zu haben. Gleichzeitig nistete in seinem Hirn eine große Angst vor sich selbst. Er fürchtete seine Charakterschwäche. Die konnte er freilich nur vermuten, denn Erfahrungen darüber hatte er noch nicht gesammelt.

Etwas komplizierter war es um die Karriere Emilio Brentanis bestellt. Sie setzte sich nämlich aus zwei Beschäftigungen mit grundverschiedenen Zielen zusammen. Als unbedeutender Beamter einer Versicherungsgesellschaft verdiente er gerade soviel, wie die kleine Familie zum Leben benötigte. Die zweite Beschäftigung galt der Literatur. Außer einem gewissen Ansehen, das mehr seine Eitelkeit als seinen Ehrgeiz befriedigte, trug sie ihm nichts ein; allerdings strengte sie ihn noch weniger an. Vor vielen Jahren hatte er einen Roman veröffentlicht, der von den Kritikern der Stadt sehr gelobt worden war. Seither hatte er nichts mehr geschrieben. Aus Faulheit, nicht aus Zweifel an sich selbst. Der auf schlechtem Papier gedruckte Roman war längst im Lager des Buchhändlers vergilbt. Aber während Emilio zur Zeit, da das Buch erschien, bloß als eine große Hoffnung für die Zukunft bezeichnet worden war, genoß er jetzt eine gewisse literarische Autorität, die in der bescheidenen künstlerischen Bilanz der Stadt zählte. Das seinerzeitige Urteil war niemals berichtigt worden – es hatte sich sozusagen von selbst weiterentwickelt.

Er war sich der Bedeutungslosigkeit seines Werkes vollkommen bewußt, daher rühmte er sich auch niemals seiner Vergangenheit. Er glaubte vielmehr, daß er sich noch in einem Vorbereitungsstadium befinde, sowohl im Leben wie in der Kunst. Insgeheim verglich er sich mit einer mächtigen, genial ersonnenen Maschine, die noch im Bau ist und noch nicht in Funktion gesetzt wurde. Er lebte ständig in einer ungeduldigen Erwartung von etwas, das seinem Hirn entspringen würde: die Kunst; von etwas, das ihm von außen zufliegen würde: das Glück, der Erfolg. Kurz, er tat so, als wäre für ihn die Zeit der erwachenden Energien nicht schon vorüber gewesen.

Angiolina, blond, mit großen blauen Augen, hoch und kräftig gewachsen, dabei schlank und biegsam, schritt neben ihm her. In ihrem Gesicht strahlten die Farben des Lebens. Ein gesundes Rosa war über den bernsteinfarbenen Unterton ihrer Wangen gebreitet. Sie hielt den Kopf wie unter der Last ihres reichen Goldhaars seitlich geneigt, den Blick gesenkt.[1] Bei jedem Schritt stieß sie mit ihrem eleganten Sonnenschirm gegen die Erde, als könnte sie sich da unten Rat holen, eine Erklärung verschaffen für die Worte, die sie soeben vernommen hatte. Als sie meinte, verstanden zu haben, sah sie ihn scheu von der Seite an und sagte: «Merkwürdig. Bis jetzt hat noch niemand so zu mir gesprochen.» – In Wirklichkeit hatte sie gar nichts verstanden, aber sie fühlte sich geschmeichelt, weil da einer etwas auf sich nehmen wollte, wozu er nicht verpflichtet war: nämlich Gefahren von ihr abzuwenden. Die Zuneigung, die er ihr in Aussicht stellte, erschien ihr schön und brüderlich.

Nun, nachdem er die Voraussetzungen klargestellt hatte, fühlte sich Emilio beruhigt und fand einen der Situation gemäßeren Ton. Er überschüttete das blonde Haupt mit lyrischen Ergüssen. Die Worte waren in den langen Jahren unerfüllten Verlangens in ihm herangereift, er hatte sie immer wieder zugeschliffen – nun aber, da er sie aussprach, empfand er sie als neu und unverbraucht, so als hätte sie der Augenblick geboren, der warme Glanz von Angiolinas Augen erst erweckt. Er hatte das schon seit vielen Jahren vermißte Gefühl zu dichten, Gedanken und Worte aus seinem tiefsten Inneren heraufzubeschwören. Es war ein Gefühl der Erlösung, als bedeute dieser Augenblick eine friedvolle Pause in seinem freudlosen Leben. Seltsam, unvergeßlich. Die Frau trat in sein Leben! Ihre strahlende Jugend und Schönheit wird es von nun an erhellen und seine traurige, von einsamen Sehnsüchten erfüllte Vergangenheit für immer auslöschen. Sie kündigte ihm eine von keinerlei Risiken bedrohte Zukunft voll Freuden an.

Er hatte sich ihr in der Meinung genähert, ein leichtes und flüchtiges Abenteuer zu erleben, eines jener Abenteuer, von denen er so oft hatte erzählen hören und die ihm noch nie begegnet waren. Zumindest war ihm bisher noch nie eines der Erinnerung wert erschienen. Dieses Abenteuer ließ sich zunächst wirklich an, als würde es leicht und flüchtig sein. Der Schirm war rechtzeitig aus der Hand geglitten, um Emilio einen Vorwand zur Annäherung zu liefern. Außerdem hatte sich der Schirm, wie durch besondere Tücke, in Angiolinas Spitzentaille verfangen und sich erst durch energisches Hinundherzerren losmachen lassen. Als aber dann Emilio dieses überraschend reine Profil sah, aus dem eine prächtige Gesundheit sprach – Gesundheit und Verderbtheit scheinen denjenigen, die von der Phrase leben, unvereinbare Dinge zu sein –, bremste er seinen Anlauf aus Angst, sich in der Adresse geirrt zu haben. Er hielt wie verzaubert inne. Er mußte dieses geheimnisvolle Antlitz mit seinen klaren, süßen Zügen einfach bewundern, und das allein schon gab ihm ein Gefühl der Befriedigung, des Glücks.

Sie hatte ihm nur wenig über sich erzählt. Vollauf mit seinen eigenen Gefühlsregungen beschäftigt, hatte er auch dies wenige kaum aufgefaßt. Sie war, wie es schien, sehr arm; vorläufig aber – sie sagte es mit einem gewissen Stolz – brauchte sie nicht zu arbeiten, um zu leben. Das machte das Abenteuer um so angenehmer, denn die Gegenwart des Hungers stört, wo man sich amüsieren will. Emilios Kenntnisse über Angiolina waren also nicht sehr tiefgehend, er hielt sie aber für hinreichend, um aus ihnen beruhigende Schlüsse ziehen zu können. Wenn sie – was man nach ihrem klaren Blick annehmen durfte – anständig war, dann wollte gewiß nicht er derjenige sein, der sich der Gefahr aussetzte, sie zu verderben; wenn aber Gesichtszüge und Augen trogen, um so besser. Im einen wie im anderen Fall konnte man sich amüsieren, in keinem Fall riskierte man etwas.

Angiolina hatte von Emilios klarstellenden Voraussetzungen nur wenig begriffen, aber sie bedurfte offensichtlich keiner weiteren Erläuterungen, um alles übrige zu verstehen: auch die kompliziertesten Worte haben einen Klang, und der war ganz eindeutig. Ihr Gesicht mit seinen lebendigen Farben strahlte auf, und ihre wohlgeformte, wenn auch große Hand entzog sich nicht, als Emilio einen keuschen Kuß darauf drückte.

Sie hielten sich lange auf der Terrasse von Sant' Andrea auf und blickten zum Meer hinüber, das in der mondlosen, aber sternhellen Nacht ruhig und leuchtend dalag. In der Allee, unterhalb der Terrasse, fuhr ein Wagen vorüber. Das Geräusch der Räder auf der unebenen Fahrbahn drang in der großen Stille, die sie umgab, lange bis zu ihnen hin. Sie unterhielten sich damit, es zu verfolgen, wie es immer leiser wurde, bis es in die allgemeine Stille einging. Sie freuten sich, als es für sie beide im gleichen Augenblick verstummte. Emilio sagte lächelnd: «Was das Ohr betrifft, stimmen wir gut miteinander überein.»

Er wußte nichts anderes zu sagen, er fühlte auch gar kein Bedürfnis, weiter zu reden. Es folgte ein langes Schweigen. Schließlich unterbrach es Emilio und sagte: «Wer weiß, ob unsere Begegnung uns Glück bringen wird?» Er war aufrichtig. An seinem Glück laut zu zweifeln – dieses Bedürfnis empfand er plötzlich.

«Wer weiß?» wiederholte sie und machte den Versuch, in ihre Stimme die gleiche Bewegung zu legen, die sie in der seinen gespürt hatte.

Emilio lächelte neuerdings. Dieses Lächeln aber meinte er verbergen zu müssen. Was konnte das für ein Glück sein, das Angiolina sich von ihm erwartete – nach all den klarstellenden Voraussetzungen, die er entwickelt hatte?

Sie verabschiedeten sich. Sie wollte nicht, daß er sie in die Stadt begleite, er aber konnte sich noch nicht ganz von ihr trennen und folgte ihr in einigem Abstand. Wie reizend war ihre Gestalt! Mit der ganzen Gelassenheit ihres gesunden Organismus schritt sie sicher über das mit einer schlüpfrigen Kotschicht bedeckte Pflaster hin. Es war eine katzenhafte Sicherheit, Kraft und Anmut vereinten sich in ihren Bewegungen.

Der Zufall wollte es, daß er schon am nächsten Tag über Angiolina weit mehr erfuhr, als sie selbst ihm erzählt hatte.

Er traf sie um die Mittagsstunde auf dem Korso. Das unerwartete Glück riß ihn zu einem überfreundlichen Gruß hin. Mit einer weitausholenden Bewegung zog er den Hut und führte ihn fast bis zur Erde. Sie dankte mit einem leichten Kopfnicken. Allerdings begleitete sie es mit einem prachtvoll leuchtenden Augenaufschlag.

Ein gewisser Sorniani, ein kleiner, magerer Kerl von gelber Gesichtsfarbe, hängte sich plötzlich in Emilios Arm und fragte ihn, woher er das Mädchen kenne. Sorniani war, wie es hieß, ein großer Frauenjäger. Jedenfalls aber war er ein eitler Mensch, dessen Geschwätzigkeit schon wiederholt anderen und ihm selbst Schaden gebracht hatte. Obwohl er und Emilio Jugendfreunde waren, hatten sie jahrelang kein Wort mehr miteinander gewechselt. Es mußte erst eine schöne Frau an ihnen vorübergehen, damit Sorniani das Bedürfnis verspürte, Emilio anzusprechen.

«Ich habe sie bei Bekannten kennengelernt», antwortete Emilio.

«Was macht sie jetzt?» fragte Sorniani, wobei er durchblicken ließ, daß er mehr über das frühere Leben Angiolinas wisse. Er schien geradezu empört darüber, nicht auch über ihr jetziges Leben informiert zu sein.

«Ich weiß es wirklich nicht», sagte Emilio und fügte

mit gut gespielter Gleichgültigkeit hinzu: «Auf mich hat sie den Eindruck eines anständigen Mädchens gemacht.»

«Nur langsam!» rief Sorniani mit einer Entschiedenheit, als wolle er das Gegenteil versichern. Nach einer kurzen Pause fuhr er abschwächend fort: «Das heißt, ich weiß gar nichts. Als ich sie kennenlernte, galt sie allgemein als anständig, obzwar sie sich einmal in einer recht zweideutigen Situation befunden hat.» Emilio mußte Sorniani nicht erst zum Weiterreden ermuntern. Angiolina, so bekam er jetzt zu hören, sei einmal drauf und dran gewesen, das große Glück zu machen. Entweder durch ihre eigene Schuld oder durch die anderer habe sich dieses große Glück nur zu bald in ein um so größeres Unglück für die Ärmste verwandelt.

Als sie noch ganz jung war, verdrehte sie einem gewissen Merighi, einem reichen Kaufmann, den Kopf. Der war ein schöner Mensch, wenn auch nicht eben nach Sornianis Geschmack. Aber er gab es neidlos zu. Dieser Merighi näherte sich Angiolina in den ehrlichsten Absichten. Er nahm sie von ihrer Familie, die ihm nicht sehr behagte, fort, und brachte sie im Hause seiner Mutter unter. «Seiner Mutter!» schrie Sorniani, «als ob dieser Idiot» – er fühlte sich bemüßigt, den Mann als Idioten und das Mädchen als unanständig hinzustellen – «an der Kleinen nicht auch außerhalb der eigenen vier Wände, nicht ausgerechnet unter den Augen der eigenen Mutter seinen Spaß hätte haben können. Schon ein paar Monate später kehrte Angiolina wieder zu ihrer Familie zurück, von der man sie niemals hätte fortnehmen sollen. Merighi selbst verließ mitsamt seiner Mutter die Stadt. Er behauptete, daß er durch verfehlte Spekulationen sein gesamtes Vermögen verloren habe. Andere Leute wieder sagen, daß sich die Dinge ganz anders zugetragen hätten. Merighis Mutter sei Angiolina auf eine peinliche Liebesgeschichte gekommen und habe sie einfach hinausgeworfen.» Ohne dazu aufgefordert zu sein, erging sich Sorniani nun in den verschiedensten Variationen über das gleiche Thema.

Aber es war doch zu offensichtlich, daß es ihm einen Hochgenuß bereitete, das für ihn so aufregende Thema immer weiter abzuwandeln. Brentani beschränkte sich daher darauf, nur jenem Teil der Erzählung Aufmerksamkeit zu schenken, den er für glaubwürdig hielt. Das heißt, den Tatsachen, die allgemein bekannt sein mußten. Er selbst hatte Merighi vom Sehen her gekannt. Er erinnerte sich jetzt an dessen athletische Erscheinung – der richtige Mann für Angiolina. Er erinnerte sich auch, daß man Merighi als einen blinden Idealisten in geschäftlichen Dingen bezeichnet, beziehungsweise getadelt hatte, als einen draufgängerischen Menschen, der sich einbildete, er sei so tüchtig, daß er die ganze Welt erobern könne. Von Leuten, mit denen Emilio täglich in seinem Beruf zusammenkam, hatte er außerdem erfahren, daß Merighi sein Draufgängertum teuer zu stehen gekommen war. Er mußte sein Unternehmen unter katastrophalen Umständen liquidieren. Sorniani sprach also in den Wind. Emilio meinte haargenau zu wissen, wie die Dinge in Wirklichkeit verlaufen waren. Merighi, der sein Vermögen und damit sein ganzes Selbstvertrauen verloren hatte, brachte einfach nicht mehr den Mut auf, eine Familie zu gründen. So kam es, daß Angiolina, die ursprünglich dazu bestimmt war, eine gutbürgerliche, reiche und seriöse Frau zu werden, nun als Spielzeug in seinen, Emilios, Händen endete. Er empfand für sie ein tiefes Mitleid.

Sorniani selbst war zum Zeugen der Liebesverzückungen Merighis geworden. Er konnte ihn wiederholt an Sonntagen sehen, wie er in der Türe der Kirche Sant' Antonio Vecchio geduldig ausharrte und darauf wartete, daß Angiolina ihr Gebet, nahe dem Altar kniend, beende. Merighi stand da, ganz im Anblick des blonden Hauptes versunken, das aus dem Halbdunkel hervorleuchtete.

«Zwei Anbetungen», dachte Brentani gerührt. Nichts fiel ihm bereits leichter, als die zärtlichen Gefühle nachzuempfinden, die Merighi an der Kirchentür festhielten.

«Ein Idiot», schloß Sorniani seine Erzählung.

Für Emilio gewann sein Abenteuer durch diese Erzählung nur noch an Bedeutung. Er fieberte dem Donnerstag entgegen, an dem er Angiolina wiedersehen sollte. Seine Ungeduld machte ihn redselig.

Emilios bester Freund, ein gewisser Balli[2], ein Bildhauer, erfuhr von der Begegnung mit Angiolina bereits am Tag, nachdem sie stattgefunden. «Warum», so sagte Emilio, «soll ich mich nicht auch einmal amüsieren, wenn ich es so billig haben kann?»

Balli hörte ihn mit dem Ausdruck des höchsten Erstaunens an. Er war Emilios Freund seit über zehn Jahren und sah ihn nun zum erstenmal für eine Frau in Hitze geraten. Das gab ihm zu denken. Er witterte sofort eine Gefahr für Brentani.

Der widersprach lebhaft: «Gefahr? In meinem Alter und mit meiner Erfahrung?» Brentani sprach öfters von seiner Erfahrung. Was er so zu nennen beliebte, war etwas, das er aus Büchern geschöpft hatte: ein großes Mißtrauen und eine große Verachtung für seine Mitmenschen.

Balli hingegen hatte seine vierzig Jahre weit besser genützt. Seine Erfahrungen versetzten ihn in die Lage, die Erfahrungen seines Freundes zu beurteilen. Er war nicht so gebildet wie Emilio, übte aber auf diesen eine Art väterliche Autorität aus. Emilio duldete sie nicht nur, sondern wünschte sie geradezu. Er mußte sich an irgend jemanden anlehnen können, um sich sicher zu fühlen, obwohl sein Leben, so freudlos es sich auch darbot, durchaus unbedroht und berechenbar war.

Stefano Balli war ein großer, kräftiger Mann. Seine blauen Augen blitzten jugendlich aus seinem braungebrannten Gesicht. Es war eines jener Gesichter, die nicht altern. Einzig die Grausprenkelung seines Haars deutete auf sein Alter hin. Sein Bart war sorgfältig zugespitzt, überhaupt machte seine ganze Erscheinung einen korrekten, ein wenig harten Eindruck. Neugier oder Mitleid ließen zuweilen sein Auge sanft blicken, aber es wurde stählern, wenn es zu kämpfen galt, selbst bei der geringsten Diskussion.

Der Erfolg hatte auch ihm nicht gelacht. Zuweilen kam es vor, daß eine Jury, wenn sie seine Entwürfe zurückwies, das eine oder andere Detail lobend hervorhob, aber keines seiner Werke zierte einen der vielen Plätze Italiens. Er fühlte sich durch seine Mißerfolge in keiner Weise niedergeschlagen. Es genügte ihm, wenn er die Zustimmung einzelner Künstler fand, denn er war der Ansicht, daß es gerade seine Originalität war, die ihm die breite Wirkung, den Beifall der Masse versagte. So strebte er unbeirrt einem ganz bestimmten Kunstideal zu, das er in der Spontaneität, in einer gewollten Rauheit und Einfachheit erblickte, in einer – wie er sagte – durchsichtigen Klarheit der Idee. Nur so glaubte er sein künstlerisches Ich, von fremden Ideen und Formen befreit, zur Geltung zu bringen. Niemals gab er zu, daß die Ergebnisse seines Schaffens ihn enttäuschen könnten. Aber seine ganze Theorie hätte ihn doch nicht vor Entmutigung bewahrt, hätte ihm nicht ein anderer Erfolg, ein ganz und gar persönlicher und geradezu außerordentlicher, Befriedigung verschafft. Er zeigte diese Befriedigung nie, bestritt sie sogar, aber sie trug doch nicht wenig dazu bei, seiner schönen und schlanken Gestalt die aufrechte Haltung zu sichern. Die Liebe, die die Frauen ihm entgegenbrachten, war für ihn weit mehr als bloß Befriedigung seiner Eitelkeit, obzwar er selbst nicht lieben konnte, von Ehrgeiz besessen, wie er war. Das also war sein Erfolg oder sah doch einem Erfolg zum Verwechseln ähnlich: aus Liebe zum Künstler liebten die Frauen auch seine Kunst, die so ganz unweiblich war. Tief von seiner eigenen Genialität überzeugt, in dem Gefühl, bewundert und geliebt zu werden, bewahrte er mit aller Selbstverständlichkeit die Haltung eines überlegenen Menschen. In Dingen der Kunst war sein Urteil scharf und unbekümmert, in Gesellschaft sein Benehmen nicht sehr rücksichtsvoll. Die Männer mochten ihn nicht besonders, und er schloß sich nur jenen an, denen er zu imponieren wußte.

Vor ungefähr zehn Jahren war Emilio Brentani ihm über den Weg gelaufen. Der war damals noch ein ganz junger Mensch, ein ebensolcher Egoist wie er, nur hatte er weniger Glück gehabt. Balli gewann ihn bald lieb. Anfangs empfand er für ihn eine Vorliebe, weil er sich von ihm bewundert fühlte; mit der Zeit wurde er ihm durch die Gewohnheit teuer, ja unentbehrlich. In der Freundschaftsbeziehung zwischen den beiden Männern gab Balli den Ton an. Diese Beziehung wurde bald intimer, als Emilio es wünschte. Rückhaltlose Vertraulichkeit zeichnete all die wenigen Freundschaften aus, die Balli unterhielt. Die intellektuellen Kontakte zwischen den beiden galten ausschließlich der bildenden Kunst. Auf diesem Gebiet waren sie sich völlig einig, da kannten sie nur ein einziges Ideal, dasjenige, dem Balli zustrebte: die Wiedergewinnung der Einfachheit, beziehungsweise der Ursprünglichkeit, welche die sogenannten Klassiker uns genommen haben. Es fiel leicht, der gleichen Meinung zu sein: Balli dozierte in einem Fach, von dem Emilio nichts verstand. Über die komplizierten literarischen Theorien Emilios hingegen wurde niemals gesprochen, denn Balli verachtete alles, von dem er nichts verstand. Es kam schließlich soweit, daß Emilio seinen Freund sogar in der Art zu gehen, zu sprechen und die Hände zu bewegen, nachahmte. Mann im vollsten Sinne des Wortes, war Balli außerstande zu empfangen. Wenn er mit Brentani beisammen war, mochte er das Gefühl haben, sich in Gesellschaft einer der vielen Frauen zu befinden, die ihm hörig waren.

«Wirklich», sagte Balli, nachdem er sich von Emilio die näheren Einzelheiten des Abenteuers hatte berichten lassen, «ich glaube jetzt auch nicht, daß etwas zu befürchten ist. Dieser Schirm, der rechtzeitig aus der Hand geglitten ist, das Rendezvous, das prompt bewilligt wurde – das ist alles ganz klar.»

«Gewiß», bestätigte Emilio. Er verschwieg, daß er diesen Einzelheiten bis jetzt keine Bedeutung beigelegt hatte. Nun, da Balli sie hervorhob, überraschten sie ihn wie vollkommen neue Tatsachen. «Du glaubst also, daß Sorniani recht hat?» Bei der Einschätzung von Sornianis Mitteilungen hatte er diese Einzelheiten nicht in Betracht gezogen.

«Stelle sie mir einmal vor», meinte Balli vorsichtig, «dann werden wir ja sehen.»

Auch seiner Schwester gegenüber konnte Emilio nicht schweigen. Das Fräulein Amalia war niemals schön gewesen, so langgezogen, dürr und farblos, wie sie war. Balli sagte von ihr, sie sei grau zur Welt gekommen. Mädchenhaft wirkten an ihr nur die weißen, schlanken, wundervoll geformten Hände, denen sie ihre ganze Sorgfalt zuwandte.

Es war das erste Mal, daß er zu ihr von einer Frau sprach. Sie hörte überrascht und mit sofort verändertem Gesichtsausdruck die Worte an, die er für völlig unverfänglich und offenherzig hielt, die aber, sowie er sie aussprach, von Begehren und Liebe glühten. Er hatte noch gar nicht recht zu erzählen begonnen, als sie ihm schon die gleichen mahnenden Worte wie Balli erschreckt zuflüsterte: «Gib acht, daß du keine Dummheiten machst.»

Sie wollte, daß er ihr alles erzähle. Emilio hielt es für möglich, von den Gefühlen zu sprechen, die er an jenem ersten Abend empfunden hatte, von seinem Glück und seiner Begeisterung, ohne damit auch seine Absichten und Hoffnungen preiszugeben. Er bemerkte nicht, daß gerade das, was er erzählte, ihn verriet. Während er sprach, bediente sie ihn stumm und eifrig bei Tisch, damit er es nicht nötig habe, sich zu unterbrechen, um das eine oder andere Ding zu verlangen. Sicher hatte sie mit demselben Gesichtsausdruck das halbe Tausend Romane gelesen, die in dem alten, als Bibliothek verwendeten Schrank prangten. Der Zauber aber, von dem sie sich jetzt gefangen fühlte, war – sie stellte es überrascht fest – ganz anderer Art. Sie war keine passive Zuhörerin, es war nicht das Erlebnis eines anderen Menschen, das sie bewegte: sie fühlte lebhaft, wie ihr eigenes Schicksal sich zu regen begann. Die Liebe war in dieses Haus eingezogen, atmete neben ihr voll dunkler Unruhe. Mit einemmal war die erstickende, stagnierende Atmosphäre fortgeblasen, in der sie bisher, ohne es zu wissen, ihre Tage verbracht hatte. Sie blickte in sich hinein, und als sie sich erkannte, fragte sie sich erstaunt, wieso sie noch nie den Wunsch verspürt hatte, die Freuden und Leiden des Lebens zu erfahren.

Bruder und Schwester traten in das gleiche Abenteuer.

# II

Trotz der Dunkelheit erkannte er sie sofort, als sie an der
Biegung zum Campo Marzio auftauchte. Er hätte sie auch
an ihrem Schatten erkannt. Ihr Schreiten war ohne Rhythmus, wie ein unerschüttertes Gleiten, wie das Vordringen
eines Körpers, den eine sichere und zugleich zärtliche
Hand heranträgt. Emilio lief ihr entgegen. Jubel stieg in
ihm auf, als er ihr Gesicht wiedersah, dieses in seinen natürlichen Farben leuchtende Gesicht, die überraschend,
seltsam, lebhaft, gleichmäßig und ohne Makel verteilt waren. Sie war gekommen! Als sie sich an seinen Arm lehnte,
meinte er, sie gäbe sich ihm ganz hin.

Er führte sie ans Meer, weit weg von der Allee, wo noch
Leute gingen. Am Strand waren sie allein. Er hätte sie gern
gleich geküßt, aber er wagte es nicht, obzwar sie ihm, ohne
noch ein Wort gesprochen zu haben, aufmunternd zulächelte. Der bloße Gedanke, daß er, wenn er sich dazu auf-
raffte, seine Lippen auf ihre Augen oder auf ihren Mund
drücken konnte, bewegte ihn tief, benahm ihm den Atem.

«Warum sind Sie so spät gekommen? Ich fürchtete
schon, Sie würden überhaupt nicht mehr kommen», sagte
er, aber sein Ärger war längst verflogen. Wie manche Tiere
empfand er das Bedürfnis zu klagen, wenn er liebte. Er
glaubte, seine Verärgerung mit der freudigen Feststellung
erklären zu können: «Es kommt mir fast ausgeschlossen
vor, daß ich Sie jetzt da neben mir habe.» Diese Über-
legung verschaffte ihm ein Vollgefühl des Glücks.
«Dabei dachte ich, einen schöneren Abend, als den wir

vergangene Woche miteinander verbracht haben, könne es gar nicht mehr geben.» Nein, jetzt war er weit glücklicher, denn jetzt mußte er das Glück nicht erst erobern, um es zu genießen.

Viel zu rasch kam es zum Kuß. Nach seiner ersten Anwandlung, sie sofort in die Arme zu schließen, hätte er sich damit begnügt, sie anzusehen und zu träumen. Sie aber begriff Emilios Gefühle noch weit weniger, als er die ihren. Er hatte es gewagt, ihr Haar scheu und zärtlich zu streicheln. Lauter Gold. Aber auch ihre Haut sei wie Gold, alles an ihr, fügte er hinzu. Er war der Meinung, damit alles gesagt zu haben. Angiolina war nicht dieser Meinung. Sie wurde einen Augenblick lang nachdenklich, dann sprach sie von einem Zahn, der sie schmerze. «Hier», sagte sie und ließ ihren leuchtenden Mund sehen, ihr rotes Zahnfleisch, ihre festen und weißen Zähne – eine Schmuckkassette voller Edelsteine, die mit unübertrefflicher Meisterschaft angeordnet und gefaßt waren: mit der Meisterschaft der Gesundheit. Ernst küßte er den Mund, der sich ihm darbot.

Ihre maßlose Eitelkeit beunruhigte ihn nicht, er profitierte von ihr. Besser: er bemerkte sie gar nicht. Wie alle Menschen, die nicht wirklich leben, hielt er sich für stärker als die größten Geister, für gelassener als die eingefleischtesten Pessimisten. Er blickte um sich und betrachtete die Dinge, die zu stummen Zeugen des großen Ereignisses geworden waren.

Gar nicht übel. Der Mond war noch nicht aufgegangen, aber auf dem Meer drüben gab es ein irisierendes Leuchten, als wäre die Sonne eben erst über die Wellen hingeglitten und als erglänzten sie noch in dem Licht, das sie von ihr empfangen. Das Blau der Vorgebirge hingegen war von dem tiefen Dunkel der heraufziehenden Nacht umschattet. Alles wirkte ungeheuer, grenzenlos. Das einzig Bewegte in diesem Bild war die Farbe des Meeres. Er hatte das Gefühl, in der Unendlichkeit der Natur und in diesem Augenblick das allein handelnde und liebende Wesen zu sein.

Er fragte sie über die Dinge aus, die er von Sorniani erfahren hatte, und erkundigte sich so endlich über ihre Vergangenheit. Sie wurde überaus ernst und erzählte in dramatischem Ton ihr Erlebnis mit Merighi. Verlassen? Nein, das sei nicht der richtige Ausdruck. Im Gegenteil. Sie sei es gewesen, die das entscheidende Wort gesprochen und Merighi seiner Verpflichtungen enthoben habe. Eines stimme: man habe sie in jeder erdenklichen Weise gequält und sie fühlen lassen, daß man sie als lästige Bürde für die Familie empfand. Merighis Mutter – ein keifendes, altes Weib, bösartig, voll Gift und Galle – habe ihr rundheraus gesagt: «Du bist unser Unglück. Wenn du nicht wärst, könnte mein Sohn die großartigsten Partien machen.» Da habe sie, Angiolina, freiwillig das Haus verlassen und sei wieder zu ihrer Mutter zurückgekehrt. Sie sprach das süße Wort mit aller Süße aus. Bald danach sei sie aus Herzweh erkrankt. Die Krankheit aber sei für sie geradezu eine Erleichterung gewesen, denn das Fieber lösche allen Seelenkummer aus.

Nun wollte sie wissen, von wem er die Geschichte erfahren habe. «Von Sorniani.»

Sie schien sich nicht gleich des Namens zu erinnern. Dann aber rief sie lachend aus: «Das ist doch dieser häßliche, gelbe Kerl, der immer mit Leardi zusammensteckt!»

Sie kannte also auch Leardi. Das war ein junger Mensch, der, obwohl eben erst flügge geworden, bereits einen ersten Platz in der Lebewelt der Stadt einnahm. Merighi habe sie mit ihm schon vor vielen Jahren bekanntgemacht, als sie alle drei noch fast Kinder gewesen waren. Sie hatten miteinander gespielt. «Ich kann ihn sehr gut leiden», schloß sie mit einer Offenheit, die an die Aufrichtigkeit auch ihrer vorangegangenen Erzählung glauben ließ.

Brentani, der sich schon beunruhigt fühlte, weil er sich plötzlich dem jungen, draufgängerischen Leardi als Konkurrenten gegenübersah, besänftigte sich wieder bei ihren letzten Worten. Armes Kind! Ehrlich, aber gar nicht schlau.

Wäre es nicht besser, ihr etwas von ihrer Ehrlichkeit zu nehmen und ihr dafür etwas mehr Schläue beizubringen? Kaum hatte sich Emilio diese Frage gestellt, als ihm auch schon die glorreiche Idee kam, die Erziehung des Mädchens in seine Hände zu nehmen. Als Entgelt für die Liebe, die er empfing, konnte er ihr nur eines bieten: Lebenskenntnis und die Kunst, aus ihr Profit zu schlagen. Sein Gegengeschenk war nicht weniger kostbar: mit ihrer Schönheit und ihrer Anmut konnte sie, von einem gewitzten Menschen wie ihm geleitet, siegreich den Lebenskampf bestehen. Sie würde sich somit durch sein Verdienst das Glück erobern, das er ihr nicht bieten konnte. Er wollte ihr sogleich etwas von den Gedanken vermitteln, die ihm durch den Kopf gingen. Er hörte auf, sie zu küssen und zu liebkosen, und um ihr das Laster beizubringen, nahm er die Haltung eines Moralpredigers an.

Mit einer Selbstironie, in der er sich öfters gefiel, begann er sie zu bedauern, weil sie in die Hände eines Menschen gefallen sei, wie er einer war, arm, nicht nur an Geld, sondern auch an anderen Dingen. Ihm fehlten Energie und Mut. Hätte er Mut – und damit machte er ihr zum erstenmal eine Liebeserklärung, die weit ernster war als alle vorangegangenen, seine Stimme klang plötzlich verändert und tief bewegt –, dann würde er sein blondes Mädchen einfach in die Arme schließen, an sich ziehen und mit ihm durchs Leben gehen. Er aber fühle sich dazu nicht imstande. Das Elend zu zweit sei etwas Schreckliches, die furchtbarste aller Sklavereien. Er habe davor Angst, für sich und für sie.

Hier unterbrach sie ihn. «Ich hätte gar keine Angst» –

als sie das sagte, schien es ihm, als fahre sie ihm an die Gurgel, um ihn in das Elend hinunterzustoßen, das er so sehr fürchtete –, «ich würde mit dem Mann, den ich gern habe, auch in der Armut zufrieden leben.»

Er tat so, als zögere er einen Augenblick, dann sagte er: «Ich aber nicht. Ich kenne mich. In ärmlichen Verhältnissen könnte ich nicht leben.» Nach einer weiteren kurzen Pause fügte er mit gewichtiger und tiefer Stimme hinzu: «Niemals!» Sie sah ihn ernst von der Seite an und stützte ihr Kinn auf den Griff ihres Sonnenschirms.

Wieder einmal glaubte er, die Dinge klargestellt zu haben. Er erklärte jetzt – und das sollte die Einleitung zu seinem Erziehungswerk sein –, es wäre für sie weit vorteilhafter gewesen, wenn sich ihr, statt seiner, einer der fünf oder sechs jungen Männer genähert hätte, die ihr am Tag ihrer ersten Begegnung zugleich mit ihm bewundernd nachgeblickt hatten: der reiche Carlini, oder Bardi, der bedenkenlos die letzten Jahre seiner Jugend und seines großen Vermögens vergeudete, oder Nelli, ein Kaufmann, der sich krumm verdiente. Jeder von diesen sei in der einen oder anderen Hinsicht mehr wert, als er, Emilio.

Einen Augenblick lang fand sie den richtigen Ton: sie war beleidigt! Es war jedoch zu offensichtlich, daß ihre Empörung gekünstelt war. Sie übertrieb. Emilio konnte das nicht entgehen, aber er nahm ihr dieses Theaterspiel nicht übel. Sie warf ihren Körper hin und her, als wollte sie sich mit aller Kraft von ihm losreißen und weggehen. Ihre Kraftanstrengung erstreckte sich jedoch nicht bis in die Arme, an denen er sie festhielt. Sie erduldete seine Umklammerung fast reglos. Er streichelte sie, küßte sie und gab sie dann frei.

Er bat um Verzeihung. Er hätte sich nicht richtig ausgedrückt. Sodann wiederholte er unverfroren das bereits Gesagte mit anderen Worten. Sie griff die neuerliche Beleidigung nicht auf, aber sie bewahrte für eine Weile einen gekränkten Ton in ihrer Stimme: «Glauben Sie ja nicht, daß es für mich dasselbe gewesen wäre, wenn mich einer dieser Herren angesprochen hätte. Denen hätte ich das niemals erlaubt.» Bei ihrer ersten Begegnung glaubte sie sich dunkel erinnern zu können, daß sie sich schon ein Jahr zuvor einmal auf der Straße gesehen hätten. Emilio war also – so erklärte Angiolina – für sie nicht der erste beste. «Ich», versicherte Emilio feierlich, «wollte nichts anderes sagen, als daß ich Sie nicht verdiene.»

Endlich kam er dazu, ihr die Lehrsätze vorzutragen, die ihr, wie er meinte, großen Vorteil bringen sollten. Sie sei zu uneigennützig, fand er, er bedaure sie deswegen. Ein Mädchen in ihrer Lage müsse stets das eigene Interesse wahrnehmen. Was sei denn Anständigkeit auf dieser Welt? Interesse, und nichts anderes! Die anständigen Frauen seien diejenigen, die es verstünden, den meistzahlenden Käufer zu finden und ihre Liebe nur dann zu gewähren, wenn sie dabei auf ihre Rechnung kämen. Während er dies aussprach, hielt er sich für einen überlegenen Immoralisten, der die Dinge so sieht, wie sie wirklich sind, und der sie auch gar nicht anders haben möchte. Die mächtige Gedankenmaschine, als die er sich immer betrachtet hatte, war in Bewegung gesetzt. Eine Woge des Stolzes durchflutete seine Brust.

Überrascht und andächtig hing sie an seinen Lippen. Sie gelangte schließlich zu der Auffassung, anständige Frauen und reiche Frauen seien ein und dasselbe: «Aha! So also sehen diese stolzen Damen in Wirklichkeit aus!» Als sie seine Verblüffung bemerkte, bestritt sie gleich darauf, es so gemeint zu haben. Wäre er aber der Beobachter gewesen, für den er sich hielt, dann hätte ihm auffallen müssen, daß sie von seinen Ausführungen, die sie eben noch so sehr überrascht hatten, gar nichts mehr verstand.

Er wiederholte das Gesagte und erläuterte seine Gedanken: Die anständige Frau verstehe es, ihren Wert durchzusetzen. Das sei ihr Geheimnis. Man müsse anständig sein, oder doch so scheinen. Es sei schon schlimm, daß Sorniani in so leichtfertiger Weise über sie reden durfte, noch schlimmer aber sei es, daß sie – hier machte er seiner Eifersucht Luft – ohne weiteres herumerzähle, sie könne diesen Leardi, diesen höchst kompromittierenden Frauenjäger, gut leiden. Da sei es noch besser, Schlimmes zu tun, als auch nur den Anschein zu erwecken, daß man es tue.

Sie vergaß sofort die grundsätzlichen Ideen, die er ihr auseinandergesetzt hatte, und verteidigte sich mit aller Energie gegen die letzten Anwürfe. Sorniani könne unmöglich schlecht über sie reden, und was Leardi betreffe, so sei dieser blutjunge Bursche nicht im geringsten kompromittierend.

Damit fand der Unterricht an diesem Abend sein Ende. Emilio sagte sich, daß man eine so starke Medizin nur in kleinen Dosen verabreichen dürfe. Außerdem fand er, er habe bereits ein hinreichendes Opfer gebracht, indem er, wenn auch nur für kurze Zeit, auf Angiolinas Liebe verzichtet hatte.

Aus einer literarischen Empfindlichkeit mißfiel ihm der Name Angiolina. Er nannte sie Lina. Auch diese Koseform behagte ihm auf die Dauer nicht. Schließlich verlieh er ihr den französischen Namen Angèle. Gelegentlich verkürzte und verfeinerte er ihn zu Ange. Er lehrte sie, ihm auf Französisch zu sagen, daß sie ihn liebe. Als sie den Sinn dieser Worte erfuhr, weigerte sie sich, sie nachzusprechen. Bei ihrer nächsten Zusammenkunft jedoch sagte sie ihm unaufgefordert: «Sche täm bokù».

Er war gar nicht verwundert, daß sie dies so prompt tat, denn es kam seinen Wünschen entgegen. Offenbar hielt sie ihn für einen verständigen Menschen, dem sie sich voll und ganz anvertrauen durfte. Tatsächlich hatte sie lange Zeit keinen Anlaß, ihm etwas zu verweigern.

Sie trafen sich stets unter freiem Himmel. Sie trieben ihr Liebesspiel in allen Vorstadtstraßen Triests. Schon nach den ersten Zusammenkünften fanden sie Sant' Andrea, wo es zu viele Menschen gab, für ungeeignet. Eine Zeitlang bevorzugten sie die von dichten Kastanienbäumen eingesäumte, breite, einsame und kaum merklich ansteigende Straße nach Opicina. Sie hockten sich auf ein halbverfallenes Mauerwerk, das von nun an zum ständigen Ziel ihrer Spaziergänge wurde. Sie küßten sich ausgiebig, während die Stadt stumm und reglos wie das Meer zu ihren Füßen lag, sich über ihnen der leere Raum in einer unbestimmbaren, geheimnisvollen Farbe unendlich ausdehnte. Stadt, Meer und Hügel wirkten in ihrer Reglosigkeit und in der Stille wie aus einem Stück geformt, aus ein und demselben Material, das ein eigenwilliger Künstler bemalt hat. Das Ganze wurde durch Linien aus gelben Punkten zerteilt, zerschnitten: den Straßenlaternen.

Das Licht des Mondes verlieh den Dingen keine neuen Farben. Die Umrisse der Dinge traten deutlich hervor, aber das Licht traf sie nicht, sondern hüllte sie ein. Ein unbewegtes Weiß war über sie gebreitet, darunter schlief die Farbe, trübe, dunkel. Sie hatte sich auch im Meer zum Schlaf zurückgezogen, das man in seiner ewigen Bewegung gewahren konnte, wie es mit dem Silber auf seiner Oberfläche ein unermüdliches Spiel trieb. Während das Meer, die Hügel, die bunte Bemalung der Häuser im Dunkel blieben, verharrte das Licht außerhalb, von ihnen getrennt, unaufgesogen, wie ein Dunst, der die Luft schwängerte. Dieses Licht war weiß, ungetrübt, weil nichts sich mit ihm vermengte.

In dem Mädchengesicht ihm zur Seite wurde das Mondlicht körperhaft. Es verdrängte das kindliche Rosa, so daß sich das Gelb nun über das ganze Gesicht ausbreitete. Emilio glaubte es mit seinen Lippen wahrzunehmen. Angiolinas ganzes Gesicht wurde streng. Während er es küßte, fühlte er sich verruchter denn je. Er küßte das keusche, weiße Licht.

Später dann bevorzugten sie die kleinen Wälder auf dem Cacciatore-Hügel. Sie fühlten ein immer größeres Bedürfnis, sich abzusondern. Sie setzten sich unter einen Baum, aßen, tranken und küßten sich. Bald brachte Emilio ihr nicht mehr Blumen, sondern Süßigkeiten. Da Angiolina fürchtete, sich mit ihnen die Zähne zu verderben, kamen Käse, Mortadella, Flaschenweine und Liköre an die Reihe, lauter recht teure Dinge für Emilios schmale Brieftasche.

Emilio war bedenkenlos bereit, die wenigen Ersparnisse, die er in den langen Jahren geregelten Lebens gemacht hatte, für Angiolina zu opfern. Sobald sie erschöpft wären, wollte er sich in seinen Ausgaben einschränken. Etwas anderes beunruhigte ihn weit mehr: wer hatte Angiolina das Küssen gelehrt? Er konnte sich ihre ersten Küsse nicht mehr ins Gedächtnis zurückrufen; er war damals ganz mit dem Kuß beschäftigt gewesen, den er gab, und hatte in dem Kuß, den er empfing, nichts anderes als eine süße und notwendige Ergänzung seines eigenen empfunden. Aber, so meinte er, es hätte ihm doch auffallen müssen, wenn ihr Mund schon damals soviel Temperament verraten hätte. Sollte erst er sie diese Kunst gelehrt haben, in der er selbst noch ein Lehrling war?

Sie gab ohne weiteres zu, daß Merighi sie oft geküßt hatte. Sie lachte, während sie das sagte. Emilio kam ihr wirklich komisch vor, wenn er so tat, als glaubte er, Merighi habe seine Situation als Bräutigam nicht wenigstens dazu ausgenützt, sie ausgiebig zu küssen.

Die Erwähnung Merighis, der so viel mehr Rechte besessen als er, erweckte in Emilio keinerlei Eifersucht. Was ihn unangenehm berührte, war die leichtfertige Art, mit der sie von ihm sprach. Sie hätte doch eher weinen müssen, sooft sie seinen Namen erwähnte. Als sie sein Befremden bemerkte, daß sie nicht gleich in Trauer verfiel, rief sie ihm zu Gefallen einen schmerzlichen Ausdruck auf ihrem schönen Gesicht hervor. Und um sich gegen den Vorwurf zu verteidigen, den sie aus seiner Haltung heraushörte, erinnerte sie ihn daran, daß sie ja krank geworden sei, als Merighi sie verließ. «Wenn ich damals doch gestorben wäre! Das wäre für mich das beste gewesen!» Wenige Sekunden später lachte sie laut in seinen Armen auf, die sich geöffnet hatten, um sie zu trösten. Sie bedauerte gar nichts. Er wunderte sich darüber ebensosehr wie über das schmerzliche Mitleid, das er für sie empfand. Er hatte sie lieb, wirklich und wahrhaftig. War es tatsächlich nur Dankbarkeit, was er für dieses süße Geschöpf empfand, das sich genauso verhielt, als wäre es eigens für ihn geschaffen worden, und das ihm ohne jede Gegenforderung genau die Liebe schenkte, die er sich wünschte?

Wenn er spät abends nach Hause kam, war er noch ganz voll bebender Erregung. Seine blasse Schwester unterbrach wie üblich ihre Arbeit, um ihm beim Abendessen Gesellschaft zu leisten. Er aber war außerstande, von anderen Dingen zu reden, und erst recht nicht, Interesse für die kleinen, häuslichen Angelegenheiten zu heucheln, die Amalias Leben ausfüllten und die sie gewöhnlich mit ihm besprach. Sie nahm schließlich in seiner Gegenwart ihre Arbeit wieder auf. So verweilten beide im gleichen Zimmer, beide mit ihren eigenen Gedanken beschäftigt.

Eines Abends sah sie ihn lange an. Da er es nicht bemerkte, zwang sie sich zu einem Lächeln und fragte: «Hast du sie auch heute wiedergesehen?»

«Welche sie?» war seine lachende Antwort. Aber er konnte nicht lange leugnen, er mußte einfach reden. Ja, es war ein unvergeßlicher Abend gewesen: Mondlicht, laue Luft. Die Landschaft dehnte sich vor ihnen ins Unendliche aus, eine bezaubernde Landschaft, als wäre sie eigens als Rahmen für ihre Liebe geschaffen worden. Nein, er konnte sich nicht richtig ausdrücken. Wie sollte er seiner Schwester einen Begriff von diesem Abend geben, ohne auch Angiolinas Küsse zu erwähnen?

Während er immer wieder ausrief: «Was für ein Licht, was für eine Luft!» erriet sie bereits auf seinen Lippen die Spuren der Küsse, an die er dachte. Sie haßte diese Frau, die sie nicht kannte. Sie raubte ihr die einzige Gesellschaft, die sie hatte, ihren einzigen Trost. Während sie ihn in Liebe entbrannt sah wie alle anderen, sah sie zugleich ihr einziges Vorbild für ihre freiwillige Ergebung in ihr trauriges Schicksal dahinschwinden. Ach, wie traurig war es doch! Sie begann zu weinen. Zuerst traten ihr die Tränen lautlos in die Augen. Sie versuchte sie zu verbergen, indem sie sich mit ihrer Arbeit beschäftigte. Als er ihre Tränen dennoch nicht bemerkte, wurde sie von heftigem Schluchzen geschüttelt, das sie trotz aller Anstrengung nicht mehr unterdrücken konnte.

Nun versuchte sie, eine Erklärung für ihre Tränen zu geben. Sie habe sich schon den ganzen Tag über nicht wohl gefühlt, sie habe in der vergangenen Nacht kein Auge zugetan, sie habe nichts gegessen, sie fühle sich sehr schwach.

Er glaubte ihr ohne weiteres: «Wenn du dich morgen nicht besser fühlst, müssen wir den Arzt holen.»

Da gesellte sich zu Amalias Schmerz der Zorn, weil er sich so leicht über die Ursache ihrer Tränen täuschen ließ. Das war der Beweis seiner völligen Gleichgültigkeit ihr gegenüber. Sie tat sich länger keinen Zwang an und erklärte, er möge ruhig den Arzt Arzt sein lassen. Das Leben, das sie führe, sei nicht einmal diese Mühe wert. Für wen lebe sie denn und wofür? Er wollte immer noch nicht begreifen und sah sie mit weit aufgerissenen Augen an. Da ließ sie ihren ganzen Schmerz hervorbrechen. «Auch du hast mich nicht mehr nötig.»

Nein, er begriff sie wirklich nicht, denn statt Mitleid zu empfinden, wurde er seinerseits zornig. Er habe eine einsame und trübe Kindheit verlebt, und es sei nur gerecht, wenn er sich von Zeit zu Zeit ein Vergnügen gönne. Angiolina spiele gar keine Rolle in seinem Leben. Das Ganze sei eine Episode, die ein paar Monate dauern könne, nichts weiter. «Es ist wirklich schlecht von dir, wenn du mir daraus einen Vorwurf machst.» Sie weinte weiter wortlos vor sich hin, wie in hilfloser Verweiflung. Da regte sich endlich das Mitleid in ihm. Um sie zu trösten, versprach er, daß er ihr von nun an wieder öfters Gesellschaft leisten würde. Sie würden beide wieder wie früher etwas lesen oder studieren. Allerdings müsse sie sich bemühen, heiter zu sein, denn er liebe keine traurigen Menschen. Seine Gedanken flogen zu Ange. Die verstand es zu lachen, mit einem lang anhaltenden, ansteckenden Lachen. Es zwang ihm selbst ein Lächeln ab, wenn er daran dachte, wie seltsam Angiolinas Lachen in diesem traurigen Hause widerhallen würde.

# III

Eines Abends war er mit ihr für Punkt acht Uhr verabredet. Eine halbe Stunde vorher ließ Balli ihm sagen, daß er ihn um die gleiche Stunde im Café «Chiozza» erwarte. Er habe ihm wichtige Dinge mitzuteilen. Das geschah nicht zum erstenmal. Derlei Botschaften Ballis verfolgten nur den Zweck, Emilio von Angiolina abzuhalten. Bisher war Emilio auf dieses Spiel nicht eingegangen, diesmal aber erschien ihm Ballis Einladung als guter Vorwand, Angiolina zu Hause aufzusuchen und ihr zu sagen, daß er die Verabredung nicht einhalten könne. Er wollte die Frau, die bereits eine so wichtige Rolle in seinem Leben spielte, inmitten der Dinge und Menschen studieren, die ihre tägliche Umgebung bildeten. Obwohl er bereits blind vor Liebe war, gefiel er sich immer noch in der Rolle eines scharfsichtigen Beobachters.

Angiolinas Haus lag wenige Meter hinter der Via Fabio Severo. Es stand breit und groß inmitten eines Feldes und machte den Eindruck einer Kaserne. Die Portierloge war geschlossen. Nicht ohne ein gewisses Zagen stieg Emilio zum zweiten Stockwerk hinauf. Er wußte nicht, wie man ihn dort oben empfangen werde. «Nach Reichtum sieht es hier nicht aus», murmelte er vor sich hin. Es war ein laut gewordenes Resümee seiner Beobachtungen. Die Stiege sah aus, als wäre sie in großer Hast gebaut worden. Die einzelnen Stufen waren schlecht aneinandergefügt, das Geländer war aus gewöhnlichem Gußeisen, die Mauern einfach gekalkt. Alles machte einen sauberen, aber höchst ärmlichen Eindruck.

Ein kleines Mädchen öffnete ihm, ein Kind von schätzungsweise zehn Jahren. Ein fadenscheiniges, unförmiges, langes, kleidartiges Zeug hing an der Kleinen herab. Sie war blond wie Angiolina, doch waren ihre Augen ohne Glanz. Die gelbe Farbe ihrer Wangen kam von Blutarmut. Sie schien nicht im geringsten überrascht, ein neues Gesicht zu erblicken; sie zog nur die Enden ihres Jäckchens herauf und hielt sie mit der Hand über der Brust zusammen, da die Knöpfe fehlten. «Guten Tag, Sie wünschen?» Diese zeremonielle Höflichkeit paßte so gar nicht zu dem kindlichen Persönchen.

«Ist Fräulein Angiolina daheim?»

«Angiolina!» rief jetzt eine Frau, die mittlerweile aus der Tiefe des Korridors hervorgekommen war. «Ein Herr wünscht dich zu sprechen.» Möglicherweise war dies die «süße Mutter», nach der sich Angiolina so zurückgesehnt hatte, als Merighi sie verließ. Die Alte war wie eine Dienstmagd gekleidet, in grellen Farben, die schon leicht verschossen waren. Dazu trug sie eine blaue Schürze und ein blaues Kopftuch, das sie nach friaulischer Art geknüpft hatte. Im übrigen verrieten ihre Züge ein paar Spuren früherer Schönheit, ihr Profil erinnerte sogar an das Angiolinas. Jedoch ihr knochiges, unbewegtes Gesicht, mit den kleinen, unruhigen schwarzen Augen, hatte etwas von einem Tier, das jeden Moment bereit ist, vor drohenden Stockschlägen davonzulaufen. «Angiolina!» rief sie noch einmal, dann meinte sie mit großer Höflichkeit: «Sie wird gleich kommen.» Ohne ihm auch nur einmal in die Augen zu blicken, fügte sie mehrmals hintereinander hinzu: «Treten Sie nur näher.» Ihre näselnde Stimme klang nicht angenehm. Sie stockte zu Beginn ihrer Rede jedesmal wie eine Stotternde, dann brach der ganze Satz pausenlos hervor; es war wie ein Pfeifen, ohne jede Anteilnahme.

Aber da kam schon von der anderen Seite des Korridors Angiolina herbeigelaufen. Sie war bereits zum Ausgehen gekleidet. Als sie ihn erblickte, begann sie zu lachen und begrüßte ihn herzlich: «Oh, Herr Brentani, was für eine Überraschung!» Ohne jede Befangenheit stellte sie vor: «Meine Mutter, meine Schwester.»

Das war also wirklich die «süße Mutter». Emilio, froh darüber, so gut aufgenommen worden zu sein, streckte ihr jedenfalls die Hand entgegen. Die Alte reichte ihm die ihre mit einiger Verzögerung. Sie war auf eine solche Herablassung von seiner Seite nicht gefaßt. Sie konnte nicht recht begreifen, was er eigentlich wolle. Einen Moment lang waren ihre unruhigen Fuchsaugen mit plötzlichem Mißtrauen auf ihn gerichtet. Nach der Mutter reichte ihm auch die Kleine ihre Rechte, während sie ihre Linke immer noch auf der Brust hielt. Nachdem ihr soviel Ehre zuteil geworden, sagte sie ruhig: «Danke.»

«Kommen Sie hier herein», sagte Angiolina, lief zu einer Tür am Ende des Korridors und öffnete sie. Emilio war selig, sich mit Angiolina allein zu wissen, denn die Alte und die Kleine waren nach einer letzten Verbeugung vor der Türschwelle stehengeblieben. Sowie die Tür geschlossen war, vergaß er seinen Vorsatz, hier Beobachtungen anzustellen, und zog Angiolina an sich.

«Nein», bat sie, «nebenan wohnt mein Vater, er fühlt sich nicht wohl.»

«Ich kann küssen, ohne Lärm zu machen», erklärte er und drückte seine Lippen lange auf ihren Mund. Sie fuhr fort, sich zu sträuben. So kam ein Kuß zustande, der in tausend Küsse unterteilt war, die ein warmer Hauch miteinander verband.

Überdrüssig machte sie sich von ihm los, eilte zur Tür, öffnete sie und sagte: «So, jetzt hier herein. Aber seien Sie vernünftig, denn von der Küche aus kann man uns sehen.» Sie lachte immer noch. In seiner späteren Erinnerung sah er sie immer wieder so vor sich: triumphierend, wie ein schlimmes, kleines Mädchen, das demjenigen, der es liebt, einen Schelmenstreich gespielt hat. An den Schläfen war ihr Haar zerrauft, denn er hatte, wie immer, seinen Arm vorhin um ihren blonden Kopf gelegt. Er liebkoste mit den Augen die Spuren seiner eigenen Zärtlichkeit.

Jetzt erst sah er sich in dem Zimmer um. Die Tapete war nicht eben neuesten Datums, die Möbel hingegen wirkten nach den ersten Eindrücken, die er im Stiegenhaus, im Korridor und von den Kleidern von Mutter und Schwester empfangen hatte, geradezu luxuriös. Sie waren alle aus dem gleichen Holz verfertigt, aus Nußholz. Über das Bett war eine Decke mit langen Fransen gelegt. In einer Ecke stand eine riesige Vase mit hohen, künstlichen Blumen. Darüber prangten an der Wand unzählige Fotografien, die sorgfältig angeordnet waren. Mit einem Wort: Luxus.

Er sah sich die Fotografien an. Da hatte sich ein alter Herr, auf einen hohen Stoß von Papieren gestützt, in der Pose eines Grandseigneurs fotografieren lassen. Emilio lächelte. «Mein Taufpate», erläuterte Angiolina. Da gab es ferner einen jungen Burschen, der sehr sorgfältig, aber wie ein Arbeiter am Sonntag, gekleidet war; seine Züge waren energisch und gestrafft, sein Blick war kühn. «Der Taufpate meiner Schwester», sagte Angiolina, «und das ist der Taufpate meines jüngsten Bruders.» Damit wies sie auf das Bild eines anderen jungen Burschen, der etwas sanfter und vornehmer wirkte als der erste.

«Gibt es noch weitere Taufpaten?» fragte Emilio, aber sein Scherz erstarb ihm auf den Lippen. Unter den Fotos entdeckte er zwei, die nebeneinander hingen. Sie stellten zwei Männer dar, die er sehr gut kannte: Leardi und Sorniani. Der letztere sah auch auf der Fotografie gelb aus. Er blickte finster drein, es war, als setzte er seine üble Nachrede auf Angiolina von der Wand herab fort. Die Fotografie Leardis aber war die prächtigste von allen. Die Kamera hatte hier ein Meisterwerk vollbracht und alle Lichtschattierungen kunstvoll festgehalten. Man konnte meinen, den schönen Leardi in lebendigen Farben vor sich zu sehen. Er stand ungezwungen da, stützte sich weder auf Tische noch Tischchen, seine behandschuhte Hand hing frei herab. So mochte er eben einen Salon betreten, in dem eine Frau ihn allein erwartete. Er sah Emilio mit einer Gönnermiene an, die diesem schönen Jünglingsgesicht eigen war. Emilios Blick verfinsterte sich, Groll und Leid stiegen in ihm auf.

Angiolina begriff nicht gleich, warum Emilios Stirn sich umwölkte. Zum erstenmal gab er seine Eifersucht unverblümten Ausdruck: «Ich bin nicht eben erbaut, so viele Männer in diesem Schlafzimmer anzutreffen.» Die Überraschung, die dieser Vorwurf bei ihr auslöste, ließ auf ihre Unschuld schließen. So schwächte er seine Worte etwas ab: «Ich meine damit, was ich dir schon vor ein paar Abenden gesagt habe. Es ist nicht schön, dich von solchen Typen umgeben zu sehen. Es kann dir schaden. Schon daß du sie überhaupt kennst, ist kompromittierend genug.»

Ein belustigter Ausdruck trat plötzlich in ihr Gesicht. Sie freute sich über seine Eifersucht. «Eifersüchtig auf diese Menschen!» fügte sie hinzu und wurde gleich wieder ernst. Fast vorwurfsvoll meinte sie: «Was denkst du eigentlich von mir?» Er war schon daran, sich zu beruhigen, als sie einen Fehler beging. «Siehst du, dir werde ich nicht nur ein Foto, sondern zwei Fotos von mir schenken.» Sie lief zum Kasten, um sie hervorzuholen. Also alle die anderen besaßen Fotos von Angiolina; sie selbst hatte es ihm soeben mitgeteilt, aber mit einer solchen Ahnungslosigkeit, daß er es nicht wagte, ihr neuerdings Vorwürfe zu machen. Es sollte jedoch schlimmer kommen.

Mit gezwungenem Lächeln betrachtete er die zwei Fotos, die sie ihm mit einem scherzhaften Knicks überreichte. Die eine, eine Profilaufnahme, stammte von einem der ersten Fotografen Triests. Die andere war eine Amateuraufnahme. Gut auf ihr kam vor allem das elegante

Spitzenkleid zur Geltung, das sie bei ihrer ersten Begegnung getragen hatte, das Gesicht hingegen war ein wenig durch die Anstrengung verzogen, die Augen gegen die Sonne offen zu halten. «Wer hat diese Aufnahme gemacht?» fragte Emilio. «Vielleicht Leardi?» Er erinnerte sich, Leardi einmal mit einem Fotoapparat unter dem Arm auf der Straße gesehen zu haben.

«Aber nein!» sagte sie. «Schon wieder eifersüchtig? Diese Aufnahme hat ein sehr ernster Mann gemacht. Ein verheirateter Mann. Der Maler Datti.»

Ein verheirateter Mann, gewiß, aber ein ernster? «Ich bin nicht eifersüchtig», sagte Brentani mit gesenkter Stimme, «ich bin nur traurig, sehr traurig.» Richtig, da war unter den Fotografien ja auch die Dattis. Sein imposanter, roter Bart war ein Lieblingsmotiv für seine Malerkollegen in Triest. Als Emilio ihn hier erblickte, durchfuhr ihn ein heftiger Schmerz. Er erinnerte sich, daß dieser Mann zu erklären pflegte: «Die Weiber, mit denen ich zu tun habe, können für meine Frau keine Kränkung bedeuten, sie sind es nicht wert.»

Er hatte es nicht nötig, nach weiteren Beweisstücken zu suchen: sie überfielen, erdrückten ihn, und Angiolina tat in ihrer Ungeschicklichkeit noch alles dazu, sie durch Erläuterungen erst recht ins Licht zu setzen. Beschämt und beleidigt murmelte sie: «Mit all diesen Leuten hat mich Merighi bekanntgemacht.» Sie log, denn es war höchst unglaubwürdig, daß ein so arbeitsamer Geschäftsmann wie Merighi all diese Tunichtgute und Künstler gekannt haben sollte, oder daß er sie, falls er sie wirklich gekannt hatte, ausgerechnet seiner Braut vorgestellt hatte.

Emilio sah sie lange an. Es war ein forschender Blick, als sehe er sie zum erstenmal. Sie begriff den Ernst, der in diesem Blick lag. Ein wenig blaß geworden, senkte sie die Augen und wartete. Da mußte Emilio daran denken, daß er eigentlich kaum ein Recht besaß, eifersüchtig zu sein.

Nein, er wollte sie weder beschämen, noch leiden sehen. Niemals. Um ihr zu beweisen, daß er sie immer noch liebe – er war sich bewußt, ihr eben ein gegenteiliges Gefühl gezeigt zu haben – versuchte er sanft, sie zu küssen. Sie schien gleich wieder versöhnt, aber sie trat von ihm zurück und beschwor ihn, sie nicht mehr zu küssen. Er war betroffen, daß sie einen so bedeutungsvollen Kuß zurückwies, und ein noch größerer Zorn als zuvor stieg in ihm auf. Da sagte sie sehr ernst: «Ich habe schon so viele Sünden auf mich geladen, daß es mir heute schwerfallen wird, die Absolution zu erhalten. Du bist schuld, wenn ich mit ungenügend erforschtem Gewissen bei meinem Beichtvater erscheine.»

In Emilio regte sich neue Hoffnung. Was für eine schöne Sache war doch die Religion! Aus seinem Hause und aus Amalias Herzen hatte er sie vertrieben; darin hatte er eine der bedeutungsvollsten Leistungen seines Lebens erblickt. Nun, da er die Religion bei Angiolina wiederfand, begrüßte er sie mit unbeschreiblicher Freude. Angesichts so viel weiblicher Frömmigkeit erschienen ihm die Männer an der Zimmerwand weit weniger bedrohlich. Beim Fortgehen küßte er Angiolina ehrfurchtsvoll die Hand. Sie nahm diese Huldigung wie einen Tribut für ihre Tugend entgegen. Es war, als würden die von ihm gesammelten Beweisstücke allesamt in der Flamme einer geweihten Kerze zu Asche.

So hatte dieser erste Besuch keine weiteren Folgen außer der, daß er den Weg zu Angiolinas Haus gefunden hatte. Es wurde ihm bald zur Gewohnheit, ihr morgens Kuchen zum Kaffee zu bringen. Auch die Morgenstunde hatte ihre Reize. Er drückte diesen herrlichen Körper, der eben dem Bett entstiegen war und dessen Wärme durch das leichte Morgenkleid drang, an seine Brust. Er hatte das Gefühl einer unmittelbaren Berührung mit ihrer Nacktheit. Der Zauber der Religion war bald dahin. Die Religion, der Angiolina anhing, war nicht so beschaffen, daß sie Geborgenheit und Schutz bieten konnte, wenn man diese nicht schon in anderer Weise besaß. Immerhin wurde Emilio nicht wieder von so wilden Zweifeln befallen wie bei seinem ersten Besuch. Er hatte keine Zeit, sich in diesem Zimmer weiter umzusehen.

Angiolina versuchte zunächst, weiterhin Frömmigkeit vorzutäuschen, wie sie ihr schon einmal so nützlich gewesen. Es gelang ihr nicht. Bald lachte sie darüber in der schamlosesten Weise. War sie seiner Küsse satt, dann schob sie ihn mit den Worten weg: «Ite, missa est.» Sie besudelte damit einen mystischen Gedanken, den Emilio einmal, als er von ihr fortging, in vollstem Ernste ausgesprochen hatte. Sie sagte: «Deo gratias», wenn sie von ihm eine kleine Gunst erbat, sie rief: «Mea maxima culpa», wenn er seine Ansprüche zu hoch schraubte, und: «Libera nos, Domine», wenn sie von einer Sache nichts mehr hören wollte.

Der unvollständige Besitz dieser Frau verschaffte ihm gleichwohl eine vollständige Befriedigung. Nur aus Mißtrauen versuchte er, mehr zu erreichen, nur aus Angst, daß ihn all die Männer, die ihn von der Wand anblickten, verlachen könnten. Sie wehrte sich energisch: ihre Brüder würden sie erschlagen. Einmal weinte sie sogar, als er zudringlicher wurde; er habe sie nicht wirklich lieb, wenn er sie ins Unglück stürzen wolle. Da sah er davon ab, sie weiter zu bedrängen. Er war glücklich und zufrieden: sie hatte keinem anderen angehört, und er konnte sicher sein, von keinem verlacht zu werden.

Sie versprach ihm jedoch, in aller Form die Seine zu werden, sobald sie dies tun könnte, ohne ihm Ungelegenheiten zu bereiten und ohne Nachteil für sie selbst. Sie sprach darüber wie über die natürlichste Sache der Welt. Sie wußte sogar schon einen Ausweg: es galt, einen Dritten zu finden, auf den man alle Ungelegenheiten, allen Schaden und noch dazu Spott abladen könnte. Er hörte ihr begeistert zu, denn ihre Worte erschienen ihm wie lauter Liebeserklärungen. Die Hoffnung war ja gering, diesen Dritten zu finden, wie Angiolina ihn sich wünschte, aber er glaubte, wenn er sie so reden hörte, daß er sich nun beruhigt seinen eigenen Gefühlen hingeben könne. Sie war in der Tat so, wie er sie wünschte, sie bot ihm eine Liebe ohne Bindungen, ohne Risiken.

Zur Zeit war sein Leben ganz von dieser Liebe ausgefüllt. Er war unfähig, an etwas anderes zu denken, er war außerstande zu arbeiten, ja auch nur seinen Büropflichten klaglos nachzukommen. Das störte ihn nicht. Im Gegenteil. Sein Leben erhielt vorübergehend ein völlig neues Aussehen; später dann würde es nicht minder schön sein, zur früheren ruhigen Lebensweise zurückzukehren. Er liebte es, in Bildern zu denken, und da sah er sein Leben als einen geraden, gleichförmigen Weg, der durch ein stilles Tal führte: von der Stelle an, wo er Angiolina begegnet war, begann der Weg sich aufwärts zu winden und zweigte in eine Gegend ab, die von Bäumen, Blumen und Bergen abwechslungsreich belebt wurde. Es war nur ein kurzes Stück, dann führte der Weg wieder hinab ins Tal, wurde eben und sicher wie zuvor. Aber die Wanderung war jetzt doch weniger langweilig, denn man konnte von der Erinnerung an die wundervolle, farbenreiche, wenn auch beschwerliche Wegstrecke, die hinter einem lag, zehren.

Eines Tages teilte sie ihm mit, daß sie bei einer bekannten Familie Arbeit gefunden habe. Es handelte sich um eine gewisse Familie Deluigi. Eine gute Frau, die Frau Deluigi. Sie lebte mit ihrer Tochter, einer Freundin Angiolinas, und ihrem alten Mann. Junge Burschen gab es dort nicht. Alle in der Familie hatten Angiolina herzlich lieb. «Ich gehe sehr gern zu ihnen, denn dort verbringe ich meine Tage weit besser als daheim.» Emilio konnte nichts dagegen einwenden und fand sich damit ab, sie von nun an des Abends seltener zu sehen.

So kam Emilio jetzt zu freien Abenden, die er seinem Freunde und seiner Schwester widmen konnte. Er versuchte immer noch, die beiden über die Bedeutung zu täuschen, die sein Liebesabenteuer für ihn gewonnen hatte. Er täuschte sich ja selbst darüber. Er ging sogar soweit, Balli einreden zu wollen, er sei froh darüber, daß Angiolina jetzt an manchen Abenden beschäftigt war, denn so habe er sie nicht alle Tage am Hals. Er mußte freilich erröten, als Balli ihn mit seinen forschenden Augen ruhig ansah. Emilio wußte nicht mehr, wie ihm verbergen, was ihn so leidenschaftlich bewegte, daher begann er, sich über Angiolina lustig zu machen. Er spottete über gewisse Eigenschaften, die er an ihr beobachtet hatte. Diese Beobachtungen waren durchaus zutreffend, nur beeinträchtigten sie seine zärtlichen Gefühle für Angiolina in keiner Weise. Es gelang ihm, ziemlich ungezwungen zu lachen, aber Balli, der ihn allzugut kannte, entdeckte in diesem Lachen einen falschen Ton. Emilio lachte allein.

Angiolina, so berichtete Emilio, war bemüht, in der Schriftsprache, mit toskanischem Akzent zu sprechen. Was bei dieser affektierten Manier herauskam, klang eher nach einem englischen Akzent. «Früher oder später muß ich ihr das abgewöhnen», sagte er. «Es macht mich nervös.» Sie hielt den Kopf stets gegen die rechte Schulter geneigt. «Nach der Gallschen Theorie[3]», bemerkte Emilio, «deutet das auf Eitelkeit.» Mit dem Ernst eines Wissenschaftlers, der einem bestimmten Experiment nachgeht, fügte er hinzu: «Wer weiß, ob die Beobachtungen Galls wirklich so falsch sind, wie allgemein angenommen wird?» Sie war naschhaft, sie fand Vergnügen daran, viel und gut zu essen. Der Mann, der sie einmal erhalten mußte, war nicht zu beneiden! Hier log er unverschämt. Denn ebenso, wie er ihr Lachen liebte, liebte er es, ihr beim

Essen zuzusehen. Gerade die Schwächen, die ihn an ihr besonders entzückten, übergoß er nun mit seinem Spott. Als einmal die Rede auf eine Frau kam, die sehr häßlich, aber sehr reich war, rief Angiolina aus: «Reich? Dann kann sie gar nicht häßlich sein.» Sie, die so stolz auf ihre Schönheit war, erniedrigte sich nun vor einer anderen Macht, der des Geldes. Damals war Emilio gerührt gewesen, jetzt lachte er. «Eine ganz gewöhnliche Person.» Diesmal stimmte Balli in sein Gelächter ein.

Infolge der verschiedenen Art, mit Balli und mit Angiolina zu reden, hatten sich in Emilio geradezu zwei verschiedene Persönlichkeiten herausgebildet, die nebeneinander fortbestanden. Es lag ihm nichts daran, sie miteinander in Einklang zu bringen. Im Grunde belog er weder Balli, noch Angiolina. Solange er seine Liebesgefühle nicht eingestand, wähnte er sich sicher wie der Vogel Strauß, der glaubt, dem Jäger dadurch entgehen zu können, daß er ihn nicht ansieht. War er hingegen mit Angiolina beisammen, dann gab er sich ganz seinen zärtlichen Gefühlen hin. Warum sollte er sie auch unterdrücken und sein Glück durch einen Widerstand beeinträchtigen, für den er keinen rechten Grund sah? Er riskierte ja nichts. Er begehrte sie nicht bloß, er liebte sie. Wenn er sie so wehrlos sah wie gewisse, von der Natur benachteiligte Tiere, dann empfand er so etwas wie eine väterliche Zuneigung für sie. Gerade ihr Mangel an Intelligenz war eine Schwäche, die erst recht der Zärtlichkeit und des Schutzes bedurfte.

Er kam auf dem Campo Marzio in dem Augenblick an, da sie, empört, ihn nicht gleich angetroffen zu haben, eben weggehen wollte. Es war das erste Mal, daß sie auf ihn warten mußte, aber er konnte ihr mit der Uhr in der Hand beweisen, daß er sich nicht verspätet hatte. Ihr Zorn legte sich bald. Gerade an diesem Abend, so versicherte sie, war es für sie besonders dringend, ihn zu sprechen, daher war sie etwas früher gekommen. Es hatten sich merkwürdige

Dinge zugetragen, über die sie ihm berichten mußte. Sie hängte sich zärtlich in seinen Arm ein: «Ich habe gestern soviel geweint.» Sie trocknete sich die Tränen, die er in der Dunkelheit allerdings nicht sehen konnte. Sie wollte ihm erst alles sagen, wenn sie auf der Terrasse angelangt wären. Arm in Arm gingen sie durch die dunkle Allee zur Terrasse hinauf. Er hatte es nicht eilig, dort anzukommen. Was Angiolina ihm mitzuteilen hatte, konnte nichts Böses sein, da sie so zärtlich zu ihm war. Er blieb ein paarmal stehen, um sie durch den kleinen Schleier hindurch zu küssen.

Er ließ sie auf einem niedrigen Mauerwerk Platz nehmen, stützte sich mit einem Arm leicht auf ihre Knie und hielt, um sie gegen den zudringlichen, feinen Regen zu schützen, der ohne Unterlaß fiel, seinen Schirm über sie.

«Ich habe mich verlobt», sagte sie, dabei war sie bemüht, einen sentimentalen Ton in ihre Stimme zu legen. Diese Bemühung hielt nicht lange vor, denn zugleich klang eine große Lachlust durch.

«Verlobt!» murmelte Emilio zunächst ungläubig. Es kam ihm so unglaubhaft vor, daß er sogleich begann, nach Gründen für ihre Lüge zu suchen. Er blickte ihr ins Gesicht. Trotz der Dunkelheit konnte er bemerken, daß sie in ihrer ganzen Haltung jene sentimentale Note bewahrte, die aus ihrer Stimme verschwunden war. Die Sache mußte wahr sein. Zu welchem Zweck hätte sie ihm eine solche Lüge aufgetischt? Endlich war jener Dritte gefunden, den sie so dringend brauchten! «Bist du jetzt zufrieden?» fragte sie liebevoll.

Sie war weit entfernt, auch nur zu ahnen, was nun in Emilio vorging. Nur aus Scham sprach er nicht die Worte aus, die ihm auf den Lippen brannten. Sie erwartete sich von ihm wohl einen Freudenausbruch – wie sollte er ihn heucheln? Er litt so heftig, daß sie ihn erst daran erinnern mußte, mit welchem Vergnügen er sie bei anderen Gelegenheiten von diesem Plan hatte reden hören. Gewiß, aus Angiolinas Mund war ihm dieser Plan wie eine Liebkosung erschienen. Er hatte mit ihm immer wieder gespielt, von seiner Verwirklichung und dem darauffolgenden Glück geträumt. Aber wie viele Pläne hatte sein Hirn nicht schon ausgebrütet, ohne daß Spuren zurückgeblieben wären! Er hatte in seinem Leben schon von Diebstahl geträumt, von Mord und Vergewaltigung. Zugleich hatte er den Mut, die Kraft und die Perversität des Verbrechers in sich gefühlt, in Gedanken die Früchte seiner selbstverständlich straflos gebliebenen Verbrechen gekostet. Aber aus seinen Träumen wieder in die Wirklichkeit zurückgekehrt, fand er jedesmal die Dinge, gegen die sich seine aggressiven Vorstellungen gerichtet hatten, alle noch unverändert an ihrem Platze vor. Seine Gelüste waren abgeklungen, sein Gewissen war ruhig. Er hatte Verbrechen begangen, aber es war kein Schaden aus ihnen erwachsen. Jetzt hingegen war sein Traum Wirklichkeit geworden, und er, der es gewollt, war überrascht. Er erkannte seinen Traum nicht wieder, er sah jetzt ganz anders aus.

«Du fragst mich gar nicht, wer der Bräutigam ist?»

Mit einem plötzlichen Entschluß richtete er sich auf.

«Liebst du ihn?»

«Wie kannst du so etwas fragen!» rief sie ehrlich erstaunt aus. Als Antwort küßte sie seine Hand, mit der er den Schirm hielt.

«Dann darfst du ihn nicht heiraten!» befahl er. Er erklärte sich selbst seine eigenen Worte: er besaß sie ja schon, mehr wollte er nicht von ihr. Warum sollte er sie, um sie auch auf jene andere Weise zu besitzen, einem Dritten überlassen? Da er ihr wachsendes Staunen bemerkte, versuchte er sie zu überreden: «Mit einem Mann, den du nicht liebst, wirst du niemals glücklich sein.»

Sie verstand seine Bedenken nicht. Zum erstenmal beklagte sie sich über ihre Familie. Die Brüder wollten nichts arbeiten, der Vater war krank – wie sollte das weitergehen? Das Leben war nicht angenehm bei ihr zu Hause. Emilio habe ihr Heim nur bei Tageslicht gesehen, wenn die Männer nicht da waren. Kaum kamen die nach Hause, zankten sie untereinander, mit der Mutter, mit den Schwestern. Gewiß, der Schneider Volpini, ein Mann von vierzig Jahren, war nicht der Gatte, wie sie sich ihn wünschte, aber er war ordentlich, zärtlich und gut. Vielleicht könnte sie ihn mit der Zeit sogar liebgewinnen – etwas Besseres war jedenfalls nicht aufzutreiben. «Du hast mich ja sicher lieb, nicht wahr? Und doch denkst du nicht einmal an die Möglichkeit, mich zu heiraten.» Er war gerührt, als er sie so ohne jeden Groll von seinem Egoismus sprechen hörte.

Vielleicht machte sie wirklich ein gutes Geschäft? Da er sie nicht überzeugen konnte, versuchte er, schwach wie er war, sich selbst zu überzeugen.

Sie erzählte ihm Näheres. Volpini hatte sie bei Frau Deluigi kennengelernt. Er war fast ein Zwerg. «Er reicht mir bis hierher», sagte sie und wies lachend auf ihre Schulter. «Ein lustiger Kerl. Er sagte immer, er sei zwar klein, aber seine Liebe sei groß.» Vielleicht hegte sie den Verdacht – aber da tat sie ihm wirklich unrecht –, er könnte wieder eifersüchtig werden, so beeilte sie sich hinzuzufügen: «Er ist furchtbar häßlich. Sein ganzes Gesicht ist mit strohgelben Haaren bewachsen, sein Bart reicht ihm bis zu den Augen, vielmehr zu den Augengläsern.» Volpinis Schneiderwerkstatt befand sich in Fiume. Er hatte ihr aber versprochen, daß sie nach der Hochzeit einmal wöchentlich nach Triest fahren dürfe. Vorläufig jedenfalls konnte sie, da Volpini einen Großteil der Zeit abwesend war, weiterhin mit Emilio zusammenkommen wie bisher.

«Wir müssen aber sehr vorsichtig sein», bat Emilio. «Sehr, sehr vorsichtig!» wiederholte er. Wenn diese Verlobung für Angiolina ein so großes Glück bedeutete, war es dann nicht besser, auf jedes Wiedersehen ganz zu verzich-

ten, um sie nicht zu kompromittieren? Zur Beruhigung
seines eigenen schlechten Gewissens wäre ihm kein Opfer
zu groß gewesen. Er nahm die eine Hand Angiolinas, legte
seine Stirn auf sie, und in dieser Pose anbetungsvoller Hin-
gegebenheit sprach er seine Gedanken offen aus: «Um dir
nicht zu schaden, wäre ich sogar bereit, auf dich zu verzichten.»

Vielleicht begriff sie ihn jetzt. Sie spielte mit keinem
Wort mehr auf den Betrug an, den sie miteinander ausge-
heckt hatten. Schon aus diesem Grunde war ihre Liebe an
diesem Abend so rein wie nie zuvor. Einen Augenblick
lang, und er sollte der einzige bleiben, kam sie Emilios Gefühlen voll entgegen. Kein Falsch schien in ihr zu sein: sie
sagte ihm nicht einmal, daß sie ihn liebe. Emilio zärtelte
seinen eigenen Schmerz. Die Frau, die er liebte, war nicht
nur sanft und wehrlos, sie war verloren. Auf der einen
Seite verkaufte sie sich, auf der anderen schenkte sie sich
fort. Die Lachlust ging ihm nicht aus dem Sinn, die er zu
Beginn ihrer Unterredung an ihr beobachten konnte.
Wenn das die Art war, den wichtigsten Schritt ihres Lebens
zu tun, wie würde sie sich da erst benehmen, wenn sie einmal die Gattin eines ungeliebten Mannes war?

Sie war verloren. Er zog sie mit seinem linken Arm eng
an sich, legte seinen Kopf in ihren Schoß und flüsterte,
mehr von Mitleid als von Liebe ergriffen: «Du Ärmste!»
So verharrten sie längere Zeit hindurch. Offenbar in der
Meinung, daß er es nicht bemerke, beugte sie sich sodann
über ihn und küßte leicht sein Haar. Nie wieder im Ver-
laufe ihrer Beziehung fand sie zu einer Geste von solcher
Liebenswürdigkeit.

Was dann kam, war hart, scheußlich. Der feine Regen,
der bisher mit trauriger Einförmigkeit herniedergerieselt
war und die leidvollen Gefühle Emilios wie eine sanfte
Musik begleitet hatte, bald klagend, bald gleichmütig,
verwandelte sich plötzlich in einen Platzregen, der wütend

auf sie niederprasselte. Ein kalter Wind, vom Meer kommend, durchrüttelte die mit Wasser getränkte Atmosphäre. Er riß die beiden aus dem Traum, den ein glücklicher Augenblick ihnen geschenkt hatte. Angiolina bekam eine große Angst, ihr Kleid könnte naß werden. Sie stieß Emilios Arm fort und begann zu laufen. Sie brauchte beide Hände, um ihren Schirm gegen den Wind zu stemmen. Gegen Wind und Regen kämpfend wurde sie so wütend, daß sie ihm nicht einmal sagen wollte, wann sie sich wiedersehen würden: «Machen wir, daß wir nach Hause kommen.»

Er sah noch, wie sie in den Straßenbahnwagen stieg. Während er im Dunkeln stand, konnte er im gelben Licht des Wageninneren ihr schönes, von Zorn gezeichnetes Gesicht beobachten, ihre strahlenden Augen, die aufmerksam ihr Kleid nach den Schäden absuchten, welche der Regen ihm zugefügt hatte.

# IV

Ähnliche kalte Güsse wiederholten sich noch mehrmals im Laufe ihrer Beziehung und brachen den Bann, von dem er sich so gerne umfangen ließ.

Am nächsten Tag suchte er Angiolina schon zu früher Morgenstunde auf. Er wußte selbst nicht, ob er zu ihr ging, um sich mit ein paar beißenden Worten dafür zu rächen, daß sie ihn am Abend zuvor einfach hatte stehenlassen, oder ob er ihr strahlendes Gesicht wiedersehen wollte, um die Liebesgefühle zurückzugewinnen, die während der Nacht schmerzlichen Überlegungen gewichen waren. Die sehnsuchtsvolle Ungeduld, die ihn zu ihr hintrieb, ließ ihn erkennen, daß er ohne diese Liebesgefühle kaum mehr leben konnte.

Angiolinas Mutter öffnete ihm die Tür. Sie empfing ihn mit den üblichen Höflichkeitsphrasen. Ihr pergamentenes Gesicht war unbewegt, ihre Stimme klang rüde und tief. Angiolina sei eben dabei sich anzukleiden und werde sofort erscheinen.

Plötzlich fragte die Alte: «Was meinen Sie dazu?» Sie sprach von Volpini. Er war überrascht, daß auch Angiolinas Mutter seine Zustimmung zu dieser Hochzeit hören wollte. Er antwortete nicht gleich. Sie täuschte sich aber über die Ursache seiner Unentschiedenheit, die sie von seinem Gesicht ablesen konnte, und versuchte ihn zu überzeugen: «Sie müssen es verstehen. Es ist ein Glück für Angiolina. Wenn sie ihn auch nicht besonders liebt, so wird sie mit ihm doch ein ruhiges und zufriedenes Leben haben, denn er ist bis über beide Ohren in sie verliebt. Man muß ihn nur gesehen haben!» Sie brachte ein kurzes, lautes Lachen hervor, das jedoch lediglich ihre Lippen verzog. Man konnte leicht merken, daß sie zufrieden war.

Am Ende fühlte er sich geschmeichelt, daß Angiolina offenbar ihrer Mutter zu verstehen gegeben hatte, ein wie großes Gewicht sie auf seine Zustimmung lege. Großzügig erteilte er diese Zustimmung. Es tat ihm ja leid, daß Angiolina einen anderen heiratete, aber da es nun einmal zu ihrem Besten war ... Die Alte brachte neuerdings ein kurzes Lachen hervor. Diesmal aber war es mehr in ihren Zügen erkenntlich, als in ihrer Stimme. Es schien ihm ironisch zu sein. Kannte etwa auch die Mutter die Abmachungen, die er mit ihrer Tochter getroffen hatte? Auch das wäre ihm nicht unangenehm gewesen. Wenn diese kurzen Lachausbrüche dem braven Volpini galten, dann konnten sie ihn nicht verletzen. In diesem Falle war eindeutig nicht er der Verlachte.

Angiolina erschien, zum Ausgehen angekleidet. Sie hatte es eilig, denn um neun Uhr mußte sie bei Frau Deluigi sein. Er konnte sich nicht entschließen, sich von ihr zu trennen, und so gingen sie zum erstenmal bei hellem Tageslicht zusammen durch die Straßen.

«Mir scheint, wir geben ein schönes Paar ab», sagte sie lächelnd, da sie bemerkte, daß jeder, der vorüberging, einen Blick für sie übrig hatte. Es war ja auch unmöglich, an ihr vorbeizugehen, ohne sie anzusehen.

Emilio sah sie gleichfalls an. Ihr weißes Kleid betonte die damalige Modelinie in übertriebener Weise, es war äußerst eng in der Taille, die weiten Ärmel waren ballonartig gerafft: es forderte die Männerblicke heraus, es diente dazu, Eroberungen zu machen. Der Kopf wirkte gegen das viele Weiß, aus dem er hervorragte, nicht dunkel, sondern ganz im Gegenteil: sein gelbes Strahlen und freches Rosa wurden nur noch mehr betont. Der schmale, blutrote

Streifen der Lippen wirkte wie ein Ruf, da ein heiteres und süßes Lächeln die Zähne darunter freigab. Sie warf dieses Lächeln hin, und jeder, der vorüberging, konnte es auflesen. Die Sonne spielte in ihren blonden Locken und bedeckte sie mit Goldstaub.

Emilio errötete. Er meinte aus den Augen der Passanten ein Urteil abzulesen, das beleidigend war. Er sah sie noch einmal an. Kein Zweifel, sie hatte für jeden eleganten Mann, der vorbeiging, eine Art Gruß bereit. Ihr Auge sah nicht geradezu hin, aber ein Lichtstrahl leuchtete in ihm auf. In ihren Pupillen regte sich etwas und änderte dauernd die Intensität und die Richtung des Lichtes. Dieses Auge «knisterte»! Emilio hielt dieses Zeitwort fest, es schien ihm die Tätigkeit dieses Auges treffend zu charakterisieren, es war ihm, als vernehme er in den raschen, unvorhersehbaren Bewegungen des Lichtes ein leises Geräusch.

«Warum kokettierst du?» fragte er sie und zwang sich ein Lächeln ab.

Ohne im mindesten zu erröten, antwortete sie lachend: «Ich? Ich habe meine Augen zum Schauen.» Sie war sich also der Tätigkeit ihrer Augen voll bewußt. Sie täuschte sich nur, wenn sie diese Tätigkeit als «Schauen» bezeichnete.

Bald danach kam ein gewisser Giustini an ihnen vorbei, irgendein kleiner Angestellter, ein hübscher Junge übrigens, den Emilio vom Sehen her kannte. Angiolinas Auge belebte sich. Emilio wandte sich zurück, um den glücklichen Sterblichen zu betrachten, der an ihnen bereits vorüber war. Der kleine Angestellte war stehengeblieben und sah ihnen nach. «Er ist stehengeblieben, um mir nachzusehen», sagte sie mit glücklichem Lächeln.

«Warum freut dich das so?» fragte er bedrückt. Sie verstand ihn natürlich nicht. Gleich darauf – sie hielt das wohl für besonders schlau – wollte sie ihm einreden, daß sie sich mit voller Absicht so benehme, um ihn eifersüchtig zu machen. Und um ihn ganz zu beruhigen, verzog sie im vollen Sonnenschein ihre roten Lippen zu einer Grimasse, die einen Kuß darstellen sollte. Nein, sie war nicht fähig zu heucheln. Die Frau, die er liebte, Ange, war seine Erfindung. Er hatte sie sich selbst mit einem Willensakt geschaffen. Sie hatte dazu nichts beigetragen, im Gegenteil, sie hatte alles dagegen getan. Im Licht des Tages zerrann sein Traum.

«Zuviel Licht», murmelte er geblendet, «gehen wir in den Schatten.»

Sie betrachtete ihn neugierig, als sie sein verzerrtes Gesicht sah: «Die Sonne schadet dir? Ich habe gehört, daß es tatsächlich Menschen gibt, die sie nicht vertragen können.» Wie unrecht hatte sie doch, die Sonne zu lieben!

Als sie sich verabschiedeten, fragte er sie: «Und wenn Volpini etwas von unserem Spaziergang durch die Stadt erfährt?»

«Wer sollte ihm etwas davon erzählen?» meinte sie seelenruhig. «Ich würde ihm einfach sagen, daß du ein Bruder oder ein Cousin Frau Deluigis bist. Er kennt niemanden in Triest, man kann ihm einreden, was man will.»

Emilio wollte, als sie gegangen war, seine Eindrücke einer weiteren Analyse unterziehen. Er setzte den Spaziergang allein fort, ohne ein bestimmtes Ziel. In einem plötzlichen Aufflackern von Energie arbeiteten seine Gedanken rasch und konzentriert. Er stellte sich ein Problem und löste es sofort. Das Beste für ihn wäre, sie endgültig aufzugeben und nie mehr wiederzusehen. Über die Natur seines Gefühls konnte er sich nicht mehr täuschen. Der Schmerz, den er kurz vorher empfunden hatte, ein Schmerz, in den sich Scham für ihn und für sie mengte, sprach eine allzu deutliche Sprache.

Er machte sich an Stefano Balli mit einem bestimmten Vorsatz heran. Er wollte ihm ein Versprechen geben, durch das sein eben gefaßter Entschluß unwiderruflich werden sollte. Der Anblick des Freundes aber genügte, um den Vorsatz wieder fallenzulassen. Warum sollte er sich nicht auch mit Frauen amüsieren, so wie Stefano es tat? Er stellte sich vor, wie sein Leben ohne Liebe wieder aussehen würde. Auf der einen Seite Balli, der ihm dauernd seinen Willen aufzwang, auf der anderen Seite Amalia mit ihrer Trübsal. Nichts sonst. Er meinte nun, nicht weniger mannhaft zu denken als kurz zuvor. Im Gegenteil. Er wollte leben, genießen, auch um den Preis des Leidens. Die Art und Weise, wie er Angiolina von nun an behandeln würde, sollte seine Energie beweisen, nicht die feige Flucht vor ihr.

Der Bildhauer begrüßte ihn mit einem wilden Fluch und sagte: «Lebst du überhaupt noch? Eines kann ich dir sagen: Wenn du von mir einen Gefallen willst, dann spare dir die Mühe. Es wird dir nichts nützen, auch wenn du noch so zerknirscht dreinschaust, du Schweinehund!»

Er schrie ihm seine Verwünschungen mit komischer Übertriebenheit entgegen, und sogleich fühlte sich Emilio von allen Zweifeln befreit. Balli hatte von einem «Gefallen» gesprochen und ihm damit einen guten Rat erteilt. Wer, wenn nicht Balli, konnte ihm in dieser Situation helfen? «Ich bitte dich», sagte er flehentlich, «dringend um einen Rat.»

Balli begann zu lachen. «Es handelt sich um Angiolina, nicht wahr? Ich will nichts von Dingen hören, die mit ihr zu tun haben. Sie war nur dazu gut, uns auseinanderzubringen. Schön. Aber weitere Belästigungen wünsche ich durch sie nicht.»

Auch wenn Balli noch rüder gewesen wäre, hätte Emilio keinesfalls darauf verzichtet, einen Rat von ihm zu erbitten. Von ihm erhoffte er sich alles Heil. Stefano, der sich so gut auf diese Dinge verstand, konnte ihm den Weg zu weiterem, leidlosem Genuß weisen. In einem einzigen Atemzug sozusagen war er von seinem kurz zuvor gefaßten männlichen Entschluß zur verwerflichsten aller Niedrigkeiten herabgesunken: er war sich seiner Schwäche bewußt und fand sich restlos mit ihr ab. Er rief um Hilfe! Er hätte gerne wenigstens den Anschein eines Menschen bewahrt, der einfach um Rat fragt, nur um die Meinung eines anderen zu hören. Aber infolge einer rein mechanischen Reaktion auf das Geschrei, das in seinen Ohren dröhnte, verwandelte er sich in einen Flehenden. Er hatte das Bedürfnis, liebevoll behandelt zu werden.

Stefano empfand Mitleid mit ihm. Er faßte ihn grob am Arm und schleifte ihn mit, in Richtung Piazza della Legna, wo er sein Atelier hatte. «Leg los. Wenn ich dir helfen kann, dann will ich's gerne tun, das weißt du ja.»

Emilio war gerührt und beichtete alles. Ja, jetzt fühlte er es ganz klar. Die Sache war ernst geworden für ihn. Er schilderte seine Liebesgefühle, seine Ungeduld, Angiolina zu sehen, zu sprechen, seine Eifersucht, seine dauernden qualvollen Zweifel und Bedenken. Was nicht mit ihr oder mit seinen Gefühlen für sie zusammenhing, existierte für ihn nicht mehr. Er beschrieb ihm Angiolina so, wie sie sich nun in seinem Urteil darstellte, nachdem er ihr Benehmen auf der Straße gesehen, die Fotografien an der Wand ihres Schlafzimmers entdeckt und von der Bindung an den Schneidermeister erfahren hatte, die sie auf Grund der zwischen ihnen getroffenen Abmachungen eingegangen war. Während er sprach, mußte er mehrmals lächeln. Er sah sie wieder vor sich, heiter, auf die unschuldigste Weise verdorben. Er lächelte, ohne den mindesten Groll zu empfinden. Armes Kind! Sie hielt so große Stücke auf die Fotografien, daß sie sie auf der Zimmerwand paradieren ließ, sie fand solche Freude daran, auf der Straße bewundert zu werden, daß sie ihn selbst aufforderte, die Blicke zu registrieren, die man ihr zuwarf. Je länger er sprach, desto mehr glaubte er zu begreifen, daß alle diese Dinge für einen Menschen, der erklärt hatte, in der Frau nur ein Spielzeug zu sehen, nicht verletzend sein konnten. Es stimmte wohl, daß er nicht alle seine Beobachtungen und Erfahrungen in seinen Bericht aufnahm, aber in diesem Augenblick existierten sie für ihn nicht mehr. Er sah Balli ängstlich an, er fürchtete, der könnte plötzlich in ein Gelächter ausbrechen. Rein verstandesmäßig zwang er sich trotzdem weiterzureden. Er hatte erklärt, daß er einen Rat hören wolle, also mußte er ihn jetzt auch einfordern. Er hatte seine eigenen Worte im Ohr, und er zog aus ihnen die Konsequenzen, als wären es die Worte eines anderen. Mit äußerlicher Ruhe, so als wolle er die innerliche Beteiligung vergessen lassen, mit der er bisher gesprochen, fragte er: «Was meinst du? Da ich mich nun einmal nicht richtig zu benehmen weiß, wäre es da nicht besser, diese Beziehung einfach abzubrechen?» Er verbarg ein neuerliches Lächeln. Es wäre komisch gewesen, wenn Balli ihm nun, in bestem Glauben, den Rat gegeben hätte, auf Angiolina zu verzichten.

Stefano erwies sich aber auch in diesem Falle als ein Mann von überlegener Intelligenz. Er wollte keinen Rat geben. «Du wirst begreifen», sagte er herzlich, «daß ich dir nicht gut den Rat geben kann, anders zu sein, als du bist. Ich wußte ja, daß Abenteuer dieser Art nichts für dich sind.» Da Balli so sprach, dachte Emilio, daß die Gefühle, die ihn kurz zuvor so erschreckt hatten, nichts Ungewöhnliches wären. Ein Grund mehr für ihn, sich zu beruhigen.

Michele, Ballis Diener, trat an sie heran. Er war schon ein bejahrter Mann, ein gewesener Soldat. In Habtachtstellung flüsterte er seinem Herrn etwas zu. Als er sich wieder entfernte, zog er seinen Hut mit großem Schwung, wobei sein Körper die stramme Haltung bewahrte.

«Man erwartet mich im Atelier», sagte Balli mit einem Lächeln. «Eine Frau. Schade, daß du unserer Unterhaltung nicht beiwohnen kannst, du könntest daraus lernen.» Plötzlich hatte er einen Einfall: «Sollen wir uns einmal abends zu viert treffen?» Er glaubte endlich den Weg gefunden zu haben, seinem Freunde zu helfen. Emilio war mit Begeisterung einverstanden. Natürlich! Er konnte Balli nur dann nacheifern, wenn er ihn einmal am Werk gesehen hatte.

Am gleichen Abend hatte Emilio eine Verabredung mit Angiolina auf dem Campo Marzio. Während des ganzen Tages war er damit beschäftigt gewesen, sich die Vorwürfe auszudenken, die er ihr sagen wollte. Aber sie kam ja doch, um ein paar Stunden ganz die Seine zu sein. Um diese Zeit gab es in Sant' Andrea keine Passanten, die sie stören konnten. Warum sollte er sein Glück durch Zank trüben? Er glaubte Balli ähnlicher zu sein, wenn er den hingebungsvollen Liebhaber spielte, wenn er diese Liebe voll auskostete, auf die er noch am gleichen Morgen in einem Anfall von Wahnsinn beinahe Verzicht geleistet hätte. Von seinem Groll klang lediglich eine gewisse Erregung durch, die seine Worte, ja diese ganze abendliche Zusammenkunft beflügelte, die wunderschön begann. Sie beschlossen, von den zwei Stunden, die ihnen zur Verfügung standen, die eine zu benützen, um aus der Stadt hinauszuwandern, die andere, um wieder heimzugehen. Der Vorschlag stammte von ihm, denn er suchte Beruhigung, indem er neben ihr herging. Sie brauchten ungefähr eine Stunde, um zu den Schiffswerften, dem «Arsenal», zu gelangen. Es war eine Stunde vollkommenen Glücks. Der Herbst war vorzeitig angebrochen, die Nacht war klar, durchsichtig und kühl.

Sie setzte sich auf die niedrige Mauer, die die Straße einsäumte. Er blieb aufrecht stehen und überblickte die ganze Straße. Angiolinas Kopf, dessen eine Seite von einer Straßenlaterne beleuchtet wurde, wirkte wie auf einen dunklen Hintergrund projiziert. Er wurde von den Schiffswerften gebildet, die sich am Ufer hindehnten, eine ganze Stadt, die um diese Zeit ausgestorben war. «Die Stadt der

Arbeit», sagte er, erstaunt darüber, daß er gerade diesen Schauplatz für seine Liebe gewählt hatte.

Das Meer, von der gegenüberliegenden Halbinsel abgeschlossen und von verschiedenen Objekten verdeckt, war in dieser Nacht aus dem Panorama verschwunden. Man sah nur die Häuser, die auf dem Ufer wie auf einem Schachbrett verstreut standen, und etwas weiter einen Schiffsrumpf, der noch im Bau war. Die Stadt der Arbeit wirkte jetzt sogar größer, als sie in Wirklichkeit war. Sie schien sich auf der linken Seite dort fortzusetzen, wo man in weiter Ferne eine Reihe von Laternen sehen konnte. Emilio wußte, daß diese Laternen bereits zu einem anderen Industrieunternehmen gehörten, das sich auf dem gegenüberliegenden Ufer, in der Bucht von Muggia befand. Auch das war eine Stadt der Arbeit, und es war nur richtig, daß sie wie eine Fortsetzung der ersten erschien.

Auch Angiolina sah um sich. Einen Augenblick lang war Emilio mit seinen Gedanken weit fort von der Liebe. Einst hatte er mit sozialistischen Ideen gespielt, freilich ohne auch nur einen Finger zu rühren, um sie zu verwirklichen. Wie weit weg waren nun diese Ideen! Er empfand Gewissensbisse, als hätte er einen Verrat begangen. Seine Taten erschöpften sich ja in Wünschen und Ideen, und ihre Preisgabe erschien ihm wie ein Akt der Abtrünnigkeit. [4]

Das kleine Mißbehagen verschwand bald. Sie wollte von ihm verschiedene Dinge wissen, besonders was den Koloß dort betraf, der in der Luft zu schweben schien, und Emilio schilderte ihr, wie ein Stapellauf vor sich ging. Als einsamer Pedant, der er sein Leben lang gewesen, hatte er es niemals verstanden, seine Gedanken und seine Worte den Ohren anzupassen, für die sie bestimmt waren; vor ein paar Jahren hatte er vergeblich versucht, aus seinem Schneckenhaus herauszukriechen und sich der Menge verständlich zu machen – verärgert und voll Verachtung hatte er sich wieder zurückgezogen. Jetzt hingegen bereitete es ihm ausgesprochen Vergnügen, schwierige Worte oder auch komplizierte Gedankengänge zu vermeiden, um verstanden zu werden. Während er sprach, gelang es ihm, seine Gedanken zu zerlegen und von den Worten loszulösen, mit denen sie entstanden waren, nur um einen Blitz des Verständnisses in diesen blauen Augen aufleuchten zu sehen.

Aber auch diesmal unterbrach ein Mißton die schöne Harmonie. Vor ein paar Tagen hatte er von einem Fall erzählen hören, der ihn tief bewegte. Ein deutscher Astronom lebte seit zehn Jahren in seinem Observatorium auf einem der höchsten Alpengipfel im ewigen Schnee. Das nächste Dorf lag etwa tausend Meter tief unter ihm. Von dort brachte ihm ein zehnjähriges Mädchen täglich das Essen herauf. Im Verlauf der zehn Jahre war das Mädchen, das täglich eine Klettertour von zweimal tausend Metern zurücklegen mußte, zu einem großen, schönen und kräftigen Geschöpf herangewachsen. Es wurde die Frau des Gelehrten. Erst vor kurzem war die Hochzeit im Dorf gefeiert worden. Dann wanderte das Paar gemeinsam zu seiner Behausung hinauf, und das war die Hochzeitsreise gewesen. In Angiolinas Armen fiel ihm diese Geschichte plötzlich wieder ein. Genauso hätte er sie gern besessen, tausend Meter fern von anderen Menschen. Wenn er die Gewißheit gehabt hätte, wie der deutsche Astronom sein Leben weiterhin den gleichen Zielen widmen zu können, dann wäre er ohne Vorbehalt bereit gewesen, sich endgültig mit ihr zu verbinden. «Und du …» fragte er ungeduldig, da sie nicht gleich begriff, wozu er ihr diese Geschichte erzählte, «würdest du gern mit mir dort oben hausen?»

Sie zögerte. Kein Zweifel, sie zögerte. Von der ganzen Geschichte hatte lediglich die Gletschereinsamkeit auf sie Eindruck gemacht. Während ihn die Liebesepisode fesselte, fand sie nur, daß es dort oben kalt und langweilig sein müsse. Sie sah ihn an, begriff, welche Antwort er von ihr erwartete, und nur, um ihm entgegenzukommen, sagte sie dann ohne jedwede Begeisterung: «O ja, es wäre wunderbar.»

Er aber fühlte sich bereits in seinem Innersten verletzt. Er war der Meinung gewesen, daß sie begeistert jede wie immer geartete Bedingung akzeptieren würde, wenn er sich einmal entschließen sollte, sie zu der Seinen zu machen. Aber siehe da, das war nicht der Fall! In solchen Gletscherhöhen hätte sie sich auch mit ihm nicht glücklich gefühlt. Trotz der Dunkelheit konnte er auf ihrem Gesicht das Erstaunen über die Zumutung lesen, sie solle ihre Jugend in Schnee und Einsamkeit verbringen – ihre schöne Jugend: das waren ihr Haar, ihr blühender Teint, ihre Zähne, alle die Dinge, die sie so gern von den Menschen bewundert sah.

Die Rollen waren vertauscht. Er hatte ihr, wenn auch nur bildlich, den Vorschlag gemacht, die Seine zu werden, und sie hatte abgelehnt. Er war geradezu bestürzt. «Natürlich», sagte er mit bitterer Ironie, «dort oben gäbe es niemanden, der dir Fotografien schenken könnte oder auf der Straße stehenbliebe, um dir nachzusehen.»

Sie fühlte die Bitterkeit in seinen Worten, aber die Ironie verletzte sie nicht, sie glaubte sich im Recht und begann zu diskutieren. Dort oben sei es kalt, und Kälte vertrage sie nicht. Im Winter fühle sie sich sogar in der Stadt unglücklich. Außerdem lebe man nur einmal auf dieser Welt, und dort oben habe man gar nichts vom Leben, denn niemand könne ihr einreden, daß es ein besonderes Vergnügen sei, Wolken statt über einem, unter einem dahingleiten zu sehen.

Sie mochte recht haben. Gewiß. Aber wie nüchtern war ihre Denkungsart und wenig klug. Er redete nicht weiter über die Sache. Wie hätte er sie auch überzeugen können? Er blickte ratlos um sich. Er hätte ihr eine Grobheit sagen können, um sich zu rächen und sich damit zu beruhigen, aber er schwieg und sah unschlüssig in die Nacht, betrachtete zunächst die verstreuten Lichter auf der gegenüberliegenden Halbinsel, dann den Turm, der sich am Eingang zur Schiffswerft erhob, schließlich den unbeweglichen, schwarzblauen Schatten oberhalb der Maste, der wie ein zufälliger Farbklecks in der Luft schwebte.

«Ich sage ja nicht nein», meinte Angiolina, um ihn zu versöhnen, «es wäre sicherlich wunderschön, aber ...» Sie unterbrach sich. Da sie ihn so begeistert über einen Gletscher sah, den sie gewiß niemals zu Gesicht bekommen würde, wäre es von ihr die reine Dummheit gewesen, ihm nicht die Freude zu machen: «Es wäre sehr, sehr schön», sagte sie immer wieder mit künstlich gesteigerter Begeisterung. Er aber wandte nicht den Blick von dem schwebenden, schwarzblauen Klecks in der Luft. Ihre Heuchelei war so durchsichtig, daß sie fast wie Hohn wirkte. Da zog sie ihn an sich: «Willst du einen Beweis? Gut, dann fahren wir schon morgen hin, sofort, und ich lebe nur für dich und für immer.»

Er befand sich nun in der gleichen Seelenverfassung wie am Morgen dieses Tages. So fiel ihm Balli wieder ein. «Der Bildhauer Balli will deine Bekanntschaft machen.»

«Wirklich?» fragte sie hocherfreut. «Auch ich möchte ihn kennenlernen!» Es war, als wollte sie sich unverzüglich auf den Weg zu Balli machen. «Eine Bekannte, die ihn sehr gern hatte, hat mir soviel von ihm erzählt, daß ich schon seit langem wünsche, mit ihm zusammenzukommen. Wo hat er mich denn gesehen, daß er mich kennenlernen will?»

Es war nicht das erste Mal, daß sie in seiner Gegenwart Interesse für andere Männer zeigte. Aber es war doch schmerzlich! Emilio erklärte grob: «Er wußte nicht einmal, daß du auf der Welt bist. Er weiß von dir nur das, was ich ihm erzählt habe.» Er hoffte, sie damit zu enttäuschen.

Aber sie war ihm im Gegenteil sehr dankbar, daß er zu Balli von ihr gesprochen hatte. «Wer weiß», mimte sie komisches Mißtrauen, «was du ihm alles von mir erzählt hast.»

«Ich habe ihm erzählt, daß du ein falsches Luder bist», sagte er lachend. Gleich darauf mußten sie beide von Herzen lachen, sie waren wieder guter Laune und in bestem Einvernehmen. Sie ließ sich lange von ihm umarmen. Plötzlich flüsterte sie ihm mit einem Ausdruck von Ergriffenheit ins Ohr: «Sche täm bokù.» Diesmal sagte er mit Trauer in der Stimme: «Falsches Luder.» Sie lachte neuerdings laut auf. Dann aber fand sie eine bessere Entgegnung. Sie küßte ihn und sagte, während ihre Lippen noch die seinen streiften, mit einer Anmut, die er nie mehr vergessen sollte, mit einer veränderten, weichen, flehenden Stimme mehrmals hintereinander: «Nicht wahr, es ist nicht wahr, daß ich das bin, was du sagst?» So fand der Abend noch einen schönen Abschluß. Es genügte, daß Angiolina eine richtige Geste fand, um jeden Zweifel, jeden Schmerz in ihm auszulöschen.

Auf dem Heimweg erinnerte er sich, daß Balli zu dem Rendezvous eine zweite Frau mitbringen wollte. Er teilte ihr das mit. Es schien sie nicht zu stören. Sie erkundigte sich mit einem Gleichmut, der nicht gekünstelt sein konnte, ob Balli diese Frau sehr liebe. «Ich glaube nicht», sagte er aufrichtig, glücklich über ihren Gleichmut. «Balli hat eine seltsame Art, die Frauen zu lieben. Er liebt sie sehr, aber alle auf die gleiche Weise – wenn sie ihm gefallen.»

«Er hat wohl viele Frauen gehabt», bemerkte sie nachdenklich. Da nun meinte er, lügen zu müssen: «Ich glaube nein.»

Schon am nächsten Abend trafen sie sich zu viert im Volksgarten. Angiolina und Emilio waren als erste zur Stelle. Es war nicht sehr angenehm, im Freien zu warten, denn die Erde war, obwohl es nicht geregnet hatte, naß vom Scirocco. Angiolina versuchte, ihre ungeduldige Erwartung hinter einer vorgetäuschten schlechten Laune zu verbergen. Emilio aber ließ sich nicht täuschen. Er war von dem heftigen Wunsch erfüllt, diese Frau zu erobern, die er bereits als nicht mehr sein empfand. Aber er war langweilig, er fühlte es, und sie unterließ es nicht, es ihn noch stärker fühlen zu lassen. Er faßte sie am Arm und fragte sie: «Hast du mich wenigstens noch so lieb wie gestern abend?» – «Ja», sagte sie unfreundlich. «Aber das sind doch nicht Dinge, die man alle fünf Minuten ausspricht.»

Balli nahte vom Acquedotto, an seinem Arm hing eine Frau, die so groß war wie er. «Die ist aber ein langes Ende!» sagte Angiolina und fällte damit über die Frau das einzige Urteil, das von dieser Entfernung möglich war.

Als Balli angelangt war, stellte er vor: «Margherita, Ange.» – Um in der Dunkelheit Angiolina besser sehen zu können, näherte er sein Gesicht dem ihren. Wenn er seine Lippen nur ein wenig vorgeschoben hätte, dann hätte er sie auch schon küssen können. «Wirklich, Ange?» Immer noch nicht zufrieden, strich er ein Zündholz an und beleuchtete das rosige Gesicht, das mit tiefstem Ernst der Untersuchung standhielt. Von diesem, in der Dunkelheit ausgeleuchteten Gesicht ging ein zauberhafter Schimmer aus. Die hellen Augen, in denen sich das Gelb der Flamme wie in kristallklarem Wasser spiegelte, glänzten groß, sanft und heiter. Ohne viel Umstände beleuchtete Balli mit dem Zündholz jetzt auch das Gesicht Margheritas: es war ein blasses, klar gezeichnetes Gesicht, mit zwei lebhaften dunkelblauen Augen, die die Aufmerksamkeit gleich auf sich lenkten, und mit einer Adlernase. Der kleine Kopf trug eine reiche Fülle kastanienbraunen Haars. Was auffiel, war der Kontrast zwischen den frechen Lausbubenaugen und dem Ernst der Gesichtszüge, die denen einer leidenden Madonna glichen. Sie ließ sich nicht nur betrachten, sondern benützte auch den schwachen Lichtschein, um Emilio neugierig zu mustern. Da die kleine Flamme immer noch nicht verlöschen wollte, blies sie sie aus.

«So, nun kennt ihr euch alle», sagte Balli, und auf Emilio zeigend fügte er hinzu: «Den dort wirst du bei Licht noch genügend betrachten können.» Er ging mit Margherita voraus, die sich an seinen Arm geklammert hielt. Ihre lange und magere Gestalt war wohl nicht schön. Der Kontrast zwischen Lebhaftigkeit und Leiden, der sich im Gesicht abgezeichnet hatte, kam auch an ihrem Körper zum Ausdruck. Im Vergleich zu ihrer ganzen Erscheinung wirkte ihr Schritt unsicher, kurz. Die Jacke, die sie trug, war von flammendem Rot, aber auf ihrem schmalen, irgendwie armselig wirkenden, leicht gebeugten Rücken erstarb die Farbe. Es war, als hätte ein kleines Kind eine Uniform angezogen. Bei Angiolina hingegen belebte sich sogleich selbst die toteste Farbe. «Schade», murmelte Angiolina mit tiefem Bedauern, «dieser schöne Kopf auf so einer Bohnenstange.»

Emilio wollte irgend etwas sagen. Er näherte sich Balli und fragte: «Höchst beeindruckt von den Augen deiner Begleiterin, möchte ich gerne wissen, wie dir die Augen der meinen gefallen.»

«Die Augen sind nicht übel», erklärte Balli, «nur die Nase ist nicht ganz durchmodelliert. Der Linie fehlt noch irgend etwas. Man müßte sie mit ein paar Daumentupfern zu Ende formen.»

«Wirklich?» rief Angiolina starr vor Staunen aus.

«Vielleicht täusche ich mich», fuhr Balli mit großem Ernst fort. «Das wird man ja bei Licht sehen.»

Als Angiolina meinte, weit genug von ihrem fürchterlichen Kritiker entfernt zu sein, sagte sie mit einem bösen Ton in der Stimme: «Als ob sein Hinkeweib ein Glanzstück wäre.»

In der «Neuen Welt» betraten sie ein langgestrecktes

Zimmer, das auf der einen Seite von einer Zwischenwand und auf der anderen von einer Glastür abgeschlossen wurde, die in den großen Garten des Bierhauses führte. Kaum waren sie eingetreten, als auch schon der Kellner auf sie zueilte, ein junger Bursche, der seiner Kleidung und seinem Gehaben nach vom Lande stammen mußte. Er stieg auf einen Sessel und entzündete zwei Gaslampen, die den Raum nur spärlich erhellten. Er blieb wie verschlafen stehen und rieb sich die Augen. Balli trat auf ihn zu und schrie ihn an, was ihm denn einfalle, dort oben einzuschlafen. Der Bursche schien sofort wach, stieg vom Sessel, indem er sich auf den Arm des Bildhauers stützte, und entfernte sich in bester Laune.

Margherita hatte Schmerzen in einem Fuß und setzte sich sogleich. Balli machte sich mit ziemlichem Eifer um sie zu schaffen. Sie möge sich doch ohne viel Umstände den Schuh ausziehen. Sie weigerte sich und sagte: «Irgend etwas muß mir immer weh tun. Übrigens ist es heute kaum der Rede wert.»

Wie anders war doch diese Frau als Angiolina! Ihre Liebeserklärungen blieben gleichsam unausgesprochen, sie verbarg sie hinter einer keuschen Zärtlichkeit; Angiolina hingegen wand und krümmte sich, wenn sie ihre Liebe zeigen wollte, sie lud sich auf, wie ein Apparat, der umständlicher Vorbereitungen bedarf, um zu funktionieren.

Aber Balli war nicht zufrieden. Er hatte erklärt, sie müsse sich den Schuh ausziehen, und er bestand darauf, daß sein Befehl ausgeführt werde. Schließlich versicherte sie, sie wäre bereit, auch beide Schuhe auszuziehen, wenn er es so haben wolle, doch würde dies nichts nützen, denn ihre Schmerzen hätten ganz andere Ursachen. Im Verlauf des Abends war sie noch mehrmals gezwungen, ihre Unterwürfigkeit unter Beweis zu stellen, denn Balli wollte ja sein System vorführen, das er Frauen gegenüber anwandte. Margherita war für die ihr zugedachte Rolle besonders geeignet; sie lachte viel, doch sie gehorchte. Gerade weil man aus ihren Worten merken konnte, daß sie gewöhnt war, selbständig zu denken, wirkte ihr Gehorsam besonders beispielhaft.

Anfangs versuchte sie, ein Gespräch mit Angiolina anzuknüpfen. Diese balancierte gerade auf den Zehenspitzen, um sich besser in einem entfernten Spiegel betrachten zu können. Sie richtete sich die Locken. Margherita erzählte ihr von den Schmerzen, die sie manchmal in der Brust und in den Beinen verspüre; sie erinnerte sich nicht, jemals keine Schmerzen gehabt zu haben. Ohne den Blick vom Spiegel abzuwenden, sagte Angiolina: «Wirklich? Sie Ärmste!» Gleich darauf fügte sie mit großer Einfachheit hinzu: «Ich fühle mich immer wohl.» Emilio, der sie bereits kannte, unterdrückte ein Lächeln. Aus Angiolinas Worten sprach nicht nur die absolute Gleichgültigkeit gegenüber der Krankheit Margheritas, sondern auch eine tiefe Befriedigung über die eigene Gesundheit. Die Schmerzen der anderen erhöhten ihr eigenes Wohlbefinden.

Margherita saß zwischen Stefano und Emilio; Angiolina warf, während sie noch stand, Balli einen seltsamen Blick zu und nahm dann, als letzte, Margherita gegenüber Platz. Emilio war dieser Blick wie eine Herausforderung erschienen, der Bildhauer aber deutete ihn richtig. «Meine liebe Angiolina», sagte er geradeheraus, «Sie sehen mich so an, weil Sie hoffen, ich würde Ihre Nase doch noch schön finden. Aber es nützt nichts. Ihre Nase müßte so aussehen...» Er tauchte seinen Finger ins Bier und zeichnete eine geschwungene Linie auf den Tisch. Es war eine sehr grobe Linie, und es fiel schwer, sich eine Nase darunter vorzustellen.

Angiolina betrachtete sie, als wollte sie sie studieren, dann griff sie sich an die Nase: «So ist sie besser», sagte sie halblaut, als läge ihr nichts mehr daran, irgend jemanden zu überzeugen.

«Das spricht von schlechtem Geschmack!» rief Balli aus, aber er konnte sein Lachen kaum mehr zurückhalten. Von diesem Augenblick an, das war leicht zu sehen, fand er Angiolina höchst amüsant. Er sagte ihr weiterhin unangenehme Dinge, aber es war, als tue er es nur, um sie zur Gegenwehr herauszufordern. Sie selbst unterhielt sich dabei sehr. In ihren Augen glänzte, wenn sie den Bildhauer ansah, die gleiche liebevolle Zuneigung wie in den Augen Margheritas; eine Frau ahmte die andere nach, und Emilio fragte sich, nachdem er vergebens versucht hatte, mit ein paar Worten am allgemeinen Gespräch teilzunehmen, wozu er überhaupt dieses ganze Zusammentreffen organisiert habe.

Aber Balli hatte ihn nicht vergessen. Er fuhr fort, sein System zu demonstrieren, das aus Grobheit zu bestehen schien. Er verschonte auch den Kellner nicht. Er brüllte ihn an, weil es zum Abendessen nichts anderes gab als Kalbfleisch in verschiedenen Soßen. Schließlich fand er sich damit ab und gab seine Bestellungen auf. Als der Kellner schon fast aus dem Zimmer war, schrie Balli ihm in einem neuerlichen komischen Anfall ungerechtfertigten Zornes nach: «Saukerl, Schweinehund!» Der Kellner fand es köstlich, von Balli angeschrien zu werden, und führte alle Bestellungen mit bewundernswertem Eifer aus. Nachdem er alles um sich gebändigt hatte, fand Balli, daß er Emilio eine regelrechte Lektion erteilt habe.

Der aber war selbst in den kleinsten Dingen nicht imstande, ein solches System anzuwenden. Margherita wollte nichts essen. Balli erklärte: «Es ist der letzte Abend, den wir miteinander verbringen, denn ich vertrage solche Faxen nicht!» Da war sie gleich damit einverstanden, daß man auch für sie ein Essen bereite. Der Appetit war ihr prompt gekommen, und Emilio meinte, von Angiolina noch nie ein ähnlich sichtbares Zeichen der Zuneigung empfangen zu haben. Als auch sie erklärte, keine Lust auf

Kalbfleisch zu haben, sagte ihr Emilio: «Hast du gehört, Stefano verträgt keine Faxen.» Sie zuckte mit den Achseln. Es lag ihr nichts daran, irgend jemandem zu gefallen, doch Emilio schien es, daß ihre verächtliche Geste mehr gegen ihn als gegen Balli gerichtet war.

«Dieses Kälbermahl», erklärte Balli, indem er mit vollem Munde kauend den drei anderen ins Gesicht sah, «ergibt nicht eben ein sehr harmonisches Bild. Ihr zwei seid ganz falsch zusammengestellt. Du bist schwarz wie Kohle, und sie ist blond wie eine reife Kornähre Ende Juni. Eine Kombination, die von einem akademischen Maler stammen könnte. Uns zwei könnte man unter dem Titel auf die Leinwand bringen: Grenadier mit verwundeter Frau.»

Aus einem richtigen Gefühl heraus meinte Margherita: «Man geht doch nicht zusammen aus, um ein Bild für die anderen abzugeben.» Balli gab ihr zur Belohnung einen Kuß auf die Stirn, aber auch diese Liebesbezeigung führte er mit rauhem Ernst aus.

Angiolina blickte mit einer ungewöhnlichen Anwandlung von Scham zur Decke. «Spielen Sie nicht die Zimperliche», sagte Balli zornig, «als ob ihr beide es nicht noch viel schlimmer miteinander treiben würdet!» Mit einer unvermittelt drohenden Haltung gegen Emilio rief sie: «Wer behauptet das?»

«Ich nicht», erklärte Emilio nicht sehr glücklich.

«Was macht ihr denn miteinander jeden Abend? Ich sehe ihn nie, also verbringt er seine Abende mit Ihnen. Nichts Besseres fällt ihm ein, als sich in seinem Alter wie ein Schuljunge zu verlieben! Aus ist's mit unseren Billardpartien, aus mit unseren Spaziergängen. Ich muß entweder allein auf ihn warten oder mich mit dem ersten besten Trottel zufriedengeben, der mir über den Weg läuft. Dabei haben wir so gut zueinander gepaßt: ich, der intelligenteste Mensch in der Stadt, und er, der fünftintelligenteste – denn nach mir kommen vier leere Plätze, und gleich den fünften Platz nimmt dann er ein.»

Margherita, die nach Ballis Kuß ihre Heiterkeit wiedergewonnen hatte, warf Emilio einen zärtlichen Blick zu: «Wirklich, er spricht immer von Ihnen. Er hat Sie sehr gern.» Angiolina hingegen fand offenbar, daß es nicht viel bedeutete, der fünftintelligenteste Mann der Stadt zu sein – sie bewahrte all ihre Bewunderung für den intelligentesten. «Emilio hat mir gesagt, daß Sie so schön singen können. Singen Sie doch etwas, ich möchte es so gerne hören!»

«Das würde gerade noch fehlen! Nach dem Essen ruhe ich. Ich habe eine komplizierte Verdauung wie eine Schlange.»

Margherita war die einzige, die Emilios Gemütszustand erriet. Ihre Augen wurden ernst, während sie auf Angiolina ruhten. Dann wandte sie sich Emilio zu, widmete sich ihm ganz, aber nur, um von Stefano zu reden: «Er ist ja manchmal grob, aber nicht immer, auch wenn er es ist, braucht man sich nicht vor ihm zu fürchten. Man tut einfach das, was er will, denn man muß ihn liebhaben.» Dann fügte sie mit leiser, von Innigkeit erfüllter Stimme hinzu: «Ein Mann, der denkt, ist doch etwas ganz anderes, als solche, die nicht denken.» Es war klar, daß sie, wenn sie von «solchen» sprach, an Männer dachte, denen sie in ihrem Leben schon begegnet war. Einen Augenblick von seinem schmerzlichen Unbehagen abgelenkt, betrachtete Emilio sie voll Mitleid. Sie tat recht daran, in «solchen» Männern jene anderen Eigenschaften zu schätzen, die ihr nützen konnten, denn so allein, wie sie war, so schwach und sanft, wäre sie wehrlos gewesen.

Aber Balli erinnerte sich Emilios: «Warum bist du so stumm?» Dann, zu Angiolina gewandt: «Ist er immer so, an den Abenden, die ihr miteinander verbringt?»

Als hätte sie seine Liebesergüsse völlig vergessen, antwortete sie mißgelaunt: «Er ist ein ernster Mensch.»

In der besten Absicht, ihn innerlich wieder aufzurichten, entwarf Balli nun Emilios Biographie, indem er sie ins Komische zog: «Was Güte anbelangt, so ist er der erste und ich der fünfte. Er ist der einzige Mensch, mit dem ich mich bisher vertragen konnte, er ist mein alter ego, mein anderes Ich. Er denkt so wie ich und ist stets meiner Ansicht, auch wenn ich nicht immer gleich die seine teilen kann.» Beim letzten Satz hatte Balli bereits seine gute Absicht, mit der er begonnen hatte, vergessen. In bester Laune zermalmte er Emilio mit dem Gewicht seiner eigenen Überlegenheit. Dem blieb nichts anderes übrig, als den Mund zu einem Lachen zu verziehen.

Aber er hatte das Gefühl, daß jeder hinter seinem Lachen die Anstrengung erraten konnte, mit der er es hervorbrachte. Bemüht, größere Unbefangenheit vorzutäuschen, wollte er irgendein Gespräch anfangen. Es war davon die Rede gewesen – er wußte nicht mehr, wer das Thema angeschlagen hatte –, daß Angiolina zu einer Figur, die Balli vorschwebte, Modell stehen sollte. Emilio erklärte sich einverstanden: «Es handelt sich ja nur um den Kopf», sagte er zu Angiolina, als ob er nicht gewußt hätte, daß sie bereit gewesen wäre, auch mehr zu gewähren. Sie aber hatte, während er durch seine Unterhaltung mit Margherita abgelenkt gewesen war, ohne ihn zu fragen ihre Zustimmung bereits gegeben. Die Worte, zu denen sich Emilio innerlich zwang, waren daher längst nicht mehr am Platz, und sie unterbrach ihn schroff, indem sie ausrief: «Aber ich habe doch schon ja gesagt!»

Balli bedankte sich. Er werde auf ihre Einwilligung noch zurückkommen, aber erst in ein paar Monaten, denn im Augenblick sei er zu sehr mit anderen Arbeiten beschäftigt. Er sah sie lange an und erwog die Pose, in der er sie modellieren wollte. Angiolina wurde rot vor Vergnügen. Wenn Emilio wenigstens einen Gefährten in seinem Leid gehabt hätte! Doch Margherita war alles andere als eifersüchtig. Auch sie betrachtete Angiolina mit dem Auge des Künstlers. Stefano, so erklärte sie, werde sicherlich ein schönes Werk schaffen. Begeistert erzählte sie, welche Überraschungen ihr seine Kunst schon bereitet habe, wenn aus dem bildsamen Ton plötzlich ein Gesicht wurde, wenn er Ausdruck und Leben gewann.

Balli wurde gleich wieder grob. «Sie heißen Angiolina», sagte er und entstellte gleich darauf den Namen zu Angiolona. Auch damit nicht zufrieden, verballhornte er ihn zu Giolona. In den tiefen und breiten Vokalen schien die Verachtung selbst Klang geworden zu sein. Von nun an nannte Balli sie immer mit diesem Namen, und Emilio wunderte sich, daß dies Angiolina keineswegs mißfiel. Sie war nicht nur nicht gekränkt, sondern, wenn Balli ihr den Namen ins Ohr brüllte, lachte sie, als empfände sie einen Kitzel.

Auf dem Heimweg begann Balli zu singen. Er hatte eine gleichmäßige, umfangreiche Stimme, die er immer mit feinem Witz zu dämpfen und zu modulieren verstand. Er verschwendete sie mit Vorliebe an ordinäre Gassenhauer. Auch an diesem Abend sang er so einen Gassenhauer, bei dem er, aus Rücksicht auf die beiden Frauen, nicht alle Worte aussprechen konnte, aber es gelang ihm gleichwohl, sie durch einen boshaften Ton in der Stimme und durch sinnliches Augenspiel unmißverständlich zum Ausdruck zu bringen. Angiolina war hingerissen.

Als sie sich verabschiedeten, blieben Angiolina und Emilio noch einen Augenblick stehen, um dem sich entfernenden Paar nachzublicken. «Einfach blind», sagte sie, «wie kann er so ein Bügelbrett lieben, das nur mit Mühe aufrecht steht?»

Sie ließ Emilio keine Zeit, ihr all die Vorwürfe zu machen, die er sich während des ganzen Tages ausgedacht hatte. Sie mußte ihm neue, überraschende Dinge berichten. Der Schneidermeister Volpini schrieb ihr – sie hatte vergessen, den Brief mitzubringen –, daß er sie erst in einem Jahr heiraten könne. Sein Kompagnon sei gegen die Heirat und drohe, aus dem Geschäft auszutreten und ihn, Volpini, ohne Betriebskapital zu lassen. «Es sieht so aus, als ob der Kompagnon ihm seine Tochter aufhalsen möchte, ein buckliges Ding, das sich neben meinem Zukünftigen wahrscheinlich sehr gut ausnehmen würde. Volpini aber ist überzeugt, daß er in einem Jahr auf den Kompagnon mitsamt seiner Tochter verzichten kann, und dann wird er mich heiraten. Verstehst du?» Er verstand nicht. «Da ist nämlich noch etwas», fügte sie mit bewegter Stimme, etwas verwirrt, hinzu. «Volpini hat keine Lust, ein ganzes Jahr lang mit einem ungestillten Verlangen zu leben.»

Jetzt begriff er. Was war das für eine Zumutung, mit seinem Einverständnis zu rechnen! Andererseits wieder: Was konnte er dagegen einwenden? «Welche Garantien hast du, daß er es ehrlich meint?»

«Jede, die ich will. Er ist bereit, ein Eheversprechen bei einem Notar zu unterzeichnen.»

Nach einer kurzen Pause fragte er: «Wann?»

Sie lachte. «Am nächsten Sonntag kann er nicht kommen. Er will alle Vorbereitungen für den Vertrag treffen, der in vierzehn Tagen unterzeichnet werden soll. Dann ...» Sie unterbrach sich lachend und umarmte ihn. Sie würde also die Seine werden. So hatte er sich den Besitz dieser Frau allerdings nicht erträumt, aber er umarmte sie trotzdem mit Überschwang und versuchte sich einzureden, daß er vollkommen glücklich sei. Kein Zweifel, er mußte ihr dankbar sein. Sie hatte ihn lieb, oder besser: sie hatte auch ihn lieb. Worüber durfte er sich denn beklagen?

Andererseits war das vielleicht der Weg zur Heilung, die

er erhoffte. Vom Schneidermeister besudelt, von ihm besessen, würde Ange sterben. Auch er würde sich mit Giolona amüsieren, glücklich und zufrieden, wie sie die Männer wünschte, unbekümmert und zynisch, so wie Balli es war.

# V

Es war so, wie Balli es gesagt hatte: die Beziehungen zwischen den beiden Freunden waren bis zu jenem Abendessen Angiolinas wegen merklich abgekühlt. Emilio pflegte den Bildhauer nur mehr selten aufzusuchen, wobei es ihm nicht einmal zum Bewußtsein kam, daß er ihn vernachlässigte. Balli seinerseits fühlte sich verletzt und gab es auf, Emilio nachzulaufen, obwohl ihm dessen Freundschaft immer noch am Herzen lag, wie alles, was zu seinen Gewohnheiten gehörte. Jenes Abendessen nun brach in Balli den Trotz des Beleidigten. Jetzt trat in ihm vielmehr der Verdacht auf, ob nicht er Emilio verletzt habe. Emilios Leiden waren ihm nicht entgangen, und als das Vergnügen, sich von beiden Frauen gleichzeitig geliebt zu fühlen – ein großes Vergnügen gewiß, das aber doch nur den Bruchteil einer Stunde gedauert hatte –, wieder verflogen war, regte sich in ihm das Gewissen. Um es zum Schweigen zu bringen, machte er sich um die Mittagsstunde des nächsten Tages zu Emilio auf. Er wollte ihm eine richtige Predigt halten. Eine vernünftige Rede konnte Emilio vielleicht leichter kurieren als das Beispiel, das er ihm hatte geben wollen. Und auch wenn seine Worte nichts nützten, so konnte er auf diese Weise doch wieder zur Rolle des Freundes und Ratgebers zurückfinden und sich vom Anschein einer Nebenbuhlerschaft befreien, den er sich aus Schwäche oder, wie er sagte, aus Zerstreutheit zugezogen hatte.

Fräulein Amalia öffnete ihm. Dieses Mädchen flößte

ihm ein unbehagliches Gefühl des Mitleids ein. Balli war der Meinung, daß der Mensch nur dann eine Lebensberechtigung habe, wenn er sich entweder des Ruhmes, der Schönheit oder der Kraft erfreuen kann – oder zumindest des Reichtums. Andernfalls war man für seine Nebenmenschen nichts als ein lästiges Hindernis und hatte auf der Welt nichts zu suchen. Wozu lebte überhaupt dieses unglückliche Mädchen? Offensichtlich nur durch einen Irrtum der Natur. Wenn er zu Emilio kam und ihn daheim nicht antraf, erfand er meistens irgendeinen Vorwand, um sogleich wieder weggehen zu können, denn dieses blasse Gesicht und diese heisere Stimme bedrückten ihn zutiefst. Amalia hingegen, deren Bestreben es war, an Emilios Leben teilzunehmen, erachtete sich als Ballis Freundin.

«Bitte, Herr Stefano, treten Sie doch ein!» sagte Amalia heiter. «Emilio», rief sie, «Herr Stefano ist hier!» Dann fügte sie, gegen Balli gewendet, im Ton des Vorwurfs hinzu: «Wir haben schon so lange nicht mehr das Vergnügen gehabt, Sie bei uns zu sehen. Haben auch Sie uns schon vergessen?»

Stefano begann zu lachen: «Nicht ich habe Emilio vergessen, er ist es ja, der nichts mehr von mir wissen will.»

Während sie ihn zur Speisezimmertür begleitete, murmelte sie und lächelte zugleich: «Gewiß, ich verstehe.» So hatten sie bereits von Angiolina gesprochen.

Die bescheidene Wohnung bestand bloß aus drei Zimmern, die vom Korridor aus einen einzigen Eingang hatten. Wenn Emilio in seinem Zimmer Besuch empfing, war Amalia daher wie eine Gefangene in dem ihren, dem letzten, eingeschlossen. Es kam nicht leicht vor, daß sie ungerufen erschien: sie verhielt sich Männern gegenüber genauso scheu wie Emilio Frauen gegenüber. Nur Balli bildete vom ersten Tag an, da er in dieses Haus gekommen war, die Ausnahme von der Regel. Vorher hatte sie von ihm immer nur als von einem ungehobelten Menschen reden hören. Persönlich lernte sie ihn anläßlich des Todes von Vater Brentani kennen und befreundete sich sofort mit ihm. Sie war von seiner Sanftmut überrascht. Er war ein ausgezeichneter Tröster, er verstand es, zur richtigen Zeit zu schweigen und zu sprechen, auf die taktvollste Weise auf ihren ungeheuren Schmerz einzugehen und ihn so behutsam einzudämmen. Immer wieder half er ihr, indem er für ihre Gefühle das richtige, das voll entsprechende Wort fand. Sie gewöhnte sich daran, in seiner Gegenwart zu weinen. Er kam dann noch öfter, denn er gefiel sich in der Rolle des Trösters, die ihm so glänzend gelungen war. Als dieser Anreiz mit der Zeit fortfiel, zog er sich zurück. Familienleben war nichts für ihn. Außerdem konnte ihm, der die schönen und unmoralischen Dinge liebte, die schwesterliche Zuneigung dieses häßlichen Mädchens auf die Dauer nur lästig fallen. Im übrigen war es jetzt das erste Mal, daß sie ihm einen Vorwurf machte, denn sie fand es natürlich, daß er sich anderswo besser unterhielt.

Das kleine Speisezimmer enthielt außer einem wunderschönen eingelegten Tisch aus braunem Holz – dem einzigen Möbelstück in der ganzen Wohnung, das auf eine bessere, von Reichtum gesegnete Vergangenheit schließen ließ –, noch vier Sessel, die in der Form einander ähnlich, aber nicht ganz gleich waren, ferner einen großen Armstuhl und einen alten Kasten. Der ärmliche Eindruck, den das Zimmer erweckte, wurde noch dadurch verstärkt, daß die bescheidenen Dinge, die es enthielt, mit großer Sorgfalt gepflegt waren.

Als Balli die Wohnung betrat, dachte er an sein Trösteramt zurück, in dem er sich so wohl befunden hatte. Es war ihm, als weilte er an einem Ort, wo er einst selbst gelitten hatte, aber auf die angenehmste Weise. Er kostete in der Erinnerung seine eigene Güte aus und fand, daß er eigentlich unrecht getan, so lange Zeit diese Stätte zu meiden, wo er sich mehr denn je überlegen fühlen konnte.

Emilio begrüßte ihn mit ausgesuchter Höflichkeit, um den Groll zu verbergen, der am Grunde seiner Seele kochte. Balli sollte unter keinen Umständen bemerken, wie weh er ihm getan hatte. Gewiß, Emilio wollte ihm Vorwürfe nicht ersparen. Er wollte ihm sogar heftige Vorwürfe machen, aber er studierte zugleich die Art und Weise, wie er dies tun könnte, ohne dabei die eigene Wunde zu zeigen. Er behandelte ihn ausgesprochen wie einen Feind. «Welch guter Wind weht dich zu uns?»

«Ich ging eben hier vorbei und wollte das Fräulein Amalia begrüßen, das ich schon so lange Zeit nicht mehr gesehen habe. Ich finde, sie sieht jetzt viel besser aus», sagte Balli und betrachtete dabei Amalia, die mit roten Wangen dastand. Ihre guten grauen Augen belebten sich.

Auch Emilio sah sie an, aber es fiel ihm nichts auf. Sein Groll gewann an Heftigkeit, weil Stefano sich offenbar an die Ereignisse des vergangenen Abends überhaupt nicht erinnerte, sonst hätte er nicht so ungezwungen daherreden können. «Du hast dich gut amüsiert gestern abend, wie? Ein wenig auf meine Kosten.»

Balli war von Emilios Feindseligkeit überrascht. Er hätte sie wohl gar nicht wahrgenommen, wenn Emilios Worte nicht in Amalias Gegenwart so fehl am Platze gewesen wären. Er war erstaunt. Er hatte doch nichts getan, was Emilio beleidigen konnte. Im Gegenteil, er meinte, für die gute Absicht, in der er gehandelt hatte, Lob und Dank zu verdienen. Um sich gegen Emilios Angriffe besser verteidigen zu können, verdrängte er sofort jedes Schuldbewußtsein und fühlte sich nun rein und ohne Makel. «Wir sprechen noch darüber», sagte er mit Rücksicht auf Amalia. Diese begab sich aus dem Zimmer, obwohl Balli, der keinerlei Eile hatte, sich mit Emilio auszusprechen, sie gern zurückgehalten hätte.

«Ich wüßte nicht, was du mir vorwerfen könntest.»

«Oh, nichts», erwiderte Emilio. Als Antwort auf den

frontalen Gegenangriff fand er nichts als diese ironische Bemerkung.

Balli, nunmehr von seiner eigenen Unschuld vollkommen überzeugt, nahm sich kein Blatt vor den Mund. Er habe sich, so sagte er, genauso verhalten, wie es sein Vorsatz gewesen, als er sich angeboten hatte, Emilio Unterricht zu erteilen. Wenn der in den rüden Ton miteingestimmt hätte, dann wäre dieser Unterricht auch glänzend gelungen. Giolona müsse man ganz genauso behandeln wie er, Balli, es getan. Er hoffe, daß Emilio dies mit der Zeit noch erlernen werde. Er halte es für unvorstellbar, daß jemand diese Frau ernst nehmen könne. Und nun begann Balli, Angiolina mit fast den gleichen Worten zu beschreiben, mit denen Emilio sie ihm ein paar Tage zuvor geschildert hatte. Er fand das Bild, das Emilio von ihr entworfen hatte, so treffend, daß es ihm leicht gefallen war, sie sogleich völlig zu durchschauen.

Als Emilio nun seine eigenen Worte aus dem Mund eines anderen vernahm, war er von ihnen keineswegs mehr überzeugt. Er erklärte, seine Art zu lieben sei eben so und nicht anders. Sanfte Zärtlichkeit sei für ihn nun einmal die Grundvoraussetzung jedes Liebesgenusses. Damit möchte er nicht sagen, daß er diese Frau allzu ernst nehme. Habe er ihr etwa die Heirat versprochen?

Balli lachte herzlich. Da sei ja in Emilio in den letzten Stunden eine außerordentliche Veränderung vor sich gegangen. Noch vor ein paar Tagen – erinnere er sich nicht mehr? – sei er über seine seelische Verfassung so beunruhigt gewesen, daß er sozusagen jeden, der vorüberkam, um Hilfe anflehte. «Ich habe nichts dagegen, wenn du dich unterhältst. Du machst mir aber nicht den Eindruck eines Menschen, dem es besonders lustig zumute ist.» Tatsächlich machte Emilio einen müden Eindruck. Zwar war sein Leben nie besonders heiter gewesen, aber es war seit dem Tod seines Vaters doch immer äußerst ruhig verlaufen. Emilios Organismus litt unter der neuen Lebensweise.

Scheu wie ein Schatten versuchte Amalia durch das Zimmer zu huschen. Emilio hielt sie auf, er dachte damit Balli zum Schweigen zu bringen. Die beiden Männer waren aber nicht imstande, ihr Gespräch sofort abzubrechen. Balli meinte scherzhaft, er wolle sie zur Schiedsrichterin in einer ihr unbekannten Sache machen. Zwischen zwei alten Freunden wie ihm und Emilio sei ein Konflikt ausgebrochen. Er halte es für das beste, eine blinde Entscheidung herbeizuführen, sich gewissermaßen einem Gottesurteil anzuvertrauen, das vermutlich eigens für solche Fälle erfunden worden war.

Nun, die Entscheidung konnte nicht mehr blind erfolgen, denn Amalia hatte bereits begriffen, um was es ging. Sie warf Balli einen dankbaren Blick zu. Man hätte es niemals für möglich gehalten, daß ihre kleinen grauen Augen eines so lebhaften Ausdrucks fähig wären. Endlich hatte sie einen Verbündeten gefunden, und die Bitternis, die ihr das Herz schwermachte, begann einer großen Hoffnung zu weichen. Sie war aufrichtig: «Ich habe bereits verstanden, um was es sich handelt. Sie haben ja so recht.» Ihre Stimme klang freilich weniger wie die eines Menschen, der einem anderen recht gibt – es war die Stimme eines Hilfesuchenden. «Man braucht ja nur zu sehen, wie zerstreut und bedrückt er ist. Mit jeder Miene verrät er seine Ungeduld, aus dem Haus zu eilen, in dem ich ganz allein zurückbleibe.»

Emilio hörte ihr mit wachsender Unruhe zu. Er fürchtete, daß diese Klagen, wie schon so oft, jeden Moment in Tränen und Schluchzen ausarten könnten. Aber da sie zu Balli von ihrem großen Kummer sprach, blieb sie ganz ruhig, ja, sie lächelte.

Balli erblickte in Amalias Kummer nichts als einen Bundesgenossen in seinem Kampf gegen Emilio, und so begleitete er ihre Worte dauernd mit Gesten des Vorwurfs, die gegen den Freund gerichtet waren. Bald aber stimmten Amalias Worte nicht mehr mit seinen Gesten überein. Sie lachte heiter und erzählte, wie sie vor ein paar Tagen mit Emilio einen Spaziergang unternommen habe. Dabei habe sie beobachten können, daß Emilio jedesmal in größte Unruhe geriet, wenn er in der Ferne eine weibliche Gestalt von einer gewissen Größe und einer gewissen Haarfarbe erblickte, und es waren jedesmal sehr große und sehr blonde Frauen. «Habe ich recht gesehen?» Sie lachte wieder, glücklich, daß Balli zustimmte. «So lang und so blond?» In ihrem Lachen war nichts Verletzendes für Emilio. Sie lehnte sich an ihn und legte ihm ihre weiße Hand schwesterlich auf den Kopf.

Balli bestätigte: «Sie ist so lang wie ein Soldat des Preußenkönigs und so blond, daß es fast schon farblos wirkt.»

Auch Emilio lachte. Aber seine Gedanken waren noch nicht von Eifersucht frei: «Man müßte nur sicher sein, daß sie dir nicht gefällt.»

«Er ist auf mich eifersüchtig, verstehen Sie das? Auf mich, seinen besten Freund!» schrie Balli empört.

«Man kann es schon verstehen», sagte Amalia sanft, fast als wollte sie Balli um Entschuldigung für seinen Freund bitten.

«Nein, man kann es nicht verstehen!» protestierte Balli weiter. «Wie können Sie sagen, daß man eine solche Niedertracht verstehen kann?»

Sie gab keine Antwort, aber sie blieb bei ihrer Meinung. Sie hatte den sicheren Ausdruck eines Menschen, der weiß, was er sagt. Sie glaubte, durch intensives Nachdenken soweit gekommen zu sein, daß sie den Zustand ihres unglücklichen Bruders verstehen könne – in Wahrheit hatte sie aber nur ihre eigenen Empfindungen wahrgenommen. Sie wurde über und über rot. In dem Gespräch waren Dinge aufgeklungen, die in ihrer Seele wie Glocken in der Wüste widerhallten. Der Klang kam von weit, weit her, drang in ungeheure, leere Räume, durchmaß sie, füllte sie ganz aus. Wo Leere gewesen, war plötzlich ein Gefühl da, die Fähigkeit, Glück und Leid in hohem Maße zu empfinden. Lange schwieg sie. Sie vergaß ganz, daß von ihrem Bruder die Rede war, und dachte an sich selbst. Wie seltsam, wie wunderbar! Sie hatte schon frühere Male von Liebe gesprochen, doch anders als jetzt, ganz ohne Nachsicht. Denn da durfte man nicht nachsichtig sein. Wie ernst hatte sie doch die Gebote genommen, mit denen man ihr in ihrer Jugend stets in den Ohren gelegen war. Sie hatte diejenigen gehaßt, verachtet, die nicht gehorchen wollten. In sich selbst hatte sie jeden Auflehnungsversuch erstickt. Man hatte sie betrogen! Balli war die Kraft und die Stärke, Balli, der über die Liebe so offenherzig sprach. Für ihn war sie niemals eine Sünde gewesen. Er mußte viel geliebt haben! Aus seiner sanften Stimme, aus seinen blauen Augen sprach die Liebe für alle, für alles, auch für sie.

Stefano blieb zum Mittagessen. Etwas verlegen erklärte Amalia, daß es nur wenig zu essen geben werde, aber Balli konnte überrascht feststellen, daß man in diesem Hause vorzüglich aß. Seit Jahren verbrachte Amalia einen Großteil des Tages am Küchenherd und hatte sich zu einer ausgezeichneten Köchin herangebildet, denn Emilios Gaumen war sehr verwöhnt.

Stefano blieb gern. Es schien ihm, als wäre er in der Diskussion mit Emilio der Unterlegene gewesen, so wich er ihm jetzt nicht von der Seite und wartete darauf, Revanche nehmen zu können. Es freute ihn, daß Amalia ihm recht gab, ihn entschuldigte und unterstützte. Sie war ihm ganz zugetan.

Für ihn und Amalia verlief das Mittagessen überaus angenehm. Balli wurde gesprächig. Er erzählte von seiner frühen Jugend, die reich an überraschenden Abenteuern gewesen war. Die Not zwang ihn damals wiederholt, zu Mitteln zu greifen, die nicht immer ganz einwandfrei, aber immer höchst amüsant waren, und jedesmal, wenn die Not drohte, sich in richtiges Elend zu verwandeln, trat unerwartet ein rettendes Ereignis ein. So erzählte er in allen Einzelheiten, wie ihn einmal der Finderlohn für einen verlaufenen Hund vor dem Hungertod gerettet habe.

In diesem Ton ging es fort. Als er sein Studium beendet hatte, irrte er mittellos in den Straßen Mailands umher. Er war schon bereit, den Posten eines Inspektors in einer Handelsfirma anzunehmen, den man ihm gerade angeboten hatte. Es wäre schwer gewesen, gleich als Bildhauer zu beginnen, er wäre unfehlbar Hungers gestorben. Eines Tages kam er an einem Palais vorbei, in dem die Werke eines erst kürzlich verstorbenen Bildhauers ausgestellt waren. Er trat ein, um der Bildhauerei ein letztes Lebewohl zu sagen. Zufälligerweise traf er hier einen Freund, und die beiden begannen nun, die ausgestellten Werke erbarmungslos herunterzumachen. Verbittert durch seine eigene verzweifelte Situation, fand Balli alles mittelmäßig, unbedeutend. Er sprach mit lauter Stimme und mit großem Eifer. Diese Kritik sollte sein Schwanengesang als Künstler sein. Im letzten Saal befand sich eine Arbeit, die der Meister, bereits von der Todeskrankheit gezeichnet, nicht mehr hatte vollenden können. Balli blieb verwundert davor stehen. Er war nicht mehr imstande, seine Kritik im gleichen Ton fortzusetzen. Es war der Gipsabdruck eines Frauenkopfes. Das Profil war energisch, die Züge waren nur grob entworfen, und dennoch wirkten sie bedeutend, drückten kraftvoll Schmerz und Nachdenklichkeit aus. Balli war ergriffen und gab seiner Ergriffenheit lauten Ausdruck. Er hatte eine Entdeckung gemacht: der verstorbene Bildhauer war ein richtiger Künstler gewesen, solange es sich um den Entwurf handelte. Dann siegte in ihm der Akademiker, zerstörte in ihm den Künstler, löschte die ersten

Eindrücke, die ersten Empfindungen aus, um sie durch unpersönliche Kunsttheorien, durch ästhetische Vorurteile zu ersetzen. «Ja, das ist wahr!» sagte ein kleiner, älterer, bebrillter Herr, der plötzlich neben ihm stand und den Gipsabguß fast mit der Nase berührte. Balli steigerte sich immer mehr in seine Bewunderung hinein und fand bewegte Worte für den Künstler, der in hohem Alter gestorben war und das Geheimnis seiner Kunst mit ins Grab genommen hatte. Nur ein einziges Mal hatte er sein Geheimnisverraten, und zwar in dem Augenblick, da der Tod ihm nicht mehr erlaubte, es zu verbergen.

Der alte Herr wandte den Blick vom Gipsabguß fort und dem Kritiker zu. Es war reiner Zufall, daß Stefano sich als Bildhauer und nicht als Handelsreisenden vorstellte. Der alte Herr war ein Original und zudem märchenhaft reich. Er bestellte bei Balli seine Porträtbüste, sodann sein Grabmonument, und schließlich bedachte er ihn auch noch in seinem Testament. So bekam Balli bald Arbeit für zwei Jahre und Geld für zehn.

Amalia sagte: «Wie schön muß es sein, so kluge und auch so gute Menschen zu kennen.»

Balli widersprach. Er schilderte den Alten mit ausgesprochener Antipathie: Ein anmaßender Mäzen, der ihm stets im Genick saß und ihm ein bestimmtes tägliches Arbeitspensum aufzwang. Ein richtiger Bürger, ohne eigenen Geschmack. Er schätzte in der Kunst nur, was man ihm vorher ausführlich erklärte und überzeugend belegte. Am Abend war Balli immer todmüde von der Arbeit und vom Reden, so daß er manchmal fast das Gefühl hatte, seine Tätigkeit unterscheide sich kaum mehr von der eines Handelsreisenden, der er nur durch einen Zufall entronnen war. Als der Alte starb, legte Balli schwarze Kleidung an, und um ihn besser betrauern zu können, rührte er viele Monate hindurch keine Tonerde mehr an.

Wie schön war doch Ballis Los: er war nicht einmal verpflichtet, sich für die Wohltaten, die vom Himmel auf ihn herabregneten, dankbar zu erweisen. Reichtum und Glück waren ihm vom Schicksal bestimmt; warum sollte er sich wundern, wenn sie ihm zufielen, oder warum sollte er gar demjenigen dankbar sein, den die Vorsehung ihm sandte, um ihm ihre Gaben zu überreichen? Amalia hörte ihm verzückt zu. Diese Erzählungen bestätigten ihr, daß das Leben ganz anders war, als sie es bisher gekannt hatte. Sie fand es natürlich, daß es für sie und ihren Bruder so hart war, und nicht minder natürlich, daß es für Balli so glücklich ausfiel. Sie bewunderte Ballis Glück, sie liebte in ihm die Kraft und die Heiterkeit, die wichtigsten Gaben, die das Glück ihm beschert hatte.

In Emilio hingegen erweckten diese Erzählungen Bitterkeit und Neid. Balli rühmte sich seines Glückes, als handelte es sich um eine persönliche Tugend. Emilio war nie ein ähnliches Glück widerfahren, ja nicht einmal etwas Unerwartetes. Selbst das Unglück sandte ihm lange seine Boten voraus und zeichnete sich immer deutlicher ab, je mehr es sich näherte. Emilio hatte genugsam Zeit, ihm ins Angesicht zu sehen, und wenn es zuschlug – ihm etwa durch den Tod seine Liebsten raubte oder materielle Not über ihn brachte –, war er längst darauf vorbereitet. So waren seine Leiden andauernd, aber nicht sehr intensiv. Auch die vielen Unglücksfälle konnten ihn niemals aus der Öde herausreißen, und er schrieb dies seinem Los zu, das zum Verzweifeln farblos und einförmig war. Er hatte nie ein stärkeres Gefühl erlebt, weder Liebe noch Haß; der alte Herr, den Balli so ungerechterweise haßte, war nie in seinem Leben erschienen. Die Eifersucht, die jetzt immer heftiger in ihm aufstieg, galt sogar der Bewunderung, die Amalia unverhohlen Balli entgegenbrachte. Das Mittagessen verlief äußerst angeregt. Auch Emilio trug dazu bei. Er kämpfte darum, Amalias Aufmerksamkeit auf sich zu ziehen.

Aber es gelang ihm nicht. Was konnte er denn sagen, das sich neben der bizarren Autobiographie Ballis ebenbürtig ausgenommen hätte? Er hätte nur von seiner Liebesleidenschaft erzählen können, aber über die konnte er ja nicht reden, und so war er rettungslos auf den zweiten Platz gedrängt. Das war sein übliches Schicksal. Emilios Anstrengungen hatten lediglich das Ergebnis, daß er ein paar Einfälle aus sich hervorbrachte, die aber ihrerseits wieder nur dazu beitrugen, Ballis Bericht weiter auszuschmücken. Balli spürte übrigens, wenn auch unbewußt, den Kampf, der im Gange war. Seine Erzählungen wurden immer abwechslungsreicher, farbiger, lebhafter. Niemals noch war Amalia der Mittelpunkt so vieler Aufmerksamkeit gewesen. Sie hörte Ballis Bekenntnissen zu, und sie täuschte sich nicht: sie waren dazu bestimmt, sie zu erobern. Sie fühlte sich ganz in Ballis Gewalt. In dem Kopf dieses farblosen Mädchens entstanden gleichwohl keinerlei Zukunftshoffnungen: sie genoß die Gegenwart, diese eine Stunde, in der sie sich umworben, wichtig fühlte.

Sie gingen zu dritt aus. Emilio wäre zwar lieber allein mit Balli fortgegangen, Amalia aber erinnerte ihn daran, daß er ihr tags zuvor versprochen hatte, sie zum Spaziergang mitzunehmen. Dieser Festtag durfte für sie nicht schon zu Ende sein. Stefano unterstützte sie. Er glaubte, daß Angiolinas Einfluß auf Emilio am besten durch ein innigeres Verhältnis zu Amalia bekämpft werden könnte. Dabei vergaß er ganz, daß er noch vor wenigen Minuten alles getan hatte, um sich zwischen Bruder und Schwester zu stellen.

Sie war im Handumdrehen zum Ausgehen gekleidet. Sie hatte sogar Zeit gefunden, sich die Stirnlocken zu richten, deren Farbe nicht recht zu erkennen war, sondern eher fleckig wirkte. Während sie sich die Handschuhe anzog und Balli zum Gehen einlud, hatte sie für ihn ein Lächeln übrig, das deutlich die Bitte verriet, er möge an ihr Gefallen finden.

Auf der Straße wirkte sie unscheinbarer denn je. Sie war ganz in Schwarz gekleidet und trug auf dem Hütchen eine kleine weiße Feder. Balli machte ein paar Witze über diese Feder, fügte aber hinzu, sie gefalle ihm sehr gut. Er verstand es, das Unbehagen zu verbergen, das ihn bei dem Gedanken befiel, die Stadt mit diesem winzigen weiblichen Wesen durchqueren zu müssen, das den absurden Geschmack hatte, so knapp oberhalb des Erdbodens ein weißes Signal aufzupflanzen.

Die Luft war lau. Der Himmel jedoch war mit einem dichten, gleichförmigen Nebel bedeckt und wirkte ausgesprochen winterlich. Die Bäume in Sant' Andrea standen da mit langen kahlen Ästen, sie waren dürr und noch unbeschnitten. Das diffuse Licht, das nur mühsam durch die Nebeldecke drang, ließ den Erdboden weiß erscheinen. So glaubte man sich in eine Schneelandschaft versetzt. Dieser irrige Eindruck wäre durchaus vermittelt worden, wenn ein Maler das Bild festgehalten hätte, denn er konnte ja nicht die milde Temperatur der Luft wiedergeben.

«Wir drei zusammen kennen die ganze Stadt», meinte Balli. Auf der Promenade mußten sie ihren Schritt verlangsamen. Inmitten der weitläufigen trüben Landschaft, mit dem sich fast endlos hindehnenden Meer als Hintergrund, wirkte die lärmende Menge, die sich festlich geputzt zur Schau stellte, wie etwas Nicht-ernst-zu-Nehmendes.

«Sie sind es, der alle kennt, nicht wir», sagte Amalia. Sie war schon öfters auf der Promenade gewesen, konnte sich aber nicht erinnern, daß sie sich jemals durch allzu vieles Grüßen überanstrengen mußte. Wer immer jetzt vorüberging, hatte für Balli einen freundschaftlichen oder respektvollen Gruß übrig. Selbst aus den Equipagen grüßte man ihm zu. Amalia fühlte sich wohl an Ballis Seite, sie genoß diesen triumphalen Spaziergang, als wäre ein Teil der Reverenzen, die man dem Bildhauer erwies, ihr zugedacht.

«Wehe, wenn ich nicht gekommen wäre!» sagte Balli, während er elegant gemessen den Gruß einer alten Dame erwiderte, die sich ihm aus ihrem Wagen zuneigte. «Die Leute wären enttäuscht nach Hause zurückgekehrt.» Man konnte sicher sein, ihn jeden Sonntag hier anzutreffen. Er feierte den Sonntag wie ein Arbeiter in Gesellschaft Emilios, der wochentags in seinem Büro festgehalten war.

«Ange!» flüsterte Amalia und lachte leise. Sie erkannte sie nach den Beschreibungen und auf Grund der Verwirrung, die Emilio befiel.

«Nicht lachen!» bat Emilio inständig und bestätigte damit Angiolinas Entdeckung. Aber auch er entdeckte nun etwas Neues: den Schneidermeister Volpini. Ein schmächtiges Männlein. Neben der blendenden weiblichen Gestalt, die mit großen und stolzen Schritten dahinging, wirkte er noch unscheinbarer, als er war. Die beiden Männer grüßten, und Volpini dankte mit übertriebener Höflichkeit. «Er hat die Haarfarbe Angiolinas», lachte Balli. Emilio protestierte: Wie konnte man das Strohgelb Volpinis mit dem Gold Angiolinas vergleichen? Er wandte sich um und bemerkte, wie Angiolina sich zu ihrem Begleiter hinabbeugte, der seinerseits zu ihr hinaufsah. So glättete sich sein gekrümmter Rücken. Sicherlich sprachen die beiden von ihnen.

Viel später erst, als sie wieder in der Stadt und im Begriffe waren, sich zu verabschieden, fragte Amalia, wer der Mann gewesen sei. Sie stellte diese Frage nur, um irgend etwas zu sagen und sich von der Last des Schweigens zu befreien, das sich bei der Vorstellung, nun wieder zur altgewohnten Einsamkeit zurückkehren zu müssen, schon vor einer Weile auf sie herabgesenkt hatte. «Ihr Onkel», erklärte Emilio allen Ernstes nach einem kurzen Zögern. Er wurde rot, als er Stefanos ironischen Blick auf sich ruhen fühlte, und Scham befiel ihn angesichts des unschuldigen Auges seiner Schwester. Wie überrascht wäre Amalia gewesen, hätte sie erfahren, wie die «große Liebe» ihres Bruders, die ihr bereits so viel Leid gebracht hatte, in Wirklichkeit beschaffen war.

«Danke», sagte Amalia, während sie sich von Stefano verabschiedete. Welche süße Erinnerung hätte sie an die eben verbrachte Stunde bewahrt, wenn sie nicht unglückseligerweise bemerkt hätte, daß Balli nicht antworten konnte, weil er gerade in diesem Augenblick mit dem Gähnen kämpfte, das seinen Mund lahmlegte. «Sie haben sich gelangweilt, um so mehr danke ich Ihnen.» Ihre unendliche Güte und Bescheidenheit rührte Stefano so sehr, daß er sie sogleich liebgewann. Er versicherte, das Gähnen sei bei ihm nur Nervensache. Um zu beweisen, daß er sich in ihrer Gegenwart keineswegs langweile, würde er sie in Hinkunft noch häufig mit seiner Gegenwart belästigen.

Und er hielt Wort. Es wäre schwer zu sagen gewesen, warum er nun täglich die Stufen zu den Brentanis emporstieg, um mit ihnen den Kaffee einzunehmen. Möglicherweise war es Eifersucht: er kämpfte um Emilios Freundschaft. Amalia konnte dies freilich nicht ganz erfassen. Ihrer Meinung nach war es einfach die Zuneigung zu ihrem Bruder, die ihn so häufig kommen ließ – eine Zuneigung, an der sie selbst teilnehmen durfte, von der etwas auch auf sie widerstrahlte.

Zwischen Bruder und Schwester kam es zu keinen Auseinandersetzungen mehr. Blind, wie er war, überraschte es Emilio gar nicht, daß er sich nun von seiner Schwester besser behandelt und verstanden fühlte. Ihr plötzlich erwachtes freundschaftliches Interesse bezog sich sogar auf sein Liebesabenteuer. Wenn er darauf zu sprechen kam, hellte sich Amalias Antlitz auf, ja begann zu strahlen. Sie veranlaßte ihn immer wieder, von seiner Liebe zu reden, und ermahnte ihn nie mehr, er möge sich in acht nehmen oder Angiolina aufgeben. Warum auch, da Angiolina doch das Glück bedeutete? Eines Tages bat sie ihn, sie mit ihr bekannt zu machen. Sie sprach diesen Wunsch noch mehrmals aus. Emilio hütete sich wohl, ihn zu erfüllen. Sie wußte von dieser Frau nur, daß sie von ihr sehr verschieden war, stärker, vitaler. Emilio freute sich, daß es ihm gelungen war, in ihrer Vorstellung eine Angiolina erstehen zu lassen, die sich von der wirklichen sehr unterschied. Wenn er mit seiner Schwester zusammen war, liebte er dieses verfälschte Bild, er verschönte es, stattete es mit all den Eigenschaften aus, die er an Angiolina gern angetroffen hätte. Als es ihm klar wurde, daß Amalia an dieser künstlichen Schöpfung mitwirkte, fühlte er sich tief beglückt.

Als Amalia einmal von einer Frau erzählen hörte, die, um dem geliebten Mann angehören zu können, alle Widerstände überwand, alle Kastenvorurteile und materiellen Interessen, flüsterte sie Emilio ins Ohr: «Eine Frau wie Angiolina.»

«Oh, wäre sie doch so!» dachte Emilio, während er sein Gesicht zu einem zustimmenden Ausdruck zwang. Dann redete er sich ein, daß Angiolina dieser Frau tatsächlich irgendwie ähnlich sei, oder ihr doch ähnlich sein könnte, wenn sie in einer anderen Umgebung aufgewachsen wäre. Warum sollte er Angiolina verdächtigen, daß sie sich von Vorurteilen einschüchtern ließe? Durch den verklärenden Gedanken Amalias geläutert, erstrahlte in manchen Augenblicken seine Liebe zu Angiolina im schönsten Licht der Illusion.

Der Frau, die alle Widerstände überwand, glich in Wahrheit Amalia. In ihren schlanken weißen Händen fühlte sie eine ungeheure Kraft, eine Kraft, die imstande war, auch die stärksten Fesseln zu sprengen. Nun gab es aber keine Fesseln mehr in ihrem Leben. Sie war vollkommen frei. Und niemand verlangte von ihr etwas, weder Entschlüsse noch Stärke, noch Liebe. Wohin mit dieser Kraft, die in dem schwachen Körper eingeschlossen war?

Indessen schlürfte Balli seinen Kaffee, bequem im alten Lehnstuhl ausgestreckt. Er fühlte sich unsagbar wohl, wenn er daran dachte, daß er sonst um diese Stunde die üble Gewohnheit hatte, im Kaffeehaus mit Künstlern zu debattieren. Hier war es unvergleichlich angenehmer, in Gesellschaft dieser zwei sanften Menschen, die ihn bewunderten und liebten.

Nicht minder verhängnisvoll war Ballis Einmischung in das Verhältnis der beiden Liebenden. Während seiner kurzen Bekanntschaft mit Angiolina hatte er sich bereits das Recht erworben, ihr eine Menge Frechheiten zu sagen, die sie, keineswegs beleidigt, lächelnd ertrug. Anfangs sagte er ihr seine Frechheiten in klassischem Toskanisch, da klangen sie fast wie Musik, und Angiolina nahm sie geradezu wie Liebkosungen hin. Aber auch als er sie ihr im groben, waschechten Triestiner Dialekt ins Gesicht schleuderte, empörte sie sich keineswegs. Sie fühlte – und auch Emilio fühlte es –, daß sie nicht böse gemeint waren. Sie waren bei ihm einfach eine Lippenübung, unschuldig in ihrer Art. Das aber war das Schlimmste. Eines Abends hielt Emilio es nicht länger aus und bat Balli, nicht mehr mitzukommen. «Ich leide zu sehr, wenn man sie derart beschimpft.»

«Wieso?» fragte Balli und riß die Augen erstaunt auf. Er hatte wieder alles vergessen und gemeint, er müsse sich so benehmen, um Emilio zu kurieren. Aber er ließ sich überzeugen und störte eine Zeitlang die beiden Liebenden nicht mehr. «Ich kann mich einer solchen Frau gegenüber eben nicht anders benehmen.» Nun schämte sich Emilio, und bevor er seine Schwäche einbekannte, fand er sich lieber damit ab, das Benehmen seines Freundes zu ertragen.

«Komm wieder manchmal mit Margherita.»

So wurde das sogenannte Kälbermahl noch einige Male

wiederholt. Diese Zusammenkünfte spielten sich mehr oder weniger in den gleichen Formen ab wie die erste: Emilio war zum Schweigen verurteilt, Margherita und Angiolina lagen vor Balli auf den Knien.

Eines Abends jedoch brüllte Balli nicht herum wie sonst, teilte keine Befehle aus und forderte keine bedingungslose Anbetung, kurz, er benahm sich zum erstenmal so, daß Emilio ihn ertragen konnte. Auf dem Heimweg – die beiden Frauen gingen ein paar Schritte vor ihnen her – bemerkte Emilio, um Balli etwas Angenehmes zu sagen: «Du mußt dich von Margherita sehr geliebt fühlen.»

Balli erwiderte in aller Ruhe: «Leider Gottes habe ich Ursache anzunehmen, daß sie auch andere Männer ebenso liebt wie mich. Sie ist eben eine sehr entgegenkommende Natur.» Emilio fiel aus allen Wolken. «Still jetzt!» sagte Balli, da die beiden Frauen stehengeblieben waren und auf sie warteten.

Am nächsten Tag – Amalia war für einen Augenblick in die Küche gegangen – berichtete Balli, er sei durch Zufall, durch den Irrtum eines Briefboten, daraufgekommen, daß Margherita mit einem anderen Mann Zusammenkünfte hatte. «Ausgerechnet mit einem Künstler», fügte er wütend hinzu. «Das hat mich tief getroffen. Es ist eine Gemeinheit, mich so zu behandeln. Ich begann der Sache nachzugehen, und als ich endlich glaubte, meinen Nebenbuhler ausfindig gemacht zu haben, mußte ich feststellen, daß es inzwischen deren zwei geworden waren. Dadurch wurde die Sache etwas harmloser. Zum erstenmal ließ ich mich herbei, über Margheritas Familie Erkundigungen einzuziehen. Eine Mutter und ein Haufen kleiner Schwestern. Verstehst du? Sie muß für die Erziehung aller dieser Mädchen sorgen.» Mit gesenkter Stimme, die seine innere Bewegung verriet, schloß er: «Stell dir vor, daß sie von mir nie auch nur einen Kreuzer annehmen wollte. Ich will, daß sie alles eingesteht und mir alles erzählt. Ich werde sie noch ein letztes Mal küssen und werde ihr sagen, daß ich ihr nichts nachtrage. Dann werde ich sie für immer verlassen und sie stets in schönster Erinnerung behalten.» Im nächsten Augenblick blies er wieder vergnügt den Rauch seiner Zigarette von sich, und als Amalia zurückkam, trällerte er halblaut vor sich hin:

«Pria confessi il delitto e poscia muoia! – Erst gestehe sie die Tat, dann sterbe sie!»[5]

Emilio erzählte Angiolina noch am gleichen Abend die Geschichte Margheritas. Sie hatte einen Freudenausbruch, den sie unmöglich unterdrücken konnte. Sie begriff wohl gleich, daß dies für Emilio eine Kränkung war und daß sie seine Verzeihung erlangen mußte, aber es fiel ihm schwer zu verzeihen. Wie schmerzlich war es doch für ihn zu sehen, daß der Bildhauer spielend und lachend das erzielte, was er, Emilio, selbst um den Preis bitterer Leiden nicht erreichen konnte!

Übrigens machte sein Verhältnis zu Angiolina eben jetzt ein Stadium seltsamer Illusionen durch. Einer seiner Wachträume, die ihn so häufig überfielen, ließ in ihm den Glauben entstehen, er selbst habe das Mädchen verdorben. Tatsächlich hatte er ihr schon an den ersten Abenden ihrer Bekanntschaft jene großartigen Vorträge über die anständigen Frauen und die Wahrnehmung der eigenen Interessen gehalten. So konnte er jetzt nicht wissen, wie Angiolina gewesen war, ehe sie von ihm Unterricht erhielt. Wieso hatte er nicht begriffen, daß «seine Angiolina» nur eine anständige Angiolina sein konnte? Er begann nun seine damals unterbrochenen Predigten in geändertem Ton wieder aufzunehmen. Bald mußte er jedoch erkennen, daß kalte und komplizierte Theorien nichts für Angiolina waren. Lange dachte er darüber nach, wie er sie wieder rückerziehen könnte. In seinen Träumen liebkoste er sie, als wäre sie bereits so, wie er sie seiner würdig erachtete.

Er versuchte, sich in der Wirklichkeit genau so zu benehmen wie in seinen Träumen. Er hielt es für die beste Methode, sie fühlen zu lassen, wie süß die Verehrung sei, die er ihr entgegenbrachte, und so den Wunsch in ihr wachzurufen, sich diese Verehrung auch zu verdienen. Daher rutschte er dauernd vor ihr auf den Knien herum, und das war die geeignetste Stellung, um fortgestoßen zu werden, falls Angiolina es eines Tages für wünschenswert erachten sollte, ihm einen Fußtritt zu versetzen.

# VI

Eines Abends Anfang Januar schlenderte Balli mit grenzenlosem Mißbehagen den Acquedotto entlang. Er war allein. Ihm fehlte die Gesellschaft Emilios, der gerade mit seiner Schwester einen Besuch abstatten mußte, und für Margherita hatte er noch keinen Ersatz gefunden.

Der Himmel war klar, obwohl der Scirocco schon seit den Morgenstunden schwer auf der Stadt lastete. In dieser feucht-kalten Atmosphäre mußte sogar der Karneval, der an diesem Abend mit dem ersten Maskenball[6] einsetzte und sich eher schwindsüchtig ausnahm, auf der Strecke bleiben. Als Balli zwei Pierretten mit nackten Beinen vorübergehen sah, dachte er bei sich: «Hätte ich doch einen Hund hier, um ihn auf diese nackten Waden zu hetzen!» Dieser Karneval löste, weil er sich so jämmerlich anließ, in Balli moralischen Zorn aus. Später allerdings, viel später, sollte auch er am Karneval teilnehmen und, seinen jetzigen Zorn ganz vergessend, am bunten Spiel der Formen und Farben seine helle Freude finden. Im Augenblick aber erschien ihm das Ganze wie der Beginn eines traurigen Schauspiels. Nun setzte der Wirbel ein, der für eine Weile Arbeiter, kleine Schneiderinnen, klägliche Kleinbürger dem grauen Alltag entriß. Für viele von ihnen würde das Ende schmerzlich sein. Einige mochten ja, wenn auch angeschlagen und verwirrt, den Weg zum früheren und nun um so drückender empfundenen Leben zurückfinden; die anderen aber würden sich in die folgende Fastenzeit nicht mehr einordnen können.

Balli mußte neuerlich gähnen. Selbst seine eigene Philosophie langweilte ihn. «Das kommt vom Scirocco», dachte er und sah wieder zu dem leuchtenden Mond hin, der auf den Bergen wie auf einem Postament ruhte.

Nun aber blieb sein Blick an drei Gestalten haften, die den Acquedotto herunterkamen. Sie fielen ihm deshalb auf, weil sie sich, wie er sogleich bemerkte, alle drei an den Händen hielten. In der Mitte ein kleiner, untersetzter Mann, links und rechts zwei große, schlanke Frauengestalten. Es wirkte wie ein ironischer Witz, und Balli nahm sich vor, das Bild mit dem Meißel festzuhalten. Die beiden Frauen wollte er in griechische Gewänder hüllen, den Mann in moderner Kleidung belassen; die Frauen sollten laut lachenden Bacchantinnen gleichen, den Zügen des Mannes hingegen wollte er einen müden und gelangweilten Ausdruck verleihen.

Die Vision verflog sogleich, als die Gestalten näher kamen. Eine von ihnen war Angiolina, die andere eine gewisse Giulia, ein nicht besonders schönes Mädchen, das Balli und Emilio durch Angiolina kennengelernt hatten. Den Mann, der nur wenige Schritte an ihm vorüberging, lächelnd, mit hocherhobenem Haupt, das mit einem großen, ehrwürdigen dunklen Bart geziert war, konnte er nicht erkennen. Es war nicht Volpini, dessen strohblonder Bart einen rötlichen Stich hatte.

Giolona lachte laut und herzlich. Kein Zweifel, der Mann war für sie da, nur ihr hatte es Giulia zu verdanken, daß auch sie einen Händedruck abbekam. Balli war fest davon überzeugt, ohne es näher begründen zu können. Seine eigene Beobachtungsgabe bereitete ihm so großen Spaß, daß die Langeweile, die er den ganzen Abend hindurch empfunden hatte, im Nu verflog. «Da habe ich nun eine höchst originelle Beschäftigung – ich werde spionieren!» Er folgte der Gruppe, indem er sich im Schatten der Bäume hielt. Giolona lachte viel, fast ununterbrochen;

Giulia mußte sich, um an der Konversation teilzuhaben, immer wieder nach vorne beugen, denn die zwei zu ihrer Rechten vergaßen dauernd ihre Existenz.

Bald brauchte Balli keine besondere Beobachtungsgabe mehr. Die Gruppe war wenige Schritte vor dem Café «Acquedotto» stehengeblieben. Der Mann ließ die Hand Giulias los, die diskret zur Seite trat, und erfaßte beide Hände Angiolinas. Er wollte sie zu irgend etwas überreden, dabei stieß er mit seinem ruppigen Bart immer wieder zu Angiolinas Gesicht vor; von der Ferne sah das jedesmal wie ein Kuß aus. Dann traten die drei wieder zusammen und gingen in das Café.

Sie nahmen im ersten Raum, gleich neben der Eingangstür Platz, und zwar so, daß Balli nur den Kopf des Mannes sehen konnte; der allerdings war hell bestrahlt. Ein dunkles, fast schwarzes Gesicht, der üppig wuchernde Bart reichte fast bis unter die Augen, der Schädel jedoch war kahl, glänzend, gelb. Balli lachte: «Der Schirmhändler aus der Via Barriera!» Ein Schirmhändler der Nebenbuhler Emilio Brentanis! Um so besser, denn schon die Erwähnung dieses Berufes mußte Emilio kurieren. Balli war überzeugt, es werde ihm gelingen, den Vorfall in so komischer Weise zu schildern, daß auch Emilio lachen und nicht länger leiden würde. Über seinen eigenen Witz hegte Balli niemals Zweifel.

Der Schirmhändler blickte immerfort in eine bestimmte Richtung. Balli, der sein Spionieren als ehrliche Beschäftigung empfand und daher ein gutes Gewissen hatte, wollte sich überzeugen, daß in dieser Richtung Angiolina saß; also trat er ein. Sie saß wirklich dort, mit dem Rücken gegen die Wand. Giulia befand sich ihr gegenüber und von den beiden abgesondert. Sie nippte an einem Gläschen, das einen durchsichtigen und dickflüssigen Likör enthielt. Obwohl sie sich dieser Beschäftigung mit großer Hingabe widmete, war sie doch weniger abgelenkt als die beiden anderen: sie war es, die Balli bemerkte. Sie schlug sogleich Alarm. Zu spät. Balli hatte bereits feststellen können, daß sich die beiden Hände unter dem Tisch neuerdings vereint hatten. Er war betroffen von dem zärtlichen Ausdruck, mit dem Angiolina den Schirmhändler ansah. Emilio hatte recht, diese Augen knisterten, als verbrenne etwas in ihrer Flamme. Balli beneidete den Schirmhändler. Wieviel wohler hätte er sich doch an dessen Stelle befunden als in seiner jetzigen Rolle!

Giulia grüßte: «Guten Abend!» Sie erwartete wohl, daß er sich zu ihr geselle, und das erfüllte ihn mit Zorn: er hatte sie, nur um mit Emilio und Angiolina beisammen sein zu können, gerade für einen Abend ertragen. Langsam ging er wieder hinaus und grüßte Angiolina mit einem kurzen Kopfnicken. Sie kauerte sich förmlich auf ihrem Platz zusammen, um möglichst weit entfernt von ihrem Begleiter zu erscheinen, und sah Balli mit großen, ausdrucksvollen Augen an, bereit, sein Lächeln zu erwidern, falls er ein solches für sie übrig gehabt hätte. Er aber lächelte nicht, sondern blickte anderswohin und ging, ohne auf den Gruß des Schirmhändlers zu danken, an ihnen vorbei.

«Wir waren ja außerordentlich beredt», dachte er, «sie hat mich gebeten, Emilio nichts von dieser Begegnung zu sagen, und ich habe ihr geantwortet, daß ich ihm alles sagen werde, sobald ich ihn treffe.»

Er warf noch einen Blick auf den Schirmhändler, dessen Gesicht zwischen Glatze und Bart vor Zufriedenheit strahlte. Wenn Emilio das nur sehen könnte!

«Guten Abend, Herr Balli», ertönte es ehrerbietig hinter ihm. Er drehte sich um. Es war Michele. Der kam ihm grade im rechten Augenblick.

Mit einem raschen Entschluß bat Balli ihn, zu Emilio Brentani zu gehen. Falls er ihn daheim antreffe, sollte er ihn sofort hierher bringen, falls nicht, sollte er warten, bis er käme. Kaum hatte Michele den Befehl vernommen, als er sich auch schon auf die Beine machte.

Voll Ungeduld lehnte sich Balli an einen Baum, dem Café gegenüber. Er würde es zu verhindern wissen, daß Emilio sich voll Zorn auf den Schirmhändler oder auf Angiolina stürzte. Er hoffte, daß es ihm gelingen würde, ihn zu besänftigen und für immer von dieser Bindung zu befreien.

Giulia trat in die Tür und blickte aufmerksam um sich; da sie im vollen Lichtschein stand, Balli aber im Schatten, konnte sie ihn nicht bemerken. Balli rührte sich nicht vom Fleck. Es lag ihm nichts daran, sich zu verstecken. Giulia trat zurück und erschien dann wieder in Begleitung Angiolinas und des Schirmhändlers, der es nun nicht mehr wagte, das von ihm geliebte Mädchen an der Hand zu halten. Sie gingen mit beschleunigtem Schritt in die Richtung des Café «Chiozza». Sie flohen! Bis zum «Chiozza» war Ballis Aufgabe leicht, denn von dieser Seite mußte Emilio kommen. Als sie aber nach rechts einbogen, in die Richtung des Bahnhofs, geriet Balli in arge Verlegenheit. Die Ungeduld versetzte ihn in Wut: «Wenn Emilio nicht rechtzeitig kommt, entlasse ich Michele.»

Eine Weile half ihm sein scharfes Auge. «Ah, diese Kanaillen», brummte er verärgert, als er bemerkte, daß der Schirmhändler sich bereits wieder in Sicherheit fühlte und Angiolinas Hand ergriff. Bald darauf verlor er die drei aus den Augen, sie verschwanden in dem Schatten, den die hohen Häuser warfen. Endlich kam Emilio daher. Balli wußte, daß er die Gruppe nicht mehr einholen konnte, und empfing ihn mit den Worten: «Schade! Du hast ein Schauspiel versäumt, das für dich sehr heilsam gewesen wäre.» Dann begann er zu trällern. «Sì, vendetta, tremenda vendetta ... –»[7] Er packte Emilio beim Arm und schleppte ihn in die Richtung zum Bahnhof, als bestände die Hoffnung, daß die Gruppe stehengeblieben war und auf sie wartete.

Emilio begriff bereits, daß es sich um Angiolina handle.

Dennoch stellte er, während er widerspruchslos neben Balli ging, seine Fragen so, als wäre er ahnungslos. Bald aber wurde es ihm klar: was seine Kehle so zusammenschnürte, war das Gefühl erbarmungsloser Lächerlichkeit. Vor allem mußte er sich von dieser Lächerlichkeit befreien! Er blieb stehen und verlangte hartnäckig zu wissen, um was es sich handle, andernfalls würde er keinen Schritt weitergehen. Er wollte die volle Wahrheit wissen. Es handelte sich um Angiolina, nicht wahr? «Was immer du mir auch erzählen kannst, es ist immer noch weniger, als ich selbst schon weiß.» Er lachte. «Hör also mit dieser Komödie auf.»

Er war mit sich zufrieden, besonders als er sah, daß Balli seiner Aufforderung sogleich nachkam. Der wurde nun sehr ernst und berichtete, wie er durch Zufall Angiolina getroffen und auf frischer Tat ertappt habe. Im Bett hätte die Sache nicht eindeutiger sein können. «Für diesen Mann war nur Angiolina vorhanden, und nicht Giulia. Besser gesagt: für Angiolina war nur er vorhanden. Das mußte man gesehen haben, wie sie ihm die Hand zärtlich streichelte und ihn dabei anblickte! Nicht daß du glaubst, dieser Mann sei Volpini gewesen!» Er unterbrach sich, um Emilio prüfend anzusehen und herauszubekommen, ob der vielleicht deshalb so ruhig war, weil er sich einbildete, der Mann, mit dem Angiolina ihn betrog, sei Volpini. Emilio, der immerfort aufmerksam zugehört hatte, tat so, als wäre er von dieser Mitteilung überrascht. «Bist du ganz sicher?» fragte er gewissenhaft, obwohl er wußte, daß Volpini zu dieser Zeit gar nicht in Triest war. Er hatte also keinen Augenblick an ihn gedacht.

«Na, hör einmal! Erstens kenne ich Volpini, und zweitens kenne ich auch diesen anderen. Es ist der Schirmhändler von Barriera Vecchia, der diese ganz ordinären buntscheckigen Schirme erzeugt.» Es folgte nun eine bis ins einzelne genaue Beschreibung des Schirmhändlers, in doppelter Beleuchtung, im Licht der Gaslampe, die ihn gelb beschien, und in dem Licht, das von den Augen Angiolinas auf ihn ausstrahlte. Trotz seiner Glatze wirkte er schwarz, wie der Hölle entstiegen. «Eine Mißgeburt, wenn man bedenkt, daß er immer gleich schwarz wirkt, in welchem Lichte immer man ihn auch betrachtet.» Balli schloß seine Erzählung: «Da ich keine Veranlassung sehe, dich zu bemitleiden, kann ich nur die arme Giulia bedauern. Der Schirmhändler hat keinen Freund wie mich, dem er die häßlichen Freundinnen seiner schönen Geliebten anhängen kann. Er hat sie schändlich traktiert. Sie mußte sich mit einem Gläschen Rosolio begnügen, während er vor Angiolina mit großem Aufwand eine Tasse Schokolade und einen Berg von Kuchen auffahren ließ.»

Emilio heuchelte Interesse für all diese geistvollen Bemerkungen seines Freundes. Er mußte sich gar nicht besonders bemühen, Gleichmut vorzutäuschen. Nach einer ersten Anstrengung, sich zu beherrschen, hatte sich auf seinen Lippen ein ruhiges Lächeln gleichsam kristallisiert. Er hätte es auch noch im Schlaf bewahrt. Diese Heuchelei drang ihm tief unter die Haut. Vergeblich suchte er in seinem Inneren nach irgendeinem anderen Gefühl. Nichts. Höchstens eine Spur von Überdruß. Er war seiner selbst überdrüssig, Ballis und Angiolinas. Er dachte: «Vielleicht wird es besser, wenn ich allein bin.»

Balli sagte: «Und jetzt gehen wir schlafen. Du weißt, wo du Angiolina morgen antreffen kannst. Ein paar Worte des Abschieds und dann Schluß, wie zwischen mir und Margherita.»

Der Rat war gut, nur vielleicht überflüssig. «Ja, das werde ich tun», erklärte Emilio. Aufrichtig fügte er hinzu: «Vielleicht nicht gleich morgen.» Morgen wollte er lange schlafen.

«Ich sehe, du bist meiner Freundschaft wert», sagte Balli mit tiefer Bewunderung. «An einem einzigen Abend hast du meine volle Achtung wiedergewonnen, die du dir in den letzten Monaten durch deine Dummheiten fast schon verscherzt hattest. Begleitest du mich nach Hause?»

«Ein kleines Stück», meinte Emilio gähnend. «Es ist schon spät, und ich wollte eben zu Bett gehen, als mich Michele holen kam.» Es klang, als beklagte er eine ungelegene Störung.

Aber auch als er allein blieb, kam er nicht mit sich selbst zurecht. Was sollte er an diesem Abend noch beginnen? So lenkte er tatsächlich seine Schritte heimwärts, um sich schlafen zu legen.

Als er aber beim «Chiozza» anlangte, blieb er stehen und blickte in die Richtung des Bahnhofs: das war der Stadtteil, in dem sich jetzt Angiolina mit dem Schirmhändler abgab. «Und doch», dachte er, und er dachte nicht nur den Gedanken, sondern jedes einzelne Wort, «und doch wäre es schön, wenn sie noch hier vorüberkäme und ich ihr gleich sagen könnte, daß zwischen uns alles aus ist. Dann wäre in der Tat alles aus, und ich könnte wirklich ruhig schlafen gehen. Hier muß sie vorüberkommen!»

Er lehnte sich an einen Straßenpfeiler. Je länger er wartete, desto mehr nahm seine Hoffnung Gewißheit an, daß er Angiolina noch in dieser Nacht sehen werde.

Um für diese Begegnung bereit zu sein, dachte er sich auch noch die Worte aus, die er Angiolina sagen wollte. Sanfte Worte. Warum auch nicht? «Leb wohl, Angiolina, ich wollte dich retten, du aber hast mich verlacht.» Verlacht von ihr, verlacht von Balli! Eine ohnmächtige Wut drohte ihm die Brust zu sprengen. Endlich wurde er wach. Dabei empfand er seine Wut, seinen inneren Aufruhr weit weniger schmerzlich als den Gleichmut, in dem sein ganzes Selbst bis vor kurzem noch wie in einem Gefängnis eingeschlossen war. Ein Gefängnis, zu dem ihn Balli verurteilt hatte. Sanfte Worte für Angiolina? Nicht doch! Wenige Worte, harte und kalte. «Ich wußte längst, was du bist. Ich bin nicht im mindesten überrascht. Frage Balli. Adieu.»

Er begann zu gehen, um sich zu beruhigen, denn während er diese kalten Worte ausdachte, fühlte er sich in Flammen stehen. Diese Worte verletzten noch nicht genug! Mit ihnen verletzte er nur sich selbst. Ein Schwindel erfaßte ihn. «Das ist ein Zustand, in dem man keine Gespräche führt, sondern mordet», dachte er. Eine große Angst vor sich selbst ließ ihn sogleich wieder ruhig werden. Auch wenn er sie umbrächte, würde er nicht weniger lächerlich erscheinen, sagte er sich, als hätte er allen Ernstes an Mord gedacht. Das war nicht der Fall. Nein. Nachdem er sich darüber Gewißheit verschafft hatte, konnte er mit der Vorstellung spielen, sich durch Angiolinas Tod gerächt zu sehen. Ihr Tod hätte sein Rachebedürfnis befriedigt, ihn all die Leiden vergessen lassen, deren Ursache sie war. Nun hätte er sie beweinen können. Rührung ergriff ihn und trieb ihm die Tränen in die Augen.

Er dachte jetzt, daß es am besten wäre, Angiolina gegenüber die gleiche Taktik anzuwenden wie kurz zuvor Balli gegenüber. Das waren zwei Feinde, die man in der gleichen Weise behandeln mußte. Er wollte ihr sagen, daß er sie nicht ihres Betruges wegen verlasse – auf den sei er gefaßt gewesen –, sondern des scheußlichen Individuums wegen, dem er sich durch sie als Rivalen gegenüber sah. Er wollte nicht mehr jene Körperstellen küssen, auf die der Schirmhändler seine Lippen gedrückt hatte. Wenn es sich um Balli gehandelt hätte, um Leardi, ja selbst um Sorniani, dann hätte er noch ein Auge zugedrückt. Aber dieser Schirmhändler! In der Dunkelheit studierte er die Grimasse des Ekels ein, mit der er seine Worte begleiten wollte.

Welche Worte er auch ersann, er wurde immer wieder von einem Lachkrampf befallen. Sollte dieses fingierte Gespräch die ganze Nacht fortdauern? Es war unbedingt nötig, Angiolina sofort zu sprechen. Es fiel ihm ein, daß sie den Heimweg möglicherweise über die Via Romagna nahm. Wenn er rasch ging, konnte er sie noch einholen. Er hatte seinen Gedanken noch nicht zu Ende gedacht, als er auch schon zu laufen begann, glücklich darüber, einen Entschluß gefaßt zu haben, der allen Zweifeln, die sein Gehirn umnebelten, ein Ende setzte. Die körperliche Bewegung verschaffte ihm zunächst einige Erleichterung. Bald aber verlangsamte er seine Schritte, ein neuer Gedanke ließ ihn zaudern. Wenn die drei tatsächlich diesen Weg gewählt hatten, war es da nicht besser, um ganz sicher auf sie zu stoßen, von der Seite des Volksgartens aus zur Via Fabio Severo hinaufzugehen und ihnen dann auf der Via Romagna entgegenzukommen? Dazu mußte er tüchtig laufen, aber das schreckte ihn nicht. Er war schon bereit, diesen gewaltigen Umweg zu machen, da schien es ihm, als gingen sie am Café «Fabris» vorüber: Angiolina in Begleitung Giulias und eines Mannes, der offenbar der Schirmhändler war. Er glaubte sie aus der Entfernung an dem anmutig tänzelnden Schritt zu erkennen, mit dem sie ihm manchmal entgegenkam, wenn sie ihm gefallen wollte. Er hörte auf zu laufen, denn er hatte nun Zeit genug, die Gruppe zu erreichen. So konnte er auch in aller Ruhe noch einmal die Worte überdenken, die er Angiolina sofort sagen wollte. Wozu soviel Umstände und seltsame Gedanken? Es war doch eine ganz gewöhnliche Geschichte, und in wenigen Minuten würde sie auf die einfachste Art erledigt sein.

Als er bei der Steigung anlangte, die zur Via Romagna hinaufführt, sah er die drei nicht mehr. Sie mußten die Steigung bereits hinter sich haben. Er beschleunigte seinen Schritt; ein Zweifel befiel ihn und raubte ihm ebenso wie der Anstieg den Atem. Wenn es nicht Angiolina war? Wie hätte er gegen seine immer wieder ausbrechende Erregung die ganze Nacht ankämpfen sollen?

Die drei befanden sich nur mehr wenige Schritte vor ihm, und in der Dunkelheit fuhr er fort, sie für diejenigen zu halten, die er suchte. So wurde er wenigstens für einen Augenblick lang ruhig. Es ist ja so leicht, ruhig zu sein, wenn man weiß, daß man sogleich zur Tat schreiten kann.

Die Gruppe glich in der Tat derjenigen, die Balli beschrieben hatte. Zwischen zwei Frauen ging ein dicker, untersetzter Mann, der seinen Arm derjenigen seiner Begleiterinnen bot, die Emilio für Angiolina hielt. Jetzt allerdings konnte er an ihrer Art des Gehens nichts Bemerkenswertes mehr entdecken. Er sah ihr ins Gesicht, mit jenem ruhig-ironischen Blick, den er mit soviel Mühe einstudiert hatte. Er war höchst überrascht, in ein fremdes Gesicht zu sehen, in ein altes, ausgedörrtes Gesicht.

Schmerzliche Enttäuschung! Er konnte sich nicht entschließen, die Gruppe, an die er so große Hoffnungen geknüpft hatte, ohne weiteres wieder zu verlassen, und so dachte er einen Augenblick daran, diese Leute zu fragen, ob sie nicht vielleicht Angiolina gesehen hätten; er legte sich auch schon die Worte zurecht, mit denen er sie beschreiben wollte. Er schämte sich. Wenn er auch nur ein einziges Wort sagte, würden die drei alles erraten. Er ging weiter, mit ruhigen Schritten. Bald wurde ein Laufen daraus. Er sah vor sich die lange, weiße Straße und wußte, wenn er sich umdrehte, würde er ein ebenso langes, weißes Stück Straße sehen, immer wieder und wieder – ohne Ende! Man mußte sich von der Ungewißheit befreien, und diese Ungewißheit bestand jetzt darin, ob Angiolina sich tatsächlich auf dieser Straße befand oder anderswo. Wieder einmal überdachte er die Worte, die er ihr noch in dieser Nacht sagen wollte oder am nächsten Morgen. Mit einer gewissen Würde (je mehr seine Erregung wuchs, desto ruhiger sah er sich in seinem Geiste), wollte er ihr erklären, daß ein Wort, ein einziges Wort von ihr genügt hätte, um ihn loszuwerden. Es wäre nicht nötig gewesen, sich auch noch über ihn lustig zu machen.

«Ich hätte mich sogleich zurückgezogen. Es war ganz überflüssig, mich erst durch diesen Schirmhändler verdrängen zu lassen.» Er sagte sich diesen Satz mehrmals vor, änderte dann und wann ein Wort, versuchte auch, in seine Stimme immer mehr Ausdruck zu legen, einen immer ironischeren, einen schneidenden Ton. Er hörte damit erst auf, als er gewahr wurde, daß er in dem Bemühen, den richtigen Ausdruck zu finden, ins Schreien geraten war.

Um nicht in den klebrigen Kot zu treten, der in der Straßenmitte lag, sprang er zur Seite auf den Kies. Dabei tat er aber auf dem unebenen Boden einen falschen Schritt und war daran, der Länge nach hinzustürzen. Er griff mit der Hand nach der rauhen Straßenmauer und verletzte sich dabei. Der physische Schmerz versetzte ihn in noch größere Aufregung, steigerte seinen Wunsch nach Rache. Er fühlte sich verhöhnt wie noch nie, als ginge auch dieser halbe Sturz auf das Schuldkonto Angiolinas. Er meinte sie in der Ferne wieder zu erblicken. Jeder Lichtschein, jeder Schatten, jede wie immer geartete Bewegung nahm sogleich ihre Gestalt an, formte sich zu dem Phantom, das vor ihm herfloh. Er begann zu laufen, um sie einzuholen. Diesmal aber war er keineswegs innerlich ruhig und von jener einstudierten Ironie wie noch während des Anstiegs zur Via Romagna, sondern fest entschlossen, sie brutal zu behandeln. Glücklicherweise war es wiederum nicht Angiolina. Dem verzweifelten Emilio schien es jetzt, daß alle brutale Gewalt, die auszuüben er bereit gewesen, sich plötzlich gegen ihn selbst richte, ihm den Atem raube, ihm jede Möglichkeit nehme, zu denken und sich zu beherrschen. Wie ein Wahnsinniger biß er sich in die Hand.

Er war am Ziel seines langen Laufes. Angiolinas Haus

stand da, groß und einsam wie eine Kaserne, die weiße Fassade vom Mondlicht erhellt. Es war verschlossen, in Stille gehüllt, als wäre es von allen verlassen.

Er setzte sich auf eine niedrige Einfassungsmauer, sammelte seine Gedanken, wollte sich zur Ruhe zwingen. Er bot den Anblick eines Mannes, der soeben erfahren hat, daß sein getreues Weib ihn betrügt. Während er die Verletzungen an seinen Händen betrachtete, dachte er: «Diese Verletzungen waren früher nicht da.» So hatte sie ihn noch nie mißhandelt. Vielleicht waren die Qualen und Schmerzen, die er jetzt empfand, der Beginn zu seiner Heilung? Dann aber dachte er wieder, und der Gedanke tat ihm weh: «Wenn ich sie besessen hätte, würde ich weniger leiden.» Wenn er es gewollt hätte, mit aller Energie gewollt, dann wäre sie die Seine geworden. Statt dessen war er immer bestrebt gewesen, diese Beziehung zu idealisieren. Das hatte schließlich dazu geführt, daß er sich nun selbst lächerlich vorkam.

Als er sich erhob, fühlte er sich wohl ruhiger, aber auch weit zerschlagener als in dem Augenblick, da er sich gesetzt hatte. Alle Schuld war sein. Nicht Angiolina, sondern er war es, der sich seltsam, gegen alle gesunden Begriffe benahm. Diese niederdrückende Erkenntnis begleitete ihn bis zu seinem Haustor.

Er zögerte noch einmal, musterte eine Frau, die der Gestalt nach Angiolina glich, dann fand er endlich die Kraft, das Haustor hinter sich zu schließen. Es war zu Ende für diesen Abend. Der Zufall, auf den er bis zu diesem Augenblick gehofft hatte, konnte sich nun nicht mehr ereignen.

Er zündete die Kerze an, mit langsamen Bewegungen, um den Augenblick möglichst lange hinauszuzögern, da er ausgestreckt auf seinem Bett liegen würde, ohne noch etwas unternehmen und ohne einschlafen zu können.

Es schien ihm, als würde in Amalias Zimmer gesprochen. Zuerst dachte er an eine Sinnestäuschung. Die

Stimme klang in ruhigem Gesprächston herüber, ohne jede Erregung. Vorsichtig öffnete er die Tür zur Hälfte. Kein Zweifel, Amalia sprach mit irgend jemandem. «Ja, ja, das will ich, genau das», sagte sie mit einer ganz klaren und ruhigen Stimme. Er eilte zur Kerze und kehrte dann auf seinen Horchposten zurück. Amalia war allein. Sie träumte. Sie lag auf dem Rücken, den einen ihrer dünnen, nackten Arme unter den Kopf geschoben, während der andere an ihrem Körper entlang ausgestreckt auf der grauen Bettdecke lag. Die wächserne Hand hob sich wunderbar vom grauen Untergrund ab. Als der Lichtschein auf ihr Gesicht fiel, verstummte sie, ihr Atem ging schneller. Sie machte ein paar Versuche, ihre Stellung zu ändern, die ihr offenbar unbequem geworden war.

Er trug die Kerze in sein Zimmer zurück und schickte sich an, zu Bett zu gehen. Endlich wurden seine Gedanken in eine andere Richtung gelenkt. Arme Amalia! Auch für sie schien das Leben nicht allzu glücklich zu sein. Ihre glücklichen Träume – und daß sie es waren, glaubte er aus dem Tonfall ihrer Stimme schließen zu dürfen – waren nur die Reaktion auf die traurige Wirklichkeit.

Bald danach ertönten wieder die gleichen ruhigen Worte im Nebenzimmer. Amalia skandierte sie fast. Halb entkleidet ging er zur Tür zurück. Die einzelnen Worte hatten wohl keinen logischen Zusammenhang, aber es war kein Zweifel, daß sie mit einem Menschen sprach, den sie sehr liebte. Klang und Sinn dieser Worte drückten eine große Zärtlichkeit, eine große Ergebenheit aus. Wieder sagte sie zu ihrem imaginären Gesprächspartner, daß er alle ihre Wünsche erraten habe: «Wollen wir das wirklich tun? Ich habe es nicht gehofft!» Es folgte eine Pause. Aber sie wurde immer wieder durch unartikulierte Laute unterbrochen, aus denen man entnehmen konnte, daß der Traum fortdauerte. Sowie sich die Laute neuerdings zu Worten formten, kreisten sie stets um das gleiche Thema.

Lange lauschte er. Als er schon im Begriff war, sich zurückzuziehen, ließ ihn ein neuer Satz aufhorchen: «Auf der
Hochzeitsreise ist alles erlaubt.»

Die Ärmste! Sie träumte von Hochzeit! Er schämte sich,
die Geheimnisse seiner Schwester ausspioniert zu haben,
und schloß die Tür. Niemals durfte in ihr auch nur der
leiseste Verdacht aufkommen, daß er um ihre Träume
wußte.

Als er sich zu Bett legte, kehrten seine Gedanken nicht
mehr zu Angiolina zurück. Lange horchte er nach den
Worten, die nun gedämpft und weiterhin ruhig und sanft
aus dem Nebenzimmer herüberdrangen. Müde wie er war,
unfähig zu irgendwelcher Gemütsbewegung, fühlte er sich
nahezu glücklich. Sowie er seine Beziehung zu Angiolina
einmal abgebrochen hätte, würde er sich ganz seiner
Schwester widmen. Er wollte von nun an seinen Pflichten
leben.

# VII

Wenige Stunden später erwachte er. Es war heller Tag, und die Ereignisse des vergangenen Abends traten ihm sogleich wieder ins Bewußtsein. Nur über die wahre Natur der Qualen, die er gelitten, täuschte er sich. Er bildete sich ein, daß ihm weniger die Treulosigkeit dieser Frau als die Unmöglichkeit, sofort Rache zu nehmen, so große Leiden verursacht habe. Nun sollte sie nur allzubald seinen ganzen Zorn zu spüren bekommen. Er wollte sie verlassen. Nur sein Zorn, so meinte er, band ihn noch an sie. Wenn er sich einmal Luft gemacht hätte, dann würde auch dieses letzte Band verschwinden.

Er ging aus, ohne seine Schwester zu grüßen. Bald würde er zu ihr zurückkehren und sie von den Träumen heilen, die er belauscht hatte.

Es war ein windiger Tag. Als er am Volksgarten vorüberkam und die Straße anzusteigen begann, hatte er einige Mühe, gegen den Wind anzukämpfen. Diese körperliche Anstrengung hatte aber nichts mit der peinvollen Mühsal zu tun, die er in der Nacht vorher auf diesem gleichen Weg empfunden hatte. Jetzt, an diesem klaren, kühlen Morgen, in der frischen Luft, bereitete ihm die Muskelbewegung geradezu Vergnügen.

Er überdachte nicht die Worte, die er Angiolina sagen wollte. Er war seiner Sache so sicher, daß er keiner Vorbereitungen mehr bedurfte, er war allzu sicher, daß es ihm gelingen werde, sie zu verletzen und dann zu verlassen.

Angiolinas Mutter öffnete ihm. Sie geleitete ihn in das

Zimmer ihrer Tochter, die sich gerade im Nebenraum an-
kleidete, und schickte sich an, ihm wie gewöhnlich Gesellschaft zu leisten.

Er litt unter dieser neuerlichen Verzögerung, auch wenn
es sich nur um wenige Minuten handelte. «Angiolina ist
gestern erst spät nachts nach Hause gekommen», brachte
die Alte in einem Atemzug hervor. Die einzelnen Worte
wirkten wie zusammengekleistert, während sie sie mit ihrer näselnden Stimme aussprach.

«Ist denn Volpini gestern nicht abgereist?» fragte Emilio. Er war von dem Zusammenspiel zwischen Mutter und
Tochter überrascht.

«Er sollte abreisen, aber er versäumte den Zug. Ich
nehme an, daß er eben jetzt losfährt.» Er wollte der Alten
nicht zeigen, daß er ihr nicht glaubte, so schwieg er. Die
Sache war völlig klar. Es gab keine Möglichkeit mehr, ihn
zu betrügen oder schwankend zu machen. Diese Ausrede,
die sie sich da ausgedacht hatten, war von Balli vorausgesehen worden.

In Gegenwart der Mutter fiel es ihm gar nicht schwer,
Angiolina mit dem Ausdruck eines zufriedenen Liebhabers zu begrüßen. Er fühlte sich in der Tat befriedigt. Endlich hatte er Angiolina gefaßt. Diesmal wollte er nicht wie
sonst seiner Sucht nachgeben, die Dinge sofort zu klären
und auf ihren einfachsten Nenner zu bringen. Nun war es
an ihr zu reden. Er wollte sie zuerst ihre Lügen hervorholen lassen, um sie so auf frischer Tat zu ertappen.

Als sie allein blieben, trat Angiolina vor den Spiegel, um
sich die Locken zu richten, und begann, ohne Emilio anzusehen, von dem Kaffeehausbesuch am Abend vorher und
von der Spioniertätigkeit Ballis zu berichten. Sie lachte lustig auf und war so rosig und frisch, daß Emilio darüber
mehr in Wut geriet als über ihre Lügen.

Sie sagte, daß die unerwartete Rückkehr Volpinis sie
mächtig geärgert habe. Sie erfand sogar den Satz, mit dem

sie ihn angeblich empfing, als er wieder auftauchte: «Wird es dir nicht langweilig, mich dauernd zu belästigen?»

Sie sagte das, um ihm eine Freude zu machen. Emilio aber fand, daß seine Lage weit lächerlicher war als die Volpinis. Um ihn, Emilio, zu täuschen, bedurfte es vielleicht einer größeren Anstrengung, eines Aufgebotes an Finten und Lügen, die er bisher vermutlich nur zum Teil durchschaut hatte. Der gutmütige Volpini ließ sich wohl leichter hinters Licht führen. Wenn aber Angiolinas Streiche, wie es schien, auch ihrer Mutter zum Spaß gereichten, dann war es sehr wahrscheinlich, daß das Gelächter hauptsächlich Emilio galt, während Volpini immerhin ein Mann war, den man fürchtete.

Emilio wurde von einem solchen Wutanfall erfaßt, daß er erblaßte und zu zittern begann. Sie aber redete und redete und redete, als wollte sie mit ihren Worten seinen Sinn umnebeln, und gab ihm so Zeit, sich wieder zu fassen.

Warum toben, warum sich gegen etwas empören, das ein Naturgesetz war? Angiolina war verloren, schon von dem Augenblick an, da sie im Mutterleib empfangen wurde. Das war ja das besonders Widerliche: diese Übereinstimmung mit der Mutter. Man durfte ihr darum keinen Vorwurf machen, sie war ja nichts als das Opfer eines universalen Gesetzes. So erwachte in ihm wieder der naturwissenschaftliche Geist, der in ihm lange geschlafen hatte. Nichtsdestoweniger konnte er auf Rache nicht verzichten.

Angiolina mußte schließlich sein seltsames Verhalten bemerken. Sie wandte sich ihm zu: «Du hast mir noch gar keinen Kuß gegeben», sagte sie in vorwurfsvollem Ton.

«Ich werde dich nie mehr küssen», antwortete er ganz ruhig und betrachtete dabei ihre roten Lippen, auf die er Verzicht leistete. Er wußte nichts weiter zu sagen und erhob sich. Aber er dachte nicht im entferntesten daran, auch schon zu gehen, denn dieser kurze Satz konnte noch nicht alles sein, war noch nicht die entsprechende Entschädigung für seine langen Qualen. Aber er wollte bei ihr den Eindruck erwecken, als sei er entschlossen, sie auf der Stelle zu verlassen. Das wäre denn auch eine würdige Art gewesen, mit dieser erniedrigenden Beziehung Schluß zu machen.

Sie erriet alles. Sie dachte, er wolle ihr nicht Zeit lassen, sich weiter zu verteidigen, und bemerkte nur trocken: «Wirklich, es war ein Fehler von mir, dir einreden zu wollen, daß dieser Mann Volpini war! Nein, er war es nicht. Giulia wollte, daß ich es dir sage. Dieser Mann befand sich ihretwegen in unserer Gesellschaft. Giulia hat uns schon so oft Gesellschaft geleistet, daß ich es für richtig fand, nun einmal auch sie zu begleiten. Man möchte es nicht für möglich halten, wie verliebt er in sie ist! Weit mehr noch als du in mich.»

Sie unterbrach sich. Sie konnte seinem Gesichtsausdruck entnehmen, daß er ihr kein Wort glaubte. Sie schwieg beschämt, weil sie sich nun bei zwei offenkundigen Lügen ertappt sah. Sie griff mit beiden Händen nach einem nahen Sessel und umkrampfte seine Lehne. Ihr Gesicht war dabei völlig ohne Ausdruck. Sie betrachtete hartnäckig einen grauen Fleck auf der Wand. So also sah Angiolina aus, wenn sie litt.

Es bereitete ihm ein seltsames Vergnügen, ihr beweisen zu können, daß er wirklich alles wußte und daß sie in seinen Augen rettungslos verloren war. Eben hatte er sich schon mit wenigen Worten begnügen wollen, aber die arge Verlegenheit, in die Angiolina geraten war, machte ihn redselig. Er hatte die hellwache Erkenntnis eines außerordentlichen Genusses. Es war das erste Mal, daß Angiolina ihn gefühlsmäßig voll und ganz befriedigte. Wie sie so dastand, ohne ein Wort hervorbringen zu können, bot sie in der Tat das Bild einer treulos liebenden Frau, die des Betruges überführt wurde.

Bald danach aber ergab sich ein Moment, da die Situation geradezu komisch zu werden drohte. Um Angiolina bis ins kleinste zu treffen, zählte er alles auf, was sie auf Rechnung des Schirmhändlers im Café konsumiert hatte: «Giulia ein Gläschen Likör und du eine Tasse Schokolade mit einem Berg von Kuchen dazu.»

Es war wirklich schmerzlich zu sehen, wie sie sich nun energisch zur Wehr setzte. Ihre Wangen flammten auf, als wäre sie die verleumdete Tugend in Person. Endlich wurde sie eines Vergehens beschuldigt, das sie nicht begangen hatte. Emilio begriff, daß sich Balli in diesem Punkt geirrt haben mußte.

«Schokolade! Ich, die ich Schokolade nicht vertragen kann! Ich und Schokolade! Ich bestellte ein Gläschen von irgendeinem Likör, ich weiß nicht einmal, was es für einer war, ich habe ihn nicht einmal getrunken!» Die Energie, die sie in diese Worte legte, hätte nicht größer sein können, wenn es darum gegangen wäre, ihre absolute Engelsunschuld zu bezeugen. Gleichzeitig klang ein Ton des Bedauerns mit, als beklagte sie es, nicht mehr konsumiert zu haben, da ihre Bescheidenheit in diesem Punkte ja sowieso nicht genügte, sie in den Augen Emilios zu rehabilitieren. Es war, als hätte sie nur ihm zuliebe ein solches Opfer gebracht.

Er machte eine entschiedene Anstrengung, um den falschen Ton aus der Unterredung zu entfernen, der diesen Augenblick eines letzten Lebewohls zu stören drohte. «Genug, genug!» sagte er voll Verachtung. «Ich will Ihnen nur eines sagen» — er sagte Sie zu ihr, um dem Moment eine größere Feierlichkeit zu verleihen —, «ich habe Sie sehr lieb gehabt, und schon deshalb hatte ich Anspruch darauf, ganz anders behandelt zu werden. Wenn ein Mädchen einem jungen Mann erlaubt, ihr zu sagen, daß er sie liebt, dann gehört sie schon zu ihm und ist nicht mehr frei.» Das war ein etwas schwaches Argument, aber es entsprach genau der Sachlage. In einer Liebesauseinandersetzung war es sogar allzu wahrheitsgetreu. Tatsächlich konnte er für sich nichts anderes geltend machen, als daß er ihr gesagt hatte, sie zu lieben. Andere Rechte besaß er nicht.

Da er selbst fühlte, wie seine Worte ihn im Stich ließen, wie sein analytischer Geist die Schwäche seiner Position verriet, entschloß er sich sofort zu dem Schritt, durch den er seine hauptsächliche Stärke beweisen konnte: er verließ Angiolina.

Vor wenigen Minuten noch, sich an Angiolinas Niedergeschlagenheit weidend, hatte er den Gedanken erwogen, sie erst zu einem viel späteren Zeitpunkt zu verlassen. Nun aber war die Szene ganz anders verlaufen, als er gehofft hatte; nun fühlte er sich in seiner Stellung bedroht. Er selbst hatte darauf angespielt, wie gering seine Rechte auf Angiolina waren. Es war daher durchaus möglich, daß sie, die sonst nichts zu ihrer Verteidigung vorbringen konnte, hier einhakte und ihn fragte: «Und du? Was hast du für mich getan, um von mir verlangen zu können, daß ich mich nach deinen Wünschen richte?» Er wich dieser Gefahr aus. «Leben Sie wohl», sagte er mit großem Ernst. «Wenn ich meine Ruhe zurückgewonnen habe, können wir uns vielleicht wiedersehen. Jetzt aber ist es besser, wenn wir für längere Zeit auseinandergehen.»

Er verließ das Zimmer, nicht ohne sie noch ein letztes Mal bewundert zu haben, wie sie dastand, blaß, mit vor Schreck aufgerissenen Augen und unschlüssig, ob sie ihm nicht doch noch irgendeine Lüge sagen sollte, um ihn zurückzuhalten.

Der Schwung, mit dem er aus dem Haus ging, trug ihn weit fort. Aber während er mit unverändert entschlossenem Gesicht dahinschritt, beklagte er es tief, sie nicht länger in ihrem Leid betrachten zu können. In seinem Inneren klang noch der Schmerzenslaut nach, den sie ausgestoßen hatte, als er von ihr ging. Er lauschte ihm nach, um ihn sich gut einzuprägen. Er wollte ihn für immer bewahren. Dieser Schmerzenslaut war das größte Geschenk, das sie ihm bisher gemacht hatte.

Kein Schatten von Lächerlichkeit konnte mehr auf ihn fallen, wenigstens in den Augen Angiolinas nicht. Was immer sie auch sein mochte, sie würde sich jedenfalls noch lange Zeit an den Mann erinnern, der sie nicht nur des Küssens wegen, sondern mit seinem ganzen Wesen geliebt hatte, an den Mann, der sich bei der ersten Mißachtung seiner Liebe so tief verletzt fühlte, daß er auf sie Verzicht leistete. Wer weiß, vielleicht würde diese Erinnerung schon genügen, Angiolina zu läutern? Der schmerzliche Ton in ihrer Stimme ließ ihn bereits all seine wissenschaftlichen Überlegungen wieder vergessen.

Er fühlte sich innerlich so aufgewühlt, daß es ihm schwergefallen wäre, sich jetzt im Büro einzuschließen. So kehrte er nach Hause zurück. Er wollte sich niederlegen. Die Bettruhe und die Stille seines Zimmers sollten es ihm ermöglichen, die eben erlebte Szene mit Angiolina in Gedanken weiter auszukosten, als währte sie noch an. Vielleicht hätten die Aufregungen dieses Tages ihn diesmal veranlaßt, sich seiner Schwester anzuvertrauen, aber die Entdeckung, die er in der Nacht gemacht hatte, hielt ihn davon ab. Er fühlte Amalia weit fort, mit ihren eigenen unerfüllten Wünschen beschäftigt. So sagte er nichts. Sicher würde er früher oder später seine Schwester wieder mit aller Fürsorge umgeben, nur noch ein paar Tage wollte er sich vorbehalten, ganz seinen eigenen Gefühlen widmen. Die Vorstellung, im Hause eingesperrt und den Fragen Amalias ausgeliefert zu sein, erschien ihm plötzlich unerträglich. So änderte er seinen Vorsatz.

Er fühle sich nicht wohl, sagte er zu Amalia, vielleicht würde ihm ein Spaziergang in der frischen Luft nützen.

Amalia glaubte nicht an die Krankheitszustände Emilios. Bis jetzt hatte sie die verschiedenen Phasen der Liebesbeziehung ihres Bruders immer richtig erraten. Diesmal täuschte sie sich. Sie dachte, er habe sich vom Büro freigemacht, um den ganzen Tag mit Angiolina verbringen zu können. Sein ernst blickendes Gesicht drückte nämlich zugleich eine Befriedigung aus wie schon lange nicht. Sie fragte ihn nicht weiter aus. Sie grollte ihm, weil er bisher alle ihre Versuche, von ihm ins Vertrauen gezogen zu werden, abgewiesen hatte.

Als Emilio wieder auf der Straße war, allein, während ihm Angiolinas Schmerzenslaut immer noch in den Ohren klang, war er schon daran, sofort zu ihr zu eilen. Wie sollte er den ganzen Tag beschäftigungslos verbringen? Eine Erregung bemächtigte sich seiner, die er keineswegs schmerzlich empfand: sie war nichts anderes als ein heftiges Verlangen, eine ungeduldige Erwartung, so als müßte jeder Augenblick irgend etwas Unvorhergesehenes bringen, irgendein neues Hoffnungszeichen, eines, wie Angiolina es ihm bisher noch nie gegeben hatte.

Es wäre ihm unmöglich gewesen, zu Balli zu gehen, und er wünschte nur, ihm nicht zu begegnen. Er fürchtete ihn. Diese Furcht war die einzige schmerzliche Empfindung, die er in sich wahrnehmen konnte. Sie entsprang, wie er sich selber eingestand, der Erkenntnis, daß er niemals imstande sein werde, Balli nachzuahmen, die gleiche Ruhe zu bewahren, die der gezeigt hatte, als er Margherita verließ.

Er schlug die Richtung zum Korso ein. Möglich, daß Angiolina hier vorbeikam, wenn sie zu ihrer Arbeit bei den Deluigis ging. Er hatte nicht die Zeit gefunden, sie zu fragen, wohin sie sich begeben wollte, sicherlich aber war sie nicht daheim geblieben. Falls er sie auf der Straße traf, wollte er sie gemessen, aber höflich grüßen. Hatte er nicht selbst gesagt, daß er ihr ein guter Freund sein wollte, sobald er sich beruhigt hätte? Daß doch diese Ruhe und mit ihr die Zeit, da er sich Angiolina wieder nähern durfte, nur bald käme! Er blickte umher, um sie rechtzeitig zu entdecken, falls sie des Weges kam.

«Grüß Gott, Brentani! Wie geht es? Lebst du noch? Man sieht dich ja überhaupt nicht mehr!» Es war Sorniani, springlebendig wie immer, aber auch gelb im Gesicht wie immer. Es war nicht leicht zu sagen, ob die Augen in diesem krank wirkenden Gesicht aus Lebhaftigkeit oder aus Unruhe so leuchteten.

Als sich Brentani ihm zuwandte, sah der ihn lange und überrascht an. «Fühlst du dich nicht wohl? Du siehst so merkwürdig aus.» Es war nicht das erste Mal, daß Sorniani fand, Emilio sehe krank aus; offenbar spiegelte sich für ihn das Gelb seines eigenen Gesichts in dem der anderen.

Emilio war hocherfreut, daß er krank aussah; so konnte er sich beklagen, ohne von dem Mißgeschick zu reden, das ihn wirklich betroffen hatte. «Vermutlich bin ich magenkrank», sagte er bedrückt. «Aber es ist nicht die Krankheit selbst, über die ich klagen möchte. Ich fühle mich nur so niedergeschlagen.» Er erinnerte sich, einmal gehört zu haben, daß Magenkrankheiten Depressionen hervorrufen. Er gefiel sich nun darin, diesen seelischen Zustand genau zu beschreiben. Wenn er laut sprach, konnte er sich besser analysieren.

«Seltsam! Ich hätte nie gedacht, daß eine körperliche Indisposition sich unversehens in einen psychischen Zustand verwandeln kann. Was mich so bedrückt, ist die Gleichgültigkeit, die ich für alles empfinde. Wenn alle diese Häuser hier auf dem Korso plötzlich zu tanzen anfingen – ich würde nicht einmal hinsehen, glaube ich. Und wenn sie drohten, auf mich zu stürzen, ich würde mich nicht vom Fleck rühren.» Er unterbrach sich, denn eine Frau kam ihnen entgegen, die Angiolina ein wenig ähnlich sah. «Heute haben wir schönes Wetter, nicht wahr? Offenbar ist der Himmel blau, die Luft mild, und die Sonne strahlt. Ich weiß das alles, aber ich fühle es nicht. Was ich sehe, ist grau, und was ich fühle, ist auch grau.»

«So krank bin ich noch nie gewesen», sagte Sorniani mit einer Befriedigung, die er nicht verhehlen konnte. «Jetzt glaube ich sogar, daß ich vollkommen gesund bin.» Und er begann von allen möglichen Medizinen zu reden, die angeblich Wunder wirkten.

Emilio hatte plötzlich nur das eine Bedürfnis, diesen lästigen Menschen loszuwerden, der nicht einmal imstande war zuzuhören. Er streckte ihm wortlos die Hand hin und tat schon den ersten Schritt, um sich zu entfernen. Auch Sorniani verabschiedete sich von ihm, aber während er noch Emilios Hand in der seinen hielt, fragte er: «Was machen deine Liebschaften?»

Emilio tat, als verstünde er nicht: «Was für Liebschaften?»

«Ich meine diese Blonde. Angiolina.»

«Ach so», sagte Emilio gleichgültig, «ich habe sie nicht mehr gesehen.»

«Da hast du gut daran getan!» rief Sorniani lebhaft aus und näherte sich ihm wieder. «Das ist keine Frau für Männer wie dich, noch dazu, wenn sie nicht gerade bei bester Gesundheit sind. Sie hat schon Merighi fast wahnsinnig gemacht, und außerdem hat sie sich bestimmt noch von der halben Stadt abküssen lassen.»

Der Ausdruck «abküssen» verletzte Brentani tief. Wenn das Wort, mit dem dieser gelbe Zwerg das expansive Liebesleben Angiolinas definierte, nicht ins Schwarze getroffen hätte, dann hätte Emilio diesem Gerede keinerlei Beachtung geschenkt. So aber gewann alles, was Sorniani sagte, sogleich den Anschein der Wahrheit. Emilio widersprach. Er kenne sie zwar nur flüchtig, aber er halte sie für durchaus seriös. Er erreichte damit seinen Zweck, nämlich Sorniani zu weiterem Reden aufzustacheln. Der wurde noch blasser, als er war – was bei ihm vermutlich wirklich vom Magen herrührte –, und Emilio, der so unvorsichtig gewesen war, ihn zu provozieren, bekam nun allerhand Geschichten zu hören.

Angiolina seriös? Noch bevor Merighi die Szene betrat, hatte sie offenbar schon begonnen, ihre Erfahrungen mit Männern zu sammeln. Sie war noch ganz jung, als man sie zu unerlaubten Stunden mit halbwüchsigen Burschen, für die sie eine besondere Vorliebe zeigte, in den engen Gäßchen der Altstadt herumstrolchen sah. Merighi führte sie zur rechten Zeit in die eleganten Viertel der Neustadt ein, die von nun an ihr Betätigungsfeld blieben. Jetzt konnte man sie Arm in Arm mit allen reichen Burschen sehen, immer gleich strahlend wie eine junge Braut. Und nun ging es los. Auf Emilio hagelten all die Namen nieder, die er bereits kannte. Es waren von Giustini bis Leardi die Namen der Männer, deren Fotografien an der Schlafzimmerwand Angiolinas prangten.

Kein neuer Name war darunter. Das konnte keine Erfindung Sornianis sein, dazu war die Liste zu exakt. Ein qualvoller Zweifel ließ Emilio das Blut in die Wangen schießen: würde Sorniani, während er eifrig zu reden fortfuhr, am Ende sich selbst mit aufzählen? Mit angstvoller Spannung hörte Emilio zu, seine rechte Hand schloß sich zur Faust, jeden Augenblick bereit zuzuschlagen.

Sorniani unterbrach sich und fragte: «Ist dir nicht wohl?»

«Doch», sagte Emilio, «ich fühle mich ausgezeichnet.» Er blieb stehen und überlegte, ob es ratsam sei, ihn zu weiterem Reden anzuregen.

«Aber man sieht dir doch an, daß dir nicht gut ist. Du hast zwei- oder dreimal die Farbe gewechselt.»

Emilios Faust öffnete sich. Es war keine Veranlassung zuzuschlagen. «Ja, es ist mir wirklich nicht ganz gut.» Sorniani schlagen! Schöne Rache! Er hätte sich selber schlagen müssen. Oh, wie er sie liebte! Während er sich das eingestand, litt er wie noch nie. Alle Würde war fort, und er sagte sich, daß er zu ihr zurückkehren werde, so schnell wie möglich. An diesem Morgen war er entschlossen und energisch ausgezogen, um Rache zu nehmen. Er hatte sie unter Anklage gestellt und dann verlassen. Wie intelligent! Er hatte nur sich selbst gestraft. Alle hatten sie besessen, nur er nicht. Daher war er von all den vielen Männern der einzige, den das Hohngelächter traf. Er dachte daran, daß in ein paar Tagen Volpini kommen werde, um den ausbedungenen Vorschuß einzukassieren. Wirklich, Emilio hätte sich keinen geeigneteren Zeitpunkt aussuchen können, über Dinge in Wut zu geraten, die er doch längst vermutet hatte. Was würde Angiolina tun, wenn sie sich dem Schneidermeister einmal hingegeben hatte? Da sie sich diesem ja nur hingeben wollte, um ihn leichter betrügen zu können, war es selbstverständlich, daß sie ihn nun, wo Emilio sie verlassen hatte, eben mit anderen Männern betrügen wird. Für ihn war sie verloren. Er sah die kommenden Ereignisse so deutlich vor sich, als vollzögen sie sich nur wenige Schritte von ihm entfernt, hier auf dem Korso. Er sah Angiolina, wie sie sich angeekelt den Armen Volpinis entwand, um sich für diese Schändung sogleich anderswo schadlos zu halten. Diesmal wird sie ihn, Emilio, mit Recht betrügen.

Was ihn so zur Verzweiflung brachte, war nicht nur die Tatsache, daß er sie nicht besessen hatte. Bis zu diesem Augenblick hatte er in der Erinnerung an den Schmerzenslaut geschwelgt, den er ihr entlockt. Was aber bedeutete dieses Erlebnis für eine Frau, die in den Armen anderer Männer bald ganz andere Freuden und Leiden erfahren wird? Nein, es war jetzt nicht mehr möglich, den Weg zu ihr zurückzugehen. Um diese Versuchung abzuwehren, genügte es, an das zu denken, was Balli dazu sagen würde.

Hätte er diesen strengen Richter nicht an seiner Seite gehabt, dann, so meinte er, wäre ihm die Wahrung der eigenen Würde gleichgültig gewesen. Denn jetzt wurde ihm klar, daß gerade der Versuch, seine Würde wiederzufinden, ihn mit allen seinen Gedanken, mit all seinem Verlangen auf die verwerflichste Art an Angiolina gefesselt hielt.

Seit seinem Gespräch mit Sorniani war bereits geraume Zeit vergangen, aber sein Inneres war immer noch in vollem Aufruhr.

Sollte Angiolina den Versuch machen, mit ihm wieder in Verbindung zu kommen, dann wollte er sie, ohne Rücksicht auf seine persönliche Würde, mit offenen Armen aufnehmen. Diesmal aber wird er es anders anstellen. Er wird sofort der Wahrheit zustreben, das heißt dem Besitz. Fort mit der Täuschung! «Ich weiß, daß du die Geliebte all dieser Männer gewesen bist!», wird er ihr zurufen, «aber ich liebe dich trotzdem. Werde die Meine und sage mir die ganze Wahrheit, damit ich an keinen Zweifeln mehr zu leiden habe.» Die Wahrheit? Selbst in seinen unverhülltesten Träumen noch idealisierte er Angiolina. Die Wahrheit? War denn Angiolina überhaupt imstande, auch nur ein wahres Wort zu sagen? Wenn die Erzählungen Sorianis nur einen kleinen Funken Wahrheit enthielten, dann war dieser Frau die Lüge so sehr zur Natur geworden, daß sie sich von ihr nie mehr befreien konnte. Dabei vergaß er ganz, was er in anderen Momenten so klar erkannte, daß nämlich er selbst auf die seltsamste Weise alles dazu getan hatte, in Angiolina etwas zu sehen, das sie nicht war, kurz, daß er selbst die Lüge geschaffen hatte.

«Wieso», sagte er sich nun, «habe ich nicht begriffen, daß die Hauptursache meiner Lächerlichkeit die Lüge ist? Wenn ich alles weiß und es ihr ins Gesicht sage, dann bin ich auch nicht mehr lächerlich. Jeder kann lieben, wen er will und mag.» Es war ihm, als sagte er das alles zu Balli.

Der Wind hatte sich gelegt, und man konnte meinen, der Frühling sei angebrochen. Wäre er in einer anderen

Gemütsverfassung gewesen, dann hätte Emilio einen so schönen Tag, an dem er noch dazu frei von Verpflichtungen war, in vollen Zügen genossen. Aber konnte er sich denn frei fühlen, da es ihm versagt war, zu Angiolina zu gehen?

Er hätte ja leicht irgendwelche Vorwände finden können, um sich auf der Stelle zu ihr zu begeben. Er konnte ihr zum Beispiel neue Vorwürfe machen. Er hatte ja bisher keine Ahnung von der Existenz jener Halbwüchsigen gehabt, die, Sornianis Bericht zufolge, Merighis Vorläufer gewesen waren. «Nein!» sagte er laut vor sich hin. «Eine solche Schwäche würde mich ihr endgültig ausliefern. Geduld. Noch zehn oder vierzehn Tage. Dann wird sie den ersten Schritt tun.» Geduld! Schön, aber was sollte er nun an diesem ersten Vormittag beginnen?

Leardi! Dieser schöne Junge, blond und kräftig, auf dessen männlichem Körper ein fast mädchenhafter Kopf saß, kam eben den Korso entlang. Er sah wie immer ernst drein und trug einen hellen Überrock, der für diesen warmen Wintertag genau das richtige war. Brentani und Leardi pflegten einander kaum zu grüßen, sie waren beide sehr stolz, wenn auch aus verschiedenen Gründen. Diesem eleganten jungen Mann gegenüber wurde sich Emilio bewußt, daß er immerhin ein Schriftsteller war, der eine gewisse Anerkennung genoß; Leardi wiederum glaubte, Emilio von oben herab behandeln zu dürfen, da er ihn stets nachlässig gekleidet sah und ihn auch niemals in den vornehmen Häusern antraf, in denen er selbst ein willkommener Gast war. Gleichwohl lag ihm daran, seine Überlegenheit auch von Emilio anerkannt zu wissen. So dankte er jetzt sehr höflich für dessen Gruß. Seine Höflichkeit überwog noch seinen Ausdruck der Überraschung, als er Emilio mit ausgestreckter Hand auf sich zukommen sah.

Emilio hatte sozusagen unter unwiderstehlichem

Zwang gehandelt. Da es ihm nicht gestattet war, Angiolina aufzusuchen, blieb ihm nichts Besseres zu tun übrig, als sich jenen Menschen anzuschließen, die er in seiner Vorstellung dauernd mit ihr in Zusammenhang brachte.

«Auch Sie nützen das schöne Wetter aus, um einen Spaziergang zu machen?»

«Ein paar Schritte vor dem Mittagessen», sagte Leardi und akzeptierte damit Emilios Gesellschaft.

Emilio fuhr fort, vom schönen Wetter zu reden, dann sprach er davon, daß er sich nicht sehr wohl befinde, und kam schließlich auf Sornianis Krankheit. Er sagte, daß er Sorniani nicht besonders möge, weil dieser, wie es ihm scheine, sich allzusehr seines Glückes bei Frauen rühme. Emilio sprach mit einem großen Aufwand an Worten, er hatte das seltsame Gefühl, als befinde er sich an der Seite eines Menschen, der für sein Leben überaus bedeutungsvoll sei, dessen Freundschaft er sich mit jedem seiner Worte gewinnen müsse. Leardi zuckte mit keiner Wimper. Emilio hatte erwartet, daß bei der Erwähnung von Sornianis Glück bei Frauen ein überlegenes Lächeln auf Leardis Lippen erscheinen werde. Ein solches Lächeln hätte er als Geständnis gedeutet, als das Eingeständnis Leardis, mit Angiolina in Verbindung zu sein.

Auch Leardi erwies sich als sehr redselig. Er wollte offenbar Emilio gegenüber seine eigene Bildung beweisen. Er klagte darüber, daß man auf dem Korso immer nur die gleichen Gesichter sehe. Überhaupt, so kritisierte er weiter, sei das Leben in Triest nicht sehr anregend. Vor allem biete es geringen künstlerischen Anreiz. Kurz, es gefiel ihm gar nicht in dieser Stadt.

Indessen wurde Emilio von dem immer heftigeren Wunsch erfaßt, Leardi dazu zu bringen, etwas über Angiolina zu sagen. Von all den Ausführungen Leardis hörte er nur die einzelnen Worte und prüfte sie fast automatisch, ob sie irgendeinen Anklang an den Namen Angiolina enthielten und ihm damit die Möglichkeit boten, das Gespräch auf sie zu lenken. Vergebens. Wütend, daß er sich all den Unsinn anhören mußte, den Leardi behaglich und selbstgefällig zum besten gab, unterbrach ihn Emilio rücksichtslos: «Schau, schau», sagte er im Ton der Überraschung und folgte mit dem Blick einer eleganten Frauengestalt, die Angiolina überhaupt nicht ähnlich war. «Das Fräulein Angiolina Zarri.»

«Keine Spur», widersprach Leardi, sichtlich verärgert, daß er unterbrochen worden war. «Ich habe ihr Gesicht gesehen, sie ist es nicht!»

Und wieder begann er von schlecht besuchten Theatern und den nicht sehr geistvollen Damen der Gesellschaft zu reden. Brentani aber war entschlossen, derlei Belehrungen nicht länger über sich ergehen zu lassen. «Kennen Sie das Fräulein Zarri?»

«Auch Sie kennen sie?» fragte Leardi ehrlich erstaunt.

Für Emilio gab es nun einen Augenblick langer Unschlüssigkeit. Es schien aussichtslos, Leardi durch List und Schläue zum Reden zu bringen. Da ihm aber so sehr daran lag, die Lügengewebe zu zerreißen, die das wahre Bild Angiolinas verschleierten – wäre es da nicht am besten, sich aufrichtig an Leardi zu wenden und ihn zu bitten, ihm die ganze Wahrheit zu sagen? Nur die Antipathie, die er für Leardi empfand, hielt ihn davon ab. «Ja, ein Bekannter hat sie mir vor ein paar Tagen vorgestellt.»

«Ich war mit Merighi befreundet, vor ein paar Jahren kannte ich sie sehr gut.»

Emilio fühlte sich sofort ruhig. Es gelang ihm, seinen Gesichtsausdruck zu beherrschen und Leardi zuzuzwinkern: «Sehr gut, wie?»

«Aber nein», meinte Leardi durchaus ernst, «wie können Sie nur so etwas glauben?» Er beschränkte sich auf diesen Ausdruck des Staunens und erwies sich damit als vorzüglicher Schauspieler.

Emilio begriff, daß er hier auf entschlossenen Widerstand stieß. Er tat daher, als hätte er seine indiskrete Frage vergessen, und sagte nun mit großer Sachlichkeit: «Erzählen Sie mir etwas über diese Geschichte mit Merighi. Warum hat er sie eigentlich verlassen?»

«Wegen finanzieller Schwierigkeiten. Er schrieb mir damals, daß er gezwungen sei, das Verlöbnis mit Angiolina zu lösen. Im übrigen habe ich vor ein paar Tagen gehört, daß sie sich wieder verlobt hat. Mit einem Schneider, wie mir scheint.»

Es schien ihm? Nein, man konnte wirklich nicht besser Theater spielen. Aber um das zu können und sich so streng an eine genau berechnete Rolle zu halten, was zweifellos sehr mühsam und unbequem war (darum wohl sprach er von Angiolina nur, wenn er dazu gezwungen wurde), mußte er gewichtige Gründe haben, das heißt Beziehungen zu dieser Frau, die bis in die jüngste Zeit hineinreichten.

Leardi sprach bereits von anderen Dingen. Bald danach verabschiedete sich Emilio von ihm. Um von ihm loszukommen, schützte er eine plötzliche Unpäßlichkeit vor. Als Leardi Emilios verzerrtes Gesicht sah, glaubte er ihm ohne weiteres. Er zeigte sogar eine so freundschaftliche Anteilnahme, daß Emilio ihm auch noch ein paar Worte des Dankes sagen mußte. Dabei haßte er diesen Menschen unsäglich. Er hätte ihm gern wenigstens an diesem einen Tag nachspioniert. Sicher hätte er ihn früher oder später in Angiolinas Gesellschaft ertappt. Eine so sinnlose Wut packte ihn, daß er buchstäblich mit den Zähnen zu knirschen begann. Bald danach aber überhäufte er sich mit bitteren und ironischen Selbstvorwürfen. Weiß Gott, mit wem ihn Angiolina an diesem Tag betrog. Möglicherweise mit Männern, die ihm völlig unbekannt waren. Wie sehr war ihm doch Leardi überlegen! Die Ruhe, die dieser einfallslose Tropf an den Tag gelegt hatte – das war die wahre

Lebenskunst. «Ja», dachte Emilio, und er meinte nun zu einer Erkenntnis gekommen zu sein, die nicht nur ihn, sondern die edelsten Geister der Menschheit beschämen mußte, «meine Unterlegenheit ist durch das übergroße Vorstellungsvermögen meines Gehirns bedingt.» In der Tat, wenn Leardi sich vorgestellt hätte, daß Angiolina ihn betrog, er wäre nicht imstande gewesen, sie so plastisch vor sich zu sehen, in ihren natürlichen Farben und Bewegungen, wie Emilio es tat, als er sie in gemeinsamer Umschlingung mit Leardi vor sich sah. Jetzt erst enthüllte sich ihm auch ihre Nacktheit, die er bisher nur geahnt hatte. Sie diente dazu, das Verlangen des erstbesten Manntiers von der Straße zu befriedigen und zu stillen. Ein kurzer, brutaler Akt, das hohnvolle Ende aller Träume, aller Sehnsüchte. Als es dem Träumer schwarz vor den Augen wurde, verschwand die Vision, und nur ein langes, lautes Gelächter blieb widerhallend in seinen Ohren zurück.

Beim Mittagessen konnte es Amalia nicht mehr entgehen, daß es kein angenehmes Ereignis war, das Emilio in Unruhe versetzte. Er fuhr sie heftig an, als das Essen noch nicht fertig war: Er sei hungrig und habe es eilig. Das Essen selbst empfand er dann als eine ausgesprochene Tortur. Er wurde sich bewußt, daß er sich durch sein Verhalten bloßgestellt hatte. Als er fertig war, blieb er zunächst unschlüssig vor dem leeren Teller sitzen. Dann raffte er sich innerlich zusammen: an diesem Tag wollte er nicht zu Angiolina gehen. Er wollte sie überhaupt nicht mehr sehen. Jetzt empfand er nur einen Schmerz: den, seine Schwester gekränkt zu haben. Sie schien ihm traurig und blaß zu sein, und er hätte sie gern um Verzeihung gebeten. Aber er wagte es nicht. Er fühlte, daß er wie ein kleines Kind in Tränen ausbrechen würde, wenn er jetzt ein zärtliches Wort über seine Lippen brächte. Schließlich sagte er grob, wenn auch in der deutlichen Absicht, sie zu versöhnen: «Du solltest ausgehen, es ist herrliches Wetter.» Sie gab keine Antwort und verließ das Zimmer. Da wurde er wütend: «Bin ich nicht genug vom Unglück geschlagen? Sie muß doch schon begriffen haben, in welcher Verfassung ich mich befinde. Meine liebevolle Aufforderung, spazierenzugehen, hätte ihr genügen müssen, um sich wieder mit mir zu versöhnen und mich nicht länger mit ihrer Feindseligkeit zu quälen.»

Er fühlte sich müde. Angekleidet legte er sich nieder und versank sofort in einen Dämmerzustand, ohne jedoch das Bewußtsein seines Unglücks zu verlieren. Einmal hob er den Kopf, um sich Tränen aus den Augen zu wischen. An diesen Tränen, so dachte er bitter, war Amalia schuld. Gleich darauf umfing ihn das Vergessen.

Als er wieder erwachte, begann die Nacht bereits herabzusinken. Es war ein trauriger Sonnenuntergang, der diesen schönen Wintertag beschloß. Er setzte sich auf das Bett, unschlüssig. Die Bücher, die auf dem Bord standen, sahen ihn vergeblich an: ihre Titel verkündeten nur totes Zeug. Sie vermochten nicht, ihn auch nur für einen Augenblick das Leben vergessen zu lassen, den Schmerz, der in seinem Inneren brannte.

Er warf einen Blick in das anstoßende Speisezimmer. Amalia saß beim Fenster, über den Stickrahmen gebeugt. Er bemühte sich, heiter zu erscheinen, und sagte liebevoll: «Hast du mir meinen Wutanfall verziehen?»

Sie blickte kurz auf: «Reden wir nicht mehr davon», sagte sie sanft und begann wieder zu arbeiten.

Er war auf Vorwürfe gefaßt gewesen, und es enttäuschte ihn, sie nun so ruhig vorzufinden. Wie? Alles um ihn her war ruhig, nur er selber war es nicht? Er setzte sich neben sie und sah lange und bewundernd zu, wie der Seidenfaden genau der Zeichnung folgte. Er suchte vergebens nach Worten.

Sie aber erwartete sich gar keine von ihm. Sie litt nicht

mehr unter seinem Liebesabenteuer, das eine solche Um-
wälzung in ihr Leben gebracht und über das sie sich anfangs so beklagt hatte. Da mußte sich Emilio noch einmal fragen: «Warum eigentlich habe ich Angiolina verlassen?»

# VIII

Balli hatte sich fest vorgenommen, seinen Freund endgültig zu kurieren. Am gleichen Abend noch erschien er bei Emilio zum Abendessen und begann damit, daß er keinerlei Eile zeigte zu erfahren, was vorgefallen war. Nur einmal, als Amalia aus dem Zimmer ging, fragte er, während er ruhig zu rauchen fortfuhr und zur Decke blickte: «Hast du ihr gezeigt, mit wem sie es zu tun hat?»

Emilio bejahte. Er tat es fast prahlerisch, aber es wäre ihm schwergefallen, auch nur ein Wort noch im gleichen Ton hinzuzufügen.

Amalia kam sehr schnell zurück. Sie erzählte von dem Streit, den sie mittags mit ihrem Bruder hatte. Es sei ein großes Unrecht, so sagte sie, alle Schuld ausschließlich auf die Hausfrau zu schieben, wenn das Mittagessen nicht zur Zeit fertig ist. Das hänge ja auch von der Glut im Herd ab, und noch habe man an den Küchenherden keine Thermometer angebracht. «Im übrigen», meinte sie, wobei sie ihrem Bruder liebevoll zulächelte, «darf man ihm keinen Vorwurf machen. Er ist in so übler Laune nach Hause gekommen, daß er wohl krank geworden wäre, wenn er sich nicht hätte Luft machen können.»

Balli tat, als wäre er weit davon entfernt, die üble Laune Emilios mit den Ereignissen des vergangenen Abends in Verbindung zu bringen. «Auch ich war heute miserabel aufgelegt», sagte er leichthin. Er wollte verhindern, daß die Konversation einen ernsten Ton annehme.

Emilio widersprach. Er sei in bester Stimmung gewesen:

«Erinnerst du dich nicht, wie lustig ich noch heute morgen war?»

Amalia hatte die Geschichte des häuslichen Streites mit großer Liebenswürdigkeit erzählt; es war klar zu sehen, daß sie damit nur Balli unterhalten wollte. Sie hatte jeden Groll vergessen, ja, sie erinnerte sich nicht einmal mehr, daß Emilio sie um Verzeihung gebeten hatte. Das verletzte ihn tief.

Als die beiden Männer allein auf der Straße waren, sagte Balli: «Siehst du, jetzt sind wir wieder frei. Ist es nicht besser so?» Dabei faßte er liebevoll Emilio beim Arm.

Emilio aber empfand die Sache anders. Nichtsdestoweniger begriff er, daß es nun seine Pflicht war, sich Balli gegenüber ebenso liebevoll zu zeigen: «Gewiß. Es ist besser so. Aber es wird noch geraume Zeit dauern, bis ich meinen Zustand voll schätzen kann. Vorläufig fühle ich mich sehr einsam. Auch in deiner Gesellschaft.»

Ohne dazu aufgefordert zu sein, berichtete er nun von dem Besuch, den er am Morgen in der Via Fabio Severo abgestattet hatte. Er verschwieg, daß er auch am Abend zuvor dort gewesen war. Er erzählte von dem Schmerzenslaut, den er in Angiolinas Stimme vernommen hatte. «Das, einzig das hat mich innerlich bewegt. Es war hart, sie gerade in dem Augenblick zu verlassen, in dem ich mich von ihr geliebt fühlte.»

«Bewahre diese Erinnerung», erklärte Balli ungewöhnlich ernst, «und komm nie wieder mit ihr zusammen. Du solltest nicht nur an ihren Schmerzenslaut denken, sondern auch an die Qualen der Eifersucht, die du ihretwegen gelitten hast, und dann wird dir jede Lust vergehen, Angiolina wiederzusehen.»

Emilio war durch die Zuneigung, die Balli ihm entgegenbrachte, aufrichtig gerührt. So bekannte er: «Und doch habe ich nie so sehr unter Eifersucht gelitten wie eben jetzt.» Er blieb Balli gegenüber stehen und sagte mit ernster Stimme: «Versprich mir, daß du mir alles erzählen wirst, was du über sie hörst. Aber auch du darfst nie mehr mit ihr zusammenkommen. Nie mehr. Und wenn du ihr auf der Straße begegnen solltest, dann mußt du mir das sofort mitteilen. Versprich mir das feierlich.»

Balli zögerte nur deshalb, weil es ihm merkwürdig vorkam, ein solches Versprechen geben zu müssen.

«Ich bin krank vor Eifersucht», fuhr Emilio fort, «und nur vor Eifersucht. Ich bin auf die verschiedensten Männer eifersüchtig – vor allem aber auf dich. Mit dem Schirmhändler habe ich mich abgefunden, aber was dich betrifft – da könnte ich mich niemals abfinden.» In seiner Stimme klang nichts, was auf einen Scherz schließen ließ. Er bemühte sich, Mitleid zu erwecken, um Balli leichter zu bewegen, das Versprechen zu geben. Er war sogar entschlossen, sofort zu Angiolina zu eilen, falls Balli es nicht geben wollte. Er wollte nicht, daß sein Freund Nutzen aus einer Situation ziehe, die zum großen Teil dessen Werk war. Während er Stefano anblickte, leuchtete ein drohender Blitz in seinen Augen auf.

Für Balli war es leicht zu erraten, was in Emilio vorging. Er empfand tiefes Mitleid. Daher gab er feierlich das verlangte Versprechen, und nur um Emilio zu zerstreuen, meinte er sodann, daß es ihm leid tue, mit Angiolina nicht mehr zusammenzukommen. «Nur weil ich dachte, es könnte dir eine Freude bereiten, habe ich vor einiger Zeit daran gedacht, eine Büste von ihr zu entwerfen.» Einen Augenblick lang kam ein träumerischer Ausdruck in seine Augen, als tauche vor ihm das ersonnene Werk auf.

Emilio erschrak. Wie ein kleines Kind erinnerte er Balli an das eben gegebene Versprechen: «Ich habe bereits dein Wort. Trachte nun, dich anderswo zu inspirieren.»

Balli mußte herzlich lachen. Dann aber fühlte er sich durch diesen neuerlichen Beweis der Macht, mit der die Leidenschaft von Emilio Besitz ergriffen, doch tief berührt und sagte: «Wer hätte geahnt, daß ein solches Abenteuer eine derartige Bedeutung in deinem Leben erlangen würde! Wenn es nicht so schmerzlich wäre, es wäre zum Lachen.»

Da begann Emilio, sich über sein trauriges Los zu beklagen. Er tat es mit einer Selbstironie, die alle Lächerlichkeit von ihm fernhalten sollte. Alle, die ihn kannten, so sagte er, wüßten, wie er über das Leben denke. In der Theorie erscheine es ihm bar jeden ernsten Inhalts. Tatsächlich habe er nie an das Glück geglaubt, in welcher Form es sich ihm auch anbot. Er habe nicht nur nie an das Glück geglaubt, er habe es auch nie gesucht. Weit schwerer jedoch war es, sich dem Schmerz zu entziehen! In einem Leben, das ohne ernsten Inhalt war, konnte eben auch eine Angiolina eine ernste und bedeutsame Rolle spielen.

An diesem ersten Abend war ihm Ballis Freundschaft überaus nützlich. Das freundschaftliche Mitleid, das ihm, wie er fühlte, entgegengebracht wurde, beruhigte ihn sehr. Vor allem konnte er für den Augenblick sicher sein, daß Stefano und Angiolina sich nicht treffen würden. Außerdem war er sanft von Natur und hatte das Bedürfnis nach zärtlicher Behandlung. Seit dem vergangenen Abend hatte er vergebens nach irgendeiner Anlehnungsmöglichkeit gesucht. Vielleicht war es gerade dieser Mangel an Anlehnung, der in so despotischer Weise die Erregung über ihn hatte Herr werden lassen. Vielleicht wäre er ihr nicht erlegen, hätte er gleich Gelegenheit gefunden, über seine Gefühle zu sprechen und sie zu erklären, oder wäre er gezwungen gewesen, jemandem zuzuhören.

Er kehrte weit ruhiger nach Hause zurück, als er fortgegangen war. In ihm hatte sich eine Art Trotz herausgebildet, den er geneigt war, für Stärke zu halten. Er würde sich Angiolina nicht wieder nähern, außer sie selbst bat ihn darum. Er konnte warten. Wenn diese Beziehung wieder aufgenommen werden sollte, dann konnte und durfte dies nicht mit einem Akt der Unterwerfung geschehen.

Doch der Schlaf wollte nicht kommen. Seine vergeblichen Versuche, Schlaf zu finden, steigerten wieder seine Erregung mehr und mehr, und sie erreichten bald einen Grad wie während seines Umherirrens am Abend vorher. Seine wild arbeitende Phantasie erzeugte eine bis ins kleinste gehende Vision von Ballis Verrat. Ja, Balli verriet ihn. Stefano hatte ihm eben seinen Wunsch einbekannt, Angiolina als Modell zu gewinnen. Nun überraschte ihn Emilio mit ihr im Atelier. Sie stand dem Bildhauer halbnackt Modell. Balli fand keine Entschuldigung als den Hinweis auf sein erwähntes offenes Einbekenntnis, und Emilio strafte ihn, indem er ihn mit Worten glühenden Hasses und der Verachtung überschüttete. Diese Worte waren sehr verschieden von jenen, die er Angiolina zum Abschied gesagt hatte, denn diesmal konnte er alle Rechte für sich geltend machen: vor allem die langjährige Freundschaft und dann Ballis feierliches Versprechen. Wie er dies alles sagte, war voll geistiger Hintergründigkeit, denn endlich konnte er zu einem Menschen sprechen, der imstande war, seinen Gedankengängen zu folgen.

Amalias Stimme riß ihn aus seiner Vision. Die Stimme erklang ruhig und vernehmlich im Nebenzimmer. Im Nu fühlte er sich erleichtert, von seinem Alpdruck befreit, und sprang aus dem Bett. Er ging zur Tür, um zu horchen. Längere Zeit konnte er keinen Zusammenhang in den Worten finden, nur eine große Sanftmut sprach aus ihnen. Wiederum erklärte sich die Träumende mit dem Willen ihres Partners einverstanden. Emilio schien es sogar, daß sie bereit war, mehr zu geben, als man von ihr verlangte: sie wollte zu etwas aufgefordert werden. In diesem Traum war sie die Unterwürfigkeit selbst. War es der gleiche Traum wie in der vergangenen Nacht? Die Ärmste hatte sich offenbar ein zweites Leben geschaffen: die Nacht gewährte ihr das bißchen Glück, das der Tag ihr versagte.

Stefano! Sie nannte Ballis Vornamen! «Auch sie!» dachte Emilio schmerzlich. Wieso hatte er es nicht schon früher bemerkt? Amalia lebte ja nur auf, wenn Balli kam. Jetzt erinnerte er sich auch, daß sie sich dem Bildhauer gegenüber stets mit der gleichen Unterwürfigkeit verhielt, die sie ihm nun im Traum entgegenbrachte. Wenn sie ihn ansah, trat in ihre grauen Augen ein unbekannter Glanz. Kein Zweifel. Auch Amalia liebte Balli.

Unglückseligerweise wollte der Schlaf, als Emilio sich wieder niederlegte, immer noch nicht kommen. Mit Bitterkeit mußte er daran denken, wie Balli sich stets damit brüstete, daß die Frauen ihm nachliefen. Er erinnerte sich auch an Ballis Ausspruch, daß er in seinem Leben nur einen einzigen Erfolg vermisse: den künstlerischen. Balli pflegte befriedigt zu lächeln, wenn er dies sagte. In dem Dämmerzustand, in den Emilio verfiel, kamen ihm die absurdesten Träume. Balli mißbrauchte Amalias willenlose Ergebenheit und lehnte lachend jede Verantwortung ab. Als Emilio wieder zu sich kam, erschienen ihm seine Träume keineswegs lächerlich. Zwischen einem so verderbten Menschen wie Balli und einer so naiven Frau wie Amalia war alles möglich. Er beschloß, Amalia zu heilen. Er wollte die Heilung damit beginnen, daß er den Bildhauer von seinem Hause fernhielt. Der hatte ihm, wenn auch ohne es zu wollen, seit einiger Zeit nur Unglück gebracht. Ohne Balli wäre das Verhältnis mit Angiolina sicherlich viel sanfter verlaufen, ungetrübt von soviel bitterer Eifersucht. Somit wäre nun auch die Trennung leichter gefallen.

Die Büroarbeit wurde Emilio immer unerträglicher. Es kostete ihn große Mühe, seinen Obliegenheiten nachzukommen. Er benützte jeden kleinsten Vorwand, um seinen Schreibtisch zu verlassen und sich ein paar Augenblicke lang ganz seinem Schmerz hinzugeben, ihn liebevoll auszukosten. Dies entsprach offenbar einer Veranlagung seines Geistes. Sowie er sich dem Zwang entziehen konnte, seine Aufmerksamkeit auf andere Dinge zu konzentrieren, wendete sich sein Geist automatisch den gehätschelten Gedanken zu, füllte sich mit ihnen an wie ein leeres Gefäß. Er hatte dann jedesmal das Gefühl eines Menschen, der eine unerträgliche Last von den Schultern werfen kann: die Muskeln entspannen sich, kehren wieder in ihre ursprüngliche, natürliche Lage zurück. Als endlich die Stunde schlug, da er das Büro verlassen konnte, fühlte er sich ausgesprochen glücklich, wenn auch nur für kurze Zeit. Zunächst versenkte er sich wollüstig in sein Unglück, in seine sehnsüchtigen Wünsche, die er immer deutlicher erkannte, immer klarer verstandesmäßig erfaßte. Er genoß sie so lange, bis er auf eine Vorstellung stieß, die seine Eifersucht erweckte und ihn vor Schmerz zusammenzucken ließ.

Balli erwartete ihn auf der Straße. «Nun, wie geht's?»

«So, so», antwortete Emilio achselzuckend. «Ich habe einen entsetzlich langweiligen Vormittag verbracht.»

Stefano sah, wie blaß und niedergeschlagen Emilio war, und glaubte zu begreifen, von welcher Art Langeweile die Rede war. Er beschloß, seinen Freund sehr liebevoll zu behandeln. Er schlug vor, ihm beim Mittagessen Gesellschaft zu leisten; nachher könnten sie gemeinsam einen Spaziergang machen.

Nach einem kurzen Zögern, das Balli entging, nahm Emilio an. Einen Augenblick lang hatte er die Möglichkeit erwogen, Ballis Angebot abzulehnen und sofort das zu sagen, was er ihm, wie er fühlte, sagen mußte. Es wäre wirklich eine Feigheit gewesen, die Rettung seiner Schwester zu verabsäumen, nur aus Angst, den Freund zu verlieren. Er erblickte jetzt in seinem Vorhaben nichts als eine Mutprobe. Wenn er dennoch nichts darüber zu Balli sagte, so lediglich deshalb, weil ihm nun Zweifel kamen, ob er sich nicht doch über Amalias Gefühle getäuscht habe. «Ja, ja, komm nur!» wiederholte er mehrmals. Stefano deutete die Wiederholung dieser Aufforderung als Ausdruck der Dankbarkeit, Emilio aber war sich voll bewußt, die Einladung deshalb so nachdrücklich vorgebracht zu haben, weil er froh war, sogleich Gewißheit über seine Vermutungen erlangen zu können.

Tatsächlich konnte er sich während des Mittagessens jede gewünschte Gewißheit verschaffen. Wie sehr war ihm doch Amalia ähnlich! Es schien ihm, als sähe er sich selbst, wenn er mit Angiolina zu den Abendessen ging. Der Wunsch zu gefallen, verwirrte sie so, daß sie alle Natürlichkeit verlor. Er konnte bemerken, wie sie den Mund öffnete, um etwas zu sagen, es dann aber nicht wagte und schwieg. Wie sie nur an Ballis Lippen hing! Vielleicht hörte sie gar nicht, was er daherredete; wie in einer Hypnose folgte sie ihm bald lachend, bald mit ernstem Gesicht.

Emilio versuchte sie abzulenken. Sie hörte ihm nicht zu. Auch Balli hörte ihm nicht zu. Obwohl der Bildhauer die Gefühle, die er in dem Mädchen erweckte, in keiner Weise bemerkte, übten sie doch eine Art Magie auf ihn aus. Das konnte man daran erkennen, daß er in eine gewisse geistige Erregung geriet, was bei ihm immer der Fall war, wenn er das Empfinden hatte, jemanden voll und ganz zu beherrschen. Emilio studierte und beurteilte seinen Freund mit großer Kälte. Balli hatte den Zweck seines Besuches völlig vergessen. Er erzählte Geschichten, die Emilio längst kannte. Es war klar zu sehen, daß er nur für Amalia sprach. Es waren Geschichten, deren Wirkung auf das unglückliche Mädchen er bereits erprobt hatte. Er erzählte von jener zugleich heiteren und traurigen Bohème, deren Unbekümmertheit und regellose Freuden Amalia so großes Vergnügen bereiteten.

Der bittere Groll, der sich in Emilio gegen seinen Freund ansammelte, war, als sie das Haus verließen, ins Ungemessene gewachsen. Ein unbedachter Satz Ballis brachte das Gefäß zum Überfließen: «Siehst du, da haben wir jetzt eine höchst angenehme Stunde miteinander verbracht.»

Emilio hätte ihm am liebsten eine Grobheit gesagt. Eine angenehme Stunde? Für ihn bestimmt nicht. Er würde sich ihrer in Hinkunft mit demselben Schauder erinnern, mit dem er an die Stunden zurückdachte, die er mit Balli und Angiolina verbracht hatte. Tatsächlich hatte er während des Mittagessens die gleiche ihm bekannte Eifersucht empfunden. Vor allem warf er seinem Freund vor, daß er seine, Emilios, Schweigsamkeit nicht bemerkt, ja ihn überhaupt nicht zur Kenntnis genommen hatte; andernfalls wäre er nie auf den Gedanken gekommen, Emilio habe sich unterhalten. Und dann: wie hatte es Balli entgehen können, daß Amalia in seiner Gegenwart von geradezu krankhafter Verwirrung befallen wurde, von einer Erregung, die sie zuweilen die Worte nur stotternd hervorbringen ließ? Emilio war sich jedoch in diesem Augenblick auch über seine eigenen Gefühle so sehr im klaren, daß er fürchtete, Balli könnte gleichfalls ihrer gewahr werden. Dann wäre es herausgekommen, daß Emilio nur deshalb von Amalia sprach, um sich für Ballis Verhalten Angiolina gegenüber zu rächen. Es ist immer wichtig, das eigene Ressentiment zu verbergen. Emilio mußte als ein guter Familienvater erscheinen, der sich bei seinen Handlungen einzig von der Absicht leiten läßt, die ihm anvertrauten Lieben zu schützen.

Er begann mit einer Lüge, und zwar sagte er sie so, als handle es sich um etwas Gleichgültiges. Er sagte, eine Verwandte, eine alte Dame, habe ihn an diesem Morgen aufgehalten und ihn gefragt, ob es wahr sei, daß Balli sich mit Amalia verlobt habe. Das war erst eine Andeutung, aber Emilio empfand eine große Erleichterung, daß es ihm gelungen war, auch nur so viel herauszubringen. Er war auf dem besten Weg, Balli klarzumachen, daß er weder die überlegene Persönlichkeit, noch der beste aller Freunde war, für den er sich hielt.

«Was, wirklich?» rief Balli höchst überrascht und herzlich lachend aus.

«Ja, wirklich», sagte Emilio und verzog sein Gesicht zu einer Grimasse, die ein Lächeln darstellen sollte. «Die Menschen sind so boshaft, daß es nachgerade zum Lachen ist.» Damit hatte er zum Ausdruck gebracht, daß Ballis Heiterkeit verletzend war. «Aber du wirst verstehen, daß man etwas vorsichtig sein muß, denn es kann uns nicht passen, wenn man so über die arme Amalia spricht.» Er sprach in der Mehrzahl, er sagte «uns», um seine Verantwortung für das Gesagte herabzumindern. Gleichzeitig hatte er allerdings seine Stimme laut erhoben: er konnte es nicht zulassen, daß Balli das Thema, das ihm selbst auf den Lippen brannte, leichtnahm.

Stefano wußte nicht mehr, wie sich benehmen. Es dürfte nicht oft in seinem Leben vorgekommen sein, daß man ihn zu Unrecht verdächtigte. Er fühlte sich unschuldig wie ein Neugeborenes. Der Respekt, den er der Familie Brentani stets entgegengebracht, sowie die Häßlichkeit Amalias hätten ihn wohl vor jedem Verdacht schützen müssen. Er kannte Emilio zu gut und hielt es für ausgeschlossen, daß der Ausspruch irgendeiner altersschwachen Verwandten auf ihn besonderen Eindruck machen konnte. Aber er hatte aus Emilios Stimme eine Heftigkeit herausgehört, vielleicht sogar auch mehr: Haß, und das fuhr ihm in die Knochen. Seine Überlegungen erfaßten sogleich den wahren Sachverhalt. Er wußte, daß seit einiger Zeit Emilios gesamtes Denken, ja sein ganzes Leben nur auf Angiolina konzentriert war. Sollte diese Heftigkeit, dieser Haß in der Stimme Emilios nicht eher seine Eifersucht Angiolinas wegen zuzuschreiben sein, auch wenn er bloß von Amalia sprach? «Ich glaube nicht, daß man uns in unserem Alter, das heißt in meinem und in dem von Fräulein Amalia, für fähig halten könnte, Dummheiten zu begehen.» Balli sprach mit einiger Verlegenheit. Das Thema war auch ihm unbehaglich.

«Was willst du, so sind die Leute ...»

Balli aber, der an diese Leute nicht glaubte, schrie wütend: «Laß gut sein; ich weiß schon, um was es sich handelt. Reden wir von etwas anderem.»

Sie schwiegen eine Weile. Emilio wagte es zumindest nicht, etwas zu sagen, aus Angst, sich zu verraten. Was wußte Balli? Wußte er um sein, Emilios, Geheimnis, das heißt um seinen inneren Groll, oder um Amalias Geheimnis? Emilio betrachtete seinen Freund und sah, daß der noch erregter war, als man aus seinen Worten hätte schließen können. Er war hochrot im Gesicht, seine blauen Augen blickten trüb ins Leere. Als wäre ihm plötzlich heiß geworden, empfand er das Bedürfnis, seinen Hut in den Nacken zu schieben, so daß seine hohe Stirn freigelegt war. Kein Zweifel, er war auf Emilio böse. Alle kunstvollen Bemühungen, die dieser aufgewandt hatte, um seinen Groll hinter höheren Familienrücksichten zu verbergen, hatten nichts genützt.

Da erfaßte Emilio eine kindische Angst, den Freund zu verlieren. Wenn es nach dem Bruch mit Angiolina nun auch zum Bruch mit Balli käme, dann könnte er die beiden nicht mehr überwachen, und sie hätten sicherlich früher oder später zueinander gefunden. Er entschloß sich also, Balli liebevoll am Arm zu fassen: «Höre, Stefano. Wenn ich so zu dir gesprochen habe, dann müssen dafür triftige Gründe vorhanden sein, verstehst du? Für mich ist es ein großes Opfer, auf deine regelmäßigen Besuche bei mir zu verzichten.» Aus Angst, es könnte ihm nicht gelingen, Balli zu rühren, geriet er selbst in Rührung. Balli beruhigte sich sofort. «Ich glaube dir», sagte er, «nur erwähne mir, bitte, niemals wieder deine alte Verwandte. Es ist doch merkwürdig, daß du, um mit mir über so ernste Dinge zu reden, es für nötig gefunden hast, mir Lügengeschichten zu erzählen. Sprich offen.» Nun, da er sich beruhigt hatte, erwachte in ihm auch wieder das freundschaftliche Interesse für Emilios Angelegenheiten. Was war diesem Unglücksvogel wieder einmal zugestoßen?

Balli war wirklich ein echter Freund! Emilio errötete vor Scham. Wie unrecht hatte er doch getan, an ihm zu zweifeln. Wenn durch seine Worte ein Schatten auf Ballis freundschaftliche Gefühle gefallen war, so mußte dies unbedingt wiedergutgemacht werden. Also gab es keine Rettung mehr für Amalias Geheimnis. «Ich bin so unglücklich», sagte er kläglich, um Ballis Mitgefühl, das er aus dessen Worten herausgehört hatte, noch zu steigern. Immerhin verschwieg er, daß er seine Schwester im Schlaf belauscht hatte, als sie laut von Stefano träumte. Er berichtete nur von den Veränderungen, die an ihr vorgingen, sobald Balli die Schwelle ihrer Wohnung überschritt. War Balli nicht da, dann machte sie einen kranken, müden, zerstreuten Eindruck. Man mußte irgend etwas unternehmen, um sie zu heilen.

Als Balli dieses Geständnis aus dem Munde Emilios vernahm, glaubte er ihm sofort. Es kam ihm sogar der Verdacht, Amalia habe sich ihrem Bruder anvertraut. Sie erschien ihm jetzt so häßlich wie nie zuvor. Er hatte sie bisher für sanft und duldsam gehalten. Dieser Zauber der Sanftmut verschwand nun aus ihrem Gesicht. Er empfand sie nur mehr als zudringlich. Die vergaß ja ganz, wie sie aussah und wie alt sie war. Der Ausdruck der Liebe mußte in diesem Antlitz unpassend und unangenehm wirken. Da tauchte plötzlich eine zweite Frau auf, die wie Angiolina seine gewohnten Lebenskreise störte, nur daß sie eine Angiolina war, die ihn mit Abscheu erfüllte. Das Gefühl mitleidvoller Zuneigung für Emilio wuchs, so wie dieser es gewollt hatte. Der Ärmste! Jetzt mußte er auch noch eine hysterische Schwester beaufsichtigen.

So war es nun Balli, der für seinen Zornesausbruch um Entschuldigung bat. Er war aufrichtig wie immer: «Wenn du mir nicht diese Geschichte erzählt hättest, die ich wirklich nicht ahnen konnte, dann hätten wir uns heute zum letztenmal gesehen. Stell dir vor, ich hatte dich schon im Verdacht, du könntest mir in deinem Wahnsinn nicht verzeihen, daß ich Angiolina sympathisch bin; ich dachte schon, du suchtest nur nach einem Vorwand, um mit mir Streit zu haben.»

Emilio wurde von einem tiefen Unbehagen erfaßt. Balli hatte ihm die geheimsten Beweggründe seiner niedrigen Handlungsweise aufgezeigt. Emilio widersprach so energisch, daß Balli auch noch für seinen Verdacht um Entschuldigung bitten mußte. Gegen sich selbst aber nützte dieser energische Protest gar nichts. Einen Augenblick war er mit seinen Gedanken ganz bei Amalia. Seltsam! Angiolina griff auch in das Schicksal seiner Schwester ein. Er beruhigte sich damit, daß er sich sagte, mit der Zeit werde es ihm gelingen, alles wiedergutzumachen. Vor allem wollte er Balli überzeugen, was für ein wertvoller Mensch Amalia war. Amalia selbst aber wollte er alle seine liebevolle Fürsorge zuwenden.

Wie aber sollte er dies in die Tat umsetzen? Seine innere Verfassung war nicht danach. Auch an diesem Abend saß er lange Zeit unbeweglich vor seinem Tisch: er hatte gehofft, auf ihm einen Brief Angiolinas vorzufinden. Er starrte den Tisch an, als könnte er so das beschriebene Blatt Papier, das er vermißte, aus ihm hervorzaubern. Sein Verlangen nach Angiolina war wieder mächtiger geworden. Warum eigentlich? Mehr noch als am Tage vorher empfand er die Komödie, die er spielte, indem er sich von ihr fernhielt, als sinnlos und traurig. Wie heiter war doch Angiolina! Ihretwegen brauchte man sich keine Gewissensbisse zu machen.

Seine Gewissensbisse wurden jedoch unerträglich, als er

im Nebenzimmer die klare und laute Stimme seiner träumenden Schwester vernahm. Was wäre denn Schlechtes dabeigewesen, Amalia diese unschuldigen Träume weiterträumen zu lassen, in denen sich ihr ganzes wahres Leben konzentrierte? Es ist allerdings richtig, daß sich seine Gewissensbisse am Ende in ein großes Mitleid mit sich selbst verwandelten. Es trieb ihm die Tränen in die Augen, und diese Gefühlsentladung verschaffte ihm eine große Erleichterung. So waren es in dieser Nacht die Gewissensbisse, die ihm den Schlaf verschafften.

# IX

Wie überlegen war ihm doch Amalia! Sie äußerte zwar Überraschung, als Balli am nächsten Tag nicht erschien, aber sie tat es mit solchem Gleichmut, daß es schwer gewesen wäre, ein Bedauern herauszuhören. «Ist er vielleicht unpäßlich?» fragte sie Emilio. Dem fiel nun ein, daß sie mit ihm über Stefano eigentlich stets mit größter Unbefangenheit gesprochen hatte.

Nichtsdestoweniger zweifelte er keinen Augenblick an der Richtigkeit seiner Vermutung. «Nein», antwortete er. Er fand nicht den Mut, etwas anderes hinzuzufügen. Ein tiefes Mitleid erfüllte ihn. Er mußte daran denken, daß dieser schwächlichen Frau, ohne daß sie im geringsten etwas davon ahnte, ein ähnlicher Schmerz bevorstand wie der, an dem er selber litt. Nun war es er, der den Schlag führte. Er hatte gewissermaßen die Hand schon zum Schlag erhoben – noch schwebte sie in der Luft, aber schon im nächsten Augenblick würde sie auf dieses kleine, farblose Haupt niedersausen und es beugen. Aus ihrem Gesicht würde die stille Heiterkeit, die sie vermutlich mit heroischer Anstrengung zur Schau trug, verschwinden. Es kam ihm die Anwandlung, seine Schwester in die Arme zu schließen und sie zu trösten, noch ehe der Schmerz sie erreichte. Aber er vermochte es nicht. Er wäre nicht einmal imstande gewesen, Ballis Namen zu nennen, ohne zu erröten. Zwischen Brentani und seiner Schwester erhob sich nun eine Trennungswand: Emilios Schuld. Er bemerkte es nicht, sondern nahm sich vor, bereit zu sein, wenn Amalia, woran er nicht zweifelte, Halt bei ihm suchen würde. Dann würde er nichts anderes zu tun brauchen, als seine Arme weit zu öffnen. Er war seiner ganz sicher. Amalia war ja genauso beschaffen wie er: wenn sie litt, suchte sie Anlehnung bei den Menschen, die um sie waren. So ließ er sie weiterhin auf Balli warten.

Emilio hätte es sicherlich nicht ertragen, so zu warten, wie sie es tat. Es bedurfte zweifellos einer heroischen Anstrengung, keine anderen Fragen zu stellen, als die immer wiederkehrende: «Kommt Balli nicht?» Auf dem Tisch stand ein Glas zuviel. Es war für Balli bestimmt. Langsam wurde es fortgetragen und in den Kasten zurückgestellt, der als Büfett diente. Dem Glas folgte das Täßchen, aus dem Balli den Kaffee zu trinken pflegte. Sobald auch dieses an seinen Platz zurückgestellt war, schloß Amalia den Kasten mit dem Schlüssel ab. Sie war ruhig. Ganz ruhig. Sie bewegte sich nur sehr langsam. Wenn sie ihm den Rücken zukehrte, wagte er es, sie genauer zu beobachten. Seine Phantasie deutete alle Anzeichen körperlicher Schwäche, die er an ihr wahrnahm, als Anzeichen seelischen Leidens. Waren diese Schultern immer so abfallend gewesen?

Sie kehrte zum Tisch zurück und setzte sich neben ihn. Er dachte: «So ruhig und ohne die Miene zu verziehen hat sie nun beschlossen, weitere vierundzwanzig Stunden zu warten.» Er bewunderte sie. Er hatte nicht einmal eine einzige Nacht warten können.

«Warum kommt Herr Balli nicht mehr?» fragte sie am nächsten Tag, während sie das Glas zurückstellte.

«Ich glaube, daß er sich bei uns nicht genug unterhält», sagte Emilio nach kurzem Zögern. Er wollte etwas sagen, das irgendwie auf Ballis innere Einstellung hindeutete. Es schien aber, daß Amalia aus dieser Bemerkung keine weiteren Schlüsse zog. Mit großer Behutsamkeit schob sie das Glas in die Kastenecke.

Indessen hatte er beschlossen, sie nicht länger im Zweifel zu lassen. Als er sah, daß sie auf dem Tablett wieder drei Kaffeetassen brachte, statt zwei, sagte er: «Du kannst dir die Mühe sparen, für Balli den Kaffee zu bereiten, es ist möglich, daß er längere Zeit nicht kommt.»

«Warum?» fragte sie mit dem Tablett in der Hand. Sie war blaß bis in die Lippen.

Es fehlte ihm der Mut, ihr die Worte zu sagen, die er bereits auf der Zunge hatte: «Weil er nicht will.» War es nicht besser, sie in der Täuschung zu belassen, ihr die Möglichkeit zu geben, den Schmerz langsam zu überwinden, statt ihr durch eine Enthüllung, auf die sie nicht gefaßt war, ihr Geheimnis zu entreißen? So sagte er, er glaube nicht, daß Balli weiterhin zur üblichen Stunde kommen könne, denn er habe begonnen, wie ein Wilder zu arbeiten.

«Wie ein Wilder?» wiederholte sie und wandte sich dem Kasten zu. Die Tasse entglitt ihrer Hand, zerbrach aber nicht. Sie hob sie vom Boden auf, säuberte sie sorgfältig und stellte sie an ihren Platz. Dann setzte sie sich neben Emilio. Er dachte: «Weitere vierundzwanzig Stunden.»

Am nächsten Tag konnte er es nicht verhindern, daß Balli ihn bis zum Haustor begleitete. Stefano sah zufällig, aus Zerstreutheit, zu den Fenstern im ersten Stock hinauf, senkte aber sogleich wieder den Blick. Sicherlich hatte er Amalia an einem der Fenster entdeckt – und hatte sie nicht gegrüßt! Emilio wagte es kurz darauf, ebenfalls hinaufzusehen, doch wenn sie am Fenster gewesen sein sollte, dann hatte sie sich inzwischen wieder zurückgezogen. Er war schon im Begriff, Stefano Vorwürfe zu machen, daß er Amalia nicht gegrüßt hatte, aber es war nun nicht mehr möglich, den Sachverhalt festzustellen.

Bedrückt ging er zu Amalia hinauf. Offenbar wußte sie jetzt alles.

Er traf sie im Speisezimmer nicht an. Bald danach kam

sie mit raschen Schritten; sie blieb stehen und machte sich an der Tür zu schaffen, die sich nicht schließen ließ. Sie mußte geweint haben. Ihre Backenknochen waren gerötet, ihre Haare naß. Zweifellos, sie hatte sich das Gesicht gewaschen, um die Spuren der Tränen zu entfernen. Während des Mittagessens schwebte eine Frage in der Luft, er empfand sie wie eine Drohung. Amalia aber fragte nicht. Sie war sichtlich zu erregt, um sprechen zu können. Sie versuchte nur, ihre Erregung zu entschuldigen, und sagte, sie habe wenig geschlafen. Das Glas und die Tasse, die für Balli bestimmt waren, standen nicht mehr auf dem Tisch. Amalia wartete nicht mehr.

Jedoch Emilio wartete. Es wäre für ihn eine große Erleichterung gewesen, wenn sie geweint, irgendeine Äußerung für ihren Schmerz gefunden hätte. Lange Zeit verschaffte sie ihm nicht diese Genugtuung. Jeden Tag, wenn er nach Hause ging, machte er sich auf den Schmerz gefaßt, sie in Tränen vorzufinden, das Geständnis ihrer Verzweiflung entgegennehmen zu müssen. Statt dessen erschien sie jedesmal ruhig, wenn auch niedergeschlagen. Sie hatte die langsamen Bewegungen eines Menschen, der müde ist. Sie ging ihren häuslichen Arbeiten mit der gewohnten Sorgfalt nach, sie sprach von ihnen mit Emilio auch wie seinerzeit, als sie beide junge Menschen waren und, allein auf der Welt zurückgeblieben, versuchten, ihr bescheidenes Heim zu verschönern.

Diese stumme Trauer lastete auf Emilio wie ein Alp. Amalias Schmerz mußte groß sein, noch verschärft durch Zweifel und Ungewißheit. Emilio schöpfte bereits den Verdacht, daß sie die Wahrheit ahne. Er lebte in der Furcht, seine Handlungsweise erklären zu müssen, die ihm nunmehr selbst unglaublich erschien. Manchmal richtete sie ihre grauen Augen auf ihn, forschend und voll zweifelnder Fragen. O nein, diese Augen knisterten nicht. Sie betrachtete die Dinge ernst und starr, als könnte ihr eines dieser Dinge die Ursache ihres großen Leids verraten. Emilio hielt es nicht länger aus.

Eines Abends, da Balli eine anderweitige Verabredung hatte – möglicherweise mit einer Frau –, beschloß Emilio, seiner Schwester Gesellschaft zu leisten. Bald aber wurde es ihm eine richtige Pein, wortlos neben ihr zu sitzen. Beide waren sie dazu verurteilt, die Gedanken, die sie beherrschten, voreinander zu verbergen, und so senkte sich über sie immer häufiger das Schweigen herab. Emilio griff nach seinem Hut, um auszugehen.

«Wohin gehst du?» fragte sie, während sie den Kopf auf den einen Arm legte und zugleich dauernd mit der Gabel auf den Teller klopfte. Diese Frage nahm ihm den Mut, das Haus zu verlassen. Man rief nach ihm. Wenn diese Stunden schon zu zweit so qualvoll waren – wie sehr mußte Amalia dann erst leiden, wenn sie allein blieb?

Er legte den Hut wieder weg und sagte: «Ich dachte, vielleicht könnte mir ein Spaziergang helfen, meine Verzweiflung leichter zu ertragen.» Der Alpdruck wich von ihm. Er hatte einen Ausweg gefunden. Wenn es schon nicht möglich war, über ihren Schmerz zu sprechen, dann konnte er sie vielleicht dadurch zerstreuen, daß er ihr von seinem eigenen Schmerz erzählte. Sie hörte sogleich auf, mit der Gabel zu klopfen, wandte sich ihm zu und sah ihm voll ins Gesicht, als wollte sie feststellen, wie ein Schmerz gleich dem ihren sich bei einem anderen Menschen ausnahm.

«Armer Kerl», sagte sie, als sie sah, wie blaß er war, leidend und von einer inneren Unruhe erfüllt, deren wahre Ursache sie ja nur zum Teil kennen konnte. Sie wollte, daß er sich ihr voll anvertraue: «Du hast sie nicht wiedergesehen, seit jenem Tag?»

Mit einer fast freudigen Aufgeschlossenheit begann er zu erzählen. Er habe sie nicht mehr gesehen. Obwohl er, wenn er außer Haus war, alle jene Gegenden mied, durch die sie, wie er wußte, zu gewissen Zeiten kommen mußte, war er doch unwillkürlich immer auf der Suche nach ihr. Vergebens. Es war, als meide Angiolina, seitdem er sie verlassen, ihrerseits bewußt alle anderen Straßen der Stadt.

«Das könnte tatsächlich der Fall sein», meinte Amalia, in der das Unglück ihres Bruders ein geradezu andächtiges Interesse wachrief.

Emilio lachte herzlich. Amalia könne sich unmöglich eine Vorstellung vom wahren Charakter Angiolinas machen. Seit seinem Bruch mit ihr waren acht Tage verstrichen, und er mußte mit Sicherheit annehmen, daß sie ihn bereits völlig vergessen habe. «Bitte, lach mich nicht aus», sagte er, obwohl er bemerken mußte, daß sie vom Lachen weit entfernt war. «So ist sie eben.» Nun schilderte er ausführlich Angiolinas Art. Ihren Leichtsinn, ihre Eitelkeit, all das, was ihn zur Verzweiflung brachte. Amalia hörte ihm still zu und verriet nicht die geringste Überraschung. Sie studierte – so dachte Emilio – seine Liebesgefühle, um vielleicht Parallelen mit den ihren zu finden.

Auf diese Weise verstrich eine wundervolle Viertelstunde. Es war, als ob all das, was sie voneinander getrennt hatte, verschwand, mehr noch, als bringe es sie einander näher. Tatsächlich hatte er nicht deshalb von Angiolina erzählt, um sich durch ein Gespräch eine Erleichterung seiner Liebes- und Sehnsuchtsqualen zu verschaffen, sondern einzig, um seine Schwester zu zerstreuen. Er empfand eine große Zärtlichkeit für Amalia, und daß sie ihm zuhörte, erschien ihm als Beweis ihrer förmlichen Vergebung.

Dieses Gefühl der Zärtlichkeit verleitete ihn nun dazu, Worte auszusprechen, die dem Abend einen unerwarteten Abschluß gaben. Als er mit seiner Erzählung zu Ende war, fragte er unmittelbar: «Und du?» Er sprach diese Frage ohne Zögern und ohne weiter darüber nachzudenken aus.

Er hatte tagelang seinem Wunsch Widerstand geleistet, Amalia zu einer Beichte zu bewegen. Nun, in dieser Stunde, da er ihr sein Herz geöffnet hatte, gab er diesem Wunsch nach. Seine eigene Beichte hatte ihm eine große Erleichterung verschafft, und so fand er es nur natürlich, sie zu ebensolcher Offenheit zu bewegen.

Amalia aber faßte Emilios Frage nicht so auf. Sie sah ihn mit vor Schreck aufgerissenen Augen an: «Ich? Ich verstehe dich nicht.» Mochte sie ihn zunächst wirklich nicht verstanden haben, so mußte sie doch jetzt aus der Verlegenheit, in die ihn ihre Bestürzung versetzte, alles erraten. «Ich glaube, du bist wahnsinnig.» Sie hatte verstanden. Sie konnte es sich jedoch nicht erklären, wie es Emilio gelungen war, ihr so eifersüchtig gehütetes Geheimnis zu entdecken.

«Ich fragte, ob du ...» stotterte Emilio, nicht minder bestürzt als sie. Er suchte nach einer Lüge. Indessen glaubte Amalia, die nächstliegende Erklärung gefunden zu haben, und sagte geradeheraus: «Herr Balli hat mit dir über mich gesprochen.» Sie schrie es geradezu. Ihr Schmerz war Wort geworden. Die Empörung jagte ihr das Blut in die Wangen, ihre Lippen verzogen sich. Für einen Augenblick wurde sie wieder stark. In dieser Hinsicht glich sie ganz Emilio. Sowie sie die Möglichkeit fand, ihren Schmerz in Zorn zu verwandeln, lebte sie wieder auf. Das war deutlich zu sehen. Sie stand nicht mehr hilflos einer Wand des Schweigens gegenüber: sie war beleidigt worden. Stärke aber war nicht ihre Sache, sie hielt nur kurze Zeit an. Emilio schwor, Balli habe ihm gegenüber nie, auch nicht andeutungsweise, die Behauptung aufgestellt, Amalia sei in ihn verliebt. Sie glaubte ihm nicht. Aber er hatte immerhin einen, wenn auch noch so geringen Zweifel in ihr aufkommen lassen, und der nahm ihr nun alle Kraft. Sie begann zu weinen: «Warum kommt er denn nicht mehr zu uns?»

«Ein Zufall», sagte Emilio, «in ein paar Tagen wird er wieder kommen.»

Amalia schrie: «Er wird nicht kommen!» In der Diskussion gewann sie ihre Kraft zurück. «Er grüßt mich nicht einmal mehr.» Vor Schluchzen vermochte sie nicht, längere Sätze auszusprechen. Emilio eilte auf sie zu, um sie zu umarmen, aber sein Mitleid tat ihr weh. Sie erhob sich mit einer heftigen Bewegung, machte sich von ihm los und lief in ihr Zimmer, um sich dort zu beruhigen. Ihr Schluchzen war in Schreie übergegangen, die bald danach verstummten. Sie kam zurück. Ihre Rede wurde jetzt nur mehr hie und da durch aufkommende Tränen unterbrochen, die sie aber immer rasch unterdrückte. Sie war bei der Tür stehengeblieben. «Ich weiß selbst nicht, warum ich weine. Jede Kleinigkeit regt mich furchtbar auf. Ich bin sicher krank. Ich habe nichts getan, was diesen Herrn berechtigen könnte, sich so zu benehmen. Findest du nicht auch? Nun also, das genügt mir! Wie sonst hätte ich mich denn benehmen sollen?» Sie setzte sich wieder und weinte nun still vor sich hin.

Emilio mußte vor allem seinen Freund von aller Schuld reinwaschen, das war klar. Er tat, was er konnte, aber es gelang ihm nicht. Sein Widerspruch versetzte Amalia in neuerliche Erregung. Sie schrie:

«Er soll nur kommen, er braucht mich ja nicht zu sehen, wenn er es nicht will. Ich werde mich vor ihm nicht blicken lassen.»

Emilio glaubte nun einen guten Einfall zu haben: «Weißt du, warum Balli sein Benehmen geändert hat? Man hat ihn in meiner Gegenwart gefragt, ob er sich mit dir verloben wird.»

Sie sah ihn an, um herauszufinden, ob sie ihm Glauben schenken dürfe. Sie meinte, nicht recht gehört zu haben. Um seine Worte voll zu erfassen, wiederholte sie: «Andere Leute haben ihn gefragt, ob er sich mit mir verloben wird?» Sie lachte laut auf. Aber das Lachen saß nur in der Stimme. Balli hatte also Angst, sich mit ihr zu kompromittieren und sie heiraten zu müssen? Welcher Mensch konnte ihn auf so einen Gedanken bringen – ihn, der doch sonst nicht der Dümmste war? War sie vielleicht ein Backfisch, dem man mit ein paar schönen Worten, mit ein paar Blicken den Kopf verdrehen konnte? Sicherlich, so meinte sie, und mit bewundernswerter Willensanstrengung gelang es ihr, einen gleichgültigen Ton zu finden – sicherlich war ihr Ballis Gesellschaft nicht unlieb gewesen, sie hätte sich aber niemals träumen lassen, daß daraus so gefährliche Folgen entstehen könnten. Sie machte einen neuerlichen Versuch, laut aufzulachen, diesmal aber zerbrach das Lachen, die Tränen übermannten sie.

«Das stimmt alles, und ich sehe darum auch gar keinen Grund zum Weinen», sagte Emilio schüchtern. Er wollte diese Aussprache, die er mit solcher Leichtfertigkeit heraufbeschworen hatte, beenden. Worte konnten Amalia keine Heilung bringen. Im Gegenteil, sie verschlimmerten ihren Schmerz. In dieser Hinsicht glich sie ihm nicht.

«Wie soll ich denn nicht weinen, wenn man mich so behandelt? Er flieht mich, als wäre ich ihm nachgelaufen.» Sie verfiel neuerdings ins Schreien, brach aber erschöpft gleich wieder ab. Daß sie immer noch nicht ihre Haltung wiederfinden konnte, zeigte, daß Emilios Worte für sie wirklich überraschend gekommen waren. Sie wollte nun den Eindruck verwischen, den die ganze Auseinandersetzung auf Emilio ausüben mußte. «Nur meine körperliche Schwäche ist an meiner Erregung schuld», sagte sie, während sie den Kopf in beide Hände stützte. «Hast du mich nicht schon wegen viel geringerer Dinge weinen sehen?»

Die beiden sprachen es nicht aus, aber ihre Gedanken kehrten zu jenem Abend zurück, an dem Amalia nur deshalb in Tränen ausgebrochen war, weil Angiolina ihr den Bruder fortnahm. Sie sahen einander an, und ein großer

Ernst war in ihren Blicken. Damals, so mußte Amalia denken, hatte sie wirklich für nichts und wieder nichts geweint, damals hatte sie noch nicht diese entmutigende Hoffnungslosigkeit gekannt wie jetzt. Emilio aber fand eine große Ähnlichkeit zwischen der damaligen und der jetzigen Szene: neuerlich senkte sich eine schwere Last auf sein Gewissen. So erschien ihm die jetzige Szene wie eine Fortsetzung der damaligen.

Amalia faßte nun einen Entschluß. «Ich glaube, es ist deine Aufgabe, mich zu verteidigen, oder nicht? Ich finde, du kannst nicht weiterhin der Freund eines Mannes sein, der mich ohne jeden Grund beleidigt hat.»

«Er hat dich nicht beleidigt», widersprach Emilio.

«Denke darüber wie du willst, er aber muß wieder zu uns kommen, oder du mußt mit ihm brechen. Was mich betrifft, so verspreche ich dir, daß mein Benehmen unverändert sein wird.»

Emilio mußte zugeben, daß sie recht hatte. Zwar, so sagte er, halte er das Ganze für nicht so wichtig, um deswegen gleich die Beziehungen mit Balli abzubrechen. Jedenfalls aber werde er ihm sagen, daß er wieder kommen müsse.

Der sonst so sanften Amalia genügte diese Erklärung nicht. «Du findest also, daß die Beleidigung, die man deiner Schwester zugefügt hat, eine Lappalie ist? Tu, was du willst, ich werde mich dementsprechend zu verhalten wissen.» Sie sagte das drohend, mit kalter Verachtung. «Morgen werde ich das Stellenvermittlungsbüro uns gegenüber aufsuchen und mich um einen Posten als Kindermädchen oder Stubenmädchen bewerben.» Die eisige Sachlichkeit dieses Satzes ließ an den Ernst ihrer Absicht glauben.

«Habe ich denn gesagt, daß ich nicht tun werde, was du willst?» erklärte Emilio erschrocken. «Morgen werde ich mit Balli sprechen, und wenn er nicht schon morgen zu uns kommt, werde ich meinen Verkehr mit ihm einschränken.»

Das Wort «einschränken» mißfiel Amalia. «Einschränken? Tu, was du willst.» Sie stand auf und ging, ohne ihn zu grüßen, in ihr Zimmer, in dem noch die Kerze brannte, die sie hinübergetragen hatte, als sie sich das erste Mal dorthin zurückzog.

Emilio vermutete, daß sie nur deshalb weiterhin Zorn zur Schau trug, um sich leichter bemeistern zu können: in dem Augenblick, da sie sich so weit beruhigt hätte, um ihm ein Wort des Dankes oder auch nur der Zustimmung sagen zu können, hätte die Rührung sie neuerdings übermannt. Er wollte ihr nachgehen, aber sie war jetzt wohl schon dabei, sich zu entkleiden, und so wünschte er ihr durch die Tür gute Nacht. Sie antwortete mit leiser Stimme, aus der eine harte Gleichgültigkeit klang.

Im übrigen hatte Amalia recht. Balli mußte wenigstens dann und wann wieder zu ihnen kommen. Die plötzliche Unterbrechung seiner Besuche war in der Tat beleidigend, und um Amalia zu heilen, war es vor allem nötig, die Beleidigung wiedergutzumachen, das war klar. Er verließ das Haus, er hoffte Balli anzutreffen.

Auf der Straße, vor dem Haustor, harrte seiner die größte aller Überraschungen. Durch einen seltsamen Zufall stieß er geradezu auf Angiolina. Sofort waren Amalia, Balli und seine Gewissensbisse wie fortgewischt! Es war in jeder Hinsicht eine Überraschung! Wenige Tage hatten genügt, um ihn das Blond von Angiolinas Haar vergessen zu lassen, ihre ganze, in einen blonden Schimmer gehüllte Erscheinung, das Blau ihrer Augen, die nun einen forschenden Ausdruck hatten. Er grüßte kurz. Der Gruß sollte kalt sein, fiel aber heftig aus. Gleichzeitig starrte er sie mit großen Augen an. Dieser Blick hätte ihr Angst einjagen müssen, wenn sie nicht ihrerseits so überrascht und erregt gewesen wäre.

Ja, sie war erregt, sie dankte verwirrt auf seinen Gruß und wurde rot. Ihre Mutter befand sich in ihrer Begleitung. Nach wenigen Schritten beugte sie sich zu ihr hinüber, und zwar so, daß sie dabei hinter sich blicken konnte. Er glaubte dem Ausdruck ihrer Augen entnehmen zu können, daß sie darauf wartete, von ihm angesprochen zu werden. Gerade das aber gab ihm die Kraft, mit beschleunigtem Schritt weiterzugehen.

Eine Zeitlang schritt er immer so weiter, ohne Ziel, nur um sich Beruhigung zu verschaffen. Vielleicht hatte Amalia die Dinge richtig erkannt, vielleicht war sein Entschluß, Angiolina zu verlassen, die beste Erziehungsmethode für sie gewesen. Vielleicht liebte sie ihn jetzt! Im Gehen hatte er einen wunderschönen Traum. Sie liebte ihn, folgte ihm nach, klammerte sich an ihn – er aber floh sie, stieß sie von sich. Das verschaffte ihm eine tiefe, innige Befriedigung.

Als er zur Wirklichkeit zurückkehrte, belastete der Gedanke an seine Schwester neuerdings sein Gemüt. In diesen letzten Tagen war sein Los noch trauriger geworden als bisher. Das konnte er daraus ersehen, daß ihm der so schmerzliche Gedanke an Angiolina jetzt fast wie eine Erholung erschien, im Vergleich mit der Vorstellung, seiner Schwester das Leben verbittert zu haben.

An diesem Abend traf er Balli nicht an. Zu später Stunde wurde er auf der Straße von Sorniani aufgehalten, der aus dem Theater kam. Gleich nach den ersten Begrüßungsworten erzählte ihm Sorniani, daß er im Theater Angiolina gesehen habe. Sie saß mit ihrer Mutter im ersten Rang. Sie sei wirklich wunderschön anzusehen gewesen. Sie trug ein Kleid aus gelber Seide und auf ihrem Goldhaar einen kleinen Hut, der aus zwei oder drei großen Rosen gebildet war. Man gab zum erstenmal die «Walküre». Übrigens wunderte sich Sorniani, daß er Emilio, der eine Zeitlang für diese «Zukunftsmusik» eingetreten war (was hatte er nicht schon alles in seinem Leben getan?), nicht auch im Theater angetroffen habe.

Sie war also, so verwirrt und erregt wie er sie gesehen hatte, anschließend ins Theater gegangen. Noch dazu auf einen Sitzplatz, der nicht zu den allerbilligsten gehörte. Wer weiß, wer ihn für sie bezahlt hatte? Wieder einmal war ein Traum in nichts zerronnen.

Er sagte Sorniani, daß er am nächsten Abend ebenfalls ins Theater gehen werde. Aber er dachte nicht daran. Er hatte den einzigen Abend versäumt, an dem ihm der Theaterbesuch Freude bereitet hätte. Angiolina wäre, selbst wenn man ihr den Platz noch einmal bezahlt hätte, ein zweites Mal nicht zur «Walküre»[8] gegangen. Wagner und Angiolina! Es war schon viel, daß sie einander auch nur einmal begegnet waren.

Er verbrachte eine schlaflose Nacht. Er war voll innerer Unruhe, konnte im Bett keine Lage finden, die ihm bequem genug erschien. Um sich zu beruhigen, stand er auf. Vielleicht, so dachte er, würde ihm aus dem Zimmer seiner Schwester Ablenkung kommen. Amalia aber träumte nicht mehr. Selbst die glücklichen Träume waren ihr geraubt worden. Er hörte, wie sie sich mehrmals im Bett herumwarf. Auch für sie gab es keine Ruhestatt.

Als sie ihn gegen Morgen vor ihrer Zimmertür hörte, fragte sie ihn, was er wolle.

Er hatte sich zu dieser Tür geschlichen, weil er hoffte, sie doch noch reden zu hören, sich die Gewißheit zu verschaffen, daß sie im Verlauf von vierundzwanzig Stunden wenigstens einmal glücklich sei. «Nichts», antwortete er. Er fühlte sich tief bedrückt, als er hörte, daß sie wach war. «Es schien mir, daß du dich bewegtest, und da wollte ich nur nachsehen, ob du etwas brauchst.»

«Nein, ich brauche nichts», antwortete sie sanft. «Danke, Emilio.»

Ihm war verziehen worden. Ein Gefühl süßer Befriedigung kam in ihm auf, seine Augen feuchteten sich. «Warum schläfst du nicht?» Dieser Augenblick erfüllte ihn mit so großem Glück, daß er ihn voll auskosten, verlängern wollte. Er wollte seine Glücksempfindung noch dadurch steigern, daß er seine Schwester die bewegte Anteilnahme deutlich fühlen ließ.

«Ich bin eben erst aufgewacht, und du?»

«Seit einiger Zeit schlafe ich nur wenig», antwortete er. Amalia, so meinte er, mußte es eine Erleichterung bedeuten, wenn sie erfuhr, daß auch er litt. Sein Gespräch mit Sorniani fiel ihm ein. Da sagte er ihr, daß er beschlossen habe, sich durch einen Besuch der «Walküre» Ablenkung zu verschaffen. «Kommst du mit?»

«Sehr gern», antwortete sie, «wenn es nicht zuviel Geld kostet.»

Emilio widersprach. «Einmal kann man es sich leisten.» Die Zähne klapperten ihm vor Kälte. Dennoch zögerte er, seinen Posten zu verlassen – so süß war die Gemütsbewegung, die er empfand.

«Bist du im Nachthemd?» fragte sie. Als er bejahte, befahl sie ihm, sich sofort niederzulegen.

Er kehrte nur ungern ins Bett zurück. Aber als er sich niederlegte, fand er jetzt sogleich die Lage, die er während der ganzen Nacht vergeblich gesucht hatte, und schlief mehrere Stunden ohne Unterbrechung.

Es war nicht schwer, mit Balli zu einer Einigung zu kommen. Emilio traf ihn am nächsten Morgen. Balli schritt hinter dem Karren des Schinders her, tief ergriffen vom Schicksal dieser armen Tiere. So groß die Trauer war, die ihn dabei erfüllte, so suchte er doch diese Gemütsbewegung. Das Mitleid mit der lebendigen Kreatur erhöhte, wie er sagte, das Bewußtsein seines Künstlertums. Emilios Worte hörte er kaum, seine Ohren waren ganz erfüllt vom Hundegewinsel, von diesem schmerzlichsten Laut, den die Natur kennt: er wird hervorgerufen durch den Schmerz, den die plötzliche Umklammerung des Halses verursacht. «Aus diesem Laut klingt die Angst vor dem Tode», sagte Balli, «und gleichzeitig eine ungeheure, ohnmächtige Empörung.»

Mit Bitterkeit mußte Emilio daran denken, daß auch aus Amalias Klagen Überraschung und eine ungeheure, ohnmächtige Empörung herausgeklungen hatten. Der Schinderwagen erleichterte Emilio jedoch seine Aufgabe. Da Balli ihm nur zerstreut zuhörte, erklärte er ohne weiteres, er habe nichts dagegen, noch am gleichen Tage zu ihm zu kommen.

Erst als er mittags Emilio vom Büro abholte, kamen ihm leise Zweifel. Er war bisher überzeugt gewesen, daß die verliebte Amalia sich ihrem Bruder anvertraut habe und daß der es deshalb für angebracht hielt, ihn von seinem Haus fernzuhalten. Jetzt hingegen behauptete Emilio, Balli müsse wiederkommen, weil sich Amalia sein Fernbleiben nicht zu deuten wisse. «Wahrscheinlich wollen sie es aus Anstandsgründen», dachte Balli, der stets für alles gleich eine Erklärung fand.

Sie waren schon auf dem Weg zu Emilios Haus, als Stefano ein weiterer Zweifel befiel: «Hoffentlich ist deine Schwester nicht böse auf mich.»

Im Vertrauen auf Amalias Zusicherung beruhigte ihn Emilio: «Du wirst so aufgenommen werden wie eh und je.»

Balli schwieg. Er wollte schon dafür sorgen, daß sein Benehmen anders ausfiel als bisher. Er wollte es zu verhindern wissen, daß Amalia sich Illusionen machte und ihn ein zweites Mal mit ihrer unerwünschten Liebe belästigte.

Auf alles war Amalia vorbereitet, nur auf das nicht. Sie hatte sich vorgenommen, ihn mit kalter Höflichkeit zu behandeln, nun aber war er es, der den Ton in der Beziehung zu ihr angab. Ihr blieb nichts übrig, als den von ihm angeschlagenen Ton passiv hinzunehmen. Sie fand nicht einmal Gelegenheit, ihm den Groll, den sie gegen ihn hegte, zu zeigen. Er behandelte sie wie eine junge Dame, deren Bekanntschaft er eben erst gemacht hatte, mit allem Respekt, aber mit völliger Gleichgültigkeit. Es gab jetzt nicht mehr jene lustigen Geschichten, bei deren Erzählung Balli sich gehenließ und ungeniert zum Ausdruck brachte, wie sehr er sich seiner Umgebung überlegen fühlte: eine schamlose Unbescheidenheit, wie man sie nur im Kreise von Menschen offen zeigen kann, von denen man weiß, daß sie einem blind ergeben sind, denn die kleinste ironische Bemerkung hätte ihn sofort zum Verstummen bringen müssen. An diesem Tag sprach er überhaupt nicht von sich, sondern nur, und ganz kurz, von Dingen, die Amalia, von seiner völligen Gleichgültigkeit überrascht, gar nicht anhörte. Er erzählte, daß er sich bei der «Walküre» höchst gelangweilt habe; ein Teil des Publikums habe sich bemüht, dem anderen einzureden, daß es sich unterhalte. Auch der lange Karneval, der noch einen Monat Siechtum vor sich hatte, ödete ihn an. Er sprach von so vielen Dingen, die ihn langweilten, daß er schließlich ausgiebig zu gähnen begann. Ach, dieser gewandelte Balli war selbst höchst langweilig! Wo war seine Lebendigkeit hingeraten, die Amalia so geliebt und von der sie gemeint hatte, sie sei nur da, um ihr Gefallen zu erwecken?

Emilio fühlte, wie sehr seine Schwester leiden mußte. Er versuchte, Balli ein Zeichen des Interesses für sie zu entlocken. Er erwähnte Amalias schlechtes Aussehen und erklärte energisch, er werde, wenn sich ihr Aussehen nicht bessere, den Doktor Carini rufen. Doktor Carini war ein Freund Ballis. Emilio hatte ihn absichtlich genannt, um Balli zu bewegen, ebenfalls ein Wort über Amalias Gesundheit zu sagen. Stefano aber war mit einer geradezu kindischen Halsstarrigkeit darauf bedacht, an diesem Gespräch nicht teilzunehmen, und Amalia antwortete auf Emilios liebevolle Worte mit einer unwirschen Bemerkung. Sie mußte zu jemandem grob sein, und zu Balli konnte sie es nicht. Übrigens zog sie sich bald in ihr Zimmer zurück und ließ die beiden allein.

Als sie auf der Straße waren, kam Emilio auf den Fall seiner Schwester zurück. Er versuchte, seine seinerzeitigen unglückseligen Äußerungen zu erklären und jeden Schuldverdacht von Amalia abzulenken. Er sei, so bekannte er, allzu leichtfertig gewesen. Er habe sich offenbar über Amalias Gefühle getäuscht. Amalia – er schwor es feierlich – habe ihm gegenüber diesbezüglich nie auch nur die geringste Andeutung gemacht. Balli tat, als glaube er ihm. Es habe keinen Sinn, erwiderte er, darüber noch ein Wort zu verlieren, denn er habe die ganze Geschichte längst vergessen. Wie immer war Balli auch jetzt mit sich höchst zufrieden. Er hatte sich, wie er meinte, genauso benommen, wie es sein mußte, um Amalia ihre Ruhe wiederzugeben und seinem Freund Verdruß zu ersparen. Emilio schwieg schließlich, er begriff, daß er in den Wind sprach.

Am gleichen Abend gingen die beiden Geschwister ins Theater. Sie taten es selten, Emilio erhoffte sich daher eine um so größere Ablenkung für Amalia.

Es war ein Irrtum. Während des ganzen Abends sah er nicht ein einziges Mal Amalias Auge sich beleben. Sie nahm kaum das Publikum wahr, ihre Gedanken beschäftigten sich dauernd mit dem Unrecht, das ihr zugefügt worden war. Die vielen hier versammelten Frauen, die alle eleganter und vom Glück gesegneter waren als sie, pflegten sie sonst lebhaft zu interessieren, es machte ihr Freude, von ihnen zu erzählen, und sie ließ sich womöglich ihre Toiletten ausführlich beschreiben. Diesmal ließen sie sie gleichgültig, sie bemerkte sie nicht einmal.

Eine Freundin ihrer verstorbenen Mutter, eine gewisse Frau Berlini, eine reiche Dame, entdeckte aus ihrer nahen Loge Amalia und grüßte sie. Früher war Amalia stolz auf die Freundschaft einiger reicher Damen gewesen. Jetzt aber brachte sie nur mit Anstrengung ein Lächeln auf, um den an sie gerichteten Gruß zu erwidern. Schon im nächsten Augenblick sah sie die liebenswürdige blonde Dame gar nicht mehr, die sichtlich erfreut war, Amalia im Theater zu treffen.

In Wahrheit war Amalia hier gar nicht gegenwärtig. Sie ließ ihre Gedanken von jener seltsamen Musik wiegen, die sie zwar in ihren Einzelheiten nicht unterschied, die aber in ihrer Gesamtheit kühn und graniten wie eine Drohung auf sie zukam. Emilio riß sie einen Augenblick lang aus ihren Gedanken, als er sie fragte, wie ihr ein bestimmtes Motiv gefalle, das vom Orchester wieder aufgenommen wurde. «Ich verstehe nicht», antwortete sie. Tatsächlich hatte sie das Motiv gar nicht gehört. Während sie von der Musik gefangen dasaß, nahm ihr großer Schmerz plötzlich Gestalt an und gewann an Bedeutung. Er vereinfachte sich, läuterte sich, erschien nun von aller irdischen Erniedrigung gereinigt. Sie war ja so klein, so schwach – wer hätte von ihr verlangen können, daß sie sich zur Wehr setzte, als man sie niederschlug? Nie noch hatte sie eine solche Sanftheit in sich gefühlt wie eben jetzt. Sie fühlte sich von allem Groll befreit, sie fühlte eine Lust zu weinen, lange'und gelöst. Hier konnte sie es nicht, so fand sie nicht die volle Erleichterung. Sie hatte unrecht, wenn sie behauptete, daß sie diese Musik nicht verstehe. In dieser großartigen Klangwelle verkörperte sich das Schicksal aller. Sie sah, wie dieser tönende Strom gleichsam einen Abhang hinabrollte, von der ungleichen Bildung des Bodens gelenkt. Bald bildete er eine einzige Kaskade, bald zerteilte er sich in viele kleine Strömungen, die in wechselndem Licht aufglänzten und in denen sich die Dinge dieser Welt spiegelten. In dieser Symphonie von Farben und Tönen war nicht nur das sagenhafte Schicksal Sieglindes beschlossen, sondern auch das ihre, so armselig es war. Ein Leben wurde in seiner vollen Entfaltung gehemmt, ein Gefühl in seinem Keim erstickt. Ihr Los verdiente nicht mehr Tränen als das der anderen, aber es war ebenso viele Tränen wert. In diesem so vollkommenen künstlerischen Ausdruck fand die Lächerlichkeit, die Amalia niedergedrückt hatte, keinen Raum.

Emilio kannte genau die Entstehungsgeschichte dieser Musik, dennoch kam er ihr nicht so nahe wie Amalia. Er hatte auf die erlösende Verwandlung seiner Liebe und seines Schmerzes durch die Kraft des Genies gehofft. Er hatte sich getäuscht. Für ihn bewegten sich auf der Szene Helden und Götter und entführten ihn in eine Welt, die nichts mit der Welt zu tun hatte, in der er litt. In den Pausen durchforschte er seine Erinnerung nach irgendeinem erlebten Detail, das einer künstlerischen Einkleidung dieser Art wert gewesen wäre. Er fand keines. Vielleicht konnte er Heilung durch die Kunst finden?

Als er nach beendeter Vorstellung das Theater verließ, belebte ihn diese Hoffnung so sehr, daß er gar nicht bemerkte, wie niedergeschlagen seine Schwester war, mehr noch als sonst. Er atmete mit vollen Lungen die kalte Nachtluft ein und sagte, daß dieser Abend ihm sehr wohl getan habe. Aber während er noch, redselig wie immer, von der seltsamen Beruhigung sprach, die über ihn gekommen war, fühlte er bereits eine große Traurigkeit in sich aufsteigen. Die Kunst hatte ihm nur eine kurze Ruhepause gewährt und konnte ihm keine neue mehr verschaffen; gewisse Partien dieser Musik, die bruchstückhaft in seiner Erinnerung nachklangen, stimmten nun sehr wohl mit einigen seiner eigenen Empfindungen überein, zumindest was das Mitleid betraf, das er für sich selbst, für Angiolina und für Amalia fühlte.

In der Erregung, in der er sich befand, wollte er nun Beruhigung dadurch finden, daß er versuchte, Amalia weitere Geständnisse zu entlocken. Er mußte einsehen, daß ihre Aussprache zu nichts geführt hatte. Sie litt weiterhin stumm, sie gab nicht einmal zu, daß sie ihm je Andeutungen über ihre Gefühle gemacht habe. Der gemeinsame Schmerz hatte die Geschwister einander nicht näher gebracht, so gleichartig auch die Ursache ihres Schmerzes sein mochte.

Eines Tages überraschte er sie, wie sie im hellen Mittagsschein über den Korso ging. Sie trug ein Kleid, das sie offenbar lange nicht aus dem Kasten geholt hatte, denn Emilio konnte sich nicht erinnern, es jemals an ihr gesehen zu haben. Es war hellblau, aus grobem Stoff und wirkte plump an ihrem armseligen, abgezehrten Körper.

Sie wurde verlegen, als sie ihn erblickte, und war sofort bereit, mit ihm nach Hause zu gehen. Wie groß mußte ihre Trübsal sein, wenn sie ganz gegen ihre Gewohnheit versuchte, auf der Straße Ablenkung zu finden! Er konnte das gut verstehen, er mußte daran denken, wie oft ihn selbst eine unruhige Sehnsucht aus dem Hause getrieben hatte. Aber was waren das für wahnwitzige Vorstellungen, die sie veranlaßten, ein solches Kleid anzuziehen? Er war fest überzeugt, daß sie gehofft hatte, in dieser Verkleidung Balli besser zu gefallen. Ein solcher erwartungsvoller Gedanke war bei Amalia in der Tat überraschend. Sollte sie ihn wirklich je gehegt haben, dann zum ersten- und zum letztenmal. Von nun an trug sie wieder ihr übliches Kleid, das so grau war wie ihre ganze Erscheinung und wie ihr Schicksal.

# X

Sein Schmerz und seine Gewissensbisse nahmen immer mildere Formen an. Zwar setzte sich sein Leben weiterhin aus den gleichen Elementen zusammen wie bisher, nur wirkte jetzt alles gedämpft, wie durch ein dunkles Glas betrachtet, kraftloser, glanzloser. Eine große Ruhe kam über ihn, eine große Langeweile. Er erkannte nun mit absoluter Klarheit, wie wunderlich seine Gefühlsexzesse gewesen waren. Balli beobachtete ihn mit einer gewissen Besorgnis, doch Emilio versicherte ihm: «Ich bin von meiner Liebe kuriert.» Er war ehrlich davon überzeugt.

Er konnte es wirklich sein, denn es war nicht zu verlangen, daß er den Unterschied zwischen seinem jetzigen Seelenzustand und dem vor seiner Begegnung mit Angiolina genau erkenne. Der Unterschied war minimal. Er hatte nicht so oft gegähnt, nicht diese peinvolle Verlegenheit gekannt, die ihn jetzt jedesmal in Gegenwart Amalias befiel.

Dazu kam, daß auch das Wetter trüb war. Seit Wochen war kein Sonnenstrahl zu sehen. Mit Angiolinas süßem Gesicht, dem warmen Blond ihres Haares waren auch der blaue Himmel, die strahlende Sonne verschwunden. So brachte er, wenn er an Angiolina dachte, alle diese Vorstellungen miteinander in Zusammenhang. Nichtsdestoweniger war er zu der Überzeugung gelangt, daß der Bruch mit ihr sehr heilsam gewesen sei. «Besser, man ist frei.» Auch das meinte er ehrlich.

Er versuchte sogar, die wiedergewonnene Freiheit fruchtbringend anzuwenden. Die tatenlose Leere peinigte ihn. Da erinnerte er sich, daß vor Jahren, als er an seinem Roman[9] geschrieben, durch die künstlerische Arbeit Farbe in sein Leben gekommen war. Sie hatte ihn aus der Lethargie gerissen, in die er nach dem Tod seines Vaters verfallen war. Der Roman behandelte die Geschichte eines jungen Künstlers, der von einer Frau geistig und physisch ruiniert wird. In dem jungen Mann hatte er sich selbst dargestellt mit seiner ganzen Unerfahrenheit und Gefühlsweichheit. Die Frau hingegen hatte er sich ausgedacht: ein Typ, wie er damals gerade in Mode war, ein Mischgebilde aus Menschen- und Tigerweibchen. Von der Raubkatze hatte sie die Bewegungen, den Blick, den blutrünstigen Charakter. Er war noch nie in die Lage gekommen, eine Frau wirklich kennenzulernen, aber er hatte sie sich in seinen Träumen so vorgestellt – ein Wesen, wie es unmöglich einem Schoß entspringen und gedeihen konnte. Und doch, mit welcher Überzeugung hatte er sie geschildert! Er hatte mit ihr Freud und Leid geteilt, manchmal war es ihm geradezu vorgekommen, als fühle er selbst etwas von diesem Zwitterding zwischen Weib und Raubtier in sich.

Er nahm also wieder die Feder zur Hand und schrieb an einem einzigen Abend ein ganzes Romankapitel. Er verfolgte nun ein neues Kunstideal, an das er sich gewissenhaft halten wollte, das heißt, er schrieb die Wahrheit. Er erzählte seine erste Begegnung mit Angiolina und beschrieb dabei seine eigenen Gefühle. Allerdings waren es nicht die Gefühle von damals, sondern die stürmischen und wütenden der letzten Zeit. Die Gestalt Angiolinas erschien daher gleich bei der ersten Begegnung schon durch ihre niedrige und perfide Gesinnung entstellt. Schließlich schilderte er die herrliche Landschaft, die damals den Rahmen zu dem sich anspinnenden Liebesidyll abgegeben hatte. Müde und gelangweilt legte er die Arbeit fort, aber doch zufrieden, an einem einzigen Abend ein ganzes Kapitel zu Ende gebracht zu haben.

Am folgenden Abend machte er sich wieder an die Arbeit. Er hatte ein paar Einfälle, die mußten für eine ganze Menge Seiten reichen. Zunächst las er das bereits Geschriebene noch einmal durch. «Unglaublich!» murmelte er. Der Mann war ihm überhaupt nicht ähnlich, und die Frau hatte etwas von der Raubtier-Mischung seiner ersten Romanheldin, war völlig ohne Leben und blutleer. Er mußte sich eingestehen, daß die Wahrheit, die er schildern wollte, weit weniger glaubhaft war als die Traumgespinste, die er Jahre zuvor für Wahrheit ausgegeben hatte. Er fühlte sich plötzlich total arbeitsunfähig. Ein qualvolles Gefühl. Er legte die Feder hin und verschloß alles in seiner Lade. Er wollte es später wieder einmal hervorholen. Vielleicht schon morgen. So sagte er sich, und dieser Vorsatz genügte, um ihn zu beruhigen. Aber er nahm die Arbeit nicht wieder auf. Er war bestrebt, alles von sich fernzuhalten, was irgendwie Schmerz erzeugen konnte. Um seine Lethargie zu überwinden, hätte er sie vorher in ihren Ursachen untersuchen müssen, und dazu konnte er sich nicht durchringen. Er war nicht mehr imstande, mit der Feder in der Hand zu denken. Er fühlte sein Gehirn einrosten, sobald er schreiben wollte, starrte sinnlos verzückt das weiße Blatt Papier vor sich an, während die Tinte auf der Feder eintrocknete.

Der Wunsch wurde in ihm rege, Angiolina wiederzusehen. Nicht etwa, daß er den Entschluß gefaßt hätte, zu ihr hinzugehen. Er sagte sich nur, daß es für ihn jetzt eigentlich ganz gefahrlos wäre, mit ihr wieder zusammenzukommen. Wenn er sich ganz genau an die Worte halten wollte, die er ihr damals, beim Abschied, zugerufen hatte, dann hätte er sogar auf der Stelle zu ihr hineilen müssen. Schließlich war er ja jetzt ruhig genug, um ihr die Hand einfach als Freund reichen zu können.

Er teilte seine Erwägungen Balli mit folgenden Worten mit: «Ich möchte nur sehen, ob ich mich jetzt ihr gegenüber wie ein vernünftiger Mensch benehmen kann.»

Balli war die ganze Liebesaffäre Emilios oft nur allzu komisch vorgekommen, es fiel ihm also jetzt nicht schwer, an die endgültige Heilung seines Freundes zu glauben. Außerdem verspürte er selbst seit einigen Tagen den lebhaften Wunsch, Angiolina wiederzusehen. Er hatte sich eine Figur ausgedacht, die die Züge Angiolinas tragen und auch so gekleidet sein sollte wie sie. Er sprach darüber mit Emilio, und der sagte zu, sie gleich bei der ersten Wiederbegegnung zu bitten, Balli Modell zu stehen. Er war also nicht einmal mehr auf Balli eifersüchtig – das sicherste Zeichen, daß er wirklich kuriert war!

Fast hätte man meinen können, daß sich Balli in seinen Gedanken nicht weniger mit Angiolina beschäftigte als Emilio. Sechs Monate hatte er an einem Entwurf herumgebastelt, nun hatte er es aufgegeben und den Entwurf endgültig zerstört. Auch er befand sich in einem Zustand der Ausgepumptheit. Nichts fiel ihm mehr ein. So klammerte er sich jetzt krampfhaft an die Idee, die ihm an dem Abend, an dem ihn Emilio mit Angiolina bekannt gemacht hatte, durch den Kopf geschossen war. Eines Abends, als er sich von Emilio verabschiedete, fragte er ihn: «Du hast sie noch nicht gesehen?» – Er wollte wahrhaftig nicht derjenige sein, der die beiden wieder zusammenbrachte, aber er wollte doch wissen, ob Emilio sich nicht vielleicht hinter seinem Rücken wieder mit Angiolina versöhnt habe. Das hätte an Verrat gegrenzt.

Emilio war womöglich noch ruhiger geworden. Alle erlaubten ihm zu tun, was er wollte. Er aber wollte im Grunde gar nichts. Wenn er daran dachte, Angiolina wiederzusehen, so lediglich deshalb, um wieder Wärme in sein Denken und in seine Worte zu bringen. Aus sich heraus konnte er keine Wärme aufbringen, also mußte sie von außen kommen. Auf diese Weise hoffte er, den Roman zu erleben, den zu schreiben er außerstande war.

Aus purer Trägheit ging er nicht zu Angiolina. Es wäre ihm sehr zupaß gekommen, wenn sich andere damit beschäftigt hätten, ihn mit ihr zusammenzubringen. Er dachte sogar daran, Balli darum zu bitten. Alles wäre viel leichter und einfacher gewesen, wenn Balli sich sein Modell selbst besorgt und es ihm dann als Geliebte überlassen hätte. Er erwog die Sache ernstlich. Er zauderte nur deshalb, weil es ihm widerstrebte, Balli eine so wichtige Rolle in seinem Leben einzuräumen.

Wichtige Rolle? Ja doch. Angiolina war für ihn immer noch eine wichtige Person. Wenigstens im Vergleich zu allem übrigen. Eben weil alles andere so bedeutungslos war, nahm sie eine so beherrschende Stellung ein. Er mußte ununterbrochen an sie denken, wie ein alter Mann an seine Jugend. Wie jung war er doch damals gewesen, als er sich nur durch einen Mord seine Seelenruhe hätte erkaufen können! Damals hätte er schreiben müssen, statt sich zuerst auf der Straße, auf der Suche nach ihr, und dann in seinem einsamen Bett abzumartern! Er hätte bestimmt den Weg zur Kunst gefunden, um den er sich jetzt vergeblich abmühte. Das war nun vorbei, und für immer. Angiolina existierte zwar noch, aber die Jugend konnte sie ihm nicht wiedergeben.

Eines Abends sah er sie in der Nähe des Volksgartens. Sie ging vor ihm. Er erkannte sie am Schritt, der ihm so vertraut war. Sie raffte ihre Röcke hoch, um sie vor dem Straßenkot zu schützen. Im Schein einer trübseligen Laterne blitzten ihre schwarzen Schuhe auf. Er war sofort verwirrt. Es fiel ihm ein, daß ihm einst, als seine Liebesqualen den Höhepunkt erreicht hatten, der Besitz dieser Frau als das einzige Heilmittel erschienen war. Jetzt hingegen dachte er: «Es würde mich aufpulvern.»

Er sagte: «Guten Abend, Fräulein Angiolina.» Er versuchte, so ruhig wie möglich zu sein. Dabei schnürte sich ihm vor Verlangen die Kehle zusammen, als er das rosige

Kindergesicht mit den großen, klar umrissenen Augen vor sich sah, als hätte sie sie eben erst aufgeschlagen.

Sie blieb stehen, ergriff seine Hand, die er ihr hingestreckt hatte, und erwiderte ruhig und heiter: «Wie geht es Ihnen? Wir haben uns schon lange nicht gesehen.»

Er antwortete zerstreut. Das Verlangen machte es ihm unmöglich, seine Gedanken zu konzentrieren. Vielleicht war es schlecht, wenn er sich so erfreut zeigte. Zu ärgerlich, daß er sich kein bestimmtes Verhalten zurechtgelegt hatte, um sofort das gewünschte Ziel zu erreichen, die Wahrheit, den Besitz. Er ging neben ihr her und hielt sie bei der Hand. Nachdem sie die ersten Worte miteinander gewechselt hatten, wie Leute, die sich freuen, einander wiederzusehen, schwieg er. Er war unschlüssig. Der elegische Ton, der ihm bei früheren Gelegenheiten so aufrichtig von der Zunge geflossen war, wäre jetzt sicher ganz fehl am Platz gewesen. Aber auch zu große Gleichgültigkeit hätte ihn nicht ans Ziel gebracht.

Sie sagte: «Haben Sie mir verziehen, Herr Emilio?» – Sie blieb stehen und streckte ihm auch die andere Hand hin. Das war sicher gut gemeint. Die Geste fiel für Angiolina sogar überraschend originell aus.

Nun hatte er's: «Wissen Sie, was ich Ihnen nie verzeihen werde? Daß Sie gar keine Anstalten gemacht haben, mich wiederzusehen. So wenig liegt Ihnen an mir?» – Er war aufrichtig. Es war ihm bereits klargeworden, daß es vergebliches Bemühen gewesen wäre, Komödie zu spielen. Vielleicht nützte ihm die Wahrheit mehr als jede wie immer geartete Täuschung.

Sie wurde etwas verlegen und stotterte die Versicherung heraus, daß sie ihm ganz bestimmt am folgenden Tag geschrieben hätte, wenn es nicht zu ihrer jetzigen Begegnung gekommen wäre. «Zwar, was habe ich eigentlich getan – im Grunde genommen?» – Sie vergaß bereits, daß sie ihn erst vor wenigen Sekunden um Verzeihung gebeten hatte.

Emilio hielt es für zweckmäßig, Zweifel zu äußern: «Ist das wirklich wahr?» Er fügte aber sogleich einen Vorwurf hinzu: «Mit einem Schirmhändler!»

Sie mußten beide über das Wort lachen. – «Eifersüchtig!» rief sie aus und drückte seine Hand, die sie noch immer festhielt. «Eifersüchtig auf so einen schmierigen Kerl!» – Tatsächlich. Vielleicht war es damals richtig gewesen, mit Angiolina zu brechen, sicher aber ganz falsch, diese dumme Geschichte mit dem Schirmhändler zum Anlaß zu nehmen. Der Schirmhändler war keineswegs der gefährlichste seiner Nebenbuhler. So hatte er jetzt das tolle Gefühl, sich alle seine Leiden nach dem Bruch mit Angiolina selbst zuschreiben zu müssen.

Sie schwieg lange. Es war bestimmt nicht Absicht, denn das wäre für Angiolina ein viel zu feiner Kunstgriff gewesen. Wahrscheinlich schwieg sie, weil sie keine weiteren Argumente zu ihrer Entschuldigung finden konnte. So gingen sie denn schweigend einer neben dem anderen her. Die Nacht kam ihm ganz merkwürdig vor. Es war stockfinster, nur an einer Stelle waren die Wolken, die den Himmel bedeckten, durch das Mondlicht aufgehellt.

Sie waren vor Angiolinas Haus angelangt. Sie blieb stehen, vermutlich um sich zu verabschieden. Er zwang sie weiterzugehen. «Gehen wir noch ein Stückchen. Immer so. Ohne zu reden.» – Sie tat ihm selbstverständlich den Gefallen und ging weiterhin schweigend neben ihm her. Von diesem Augenblick an liebte er sie wieder. Oder vielleicht: von diesem Augenblick an war er sich wieder bewußt, sie zu lieben. Die Frau, die neben ihm ging, war durch seine Träume geadelt. Er hatte niemals aufgehört, von ihr zu träumen seit jenem Tag, da sein brüsker Abgang ihr jenen schmerzlichen Aufschrei entlockt hatte; in diesem Aufschrei war für ihn lange Zeit die ganze Angiolina enthalten gewesen. Und auch die Kunst warf ein verklärendes Licht auf sie, denn das Verlangen nach der Frau erzeugte jetzt in Emilio das Gefühl, die Göttin neben sich zu haben, die zu jedem edlen Ausdruck und Wort befähigen konnte.

Sie waren an Angiolinas Haus längst vorüber und befanden sich jetzt auf einem einsamen, finsteren Weg. Auf der einen Seite stieg ein Hügel an, auf der anderen wurde er von einer niedrigen Feldmauer begrenzt. Sie setzte sich darauf, und Emilio lehnte sich an sie, wobei er die gleiche Stellung wieder einzunehmen suchte, die ihm früher, in den ersten Anfängen ihrer Bekanntschaft, solches Wohlbehagen verschafft hatte. Diesmal fehlte allerdings der Ausblick aufs Meer. In der regennassen, grauen Landschaft stach das Blond von Angiolinas Haar hervor. Es war der einzige warme, leuchtende Ton in diesem Bild.

Es war schon lange her, daß er diese Lippen nicht mehr auf den seinen gespürt hatte. Eine heftige Bewegung erfaßte ihn. «Oh, du Liebe, du Süße!» flüsterte er, während er ihre Augen küßte, ihren Hals, schließlich ihre Hand und sogar die Kleider. Sie ließ ihn sanft gewähren. Diese Sanftheit kam ihm so unerwartet, daß er vor Bewegung zu weinen anfing. Zuerst traten ihm bloß die Tränen lautlos in die Augen, gleich darauf aber begann er zu schluchzen. Es kam ihm vor, daß es nur von ihm abhinge, diese Glückseligkeit auf Lebensdauer auszudehnen. Alles lockerte und löste sich in ihm. Sein Leben bestand nur aus diesem einen, einzigen Wunsch.

«So lieb hast du mich?» hauchte sie gerührt und erstaunt zugleich. Auch ihr standen Tränen in den Augen. Sie erzählte ihm, daß sie ihn einmal auf der Straße gesehen habe, ganz blaß und eingefallen, mit allen Zeichen des Leidens in den Zügen. Das Herz habe sich ihr vor Mitleid zusammengekrampft. – «Warum bist du nicht früher gekommen?» fragte sie ihn vorwurfsvoll.

Sie stützte sich auf ihn, um von der Mauer herunterzugelangen. Er verstand nicht, warum sie diese süße Unterredung, die er gern in alle Ewigkeit fortgesetzt hätte, so plötzlich unterbrach. «Gehen wir zu mir», sagte sie entschlossen.

Schwindel erfaßte ihn. Er umarmte und küßte sie und wußte nicht, wie ihr seine Dankbarkeit bezeigen. Aber Angiolinas Haus war weit, und während er ging, erwachten in Emilio wieder alle seine alten Zweifel und Bedenken. Wie, wenn dieser Augenblick ihn für immer an die Frau band? Er stieg die Stiegen langsam empor. Plötzlich fragte er sie: «Und Volpini?»

Sie zögerte, blieb stehen: «Volpini?» – Dann überwand sie entschlossen ein paar Stufen, die sie von Emilio trennten, lehnte sich an ihn und barg ihr Gesicht an seiner Schulter. Wie sie da Schamhaftigkeit posierte, erkannte er wieder die frühere Angiolina mit ihrer Neigung zu melodramatischem Ernst. Sie sagte: «Niemand weiß es, nicht einmal meine Mutter.» – Da kamen also nach und nach all die alten Requisiten wieder zum Vorschein, inklusive der «süßen» Mutter. Kurz, Angiolina hatte sich in der Zwischenzeit Volpini hingegeben. Der habe ihre Hingabe unbedingt verlangt, andernfalls sei er nicht gewillt gewesen, die Verlobung aufrechtzuerhalten. – «Er fühlte, daß er nicht geliebt wird», flüsterte Angiolina, «und so forderte er einen Liebesbeweis.» – Ein Heiratsversprechen war alles, was sie von ihm als Gegenleistung erhalten konnte, ohne irgendwelche weiteren Garantien. Mit ihrer üblichen Leichtfertigkeit nannte sie den Namen irgendeines jungen Advokaten, der ihr geraten habe, sich mit diesem Heiratsversprechen zufriedenzugeben, da eine Verführung unter solchen Vorspiegelungen vom Gesetz bestraft werde.

Eng aneinandergeschmiegt stiegen sie die Treppen weiter empor. Die schienen kein Ende zu nehmen. Mit jeder neuen Stufe wurde Angiolina immer mehr der Frau ähnlich, vor der er geflohen war. Sie plapperte schon wieder drauflos und ließ sich vollkommen gehen. Jetzt könne sie die Seine werden, denn – er bekam es wieder und wieder unter die Nase gerieben – nur seinetwegen habe sie sich mit dem Schneidermeister eingelassen. Dieser Verantwortung entrann er also nicht mehr, auch wenn er jetzt auf Angiolina verzichtete.

Sie öffnete die Wohnungstür und führte ihn durch den dunklen Korridor zu ihrem Zimmer. Aus einem anderen Zimmer erklang die näselnde Stimme ihrer Mutter: «Angiolina? Bist du's?»

«Ja», antwortete Angiolina und unterdrückte ein Lachen. «Ich lege mich gleich zu Bett. Gute Nacht, Mutter.»

Sie zündete eine Kerze an und legte Mantel und Hut ab. Dann gab sie sich ihm ganz hin. Besser gesagt, sie nahm ihn.

Emilio konnte nun durch Erfahrung feststellen, wie wichtig der Besitz einer Frau sei, die man lange begehrt hat. Mindestens zweimal, so wollte ihm scheinen, hatte sich an jenem denkwürdigen Abend eine Wandlung in ihm vollzogen. Das trostlose Gefühl tatenloser Leere, das ihn zu Angiolina getrieben, war zwar fort, aber auch der Gefühlsüberschwang war verschwunden, der ihn eben noch vor Glück und Traurigkeit zugleich hatte weinen lassen. Der Mann in ihm war befriedigt. Das war alles. Außer dieser Befriedigung empfand er, bei Gott, keine andere. Er hatte die Frau besessen, die er haßte, nicht die er liebte. So eine Schwindlerin! Es war nicht das erste Mal noch auch, wie sie ihm einreden wollte, das zweite Mal, daß sie mit einem Mann im Bett lag. Es lohnte nicht, darüber in Empörung zu geraten. Im Grunde genommen hatte er es längst gewußt. Jedenfalls bewirkte der Besitz, daß er nun die Frau, die sich ihm ergeben hatte, unbefangen beurteilen konnte. – «Der Traum ist endgültig aus», sagte er sich, als er aus dem Haus trat. Und ein paar Sekunden später, als er einen letzten Blick auf das Haus warf, das im blassen

Mondschein dalag, dachte er: «Vielleicht werde ich nie mehr hierher zurückkommen.» Es war kein Entschluß. Wozu auch? Das Ganze hatte doch gar keine Wichtigkeit.

Angiolina hatte ihn bis zum Haustor begleitet. Sie konnte keinerlei Kälte an ihm bemerken, denn er hätte sich geschämt, sie ihr zu zeigen. Er bat sie im Gegenteil um eine neue Zusammenkunft für den folgenden Abend. Sie lehnte ab, da sie, wie sie behauptete, am nächsten Tag bis in die Nacht hinein ein Ballkleid für die Frau Deluigi fertigstellen mußte. Sie verabredeten sich für den übernächsten Tag. – «Aber nicht hier bei mir», sagte Angiolina und wurde plötzlich rot vor Zorn. «Was glaubst du eigentlich? Ich will mich nicht von meinem Vater umbringen lassen.» – Emilio versprach, daß er für ihr nächstes Beisammensein ein Zimmer besorgen werde. Er wollte ihr morgen einen Zettel mit der Adresse schicken.

Der Besitz, die Wahrheit? Lüge, schamlose Lüge. Jetzt genauso wie früher. Er sah keine Möglichkeit, sich von der Lüge zu befreien. Als Angiolina ihn beim Abschied geküßt hatte, sehr sanft übrigens, hatte sie ihn dringend gebeten, Diskretion zu bewahren, besonders Balli gegenüber. Sie hielt was auf ihren guten Ruf.

Balli gegenüber war Emilio sofort indiskret. Noch am gleichen Abend und mit voller Absicht. Es war eine Reaktion auf Angiolinas Verlogenheit. Was kümmerte ihn ihre Bitte um Diskretion? Sie hatte sie sicher nur vorgebracht, um ihn zu täuschen, und nicht, um ihre Handlung vor anderen verborgen zu halten. Es bereitete ihm eine wahre Befriedigung, Balli mitteilen zu können, daß er diese Frau gehabt hatte. Es war eine ganz intensive und für ihn sehr wichtige Befriedigung, sie verscheuchte so manchen Schatten von seiner Stirn.

Balli hörte ihm zu, wie ein Arzt, der eine Diagnose stellen will: «Ich glaube auch, daß du jetzt endgültig kuriert bist.»

Da aber fühlte Emilio plötzlich das Bedürfnis, sich ihm ganz anzuvertrauen. Er sagte, wie empört er über das Verhalten Angiolinas sei. Noch immer wolle sie ihm weismachen, sie habe sich nur, um ihm angehören zu können, Volpini hingegeben. Er wurde etwas zu heftig: «Noch jetzt will sie mich belügen. Sie bleibt unverbesserlich. Das schmerzt mich so, daß ich beinahe alle Lust verliere, sie je wiederzusehen.»

Balli durchschaute ihn: «Auch du bleibst unverbesserlich. Jedes deiner Worte beweist, wie wenig gleichgültig sie dir ist.» Emilio protestierte aufgeregt, aber Balli ließ sich nicht überzeugen: «Schlecht, sehr schlecht, daß du wieder mit ihr zusammengekommen bist.»

In der gleichen Nacht noch mußte Emilio erkennen, daß Balli recht hatte. Er konnte vor Empörung keinen Schlaf finden. Seine Wut drängte nach sofortiger Entladung, die ihm versagt blieb. Er konnte sich keiner Täuschung mehr hingeben: es war der anständige Mensch in ihm, der sich empörte, über eine begangene Schamlosigkeit in Zorn geriet. Er kannte seinen jetzigen Seelenzustand nur zu gut. Es war ein Rückfall. Er litt an ähnlichen Zuständen wie vor dem Zwischenfall mit dem Schirmhändler und vor dem Besitz Angiolinas. Die Jugend kehrte wieder! Allerdings hatte er jetzt keine Mordgelüste mehr, sondern er hätte am liebsten sich selbst vor Scham und Schmerz ausgelöscht.

Zu dem Schmerz, den er von früher kannte, traten nun neue Gewissensbisse. Eine panische Angst befiel ihn, daß er sich an diese Frau nur noch enger gebunden habe. Das konnte seine ganze Existenz in Gefahr bringen. Die sture Hartnäckigkeit, mit der sie ihm die ganze Schuld für ihre Hingabe an Volpini aufhalste, war doch nur mit der bewußten Absicht zu erklären, sich an ihn festzuklammern, ihn zu kompromittieren, ihm auch noch das wenige Blut, das er hatte, aus den Adern zu saugen. Er blieb rettungslos an Angiolina gefesselt, durch irgendeine scheußliche Anomalie seines Gefühlslebens, durch seine Sinnlichkeit (im einsamen Bett war das Verlangen nach der Frau wieder aufgeflackert), ja sogar durch seine Empörung, die er mit Haß verwechselte.

Sie konnte nicht Haß sein, denn sie erzeugte noch die süßesten Träume in ihm. Gegen Morgen hatte sich sein innerer Aufruhr gelegt und in Mitleid mit sich selbst verwandelt. Er schlief auch jetzt nicht ein, sondern fiel in einen merkwürdigen Zustand der Niedergeschlagenheit, verlor jedes Bewußtsein von Zeit und Raum. Er hatte das Gefühl, krank zu sein, schwer, unrettbar krank. Angiolina kam, um ihn zu pflegen. Sie war eine gute Krankenpflegerin, sachlich und ernst, sanft und opferbereit. Er hörte sie im Zimmer umhergehen. Zuweilen trat sie zu ihm, legte ihre kühle Hand auf seine brennendheiße Stirn. Das brachte ihm jedesmal unsagbare Erleichterung. Sie küßte ihn auch, mit sanften Küssen, die er nicht merken sollte, auf die Augen, auf die Stirn. Angiolina verstand es also, auch so zu küssen? Schwer drehte er sich im Bett herum und kam zu sich. Wäre das Geträumte Wirklichkeit gewesen, das erst hätte den wahren Besitz Angiolinas bedeutet. Und zu sagen, daß er vor wenigen Stunden noch geglaubt hatte, aller Traum sei zu Ende. Die Jugend war wieder da. Sie pulste in seinem Blut, mächtiger denn je. Sie machte alle Vorsätze seines greisenhaften Verstandes zunichte.

Er stand frühzeitig auf und ging aus. Er konnte nicht länger warten, er mußte Angiolina sofort wiedersehen. Er ging im Laufschritt, von der Ungeduld angetrieben, sie wieder zu umarmen. Doch wollte er nicht viele Worte machen, das nahm er sich fest vor. Er wollte sich nicht durch irgendwelche Erklärungen erniedrigen, das hätte ihre Beziehung nur verfälscht. Der Besitz verschaffte nicht die Wahrheit, richtig, aber der Besitz selbst, ohne Verschönerungen durch Worte oder Träume, war die Wahrheit an und für sich, die nackte, tierische Wahrheit.

Angiolina wollte jedoch nichts davon wissen. Ihr Widerstand war geradezu bewundernswert. Erstens war sie bereits zum Ausgehen angekleidet, und zweitens – sie hatte es ihm doch ausdrücklich gesagt – wollte sie nicht ihr Haus entehren.

Inzwischen machte er eine Beobachtung, die ihn veranlaßte, von seiner Absicht abzustehen. Er konnte deutlich merken, daß sie ihn neugierig musterte, um herauszubekommen, ob die erlebte Liebesnacht seine Zuneigung zu ihr gesteigert oder vermindert habe. Sie verriet ihre Neugier mit einer geradezu rührenden Naivität. Sicherlich kannte sie Männer, die für die Frau, die sie besessen hatten, Abneigung empfanden. Es fiel ihm sehr leicht, den Beweis zu liefern, daß er nicht zu diesen Männern gehörte. Er fügte sich in die ihm aufgezwungene Enthaltsamkeit und begnügte sich mit ihren Küssen, von denen er so lange Zeit gezehrt hatte. Bald aber waren ihm Küsse nicht genug, und er ertappte sich dabei, wie er ihr all die zärtlichen Worte ins Ohr flüsterte, die er im Verlauf dieser so lange währenden Liebe für sie ersonnen hatte: «Ange! Ange!»

Balli hatte ihm die Adresse eines Hauses verschafft, in dem Zimmer zu vermieten waren. Emilio gab ihr die Adresse. Um ja nicht fehlzugehen, verlangte sie von ihm, daß er ihr das Haus und die Lage des Zimmers des langen und breiten beschreibe. Er war nicht wenig verlegen, denn er selbst war noch nicht dort gewesen, wußte es also nicht so genau. Er war zu sehr damit beschäftigt, Angiolina zu küssen, um sie dabei gleichzeitig beobachten zu können, aber als er wieder allein auf der Straße war, fiel es ihm zu seiner größten Verblüffung auf, daß er jetzt erst genau wußte, wie man zu dem Zimmer hingelangte. Kein Zweifel, diese Kenntnis kam ihm von Angiolina selbst.

Er ging sofort hin. Die Zimmervermieterin hieß Paracci, ein widerliches Weib in schmutzigen Kleidern, unter denen sich die Überfülle eines Busens abzeichnete – ein Rest von

Jugend sozusagen, während alles andere schon schlapp und welk vom Alter war. Auf dem Kopf sprossen ihr ein paar geringelte Haare, und zwischen ihnen leuchtete die Haut großporig und rot hervor. Sie empfing ihn mit außerordentlicher Liebenswürdigkeit und war sofort mit allem einverstanden. Dabei versicherte sie, daß sie nur an Leute vermiete, die sie gut kenne. Ihm also ja.

Emilio wollte das Zimmer sehen. Er betrat es, gefolgt von der Alten, durch eine Tür, die direkt vom Stiegenflur hineinführte. Drinnen war eine zweite Tür, die das Zimmer mit der übrigen Wohnung verband. Diese Tür, so beteuerte die Paracci mit feierlichem Ausdruck, als legte sie einen Schwur ab, blieb immer verschlossen. Man konnte das Zimmer mehr als möbliert nennen. Ein gigantisches Bett, das immerhin einen sauberen Eindruck machte, und zwei riesige Kasten füllten es fast ganz aus. In der Mitte stand ein Tisch, ferner gab es noch ein Sofa und vier Stühle. Man hätte beim besten Willen kein weiteres Möbelstück mehr hineingebracht.

Die Hände auf ihre mächtig vorspringenden Hüften gelegt, betrachtete die Witwe Paracci ihn lächelnd. Eine scheußliche Grimasse, die die Zahnlosigkeit ihres Mundes zum Vorschein brachte. Offenbar wartete die Alte auf irgendein Wort der Anerkennung. Tatsächlich fehlte es in dem Zimmer nicht an Verschönerungsversuchen. Am Kopfende des Bettes war ein chinesischer Schirm aufgespannt, und an der Wand – auch hier! – prangten allerlei Fotografien.

Ein Ausruf der Überraschung entfuhr ihm. Neben der Fotografie eines halbnackten Weibes befand sich die eines jungen Mädchens, das er einst gut gekannt hatte. Eine Freundin Amalias. Sie war schon vor Jahren gestorben. Er fragte die Alte, woher sie die Bilder habe. Sie antwortete, daß sie sie eigens gekauft habe, um die Wand zu schmücken. Er betrachtete lange das gutmütige Gesicht dieses armen Mädchens, das steif und stolz vor der Kamera ausgeharrt hatte, um dann als Dekoration für so ein Zimmer zu dienen.

Gerade in so einem Zimmer, in Gegenwart der schmierigen Alten, die ihn ganz beseligt anstarrte, weil sie einen neuen Kunden ergattert hatte, träumte er jetzt nichtsdestoweniger von Liebe. Gerade in einem solchen Milieu war es besonders erregend, sich vorzustellen, wie Angiolina ihm den ersehnten Liebesgenuß verschaffen würde. Er fühlte einen Fieberschauer, als er dachte: «Morgen werde ich hier die Frau besitzen, die ich liebe.»

Er besaß sie, aber er hatte sie nie weniger geliebt als an diesem Tag. Die lange Erwartung hatte ihn zur Verzweiflung gebracht. Er glaubte schon, zu jedem Genuß unfähig zu sein. Ungefähr eine Stunde vor der vereinbarten Zusammenkunft nahm er sich vor, Angiolina klipp und klar zu erklären, daß er sie nie mehr wiedersehen wolle, falls sie ihm nicht die erhoffte Befriedigung verschaffte. Zu diesem Zweck dachte er sich folgende Worte aus: «Du bist derart ordinär, daß du mich anekelst.» Die Worte waren ihm in Gegenwart Amalias eingefallen. Er beneidete seine Schwester. Für Amalia, so mußte er denken, war die Liebe eine große, göttliche Sehnsucht. Erst bei ihrer Verwirklichung wurde sie durch die Niedrigkeit der menschlichen Natur in den Schmutz gezerrt und tierisch.

An diesem Abend jedoch gelangte er zum gewünschten Genuß. Angiolina ließ ihn mehr als eine halbe Stunde warten. Eine Ewigkeit. Er fühlte nichts als Wut, ohnmächtige Wut. Sein Haß, den er für sie zu empfinden glaubte, steigerte sich ins Ungemessene. Er dachte daran, sie zu schlagen, wenn sie kommen sollte. Es gab keine Entschuldigung für sie. Sie selbst hatte erklärt, daß sie an diesem Tag arbeitsfrei sei und daher pünktlich sein könne. Gerade deshalb, weil sie für Pünktlichkeit keine Gewähr leisten konnte, hatte sie ja die Vereinbarung für den Abend vorher abgelehnt. Da ließ sie ihn also einen ganzen Tag warten, und jetzt noch diese unerträglich lange Zeit.

Aber als sie endlich kam, nachdem er schon alle Hoffnung aufgegeben hatte, sie zu sehen, empfand er es wie ein unerwartetes Glück. Er hauchte Worte des Vorwurfs auf ihre Lippen, auf ihren Hals. Sie antwortete ihm gar nicht, denn diese Vorwürfe klangen nach anbetender Verehrung. Im Halbdämmer verwandelte sich das Zimmer der Witwe Paracci in einen Liebestempel. Lange störte kein Wort den schönen Traum. Angiolina hielt unbestreitbar mehr, als sie versprochen hatte. Sie hatte ihr reiches Haar gelöst, und sein Kopf ruhte auf einem goldenen Kissen. Wie ein Kind preßte er sein Gesicht hinein, als wollte er das viele Gold einatmen. Sie war eine willfährige Geliebte. Im Bett konnte er sich gewiß nicht über sie beklagen. Mit einer außerordentlich einfühlsamen Intelligenz erriet sie alle seine Wünsche. Alles wurde genußreiche Befriedigung.

Später erst, als er an den verlebten Abend zurückdachte, mußte er vor Zorn mit den Zähnen knirschen. Die Leidenschaft hatte ihn für ein paar Augenblicke von dem qualvollen Zwang, stets den Beobachter spielen zu müssen, befreit, nichtsdestoweniger war jede kleinste Einzelheit jenes Abends seinem Gedächtnis fest eingeprägt geblieben. Jetzt erst konnte er sagen, daß er Angiolina wirklich kenne. Auf Grund der unauslöschlichen Erinnerungen, die die Momente der Leidenschaft in ihm zurückgelassen, gelang es ihm nun, die Gefühle Angiolinas zu rekonstruieren, die sie sorgsam versucht hatte vor ihm zu verbergen. Bei kaltem Verstand wäre es ihm nie gelungen, dies zu entdecken. So aber wußte er, wußte es mit apodiktischer Sicherheit, als hätte sie es ihm selbst mit aller nötigen Klarheit mitgeteilt, daß andere Männer sie schon mehr befriedigt hatten. Sie hatte mehrmals gesagt: «Jetzt aber genug, ich kann nicht mehr», und dabei versucht, einen Ton der Bewunderung in ihre Worte zu legen, was ihr aber nicht gelungen war. Er konnte den Abend scharf in zwei Teile zerlegen. Im ersten Teil des Abends hatte sie ihn wirklich geliebt, im zweiten hatte sie sich Gewalt antun müssen, ihn nicht von sich zu stoßen. Als sie das Bett verließ, war deutlich zu merken, daß sie es satt hatte, länger darin zu liegen. Von da an bedurfte es freilich keiner besonderen Beobachtungsgabe mehr, um sie zu durchschauen. Als sie sah, daß er sich nicht gleich aus dem Bett rührte, sagte sie scherzhaft: «Vorwärts, schöner Mann!» – Schöner Mann! Diese ironische Wendung hatte ihr sichtlich schon mindestens eine halbe Stunde lang auf der Zunge gelegen. Er hatte sie ihr vom Gesicht ablesen können.

Wie immer mußte er erst allein sein und die nötige Zeit zur Verfügung haben, um seine Beobachtungen logisch einordnen zu können. Aber soviel, wenn auch etwas unklar, begriff er schon jetzt: sie gehörte ihm nicht mehr. Er empfand das gleiche widerliche Gefühl wie an jenem Abend, da er sich mit Angiolina im Volksgarten getroffen hatte, um auf Balli und Margherita zu warten. Ein wilder Schmerz, der aus verletzter Eigenliebe und bitterster Eifersucht stammte. Er wollte sie loswerden und konnte sie doch nicht gehen lassen, ohne vorher versucht zu haben, sie neu für sich zu gewinnen.

Er begleitete sie auf die Straße hinunter. Sie erklärte, es eilig zu haben. Aber er ließ nicht locker und bewog sie, den Heimweg über jene Straße zu nehmen, die er an dem Abend durchlaufen hatte, da sie mit dem Schirmhändler gesehen worden war. Die Via Romagna mit ihren kahlen Bäumen, die scharf vom kahlen Himmel abstachen, und mit ihrer unebenen Fahrbahn, die dicht mit Kot bedeckt war, sah auch jetzt noch genauso aus wie damals. Zwar: diesmal ging Angiolina an seiner Seite, und das hätte einen großen Unterschied ausmachen müssen. Aber er fühlte sie weit weg. Er suchte sie zum zweitenmal auf dieser Straße.

Er schilderte ihr seine damalige verzweifelte Suche, erzählte, wie der Wunsch, sie unbedingt zu sehen, Gesichtstäuschungen in ihm hervorgerufen, so daß er ein paarmal wirklich vermeint hatte, sie vor sich zu entdecken; wie er dann im Laufen gestürzt war und sich eine kleine Verletzung zugezogen hatte und wie er da hatte weinen müssen, denn es war der Tropfen gewesen, der das Gefäß zum Überfließen bringt. Sie hörte ihm geschmeichelt zu. Sie war sichtlich stolz, Veranlassung so großer Liebe zu sein. Seine eigene Erzählung hatte ihn selbst tief gerührt. Er beklagte sich, daß seine ganzen Leiden zu nichts nütze gewesen wären: die Liebe, auf die er Anrecht zu haben glaubte, hätten sie ihm doch nicht eingetragen. Da protestierte sie aber energisch: «Wie kannst du so etwas behaupten?» Sie küßte ihn sogar, um ihrem Protest Nachdruck zu verleihen. Dann beging sie aber, wie immer, wenn sie etwas durch Logik begründen wollte, einen Fehler: «Habe ich mich nicht Volpini hingegeben, um ganz dir zu gehören?» Was blieb ihm übrig, als überzeugt zu nicken.

Dieser Volpini vergällte ihm, ohne es zu ahnen, all die Genüsse, die er ihm nach Angiolinas Auffassung verdankte. Kaum hatte Emilio den Namen Volpini vernommen, als er schon nicht mehr unter der Gleichgültigkeit Angiolinas litt, sondern sogleich Angst vor den verdächtigen Plänen bekam, die sie wahrscheinlich gegen ihn im Schilde führte. Bei ihrer nächsten Zusammenkunft überfiel er sie gleich mit der Frage, welche Garantien Volpini ihr für ihre Hingabe geboten habe. «Oh», sagte sie lächelnd, «der kann ohne mich nicht mehr leben.» Emilio war vorläufig beruhigt. Diese Garantie schien ihm hinreichend. Er selbst, obwohl viel jünger als Volpini, konnte ja auch nicht mehr ohne Angiolina leben.

Bei dieser zweiten Zusammenkunft war der Beobachter in ihm nicht einen Moment lang ausgeschaltet. Der Erfolg war eine überaus schmerzliche Entdeckung: in der Zeit, in der er sich mit so großem seelischem Aufwand von Angiolina ferngehalten hatte, mußte ein anderer seinen Platz eingenommen haben. Einer, der keinem der Männer glich, die er kannte und fürchtete. Es konnte weder Leardi sein noch Giustini noch Datti. Offenbar von diesem Unbekannten hatte sie neue, brüske Redewendungen, die übrigens nicht ohne Witz waren, und gewisse ordinäre Wortspiele. Wahrscheinlich war es ein Student, denn sie benützte recht bedenkenlos bestimmte zweideutige lateinische Ausdrücke. Wieder einmal mußte der unglückliche Merighi herhalten, der gewiß nicht ahnte, daß sie fortfuhr, mit ihm Mißbrauch zu treiben: von ihm, so behauptete sie, habe sie die lateinischen Worte gelernt. Als wäre Angiolina imstande gewesen, ihre lateinischen Kenntnisse so lange Zeit geheimzuhalten, statt mit ihnen zu protzen! Es war weit wahrscheinlicher, daß derjenige, der ihr die lateinischen Brocken beigebracht, derselbe war, von dem sie auch einige recht schlüpfrige venezianische Lieder gelernt hatte. Sie sang sie zwar falsch, aber auch dazu mußte sie sie mehrmals gehört haben, denn sie war zum Beispiel nicht imstande, von den Liedern, die ihr Balli wiederholt vorgesungen hatte, auch nur eine einzige Note wiederzugeben. Sicher handelte es sich um einen Venezianer. Es machte ihr immer wieder Spaß, den venezianischen Akzent nachzuahmen, von dem sie bis dahin wahrscheinlich keine Ahnung hatte. Emilio hörte ihn förmlich, diesen spaßhaften, witzigen Gesellen. Es gelang ihm bis zu einem gewissen Grad, sich den Burschen auszurechnen, aber es war nicht möglich, seinen Namen herauszubekommen. In Angiolinas Fotografiensammlung war kein neues Gesicht aufgetaucht. Entweder hatte der neue Rivale nicht die Gewohnheit, seine Fotografien herzuschenken, oder aber Angiolina hielt es jetzt für die klügere Politik, die Fotografien ihrer Männer, deren Sammlung sie ihr Leben geweiht hatte, nicht mehr zur Schau zu stellen. Tatsächlich fehlte an der Wand auch Emilios Bild.

Er war fest überzeugt, daß er den Kerl an gewissen Gesten, die Angiolina nur von ihm haben konnte, sofort erkennen würde, wenn er ihm auf der Straße begegnete. Das Schlimme war, daß sie aus seinen wiederholten Fragen, woher sie eine bestimmte Geste oder ein bestimmtes Wort habe, sofort seine Eifersucht erriet. Jedesmal wenn er ernst und traurig war, rief sie hellsichtig aus: «Eifersüchtig!» Ja, er war eifersüchtig. Er litt, wenn sie sich beim Nachdenken mit männlicher Geste ins Haar griff, wenn sie, um Erstaunen auszudrücken, «oh, la balena!» ausrief oder sonst venezianische Slang-Ausdrücke verwendete. Er litt, als hätte er sich seinem ungreifbaren Rivalen Aug in Aug gegenüber befunden. In seiner durch die Sinne erregten Phantasie glaubte er überdies, in Angiolina die Spuren noch einer Reihe anderer Männer zu entdecken. Gewisse Stimmkadenzen erinnerten ihn an den ernsten und herrischen Ton Leardis. Auch Sorniani, selbst Balli schienen auf sie abgefärbt zu haben. Vom letzteren hatte sie die affektierte Art, Erstaunen oder Bewunderung auszudrükken. Nur Emilio selbst konnte sich in keiner ihrer Redewendungen oder Gesten wiedererkennen. Oft dachte er mit bitterer Ironie: «Wahrscheinlich ist für mich kein Platz mehr da.»

Der bestgehaßte Nebenbuhler aber blieb für ihn der Unbekannte. Sie verstand es meisterlich, diesen Mann nie zu erwähnen, der erst in jüngster Zeit ihren Weg gekreuzt haben mußte, während sie sich doch sonst gern ihrer Erfolge rühmte, jeden kleinsten Ausdruck der Bewunderung in den Blicken irgendeines Mannes registrierte, dem sie nur einmal im Leben begegnet war. Wenn man ihr glauben wollte, waren sie alle toll in sie verliebt. «Um so höher müßtest du es mir anrechnen, daß ich mich die ganze Zeit, wo du fort warst, nicht aus dem Hause gerührt habe», erklärte sie, «noch dazu nach der Behandlung, die ich mir von dir habe gefallen lassen müssen.»

Sie wollte ihm allen Ernstes einreden, daß sie die ganze Zeit nichts anderes getan habe, als an ihn zu denken. All-abendlich hätten sie im Familienkreis die Frage erörtert, ob sie ihm schreiben solle oder nicht. Aber ihr Vater habe nichts von derlei wissen wollen. Seiner Meinung nach hätte das gegen die Familienehre verstoßen. Als Emilio beim Gedanken an diesen Familienrat lachen mußte, schrie sie ihn an: «Frag meine Mutter, wenn du's nicht glaubst!»

Sie war eine hartnäckige Lügnerin. Dabei verstand sie es gar nicht zu lügen. Es war leicht, sie in Widersprüche zu verwickeln. Doch wenn man ihr diese Widersprüche vor-hielt, kehrte sie mit der größten Unverfrorenheit von der Welt zu ihren ursprünglichen Behauptungen zurück. Im Grunde hielt sie nichts von Logik. Möglicherweise war es diese Einfalt, die sie in den Augen Emilios immer wieder rehabilitierte. Man konnte wirklich nicht behaupten, daß sie im Bösen besonders raffiniert war. Manchmal kam es Emilio geradezu vor, als schicke sie jeder ihrer Lügen ein spezielles Aviso voraus.

Es war unerfindlich, warum er sich so unlösbar an An-giolina gebunden fühlte. Was immer für Unannehmlich-keiten sonst in seinem Leben, das sich recht bedeutungslos zwischen Heim und Büro abspielte, vorkommen mochten, sie lösten sich in ihrer Gegenwart sofort in nichts auf. Den größten aller Schmerzen aber bereitete sie ihm dadurch, daß sie fast niemals erreichbar war, wenn er Sehnsucht nach ihrer Nähe hatte. Öfters flüchtete er aus seiner Woh-nung, weil er das traurige Gesicht seiner Schwester nicht mehr ansehen konnte, und eilte zu Angiolinas Leuten, ob-wohl sie ihn höchst ungern dort sah, in diesem Haus, das sie so energisch vor jeder Unehre schützen wollte. Wenn sie nicht da war, forderte ihn ihre Mutter jedesmal mit ausgesuchter Höflichkeit auf, ein wenig zu warten. Angio-lina müsse jeden Moment zurück sein. Gerade vor fünf

Minuten sei sie zu irgendwelchen Damen gerufen worden, die da in der Nähe wohnten – mit vager Geste zeigte sie einmal gegen Westen, ein andermal gegen Osten – und denen sie ein Kleid anprobieren müsse.

Das Warten bereitete ihm unsägliche Pein. Trotzdem blieb er. Er saß hier oft stundenlang wie in einer Verzauberung und studierte die harten Gesichtszüge der Alten. Er wußte, daß er keine Ruhe finden würde, wenn er nach Hause zurückkehrte, ohne seine Geliebte gesehen zu haben. Eines Abends verlor er doch die Geduld. Die Mutter wollte ihn zwar, höflich wie immer, zurückhalten, trotzdem ging er. Auf den Stiegen kam ihm eine Frau entgegen, anscheinend eine Dienstmagd. Ihr Kopf war in ein Tuch gehüllt, das auch einen Teil ihres Gesichts verdeckte. Er gab ihr den Weg frei. Als sie an ihm vorbeihuschen wollte, erkannte er sie. Zuerst hatte ihre allzu deutliche Absicht zu entkommen seine Aufmerksamkeit geweckt, dann waren ihm ihre Bewegungen und ihre Gestalt bekannt erschienen. Die waren für ihn unverwechselbar. Es war Angiolina. Als er sie sah, fühlte er sich gleich wohler. Es fiel ihm weiter nicht auf, daß sie bei der Erwähnung jener Nachbarinnen, zu denen sie gerufen worden war, in eine ganz andere Richtung wies als zuvor ihre Mutter. Auch aus dem überraschenden Umstand, daß sie es ihm diesmal nicht nachtrug, schon wieder kompromittierenderweise in ihr Haus gekommen zu sein, zog er keine Schlußfolgerungen. An diesem Abend war sie sanft, gut, eben wie jemand, der eine Schuld abzubitten hat. Selig über ihre Sanftmut, schöpfte er keinen Verdacht.

Der Verdacht kam ihm erst, als sie in der gleichen Verkleidung auch zu den Zusammenkünften mit ihm erschien. Als Begründung führte sie an, sie sei unlängst, als sie spätabends von ihm nach Hause ging, von Bekannten gesehen worden. Sie fürchtete, daß jemand sie wieder gerade in dem Moment sehen könnte, da sie aus diesem

Haus trat, das nicht eben den besten Ruf genoß. Darum also die Verkleidung. Man konnte wirklich nicht dümmer sein! Sie merkte gar nicht, daß ihre hingeplapperte Erklärung einem Geständnis gleichkam. Sie verriet in der leichtfertigsten Weise den Grund für die Maskerade, in der er sie damals auf den Stiegen ihres Hauses angetroffen hatte.

Eines Abends kam sie mit mehr als einstündiger Verspätung ins Absteigequartier. Er pflegte sie auf den schmutzigen, sich eng emporwindenden Stiegen zu erwarten, damit sie nicht durch lautes Klopfen an der Tür die Aufmerksamkeit der Hausbewohner auf sich ziehe. Er preßte sich ans Treppengeländer und beugte seinen ganzen Oberkörper darüber, um den äußersten Punkt, an dem sie auftauchen mußte, im Auge zu behalten. Wenn er fremde Leute kommen sah, flüchtete er rasch ins Zimmer. Dieses ununterbrochene Hin und Her versetzte ihn in immer größere Raserei. Andererseits hätte er es nicht vermocht, still zu stehen. Während er eingesperrt im Zimmer wartete, bis die fremden Leute vorüber waren, warf er sich immer wieder aufs Bett, um sich gleich wieder zu erheben. Dabei komplizierte er seine Bewegungen künstlich, um Zeit zu gewinnen. Als er später an den Zustand zurückdachte, in den er damals durch das Warten geraten war, kam ihm das Ganze unwahrscheinlich vor. Wenn er sich recht erinnerte, hatte er sogar vor Qualen geschrien.

Endlich kam sie. Diesmal aber war ihr bloßer Anblick nicht genug, um ihn zu beruhigen. Er machte ihr die heftigsten Vorwürfe. Sie glaubte, sie auch diesmal nicht beachten zu müssen und ihn mit ein paar Zärtlichkeiten abfertigen zu können. Sie warf das Kopftuch fort und legte ihre Arme um seinen Hals. Die weiten Ärmel glitten zurück, und er spürte die Fieberhitze ihrer nackten Arme. Er sah sie sich genauer an. In ihren Augen war ein erregter Glanz, und ihre Wangen waren brennrot. Ein furchtbarer Verdacht erfaßte ihn. «Du warst eben mit einem anderen!» schrie er sie an. Sie ließ ihn los und brachte einen verhältnismäßig schwachen Protest hervor: «Du bist verrückt!» Sie sagte das nicht einmal besonders beleidigt und begann sofort, die Gründe für ihre Verspätung auseinanderzusetzen. Die Frau Deluigi habe sie einfach nicht fortlassen wollen, so habe sie sich nach Hause hetzen müssen, um die Verkleidung anzulegen. Zu Hause habe ihre Mutter ihr noch im letzten Augenblick eine Arbeit aufgetragen. Gründe genug, um auch eine zehnstündige Verspätung zu rechtfertigen.

Aber für Emilio gab es keinen Zweifel mehr: sie kam aus den Armen eines anderen. Einen Augenblick dachte er daran, eine übermenschliche Tat zu setzen, die einzige, die ihn aus dem Schmutz befreien konnte: er durfte sich nicht in dieses Bett legen. Er mußte sie zurückweisen und durfte sie nie mehr wiedersehen. Doch er wußte jetzt nur zu gut, was dies bedeutete, dieses Niemehr. Ununterbrochene Qualen und Selbstvorwürfe, endlose Stunden der Aufregung, peinvolle Träume, und dann wieder Lethargie, Leere, Tod der Phantasie, Absterben jedes Lebenswunsches. Man konnte sich keinen schrecklicheren Zustand ausdenken. Davor hatte er Angst. Da zog er sie an sich, und seine einzige Rache bestand darin, daß er zu ihr sagte: «Ich tauge auch nicht viel mehr als du.»

Da aber begann sie aufzubegehren. Sie riß sich von ihm los und erklärte mit aller Entschiedenheit: «So eine Behandlung habe ich mir noch von keinem Menschen bieten lassen. Ich gehe.» Sie griff nach ihrem Kopftuch, aber er hinderte sie daran. Er küßte und umschlang sie und bat sie zu bleiben. Immerhin beging er nicht die schamlose Feigheit, das Gesagte zu widerrufen. Aber er konnte nicht umhin, sie zu bewundern, als er sah, mit welch bedenkenloser Energie sie im Begriff war, ihren Entschluß durchzuführen, während ihn der bloße Gedanke an einen solchen Entschluß zutiefst verwirrt hatte. Sie fühlte sich nun völlig reingewaschen und gab nach. Allerdings nicht sofort und nicht auf einmal. Sie blieb zwar, beteuerte aber, es sei das letzte Mal, daß sie einander sahen. Beim Abschied freilich hatte sie dann nichts mehr dagegen einzuwenden, wie gewöhnlich Tag und Stunde der nächsten Zusammenkunft zu vereinbaren. Sie fühlte sich als Siegerin auf allen Linien, damit war der Ausgangspunkt ihres Streites aus ihrem Gedächtnis ausgelöscht, und sie versuchte daher gar nicht, Emilio zu einem Widerruf zu veranlassen.

Er hoffte noch immer, der vollkommene Besitz dieser Frau werde ihm Beruhigung bringen. Statt dessen ging er zu den Zusammenkünften jedesmal mit der gleichen unverminderten Heftigkeit des Verlangens. Gleichzeitig war in seinem Geist das unermüdliche Bestreben am Werk, jene «Ange» wiedererstehen zu lassen, die durch den täglichen Augenschein jedesmal doch wieder zerstört wurde. Der Widerspruch zwischen Wunsch und Wirklichkeit trieb ihn in eine Traumwelt süßer Befriedigungen. Somit gab ihm Angiolina wirklich alles: den physischen Besitz und – da sie der Anlaß dazu war – den Traum des Dichters.

Er stellte sie sich in seinen Träumen so oft als Krankenpflegerin vor, daß er den Versuch unternahm, diesen Traum auch an ihrer Seite fortzusetzen. Er drückte sie mit der Heftigkeit seiner Traumwünsche fest an sich und sagte: «Ich möchte krank werden, nur damit ich von dir gepflegt werden kann.» Sie erwiderte: «Ach gewiß, das wäre wunderschön.» Es gab Momente, wo sie bereit gewesen wäre, alle seine Wünsche zu erfüllen, aber Sätze wie dieser waren natürlich geeignet, jeden Traum [10] zu zerstören.

Als er wieder einmal mit Angiolina beisammen war, kam ihm ein Gedanke, der seiner moralischen Verfassung wenigstens diesen einen Abend lang starken Auftrieb gab. Es handelte sich auch diesmal um einen Traum, den er in Angiolinas Gegenwart und trotz ihrer Gegenwart weiter ausspann. Ihr ganzes Unglück, so fand er, war eine Folge der schändlichen sozialen Zustände. Er war davon so fest überzeugt, daß er sich notfalls auch für fähig hielt, durch ein heroisches Unternehmen dem Sozialismus zum Sieg zu verhelfen. Die Armut war der Ursprung ihres beiderseitigen Ungemachs. Sein Vortrag hatte zur stillschweigenden Voraussetzung, daß sie sich verkaufte und dazu durch ihre ärmlichen Verhältnisse gezwungen war. Ihr fiel das gar nicht auf. Seine Worte klangen für sie wie Liebkosungen, und wenn ein Tadel herauszuhören war, so glich der ganz einer Selbstanklage.

In einer andersgearteten Gesellschaft, so meinte er, hätte sie ihm öffentlich angehören und sich die ganze Geschichte mit dem Schneidermeister ersparen können. Er akzeptierte also Angiolinas Lügengebilde, nur um sie gefügig zu erhalten und um sie zu bewegen, auf seine Ideen einzugehen und seinen Traum mit ihm zu teilen. Sie wollte Näheres darüber wissen. Er war begeistert, seine Schwärmerei in Worte kleiden zu dürfen, und erzählte ihr von dem gigantischen Kampf, der zwischen Armen und Reichen, zwischen der Mehrheit und der Minderheit ausgebrochen sei. Über den Ausgang dieses Kampfes könne kein Zweifel bestehen. Er würde allen die Freiheit bringen, auch ihnen. Er sprach von der Vernichtung des Kapitalismus und von der angenehmen, kurzen Arbeit, die danach allen zur Pflicht gemacht werden würde. Die Frau würde dem Mann völlig gleichgestellt sein, und so werde auch die Liebe zu einem freiwilligen gegenseitigen Geschenk werden.

Sie bestand auf weiteren Erläuterungen, die nicht mehr recht in seinen Traum hineinpassen wollten. Schließlich sagte sie: «Wenn man alles aufteilt, hat keiner was. Die Arbeiter sind nichts als ein neidisches, faules Pack. Sie werden es nie zu etwas bringen.» Er versuchte sich in eine Diskussion einzulassen, gab es aber dann auf. Das Kind aus dem Volke hielt es mit den Reichen.

Soweit er sich erinnern konnte, hatte sie nie von ihm Geld verlangt. Hingegen – und das konnte er auch vor sich selbst nicht bestreiten – war es ihm zur Gewohnheit geworden, ihr statt der anfänglichen Geschenke und Süßigkeiten, Geld anzubieten. Er hatte sich dazu entschlossen, als er sah, wie nötig sie Geld brauchte. Sie nahm es dankbar an, stellte sich dabei aber immer sehr schamhaft. Ihre Dankbarkeit war jedesmal unvermindert groß, sooft er ihr ein Geldgeschenk machte. Er wußte also, was er zu tun hatte, wenn er sie zärtlich und liebevoll erhalten wollte. Sein Bedarf an Zärtlichkeiten war so groß, daß er sich bald mit leeren Taschen vorfand. Sie unterließ es nie, wenn sie das Geld nahm, vorher lebhaft zu protestieren. Nun bestand die Entgegennahme des Geldes aus einer kurzwährenden Handlung, dem Hinstrecken der Hand, der Protest aber setzte sich aus vielen Worten zusammen. Ihm blieben daher hauptsächlich diese in Erinnerung. Er konnte somit weiterhin des Glaubens sein, daß die Geldzuwendungen und das Verhältnis mit ihr Dinge waren, die nichts miteinander zu tun hatten.

Die Notlage von Angiolinas Leuten schien tatsächlich groß zu sein. Sie hatte alles mögliche getan, um zu verhindern, daß er sie zu Hause überrasche. Seine unangekündigten Besuche paßten ihr gar nicht. Sie drohte, ihn nicht zu empfangen, ihn von ihrer Mutter, ihren Brüdern, ihrem Vater die Stiegen hinunterbefördern zu lassen. Nichts nützte. Wenn er irgend Zeit fand, spätabends oft, erschien er unfehlbar in ihrer Wohnung, obwohl er sich wiederholt damit abfinden mußte, bloß der alten Zarri Gesellschaft zu leisten. Seine Traumphantasien trieben ihn unwiderstehlich hin. Er hoffte immer wieder, eine zum Besseren gewandelte Angiolina vorzufinden. Er kam gehetzt, um so rasch wie möglich die peinlichen Eindrücke vom letzten Stelldichein im Absteigequartier auszulöschen.

Sie unternahm einen letzten Versuch, ihm diese Hausbesuche abzugewöhnen. Sie behauptete, seinetwegen die größten Unannehmlichkeiten mit ihrem Vater zu haben. Eben habe sie ihn nur mit Mühe abhalten können, Krach zu schlagen. Sie habe ihn zwar soweit gebracht, einstweilen von Gewaltanwendungen abzusehen, der Alte wolle es sich aber nicht nehmen lassen, Emilio einmal tüchtig seine Meinung zu sagen. Fünf Minuten später trat der alte Zarri ins Zimmer. Ein langer, magerer, zittriger Mensch. Kaum war er eingetreten, als er das Bedürfnis fühlte, sich zu setzen. Emilio konnte sich des Eindrucks nicht erwehren, daß der Alte um die Vorbereitung seines Auftritts sehr wohl wußte. Seine ersten Worte schienen eingelernt. Ihr Zweck war, Eindruck zu erwecken. Er sprach langsam, etwas verlegen, aber doch gebieterisch. Er halte sich für befugt, so sagte er, seine Tochter zu überwachen und ihr auch Vorschriften zu machen. Er, der Alte, sei ihre einzige Stütze. Wenn sie ihn nicht hätte, stünde sie völlig schutzlos da, denn ihre Brüder – obwohl er ihnen sonst nichts Schlechtes nachsagen wolle – kümmerten sich nicht um die Familie. Angiolina schien von dieser langen Einleitung hochbefriedigt zu sein. Plötzlich sagte sie, sie müsse ins Nebenzimmer, um sich anzukleiden.

Kaum war sie fort, als der Alte seine imponierende Haltung einbüßte. Er sah seiner Tochter nach und führte sich eine Prise Tabak zur Nase. Eine lange Pause folgte, während der sich Emilio die Worte zurechtlegte, mit denen er die zu erwartenden Anklagen entkräften wollte. Angiolinas Vater sah zuerst vor sich hin, dann betrachtete er lange seine Schuhe. Rein zufällig hob er wieder den Blick und gewahrte dabei Emilio. «Ach ja», sagte er erstaunt, wie jemand, der einen lange vermißten Gegenstand wiederentdeckt. Er wiederholte die bereits gesagten einleitenden Worte, nur mit viel weniger Nachdruck. Er schien sehr zerstreut zu sein. Es kostete ihn sichtlich große Anstrengung, sich zu konzentrieren, um fortfahren zu können. Er sah Emilio mehrmals an, mied aber jedesmal seinen Blick. Schließlich wandte er sich seiner völlig abgegriffenen Tabakdose zu, die er in der Hand hielt, und jetzt erst entschloß er sich, seine Rede fortzusetzen.

Es gab böse Menschen, die die Familie Zarri verfolgten. Wie? Angiolina hatte nichts davon erzählt? Schlecht, sehr schlecht. Es gab also Leute, die nur darauf lauerten, der Familie Zarri Böses anzutun. Man mußte sich vor ihnen sehr in acht nehmen. Wie? Der Herr Brentani kannte Tik nicht? Hätte er ihn gekannt, er wäre bestimmt nicht so oft in dieses Haus gekommen. Die Strafpredigt verwandelte sich nun in eine besorgte Mahnrede. Emilio möge sich doch um Gottes willen nicht derartigen Gefahren aussetzen. Er sei doch noch so jung. Der Alte hob wieder den Blick und sah Emilio an. Kein Zweifel, in diesen seltsam himmelblauen Augen, die unter dem silberweißen Haar irrlichterten, saß der Wahnsinn.

Diesmal hielt der Irre dem Blick Emilios stand. Es sei zwar richtig, daß Tik oben in Opicina wohne. Aber auch von dort oben gelinge es ihm, seine Feinde auf die Beine und auf den Rücken zu schlagen. Düster fügte er hinzu: «Hier im Hause prügelt er sogar die ganz Kleinen.» Aber die Familie Zarri hatte noch einen anderen Feind, Tok. Der wohnte mitten in der Stadt. Er prügelte zwar nicht, dafür tat er Schlimmeres. Er hatte der Familie Zarri die Arbeit, das Geld und das Brot weggenommen.

Der Alte geriet in Eifer und begann zu schreien. Angiolina eilte herbei und erriet sofort, was geschehen war. «Geh», sagte sie mißmutig zum Alten und schob ihn hinaus.

Auf der Schwelle blieb der alte Zarri zögernd stehen und zeigte auf Emilio: «Er wußte nichts von Tik und Tok.»

«Ich werde ihm schon alles sagen», beruhigte ihn Angiolina und begann herzlich zu lachen. Dann rief sie:

«Mutter, hol den Vater ab!» Damit schloß sie die Tür hinter ihm.

Emilio stand noch immer unter dem Eindruck der irren Augen, die so lange auf ihm geruht hatten. Er fragte: «Ist er krank?»

«Ach was», sagte Angiolina geringschätzig. «Ein Faulpelz ist er, der nichts arbeiten will. Bald ist es Tik, bald ist es Tok, weshalb er sich nicht aus dem Hause traut. Dafür müssen wir Frauen uns abrackern.» Plötzlich brach sie in lautes Lachen aus. Dem Alten zuliebe, so erzählte sie, taten alle im Hause so, als spürten sie auch die Prügel, die Tik austeilte. Vor mehreren Jahren, als die fixe Idee in dem Alten eben erst entstanden war, wohnten sie im fünften Stock eines Hauses in der Gegend von Lazzaretto Vecchio. Tik wohnte damals auf dem Campo Marzio, Tok am Korso. Sie hofften, daß ein Ortswechsel den Alten beruhigen und dazu bringen würde, sich wieder auf die Straße zu wagen. Sie übersiedelten daher in ihre jetzige Wohnung, die in einer ganz anderen Stadtgegend lag. Aber siehe da, nun hatte Tik seinen Wohnsitz nach Opicina verlegt und Tok in die Via Stadion.

Sie ließ sich jetzt von ihm küssen und sagte: «Du hast Glück gehabt. Hätte er sich nicht gerade seiner alten Feinde erinnert, wär's dir schlecht ergangen.»

So wurden sie immer intimer miteinander. Er kannte nunmehr sämtliche Geheimnisse in diesem Hause. Auch sie fühlte, daß es nichts mehr gab, was Emilio von ihr abstoßen konnte. Sie drückte das einmal sehr schön aus: «Dir sage ich alles wie einem Bruder.» Sie war seiner sicher. Es lag nicht in ihrem Charakter, ihre Überlegenheit Emilio gegenüber aus reiner Geltungssucht auszunützen, aber sie machte von ihr doch Gebrauch, um sich das Leben angenehm und bequem einzurichten und von nun an jede Rücksichtnahme fallenzulassen. Sie kam zu spät zu den Zusammenkünften, obwohl sie genau wußte, daß er darüber jedesmal in fieberhafte Erregung geriet. Sie benahm sich immer roher. War sie seiner Liebkosungen müde, stieß sie ihn mit der größten Brutalität von sich. Lachend sagte er einmal, er sei darauf gefaßt, von ihr früher oder später auch geschlagen zu werden.

Es schien ihm, wenn er es auch nicht mit Gewißheit behaupten konnte, daß Angiolina und die Zimmervermieterin Paracci einander schon von früher her kannten. Die Alte betrachtete Angiolina stets mit einer Art mütterlichen Ausdrucks, sie konnte sich nicht genugtun, ihr blondes Haar und ihre schönen Augen zu bewundern. Angiolina versicherte zwar, daß sie die Alte jetzt erst kennengelernt habe, andererseits aber ließ alles darauf schließen, daß sie mit jedem Winkel dieses Hauses wohlvertraut war. Als sie wieder einmal besonders spät daherkam, hörte die Paracci, wie die beiden heftig miteinander stritten. Sie erschien, um mit aller Entschiedenheit für Angiolina Partei zu ergreifen: «Wie kann man sich unterstehen, diesen Engel zu beschimpfen?» Angiolina, die jederzeit und von jedermann Komplimente bereitwilligst entgegennahm, lächelte dabei und sagte zu ihm: «Hörst du's nun? Da kannst du noch was lernen.» Jawohl, er hörte und staunte. Die Gewöhnlichkeit der Frau, die er liebte, ließ ihn geradezu aus dem Staunen nicht herauskommen.

Emilio konnte sich endlich überzeugen, daß es unmöglich war, sie zu sich emporzuheben. Dafür fühlte er jetzt das Bedürfnis, und das oft sehr heftig, zu ihr hinabzusteigen, ja noch tiefer zu sinken als sie. Eines Abends wies sie ihn wieder zurück. Sie kam von der Beichte und wollte an diesem Tag nicht sündigen. Es lag ihm gar nicht so sehr daran, sie zu besitzen, aber in ihm regte sich die unabweisliche Lust, wenigstens einmal noch roher und gemeiner zu sein als sie. Er zwang sie mit Gewalt und rang mit ihr bis zum letzten Augenblick. Als er, vollkommen außer Atem, bereits begann, sich seiner Brutalität zu schämen, traf ihn zur Belohnung ein bewundernder Blick Angiolinas. An dem Abend war sie ihm restlos ergeben. Das Weib, das seinen Herrn und Meister liebt, war in ihr erwacht. Er nahm sich fest vor, in Hinkunft in der gleichen Weise vorzugehen. Es gelang ihm nicht mehr. Er konnte keine zweite passende Gelegenheit finden, Angiolina gegenüber roh und brutal aufzutreten.

# XI

Es war wirklich so, daß Balli vom Schicksal dazu ausersehen schien, immer wieder einzugreifen, um die Beziehungen Emilios zu Angiolina auf die schmerzlichste Weise zu verschlimmern. Sie waren schon vor längerer Zeit übereingekommen, daß Emilios Geliebte dem Bildhauer Modell stehen sollte. Die Arbeit konnte jederzeit beginnen, nur mußte sich Emilio endlich einmal daran erinnern, Angiolina zu verständigen.

Die Ursache von Emilios Vergeßlichkeit war leicht zu erraten, so entschloß sich Stefano, nicht mehr darüber zu reden. Da er aber meinte, im Augenblick außerstande zu sein, eine andere Arbeit in Angriff zu nehmen als die Figur, zu der ihn Angiolina inspiriert hatte, stellte er, bloß um die Zeit zu vertreiben, das Gerüst auf und bedeckte es mit Ton. Seine Gedanken spielten um die ersonnene Figur, und er modellierte andeutungsweise die nackte Gestalt. Dann hüllte er alles in nasse Tücher. «Totenlaken», dachte er. Täglich betrachtete er den entworfenen Akt, stellte ihn sich bekleidet vor, hüllte ihn wieder in die Tücher und befeuchtete sie sorgfältig.

Die beiden Freunde vermieden es, sich über dieses Thema näher auszusprechen, Balli suchte zu seinem Ziel zu kommen, ohne eine direkte Bitte an Emilio richten zu müssen. Eines Abends sagte er zu ihm: «Ich bin nicht mehr imstande zu arbeiten. Einzig und allein die Figur, die ich vorhabe, könnte mich vor der Verzweiflung retten.»

«Ich habe wieder ganz vergessen, mit Angiolina zu sprechen», erwiderte Emilio, nahm sich aber nicht einmal die Mühe, so zu tun, als wäre er von seiner Vergeßlichkeit überrascht. «Weißt du was? Wenn du sie triffst, sprich selbst mit ihr, du wirst sehen, wie eilig sie es haben wird, deinen Wunsch zu erfüllen.»

In diesem letzten Satz lag soviel Bitterkeit, daß Balli Mitleid empfand. Also sagte er nichts weiter. Er wußte selbst, daß seine Einmischung in die Beziehung zwischen den beiden Liebenden nicht sehr glücklich gewesen war, daher wollte er sich nicht mehr um ihre Angelegenheiten kümmern. Er konnte und wollte nicht mehr einschreiten, wie er es noch vor wenigen Monaten in der besten Absicht getan hatte, seinem Freund zu helfen. Emilios Heilung mußte der Zeit überlassen bleiben. So wurde seine schöne künstlerische Inspiration, die einzige, die ihn momentan zur Arbeit anregte, durch die hoffnungslose Dummheit Emilios zunichte.

Er versuchte, das Werk mit einem anderen Modell zu Ende zu führen, aber nach ein paar Sitzungen brach er die Arbeit enttäuscht ab. Im Laufe seiner künstlerischen Laufbahn war es schon öfters vorgekommen, daß er eine lang gehegte Idee plötzlich aufgab. Diesmal aber schob er – ob zu Recht oder Unrecht, konnte niemand sagen – alle Schuld auf Emilio. Eines jedenfalls war sicher: wenn ihm das Modell zur Verfügung gestanden wäre, das ihm vorschwebte, dann hätte er die Arbeit mit aller Energie in Angriff nehmen können, sei es auch nur, um das begonnene Werk nach ein paar Wochen endgültig zu zerstören.

Immerhin ging seine Beherrschung so weit, Emilio nichts davon zu erzählen. Das war der letzte Akt der Rücksicht, die er ihm gegenüber übte. Keinesfalls durfte Emilio ahnen, wie wichtig Angiolina nun auch für ihn geworden war; das hätte die Leiden dieses unglücklichen Menschen nur noch verschlimmert. Niemand hätte Emilio begreiflich machen können, daß sich Ballis künstlerische Phantasie einzig deshalb auf dieses Objekt konzentrierte, weil er in der Reinheit von Angiolinas Zügen einen undefinierbaren Ausdruck entdeckt hatte, etwas, das nicht in diesen Zügen selbst lag, etwas Gewöhnliches, fast Gemeines, das ein Raffael unterschlagen hätte, ihn aber gerade reizte. Er wollte es festhalten, herausarbeiten.

Wenn sie zusammen durch die Straßen gingen, sprach Balli nie von dem Wunsch, der ihn bewegte. Doch nützte Emilio die Rücksicht, die ihm gegenüber geübt wurde, so gut wie gar nichts, denn er kannte ja den Wunsch, den sein Freund nicht auszusprechen wagte, er hielt ihn sogar für größer, als er in Wirklichkeit war. Die Eifersucht peinigte ihn. Nun sehnte sich Balli nach Angiolina ebensosehr wie er. Wie konnte er sich gegen einen solchen Feind verteidigen?

Er konnte es nicht. Seine Eifersucht war wohl längst offenbar, aber er wollte nicht darüber sprechen. Es wäre zu unsinnig gewesen, sich auf Balli eifersüchtig zu zeigen, nachdem er bereits die Konkurrenz des Schirmhändlers erduldet hatte. Diese Scham machte ihn wehrlos. Eines Tages holte ihn Balli, wie er dies öfters zu tun pflegte, vom Büro ab, um ihn nach Hause zu begleiten. Sie gingen den Kai entlang, als sie Angiolina im vollen Mittagslicht auf sich zukommen sahen. Die Sonne spielte in ihren blonden Locken und auf ihrem Gesicht, das von der Anstrengung, die Augen trotz des Lichtes offenzuhalten, leicht verzogen war. So sah sich Balli unvermittelt seinem künftigen Meisterwerk gegenüber, das er, seine Umgebung vergessend, in allen Einzelheiten wahrnahm. Sie kam mit ihrem sicheren Schritt einher, der ihrer aufrechten Gestalt nichts von ihrer Anmut nahm. Wäre die Jugend selbst Gestalt geworden, dann hätte sie sich genauso wie Angiolina, und genauso wie sie gekleidet, im vollen Sonnenlicht bewegt.

«Hör einmal zu!» rief Stefano entschlossen aus. «Hindere mich jetzt nicht mit deiner idiotischen Eifersucht, ein

Meisterwerk zu schaffen.» Angiolina dankte, wie dies seit einiger Zeit ihre Gewohnheit war, mit großem Ernst auf den Gruß der beiden Männer. Sie legte in diesen Gruß den gesamten Ernst, den sie überhaupt aufzubringen vermochte. Auch diese Zur-Schau-Stellung einer ernsten Haltung mußte ihr in letzter Zeit von irgend jemandem beigebracht worden sein. Balli war stehengeblieben und erwartete von Emilio ein Zeichen der Zustimmung. «Nun gut», sagte Emilio. Er hatte fast mechanisch einen Augenblick gezögert, immer noch gehofft, Stefano werde bemerken, welche Pein ihm diese Zustimmung bereitete. Balli aber bemerkte nichts als sein Modell, das im Begriff war zu entschwinden. Kaum hatte Emilio seine Zustimmung gegeben, als Balli auch schon Angiolina nacheilte.

So kamen Balli und Angiolina wieder miteinander zusammen. Als Emilio sie einholte, waren sie bereits einig. Balli hatte nicht viel Umstände gemacht, und Angiolina hatte, rot vor Vergnügen, sogleich gefragt, wann sie kommen solle. Am nächsten Morgen um neun. Sie gab ihre Zustimmung und fügte hinzu, sie müsse zum Glück am nächsten Tag nicht zu den Deluigis gehen. «Ich werde pünktlich sein», versprach sie, als sie sich verabschiedeten. Es war ihre Gewohnheit, gedankenlos daherzuplappern, das erste beste Wort zu sagen, das ihr auf die Lippen kam, so bedachte sie auch jetzt nicht, daß ihr Versprechen, pünktlich zu sein, Emilio kränken mußte: sie schuf damit einen Gegensatz zwischen den Zusammenkünften mit Balli und denen mit Emilio.

Nach begangener Tat kehrte Balli mit seinen Gedanken wieder zu Emilio zurück. Er war sich sogleich bewußt, ihm etwas Böses angetan zu haben, und bat ihn herzlich um Verzeihung: «Ich konnte ganz einfach nicht anders, obwohl ich wußte, daß dich das kränken muß. Ich will mich nicht einfach damit abfinden, daß du den Gleichgültigen spielst. Ich weiß, daß du leidest, aber du hast unrecht, ganz und gar unrecht. Nun ja, ich weiß, daß auch ich nicht ganz richtig gehandelt habe.»

Emilio antwortete mit einem gezwungenen Lächeln: «Dann habe ich dir wirklich nichts mehr zu sagen.»

Balli fand, daß Emilio ihn härter behandelte, als er es verdiente. «Es bleibt mir also, um dich wieder zu versöhnen, nichts anderes übrig, als Angiolina zu verständigen, daß sie nicht kommen soll? Schön. Wenn du es wünschst, werde ich auch das tun.»

Das Angebot war unannehmbar. Emilio kannte Angiolina durch und durch und wußte, daß dieses unglückselige Weib den liebte, der sie zurückwies. Er wollte ihr nicht noch einen zusätzlichen Anlaß geben, Balli zu lieben. «Nein», sagte er etwas milder. «Lassen wir die Dinge auf sich beruhen. Ich vertraue dir. Vielmehr», fügte er lächelnd hinzu, «ich vertraue nur dir.»

Stefano versicherte mit großer Wärme, daß er dieses Vertrauens würdig sei. Am gleichen Tag noch, an dem er bemerken würde, daß er während der Sitzungen mit Angiolina auch nur einen Augenblick nicht ausschließlich an seine Kunst denke, wolle er die Frau vor die Tür setzen. Balli versprach, schwor es. Emilio hatte die Schwäche, dieses Versprechen anzunehmen, ja, es sich wiederholen zu lassen.

Am nächsten Tag kam Balli zu Emilio, um ihm über die erste Sitzung Bericht zu erstatten. Er hatte wie ein Rasender gearbeitet. Über Angiolina konnte er sich nicht beklagen, sie hatte in der nicht allzu bequemen Pose tapfer ausgeharrt, so lange wie ihre Kräfte reichten. Allerdings war sie noch nicht soweit, den Sinn ihrer Pose zu erfassen. Balli hoffte jedoch, ihn ihr noch klarmachen zu können. Er war in seine Idee verliebter denn je. Während der folgenden acht oder neun Sitzungen würde er nicht einmal Zeit finden, auch nur ein Wort mit Angiolina zu wechseln. «Sollte ich im Verlauf der Arbeit dann und wann eine kurze Pause einschalten müssen, dann werden wir, das verspreche ich dir, nur von dir reden. Ich wette, es wird schließlich so weit kommen, daß sie dich wirklich liebt.»

«Schlimmstenfalls wirst du sie, wenn du dauernd von mir sprichst, so langweilen, daß sie auch dich nicht mehr lieben wird, und das wäre gar nicht so schlecht.»

Diese zwei Tage konnte er Angiolina nicht sehen, und so traf er sich mit ihr erst am Sonntagnachmittag, in Ballis Atelier. Hier war die Arbeit in vollem Gange.

Das Atelier war in Wahrheit nichts als ein großes Magazin. Es befand sich noch in genau dem rohen Zustand wie zu der Zeit, da es seinen ursprünglichen Zweck erfüllte. Balli wollte es nicht elegant haben. Der Boden bestand aus ungleich aneinandergefügten Steinen; hier lud man einst die schweren Warenballen ab. Nur im Winter wurde in der Mitte ein großer Teppich hingebreitet, um die Füße des Bildhauers vor der direkten Berührung mit dem Boden zu schützen. Die Wände waren einfach weiß getüncht. Ton- und Gipsfiguren standen auf verschiedenen Gestellen, nicht in schönen Gruppen, nicht um betrachtet und bewundert zu werden, sondern wie Stapelware zusammengeschoben. Dennoch war in diesem Raum für Bequemlichkeit gesorgt. Ein riesiger Ofen erzeugte eine angenehme Temperatur. Es gab eine Menge eleganter Sessel und Fauteuils, in den verschiedensten Formen und Größen, die dem Raum seinen Magazincharakter nahmen. Sie waren deshalb alle verschieden, weil Balli, wie er erklärte, das Bedürfnis hatte, stets im Einklang mit dem künstlerischen Traum, der gerade seinen Geist bewegte, auszuruhen. Ja, er fand sogar immer wieder, daß ihm noch einige Formen fehlten. Angiolina posierte auf einem Gestell, das mit weichen weißen Kissen belegt war. Balli stand auf einem Sessel vor einem anderen, drehbaren Gestell und arbeitete an der Figur, die erst in groben Zügen angedeutet war.

Als er Emilio bemerkte, sprang er herab und begrüßte ihn lebhaft. Auch Angiolina gab ihre Pose auf und setzte sich auf die leuchtend weißen Kissen; es sah aus, als ruhe sie in einem Nest. Sie begrüßte Emilio mit großer Herzlichkeit. Sie hatten einander schon längere Zeit nicht mehr gesehen. Sie fand ihn etwas blaß. War er vielleicht unpäßlich? Emilio konnte ihr für die Anteilnahme, die sie ihm entgegenbrachte, nicht dankbar sein. Möglicherweise wollte sie sich ihm erkenntlich zeigen, weil er sie so oft mit Balli allein ließ.

Stefano blieb vor seinem Werk stehen. «Gefällt es dir?» Emilio sah hin. Auf einer Art unförmigem Sockel kniete eine Gestalt, deren menschliche Formen erst angedeutet waren: man unterschied zwei bekleidete Schultern, die dem Umriß und der Haltung nach den Schultern Angiolinas glichen. In ihrem unfertigen Zustand hatte die Figur etwas Tragisches. Es schien, als sei sie im Ton begraben und mache übermenschliche Anstrengungen, um sich aus ihm zu befreien. Vom Kopf sah man nur die mit dem Daumen herausgearbeiteten Schläfen und die glattgestrichene Stirn; er wirkte wie ein Schädel, den man sorgfältig mit Erde zugedeckt hat, damit er nicht aufschreie. «Siehst du, wie das Ganze entsteht», sagte der Bildhauer, indem er sein Werk mit den Blicken liebkoste. «Die Idee ist bereits da, was fehlt, ist die Form.» Die Idee konnte allerdings nur er sehen. Etwas sehr Subtiles, kaum Faßbares. Aus dieser Tonmasse sollte ein Gebet entstehen, das Gebet eines Menschen, der einen Augenblick lang glaubt und später vielleicht nie wieder glauben wird. Balli schilderte auch die Form, die er anstrebte. Der Sockel sollte so roh bleiben, wie er war. Die Figur aber sollte nach oben zu immer feiner ausgearbeitet werden, bis zum Haar: dieses sollte so raffiniert und kokett angeordnet sein wie von der Hand eines Modefriseurs. Die Frisur sollte im Widerspruch zu dem Gebet stehen, das im Gesicht seinen Ausdruck fand.

Angiolina nahm ihre Pose wieder auf, Balli kehrte zu seiner Arbeit zurück. Eine halbe Stunde lang posierte sie mit großer Gewissenhaftigkeit. Um den nötigen flehentlichen Ausdruck zu erzielen, stellte sie sich vor, so wie der Bildhauer es ihr angeordnet hatte, daß sie bete. Stefano aber gefiel dieser Ausdruck nicht, er machte eine Geste des Abscheus, die nur von Emilio bemerkt wurde. Diese Betschwester war außerstande zu beten. Sie richtete ihren Blick mehr frech als fromm zum Himmel. Sie kokettierte mit dem Herrgott.

Angiolina begann vor Müdigkeit immer schwerer zu atmen. Balli bemerkte dies gar nicht, er war jetzt an einen wichtigen Punkt seiner Arbeit gelangt: erbarmungslos bog er diesen armen Kopf gegen die rechte Schulter. «Sehr müde?» fragte Emilio Angiolina, und da Balli eben nicht hinsah, streichelte er ihr Kinn und stützte es. Sie bewegte ihre Lippen, um seine Hand zu küssen, veränderte aber ihre Stellung nicht. «Eine kleine Weile halte ich es noch aus.» Es war wirklich bewundernswert zu sehen, wie sie sich für die Kunst aufopferte. Wäre er der Künstler gewesen, dann hätte er in diesem Opfer einen Liebesbeweis erblickt.

Bald danach gewährte Balli eine kurze Ruhepause. Er selbst empfand keinerlei Ruhebedürfnis und machte sich in der Zwischenzeit am Sockel zu schaffen. In seinem langen Leinenmantel hatte er etwas Priesterliches. Angiolina, die neben Emilio saß, betrachtete den Bildhauer mit kaum verhohlener Bewunderung. Er war ein schöner Mann mit seinem eleganten, graumelierten Bart, in dem goldene Reflexe spielten. Flink und kraftvoll sprang er vom Gestell herab und wieder hinauf, ohne daß die Figur erschüttert wurde. In seiner groben Umhüllung, aus der ein eleganter Kragen hervorragte, war er geradezu die Verkörperung der geistigen Arbeit. Auch Emilio mußte ihn, unter Leiden, bewundern.

Die Arbeit wurde bald wieder aufgenommen. Der Bildhauer quetschte den Kopf weiterhin zusammen. Der büßte dadurch auch das bißchen Form ein, das er bisher hatte, aber den Bildhauer schien das nicht zu stören. Er fügte auf der einen Seite etwas Ton hinzu, nahm dafür auf der anderen Seite etwas Ton weg. Da er dabei mehrmals sein Modell ansah, hätte man meinen mögen, daß er die Natur kopierte, Emilio aber konnte in dem Ton keinen der Züge Angiolinas wiedererkennen. Er sagte dies auch Stefano, als der seine Arbeit beendete. Da lehrte ihn der Bildhauer, richtig zu sehen. Zur Zeit konnte man die Ähnlichkeit nur dann bemerken, wenn man den Kopf von einem ganz bestimmten Punkt aus betrachtete. Angiolina erkannte sich nicht und war geradezu gekränkt, daß Balli meinte, diese unförmige Masse könnte ihr Gesicht darstellen. Emilio hingegen gelang es jetzt, die Ähnlichkeit zu sehen, sie war ganz klar. Das Antlitz schien zu schlafen, es war wie durch einen enganliegenden Verband noch zur Starre verurteilt; die noch nicht modellierten Augen wirkten geschlossen, aber man ahnte, daß der Hauch des Lebens im Begriff war, dieses Antlitz zu beseelen.

Balli hüllte die Figur in ein nasses Tuch. Er war mit seiner Arbeit zufrieden, er war erregt.

Sie gingen zusammen fort. Ballis Kunst war im Grunde der einzige wirkliche Berührungspunkt zwischen den beiden Freunden. Indem sie von der Idee sprachen, die dem Bildhauer vorschwebte, fühlten sie sich wieder einander nahe. So war ihre Beziehung an diesem Nachmittag so herzlich wie schon lange nicht. Infolgedessen war Angiolina diejenige von den dreien, die sich am wenigsten unterhielt. Sie fühlte sich als fünftes Rad am Wagen. Balli behagte es nicht, in den noch taghellen Straßen in dieser Gesellschaft gesehen zu werden. Er befahl Angiolina, vor ihnen herzugehen. Sie gehorchte unwillig, die Nase hoch erhoben. Balli sprach immer noch von seiner bildhauerischen Arbeit,

Emilio hingegen folgte mit den Augen den Bewegungen Angiolinas. Während der ganzen Zeit hatte er keinen Anlaß zur Eifersucht gehabt. Balli träumte von seiner Kunst, und wenn er sich mit Angiolina befaßte, so nur, um sie von sich fernzuhalten. Er tat dies sachlich, weder scherzte er mit ihr, noch behandelte er sie schlecht.

Es war kalt, und Balli schlug vor, in einem Gasthaus Glühwein zu trinken. Da das Gastzimmer voller Menschen und von einem scharfen Speisen- und Tabakgeruch durchzogen war, beschlossen sie, im Hof zu bleiben. Angiolina protestierte zunächst wegen der Kälte, als aber Balli versicherte, dies sei besonders originell, hüllte sie sich fest in ihren Umhang und fand großen Spaß, als sie die bewundernden Blicke der Leute, die aus der warmen Gaststube traten, und des Kellners, der sie im Laufschritt bediente, auf sich gerichtet sah. Balli spürte keine Kälte und starrte in sein Glas, als könnte er darin eine Widerspiegelung seiner Idee finden. Emilio beschäftigte sich damit, Angiolinas Hand zu wärmen, die sie ihm überlassen hatte. Es war das erste Mal, daß sie ihm gestattete, in Gegenwart Ballis zärtlich zu ihr zu sein. Emilio fand ein inniges Vergnügen daran. «Du süßes Geschöpf», flüsterte er und küßte ihre Wange, die sie gegen seine Lippen preßte.

Es war eine klare, blaue Nacht. Der Wind pfiff oberhalb des hohen Hauses, in dessen Schutz sie saßen. Das heiße, würzige Getränk, das sie in reicher Menge zu sich nahmen, half ihnen, fast eine Stunde lang der eisigen Temperatur zu widerstehen. Diese Szene bildete eine der unvergeßlichen Episoden in seiner Liebesbeziehung: der finstere, vom Blau der Nacht erfüllte Hof, sie drei, zu einer Gruppe vereint, am einen Ende des langen Holztisches, Angiolina, ihm von Balli eindeutig überlassen, fügsamer und liebevoller denn je.

Auf dem Rückweg erzählte Balli, daß er noch am gleichen Abend auf einen Maskenball gehen müsse. Das war ihm überaus lästig, doch er hatte es einem seiner Freunde, einem Arzt, versprochen. Der brauchte, seinen eigenen Worten zufolge, die Gesellschaft einer Respektperson, wie sie der Bildhauer war, damit seine Kranken es ihm weniger übelnähmen, wenn er sich so tollen Vergnügungen hingab.

Balli wäre es lieber gewesen, früh zu Bett zu gehen, um sich am nächsten Tag mit klarem Kopf wieder an die Arbeit machen zu können. Er schüttelte sich bei dem Gedanken, eine ganze Nacht in dem Trubel verbringen zu müssen.

Angiolina erkundigte sich, ob er eine Loge für die ganze Saison gemietet habe und wo sich diese genau befinde. Balli lachte und sagte: «Ich hoffe sehr, daß du mich besuchst, falls du dort maskiert erscheinst.»

«Ich war noch niemals auf einem Maskenball», behauptete Angiolina steif und fest. Sie dachte einen Augenblick lang nach, als käme es ihr jetzt erst zum Bewußtsein, daß es überhaupt Maskenbälle gab, und fügte hinzu: «Ich würde gerne einmal hingehen.» Sie machten sogleich miteinander aus, daß sie den Maskenball besuchen würden, der in der nächsten Woche zu wohltätigen Zwecken veranstaltet wurde. Angiolina hüpfte vor Freude. Ihr Freudenausbruch wirkte so echt, daß sogar Balli ihr zulächelte, wie einem Kind, dem man mit geringer Anstrengung ein großes Vergnügen bereiten konnte.

Als die beiden Männer allein geblieben waren, äußerte sich Emilio befriedigt über seinen Atelierbesuch. Beim Abschied aber verwandelte Balli das süße Gefühl, in dem Emilio den ganzen Tag geschwelgt hatte, in Bitternis, indem er sagte: «Also warst du mit uns zufrieden? Du mußt zugeben, daß ich mein möglichstes getan habe, damit du es wirklich sein kannst.»

Emilio verdankte also Angiolinas Zärtlichkeiten den Ermahnungen, die Balli ihr offenbar erteilt hatte. Das war für ihn eine Erniedrigung und ein neuer triftiger Grund mehr zur Eifersucht. Er nahm sich vor, Balli zu verstehen zu geben, daß er es nicht liebte, Angiolinas Zuneigung fremden Einflüssen zu verdanken. Was Angiolina selbst betraf, so wollte er sich bei ihrer nächsten Begegnung für ihre Zärtlichkeitsbeweise, die ihn eben noch so beseligt hatten, weit weniger dankbar zeigen. Nun war klar, warum sie sich in Ballis Gegenwart so fügsam liebkosen ließ. Dem Bildhauer gegenüber war sie die Unterwürfigkeit selbst. Ihm gegenüber verzichtete sie darauf, das anständige Mädchen zu spielen, verzichtete sie auf all die Lügen, in die sich Emilio rettungslos verstrickt sah. Vor Balli war sie eine ganz andere. Vor Balli, der sie nicht besessen hatte, ließ sie ihre Maske fallen – vor ihm nicht!

Am nächsten Morgen, zu früher Stunde, eilte er zu Angiolina. Er war begierig zu sehen, wie sie sich nun, wenn Balli nicht zugegen war, ihm gegenüber benehmen würde. Sie benahm sich vorbildlich! Nachdem sie sich vergewissert hatte, daß er es war, öffnete sie ihm selbst die Tür. Am Morgen war sie am schönsten. Es genügte die Ruhe einer einzigen Nacht, um ihr das Aussehen gesunder, heiterer Jungfräulichkeit zu verleihen. Der blau-weiß gestreifte, etwas abgenützte Wollschlafrock schmiegte sich weich den straffen Formen ihres Körpers an und ließ ihren weißen Hals frei.

«Störe ich?» fragte er finster. Er versagte es sich, sie zu küssen. Er wollte sich nicht der Möglichkeit berauben, sie mit Vorwürfen zu überhäufen. Er sann auf Streit, der sollte ihm Erleichterung verschaffen. Sie aber bemerkte seine Verstimmung überhaupt nicht und führte ihn in ihr Zimmer: «Ich muß mich jetzt ankleiden, denn um neun Uhr muß ich bei der Frau Deluigi sein. Inzwischen lies, bitte, diesen Brief.» Nervös holte sie aus einem Korb ein Stück Papier hervor. «Lies das genau und gib mir dann einen Rat.» Ihr Gesicht wurde traurig, und Tränen traten ihr in die Augen. «Sieh nur, was passiert ist. Dir will ich alles erzählen. Du bist der einzige Mensch, der mir raten kann. Auch meiner Mutter habe ich alles gesagt, aber die Ärmste weiß mir nicht zu helfen. Sie kann nur weinen.»

Sie verließ das Zimmer, kam aber sogleich wieder zurück. «Wenn meine Mutter zufälligerweise hereinkommen und mit dir über die Sache sprechen sollte – sie weiß alles, außer daß ich mich Volpini hingegeben habe.» Sie warf ihm eine Kußhand zu und ging wieder hinaus.

Der Brief war von Volpini. Es war ein Abschiedsbrief in aller Form. Einleitend schrieb der Schneidermeister, daß er sich ihr gegenüber stets aufrichtig benommen habe, sie aber – das wisse er nun – habe ihn von allem Anfang hintergangen. Emilio versuchte nun hastig, diese schwer leserliche Schrift zu entziffern, er fürchtete, als Begründung für Volpinis Verhalten seinen Namen zitiert zu finden. Doch in dem ganzen Brief war von ihm nicht die Rede. Volpini schrieb weiter, man habe ihm versichert, daß sie nicht die Braut, sondern die Geliebte Merighis gewesen sei. Anfangs habe er es nicht glauben wollen, doch habe er vor ein paar Tagen mit aller Sicherheit erfahren, daß sie mehrere Maskenbälle in Gesellschaft berüchtigter junger Burschen besucht habe. Es folgten ein paar grobe Sätze, die höchst ungeschickt zusammengefügt waren und den Eindruck vermittelten, daß der gute Mann es aufrichtig meinte. Sie wirkten nur deshalb lächerlich, weil es ganz offensichtlich war, daß Volpini, gewohnt im Dialekt zu sprechen, eifrig im Wörterbuch nachgeschlagen hatte, um gewisse Worte zu finden.

Die alte Zarri trat ein. Sie hielt, wie üblich, die Hände unter der Schürze, lehnte sich ans Bett und wartete geduldig, daß er den Brief zu Ende lese. «Was halten Sie von der Sache?» fragte sie mit ihrer näselnden Stimme. «Angiolina bestreitet es zwar, ich aber glaube, es ist aus mit Volpini.»

In Volpinis Brief hatte Emilio nur eine einzige Behauptung überrascht. «Ist es wahr», fragte er, «daß Angiolina so oft auf Maskenbälle geht?» Alles übrige in diesem Brief, daß sie die Geliebte Merighis und vieler anderer Männer gewesen sei, hielt er für absolut wahr. Die Tatsache, daß sie einen anderen Mann ebenso wie ihn, ja mehr noch als ihn betrogen hatte, schien ihm sogar ein Grund zu sein, sich durch ihre Lügen, die ihn sonst so empört hatten, nun weniger verletzt zu fühlen. Immerhin, aus dem Brief erfuhr er etwas Neues. Sie konnte sich noch besser verstellen, als er gemeint hatte. Am Tag vorher noch war es ihr gelungen, sogar Balli zu täuschen, als sie bei der Aussicht, angeblich zum erstenmal auf einen Maskenball zu gehen, in einen Freudenausbruch verfallen war.

«Lauter Lügen», sagte die alte Zarri mit der Ruhe eines Menschen, der gewiß ist, daß seine Worte schon im voraus Glauben finden. «Angiolina kommt jeden Abend direkt von der Arbeit nach Hause und legt sich sofort zu Bett. Sie legt sich vor meinen Augen nieder.» Wie geschickt war dieses alte Weib! Die hatte sich gewiß nicht hineinlegen lassen, und sie wies den Gedanken weit von sich, jemand könnte auch nur den Verdacht hegen, daß sie jemanden hineinlegen wolle.

Die Alte verließ das Zimmer, sowie ihre Tochter eintrat. «Hast du zu Ende gelesen?» fragte Angiolina und setzte sich neben ihn. «Wie findest du das?»

Emilio machte ein finsteres Gesicht und erklärte grob, Volpini habe recht, denn für eine Braut gehöre es sich nicht, mit fremden Burschen auf Maskenbälle zu gehen.

Angiolina protestierte. Sie und Maskenbälle? Erinnere er sich denn nicht, welchen Freudentaumel noch am Abend vorher der bloße Gedanke bei ihr ausgelöst habe, auf einen Maskenball gehen zu können, auf den ersten Maskenball ihres Lebens?

Dieser Rechtfertigungsversuch entbehrte jeglicher Beweiskraft. Ihr Freudenausbruch, den sie ins Treffen führte, mußte sie wohl einen großen Aufwand gekostet haben, da er ihrem Gedächtnis so tief eingeprägt blieb. Sie führte noch weitere Beweise an: die Abende, an denen sie nicht zu den Deluigis mußte, hatte sie alle mit ihm verbracht; außerdem besaß sie nicht einen einzigen Fetzen, um sich zu kostümieren. Sie rechnete sogar bei der Beschaffung all der nötigen Dinge für den geplanten Ballbesuch mit seiner Hilfe. Das alles überzeugte Emilio nicht. Er war sicher, daß sie den ganzen Winter hindurch die Maskenbälle sehr eifrig besucht hatte. Aber er fühlte sich dennoch versöhnt, denn die vielen Beweise wurden von ihr mit verführerischer Glut vorgetragen. Die Zweifel, die er ihren Worten entgegenbrachte, hätten für sie eigentlich eine Beleidigung sein müssen. Aber sie war keineswegs beleidigt. Sie schmiegte sich an ihn, versuchte ihn zu überzeugen, zu rühren – und noch dazu in Ballis Abwesenheit!

Endlich begriff er: sie brauchte ihn. Noch wollte sie Volpini nicht loslassen. Emilio mußte ihr raten, wie sie ihn festhalten könnte. Sie brachte Emilio ein grenzenloses Vertrauen entgegen, wie es ungebildete Menschen meist für diejenigen empfinden, die mit der Feder umzugehen wissen. Diese Erkenntnis war gleichwohl nicht imstande, seine Befriedigung zu vermindern, die ihm Angiolinas Zärtlichkeiten bereiteten. Das war immer noch besser, als ihre Zärtlichkeiten Balli zu verdanken. Er wollte sich diese Zärtlichkeiten sogar verdienen und machte sich allen Ernstes daran, das Problem, das sie ihm vorlegte, genau zu studieren.

Er mußte sogleich feststellen, daß sie das Problem weit besser erfaßte als er. Um zu wissen, wie man sich verhalten solle – so bemerkte sie mit großem Scharfsinn –, müsse man zunächst einmal herausbekommen, ob Volpini an die Informationen, die er für verbürgte Tatsachen ausgab, auch wirklich glaubte oder ob er den Brief nur geschrieben hatte, um vage Gerüchte, die ihm zu Ohren gekommen waren, auf ihre Stichhaltigkeit zu prüfen. Ferner: war der

Brief mit dem festen Vorsatz geschrieben worden, Schluß zu machen, oder stellte er lediglich einen Einschüchterungsversuch dar? Vielleicht war Volpini bereit, beim ersten Schritt, den sie ihm entgegenkam, sofort nachzugeben? Emilio las den Brief noch einmal und gewann den Eindruck, Volpini sei bestrebt gewesen, durch eine Anhäufung von Argumenten den Umstand zu verschleiern, daß er über kein einziges wirklich stichhaltiges verfügte. So zitierte er nur einen einzigen Namen, den Merighis. «Was den betrifft, weiß ich genau, was ich zu antworten habe», sagte Angiolina zornig. «Jedenfalls kann Volpini nicht bestreiten, daß er der erste war, der mich besessen hat.»

Auf diese Fährte gesetzt, machte Emilio nun eine weitere Feststellung, die Angiolinas Auffassung zu bekräftigen schien. In den schwülstigen Schlußsätzen erklärte Volpini, daß er mit Angiolina vor allem deshalb breche, weil sie ihn betrog, zweitens aber, weil sie sich ihm gegenüber höchst kalt verhalten habe; er fühle, daß sie ihn nicht liebe. War es am Platze, sich über einen Mangel zu beklagen, der möglicherweise nur die Folge einer Veranlagung war, wenn den übrigen Vorwürfen jener Ernst zukam, den der Briefschreiber vorschützte? Angiolina war ihm für diese Bemerkung, die die Richtigkeit ihrer Auslegung des Briefes vollauf bestätigte, überaus dankbar. Es fiel ihr gar nicht auf, daß sie selbst ihn auf diese Spur gebracht hatte. Sie war ja keine Schriftstellerin, die Gewicht darauf legte, gelobt zu werden. Sie befand sich in einem Kampf und griff entschlossen nach jeder Waffe, die ihr tauglich erschien, ohne sich darum zu kümmern, wer diese Waffe geschmiedet hatte.

Sie wollte sich nicht gleich hinsetzen, um Volpini zu schreiben, denn sie wurde von Frau Deluigi erwartet und mußte forteilen. Mittags wollte sie wieder zurück sein, und sie bat Emilio, um diese Zeit wiederzukommen. Bis dahin sollten sie beide noch über die Sache nachdenken. Sie zwang ihn sogar, den Brief ins Büro mitzunehmen, damit er ihn in aller Ruhe studieren könne.

Sie gingen zusammen fort, doch machte sie ihn gleich darauf aufmerksam, daß sie sich verabschieden müßten, ehe sie in die Stadt kamen. Für sie war es außer Zweifel, daß es in Triest Menschen gab, die von Volpini beauftragt waren, sie auszuspionieren. «Dieser Verbrecher!» rief sie empört aus. «Er hat mich ins Unglück gebracht!» Sie haßte ihren gewesenen Verlobten, als hätte wirklich er sie ins Unglück gebracht. «Jetzt möchte er natürlich gerne alle Verpflichtungen abschütteln, aber er wird es mit mir zu tun bekommen.» Ja, sie haßte ihn wirklich zutiefst, sie gestand es offen ein. Er war ihr widerlich wie ein unreines Tier. «Du bist schuld, daß ich mich ihm hingegeben habe.» Als sie sah, wie verblüfft er über diese Anklage war, die sie zum erstenmal mit solcher Heftigkeit gegen ihn erhob, verbesserte sie sich: «Wenn du auch nicht schuld daran bist, so habe ich es doch dir zuliebe getan.»

Mit diesen zärtlichen Worten verabschiedete sie sich von ihm. Er war überzeugt, daß sie ihm nur deshalb eine Schuld anlasten wollte, um ihn desto gewisser zu bewegen, sie mit all seinen Kräften in ihrem bevorstehenden Kampf gegen Volpini zu unterstützen.

Er folgte ihr ein Stück des Weges. Als er sie so sah, wie sie sich mitten auf der Straße mit herausfordernden Blikken jedem, der vorüberging, anbot, erwachte in ihm wieder seine alte Krankheit und verdrängte jedes andere Gefühl. Er vergaß ganz die Angst, sie könnte sich an ihn festklammern, und empfand eine lebhafte Freude über das, was geschehen war. Nun brauchte sie ihn, nun, da Volpini mit ihr Schluß gemacht hatte. Zu Mittag würde er sie wieder eine Stunde lang ganz für sich haben, zutiefst als die Seine empfinden können.

Um diese Stunde, da jeder in der Stadt seinen Geschäften nachging und keine Zeit für geruhsame Spaziergänge hatte, lenkte die schmiegsame und leuchtende Gestalt Angiolinas, die gelassen dahinschritt und ihre Blicke überallhin schweifen ließ, nur nicht auf den Weg, den sie zurückzulegen hatte, die Aufmerksamkeit aller auf sich. Er wurde sich bewußt, daß jeder, der sie sah, sogleich ans Bett denken mußte, für das sie geschaffen war. Die Erregung, die diese Vorstellung in ihm hervorrief, verließ ihn den ganzen Vormittag nicht.

Er nahm sich vor, Angiolina zu Mittag die ganze Bedeutung der Hilfe fühlen zu lassen, die er ihr gewährte. Er wollte die Vorteile der Rolle, die ihm zugefallen war, voll ausnützen. Die alte Zarri empfing ihn und lud ihn mit großer Höflichkeit ein, im Zimmer ihrer Tochter Platz zu nehmen. Müde von der Steigung, die er hastig bewältigt hatte, setzte er sich nieder, in der gewissen Erwartung, daß Angiolina sofort erscheinen werde. «Sie ist noch nicht da», sagte die Alte und blickte gegen den Korridor, als rechnete auch sie damit, daß ihre Tochter jeden Augenblick auftauchen werde.

«Sie ist nicht da?» fragte Emilio und empfand dabei eine so schmerzliche Enttäuschung, daß er versucht war, seinen Ohren nicht zu trauen.

«Ich weiß selbst nicht, warum sie sich verspätet», fuhr die Alte fort und blickte weiterhin zur Tür hinaus. «Wahrscheinlich hat die Frau Deluigi sie zurückgehalten.»

«Wie lange kann es dauern, bis sie kommt?» fragte er.

«Ich weiß es selbst nicht», antwortete die Alte mit der größten Unschuld. «Sie kann jeden Moment dasein. Wenn sie aber bei der Frau Deluigi zu Mittag gegessen hat, dann kann es auch Abend werden.» Einen Augenblick lang schwieg sie, ernst und nachdenklich. Dann fügte sie im Ton der Gewißheit hinzu: «Ich glaube aber nicht, daß sie außer Haus zu Mittag ißt, denn ihr Essen ist dort draußen für sie bereit.»

Emilio war ein scharfer Beobachter, und es entging ihm keineswegs, daß die Zweifel, die die Alte vorbrachte, reine Verstellung waren. Sie wußte wohl ganz genau, daß Angiolina nicht so bald kommen würde. Wie immer aber war Emilio seine Beobachtungsgabe nur von geringem Nutzen. Sein Verlangen hielt ihn hier fest. Er wartete lange, wobei Angiolinas Mutter ihm Gesellschaft leistete, still und auffallend ernst. Als er später an diese Situation zurückdachte, entdeckte er, daß sich hinter diesem Ernst Ironie verbarg. Angiolinas jüngere Schwester kam, stellte sich neben die Mutter und rieb sich an ihrer Hüfte wie eine Katze an einem Türpfosten.

Tief entmutigt ging er fort, während die Alte und das kleine Mädchen ihn mit großer Höflichkeit grüßten. Er streichelte das Haar der Kleinen, das die gleiche Farbe wie Angiolinas Haar hatte. Sie wurde ihrer älteren Schwester immer ähnlicher, nur sah sie nicht so gesund und rosig aus.

Vielleicht, so dachte er, war es angezeigt, sich für den Streich, den Angiolina ihm gespielt hatte, zu revanchieren und erst dann wiederzukommen, wenn sie ihn rief. Jetzt brauchte sie ihn ja, sie würde sicherlich sehr bald nach ihm verlangen. Am Abend aber, gleich nach Büroschluß, befand er sich wieder auf dem Weg zu ihr. Er mußte doch, wie er meinte, den Grund für ihre rätselhafte Abwesenheit erforschen. Es war durchaus möglich, daß sie durch höhere Gewalt abgehalten worden war.

Angiolina war, als er ankam, noch genauso gekleidet wie am Morgen, als er sie ein Stück Weges begleitet hatte. Sie war eben erst heimgekehrt. Sie ließ sich küssen und umarmen, war sanft wie immer, wenn ihr etwas verziehen werden mußte. Ihre Wangen waren flammend rot, ihr Mund roch nach Wein.

«Ja, ich habe viel getrunken», bekannte sie sofort und lachte dabei. «Der Herr Deluigi, ein guter Fünfziger, wollte mich unbedingt betrunken machen. Aber es ist ihm nicht gelungen, o nein!» Nun, es war ihm besser gelungen, als sie vermutete. Das bewies ihre übertriebene Heiterkeit. Sie wand sich vor Lachen. Sie sah wunderschön aus, mit ihren ungewöhnlich geröteten Wangen und glänzenden Augen. Er küßte sie auf den offenen Mund, auf das rote Zahnfleisch. Sie ließ ihn gewähren, verhielt sich passiv, als ginge sie das alles nichts an. Sie fuhr fort zu lachen und erzählte in abgerissenen Sätzen, daß nicht nur der Herr Deluigi, sondern die ganze Familie Deluigi sich vorgenommen hätte, sie betrunken zu machen. Aber obwohl es ihrer so viele waren – es war ihnen doch nicht geglückt. Emilio versuchte sie zur Vernunft zu bringen, indem er von Volpini zu reden begann. «Laß mich mit dem Zeug in Ruhe!» rief Angiolina. Als er nicht nachgab, umarmte sie ihn, ohne zu antworten, und küßte ihn so, wie er es bisher mit ihr getan, auf den Mund und auf den Hals. Sie war so stürmisch wie nie zuvor. Beide fielen sie auf das Bett, sie trug noch Hut und Mantel. Die Tür stand offen, und es war kaum anzunehmen, daß der Lärm dieser Balgerei nicht bis in die Küche drang, wo sich Vater, Mutter und Schwester aufhielten.

Man hatte sie wirklich betrunken gemacht. Ein seltsames Haus, das Haus der Deluigis. Aber er grollte Angiolina nicht, denn an diesem Abend war er zur vollen Befriedigung gelangt.

Am nächsten Tag trafen sie sich um die Mittagszeit. Sie waren glänzender Laune. Angiolina versicherte, daß ihre Mutter nichts bemerkt habe. Gleich darauf bedauerte sie es, daß sie sich von ihm in einem solchen Zustand hatte nehmen lassen. Aber es sei nicht ihre Schuld gewesen: «Der Teufel hole den alten Deluigi!»

Emilio beruhigte sie und meinte, wenn es von ihm abhinge, müßte sie sich mindestens einmal täglich betrinken. Dann machten sie sich daran, den Brief an Volpini aufzusetzen. Sie taten es mit einer Sorgfalt, die man ihnen in der übermütigen Stimmung, in der sie sich befanden, kaum zugetraut hätte.

Als es darum gegangen war, Volpinis Brief zu deuten, mochte Angiolina als die Überlegene erscheinen; die Antwort aber floß zur Gänze aus der erfahrenen Feder Emilios.

Angiolina wollte Volpini einen groben Abschiedsbrief schreiben. Die Empörung eines anständigen, zu Unrecht verdächtigten Mädchens sollte darin zum Ausdruck kommen. Mit geradezu pathetischem Zorn erklärte sie: «Wenn ich den Volpini jetzt vor mir hätte, ich würde ihm ganz einfach eine Ohrfeige geben, ohne weitere Begründungen. Das würde ihn sofort von seinem Unrecht überzeugen.»

Das hatte etwas für sich. Emilio aber war dafür, vorsichtiger zu Werke zu gehen. Mit einer Offenheit, die Angiolina eigentlich hätte beleidigen müssen, sagte er, daß er sich, um dem Problem besser auf den Grund zu gehen, folgende Frage vorgelegt habe: wie würde sich ein anständiges Mädchen in Angiolinas Situation verhalten? Er verschwieg, daß er sich für den Begriff «anständiges Mädchen» Amalia zum Vorbild genommen hatte. Wie, so hatte er sich gefragt, würde sich seine Schwester verhalten, wenn sie auf einen Brief wie den Volpinis antworten müßte? Er teilte Angiolina nur die Ergebnisse seiner Fragestellung mit: eine anständige Frau würde zunächst eine große, ungeheure Überraschung empfinden; sodann würde in ihr der Zweifel auftauchen, ob es sich nicht um ein Mißverständnis handle; und erst ganz zum Schluß würde sich in ihr der furchtbare Verdacht regen, daß der geliebte Mann den Brief nur zu dem Zweck geschrieben habe, sich seiner Verpflichtungen zu entledigen. Diese Entwicklung eines psychologischen Prozesses versetzte Angiolina in helle Begeisterung. Sie machten sich sofort an die Arbeit. Sie setzte sich neben ihn und verhielt sich mäuschenstill. Man arbeitete für sie. Sie stützte sich mit einer Hand auf sein Knie und hielt den Kopf ganz nahe dem seinen, um gleich mitlesen zu können, was er schrieb. Sie ließ ihn ihre Nähe fühlen, ohne ihn bei der Arbeit zu stören. Angiolinas körperliche Nähe bewirkte, daß der Text, den Emilio schrieb, die Strenge einer vorbedachten Stilisierung verlor. Allerdings hätte er, wäre er an einen anderen Menschen als Volpini gerichtet gewesen, dadurch auch seine Wirksamkeit eingebüßt, denn er ließ nun jene gemessene Würde vermissen, die Emilio beabsichtigt hatte. So kam in die Sätze etwas von Angiolinas Art. Ein paar grobe Ausdrücke gerieten ihm in die Feder, und er ließ sie stehen, beglückt von der hingerissenen Bewunderung, die Angiolina ihm entgegenbrachte. Es war die gleiche Bewunderung, mit der sie ein paar Tage zuvor Balli im Atelier betrachtet hatte.

Ohne den Text noch einmal durchzulesen, machte sie sich nun daran, ihn abzuschreiben. Stolz setzte sie ihre Unterschrift darunter. Der Ausdruck restloser Billigung, mit dem sie es tat, wirkte nicht eben intelligent; jedenfalls weit weniger als in dem Moment, da sie ihm erklärt hatte, wie sie Volpini traktieren wollte. Während sie den Brief abschrieb, war sie nicht imstande, ihre Aufmerksamkeit auf den Inhalt zu konzentrieren, denn die Kalligraphie machte ihr zu schaffen.

Während sie das geschlossene Kuvert von außen betrachtete, fragte sie unvermittelt, ob Balli nicht mehr von dem Maskenball gesprochen habe, auf den er sie mitnehmen wollte. Nicht aus moralischen Gründen – obwohl in Emilio ständig ein Moralist schlummerte – riet er ihr ab, den Maskenball zu besuchen: Volpini könnte es erfahren. Sie hatte gar keine Bedenken und erklärte: «Jetzt gehe ich erst recht auf den Maskenball. Nur aus Rücksicht für diesen niederträchtigen Kerl bin ich bis jetzt auf keinen gegangen. Jetzt aber gehe ich bestimmt, er soll es nur erfahren!»

Emilio bestand auf einem Wiedersehen mit ihr am gleichen Abend. Am Nachmittag mußte sie Balli Modell stehen, anschließend mußte sie einen Sprung zu Frau Deluigi machen; sie konnten sich also erst spätabends treffen. Sie erklärte sich einverstanden, da sie ihm, wie sie sagte, in diesem Augenblick nichts abschlagen könne. Sie sollten sich jedoch nicht bei der Frau Paracci treffen, denn Angiolina wollte nicht allzu spät nach Hause kommen. Wie in den schönsten Zeiten ihrer Liebe sollten sie sich wieder in Sant' Andrea zu einem gemeinsamen Spaziergang treffen. Er würde sie dann nach Hause bringen. Sie fühlte sich noch recht erschöpft – sie hatte am Tag vorher doch zuviel Wein getrunken – und mußte sich ausruhen. Er war mit ihrem Vorschlag einverstanden. Es gehörte ja zu seinen wesentlichen Eigenschaften, mit seinen Gedanken in der Vergangenheit zu schwelgen. An diesem Abend würde er wieder Gelegenheit haben, das Meer, den Himmel, Angiolinas Haar in all ihren Farbnuancen in sich aufzunehmen und zu analysieren.

Sie hieß ihn jetzt gehen und bat ihn beim Abschied, den Brief an Volpini in den Postkasten zu werfen. Da fand er sich also auf der Straße, mit diesem Brief in der Hand, der das greifbare Beweisstück der niedrigsten Handlung war, die er je in seinem Leben begangen hatte. Dies aber kam ihm erst zum Bewußtsein, als Angiolina nicht mehr neben ihm saß.

# XII

Er war eben nach Hause gekommen, stand im Speisezimmer, noch den Hut in der Hand, zögernd, unschlüssig.
Nun würde er wieder eine Stunde lang Amalia ins stumme
Antlitz blicken müssen. Eine Stunde öder Langeweile.
Sollte er sich ihr entziehen, und wie? Da hörte er aus Amalias Zimmer Laute. Zwei, drei verwirrte Worte. Dann
folgte ein ganzer Satz: «Fort, fort, scheußliches Tier.» Er
fuhr zusammen. Die Stimme klang völlig verändert, wie
infolge einer körperlichen Anstrengung oder einer inneren
Erregung. Sie ähnelte der Stimme Amalias nur insoweit,
wie ein Schrei, der sich unwillkürlich der Kehle entringt,
einem gesprochenen Wort ähnelt. Schlief und träumte
Amalia jetzt sogar am hellichten Tag?
   Er öffnete die Tür vorsichtig, ohne Geräusch zu erzeugen. Das Schauspiel, das sich ihm bot, sollte er sein Leben
lang nicht mehr vergessen. Es genügte in Zukunft, daß er
auch nur einer der Einzelheiten, die jetzt auf seine Sinne
einwirkten, irgendwo wieder begegnete – und schon stand
die ganze Szene erneut vor seinen Augen, mit all ihrem
Schrecken und Grauen. In einer Nebengasse gingen ein
paar Bauern singend vorüber, und wenn er das monotone
Lied, das sie sangen, später wieder hörte, traten ihm sogleich die Tränen in die Augen. Alle Laute, die er jetzt vernahm, klangen monoton, kalt und sinnlos. In einer Ne-
benwohnung klimperte ein Stümper einen abgeleierten
Walzer auf dem Klavier. Er hörte diesen Walzer später
noch wiederholt, jetzt aber und so gespielt, erschien er ihm

wie ein Trauermarsch. Auch die lichte Tageszeit verdüsterte sich. Es war kurz nach Mittag, die Sonne spiegelte sich in den Fenstern des gegenüberliegenden Hauses und überflutete das Zimmer mit blendendem Licht. Dennoch verband sich für ihn die Erinnerung an diesen Augenblick mit der Vorstellung von Finsternis und eisiger Kälte.

Amalias Kleider waren auf dem Boden zerstreut, einer ihrer Röcke lag wie ein Hindernis vor der Tür, die sich nicht ganz öffnen ließ. Andere Kleidungsstücke lagen unter dem Bett, eine Bluse war zwischen den beiden Fensterflügeln eingeklemmt, und ein Paar Schuhe stand, sorgfältig angeordnet, genau in der Mitte des Tisches.

Amalia, nur mit einem kurzen Hemd bekleidet, saß auf der Bettkante. Sie hatte das Kommen ihres Bruders nicht bemerkt und fuhr fort, ihre spindeldürren Beine mit den Händen zu reiben. Der Anblick ihres halbnackten Körpers erweckte in Emilio den überraschenden und unangenehmen Eindruck, ein unterernährtes Kind vor sich zu haben.

Er begriff nicht gleich, daß er sich einer Delirierenden gegenüber befand. Ihre Atemnot fiel ihm nicht weiter auf. Ihr Atem ging so geräuschvoll und kostete sie solche Anstrengung, daß ihre Hüften bebten. Emilio schrieb dies ihrer unbequemen Stellung zu. Was er als erstes empfand, war Zorn. Kaum hatte er sich von Angiolina freigemacht, als ihm schon diese andere Frau Ungelegenheiten und Kummer bereitete. «Amalia! Was machst du da?» fragte er sie vorwurfsvoll.

Sie hörte ihn nicht. Wohl aber schien sie die Walzerklänge zu vernehmen, denn sie rieb ihre Beine immerfort im Walzerrhythmus.

«Amalia!» wiederholte er mit schwacher Stimme. Er war tief erschrocken, denn nun konnte es keinen Zweifel mehr geben, daß Amalia delirierte. Er berührte ihre Schulter. Sie wandte sich um. Zuerst betrachtete sie die Hand, deren Berührung sie gespürt hatte, dann blickte sie ihm ins

Gesicht. Angestrengt versuchte sie mit ihren fieberglänzenden Augen, ihn zu sehen. Ihre Wangen glühten. Ihre Lippen waren violett, trocken, wie eine unförmige Wunde, die nicht heilen will. Dann eilte ihr Blick zum Fenster, das von Sonne überflutet war, aber als hätte das viele Licht sie geblendet, wandte sie ihn gleich wieder ihren nackten Beinen zu. Sie sah sie aufmerksam, neugierig an.

«O Amalia!» rief er jetzt laut. Er stieß den Schrei, der seinen Schrecken zum Ausdruck brachte, bewußt aus – vielleicht konnte er so Amalia zur Besinnung bringen. Schwache Menschen empfinden eine tiefe Furcht vor dem Delirium, dem Wahnsinn, als wären sie ansteckende Krankheiten. Emilio empfand einen derartigen Abscheu, daß er sich Gewalt antun mußte, das Zimmer nicht zu verlassen. Indem er seinen Widerwillen überwand, berührte er neuerdings die Schulter seiner Schwester. «Amalia! Amalia!» schrie er. Es war ein Hilfeschrei.

Sie hatte ihn offenbar gehört, und das beruhigte ihn etwas. Sie sah ihn wiederum an, nachdenklich, als versuche sie, den Anlaß seiner Schreie und des Drucks auf ihrer Schulter zu ergründen. Sie tastete nach ihrer Brust, als empfinde sie erst jetzt die Atemnot, von der sie gepeinigt wurde. Gleich darauf vergaß sie wieder sowohl Emilio wie ihre Atemnot: «Oh, immer wieder diese Tiere!» Ihre entstellte Stimme schien dem Weinen nahe zu sein. Sie rieb mit beiden Händen ihre Beine. Mit einer jähen Bewegung beugte sie sich nieder, als wollte sie eines dieser Tiere erhaschen, ehe es davonlief. Sie erfaßte mit der rechten Hand eine ihrer Zehen, umklammerte sie und hob dann die geschlossene Hand wieder empor, als hätte sie etwas gefangen. Die Hand war leer. Sie schaute sie immer wieder an, dann beugte sie sich neuerdings zu ihrem Fuß herab, um ihre seltsame Jagd fortzusetzen.

Ein Kälteschauer durchfuhr sie, und da besann sich Emilio, daß er sie veranlassen mußte, sich wieder ins Bett zu legen. Er zitterte bei dem Gedanken, dabei möglicherweise Gewalt anwenden zu müssen. Aber es gelang ihm mühelos, denn sie fügte sich schon dem ersten gebieterischen Druck seiner Hand. Ohne jedes Schamgefühl hob sie erst das eine, dann das andere Bein ins Bett und ließ sich zudecken. Aus einem unerfindlichen Grund wollte sie sich doch nicht ganz hinstrecken, sondern stützte sich mit dem einen Arm auf das Bett. Lange hielt sie es allerdings in dieser Stellung nicht aus. Während sie sich auf das Kissen niederfallen ließ, stieß sie einen Schmerzensruf aus, der zum erstenmal nach Vernunft klang: «Mein Gott! Oh, mein Gott!»

«Was hast du denn?» fragte Emilio. Nach diesen paar vernünftigen Worten glaubte er bereits, er könne mit ihr sprechen wie mit einem Menschen, der seiner Sinne mächtig ist.

Sie antwortete nicht. Sie suchte nun unter der Decke weiter nach dem Etwas, das sie belästigte. Sie kauerte sich ganz zusammen und fuhr mit den Händen nach ihren Beinen. Es war, als sinne sie, wie sie den Dingen oder den Tieren, die sie so sehr quälten, eine Falle stellen könnte. Dabei wurde sogar ihr Atem leiser, als hielte sie ihn zu diesem Zwecke an. Aber sowie sie die Hände zurückzog, waren sie, zu ihrem größten Erstaunen, wiederum leer. Die Qualen, die sie unter der Decke litt, mußten groß sein, denn sie ließen sie eine Zeitlang die gewiß nicht minder große Qual der Atemnot vergessen.

«Fühlst du dich besser?» fragte Emilio. Es klang wie eine Bitte. Er suchte Trost im Klang der eigenen Stimme. Er gab ihr einen sanften Klang, er glaubte, dadurch die Angst verscheuchen zu können, die er bei dem Gedanken empfunden hatte, möglicherweise Gewalt anwenden zu müssen. Er beugte sich zu Amalia herab, damit sie ihn besser verstehen könne.

Sie sah ihn lange an und hauchte ihm dabei ihren Atem

ins Gesicht, der nur schwach, aber rasch ging. Sie erkannte ihn. Die Bettwärme schien ihre Sinne wieder erweckt zu haben. Auch als sie ins Delirium zurückfiel, schloß er aus diesem kurzen Augenblick des Erkennens, daß es ihr langsam besser gehe. «Jetzt wollen wir aus dieser Wohnung fortgehen», sagte sie, indem sie jede Silbe klar aussprach. Sie streckte sogar ein Bein aus, um das Bett zu verlassen. Als er sie mit einem Kraftaufwand, der größer war als nötig, daran hinderte, gab sie sofort nach. Sie wußte schon nicht mehr, weshalb sie aufstehen wollte.

Bald darauf wollte sie wieder aus dem Bett, aber sie unternahm diesen neuerlichen Versuch mit weit geringerer Energie, als erinnerte sie sich plötzlich, daß man ihr anbefohlen hatte, sich niederzulegen, und verboten, das Bett zu verlassen. Sie begann zu reden. Es war ihr, als hätten sie bereits die Wohnung gewechselt und als gäbe es jetzt viel, unendlich viel zu tun, um die Sachen in Ordnung zu bringen. «Großer Gott! Alles ist hier so schmutzig. Ich habe es gleich bemerkt, aber du wolltest ja unbedingt hierherkommen. Und jetzt? Gehen wir nicht fort?»

Er versuchte sie zu beruhigen, indem er auf ihre wirren Phantasien einging. Er streichelte sie und sagte, er könne nicht finden, daß alles so schmutzig sei. Da sie sich nun einmal in dieser Wohnung befänden, sei es besser, hier zu bleiben.

Amalia hörte ihn, aber sie hörte auch Worte, die er nicht gesagt hatte. Sie meinte: «Wenn du es willst, muß ich es tun. Gut, bleiben wir, aber ... dieser Schmutz ...» Zwei einzelne Tränen traten ihr in die Augen, die bisher trocken geblieben waren. Sie rollten wie zwei Perlen über ihre glühenden Wangen.

Diesen Schmerz vergaß sie zwar bald wieder, aber das Delirium schuf ihr neue Schmerzen. Sie war in der Fischhalle gewesen und hatte dort keine Fische gefunden. «Ich kann das nicht verstehen! Warum gibt es eine Fischhalle, wenn man dort keine Fische bekommt? Da lassen sie einen so lange gehen – so lange – bei dieser Kälte.» Alle Fische waren versandt worden, und so waren keine für sie übriggeblieben. Es schien geradezu, daß alle ihre Schmerzen und ihre Atemnot ausschließlich durch diesen Umstand verursacht worden seien. Ihre leisen, im Rhythmus der Atemnot hervorgestoßenen Worte wurden immer wieder von einem Schmerzenslaut unterbrochen.

Er hörte nicht mehr hin. Man mußte irgendwie aus dieser Situation herauskommen. Man mußte die Möglichkeit finden, einen Arzt zu holen. Er versuchte, alle möglichen Ideen, die ihm in seiner Verzweiflung durch den Kopf schossen, gleich in die Tat umzusetzen. Er blickte um sich, ob er nicht irgendwo einen Strick fände, um die Kranke an das Bett zu binden, wenn er sie allein lassen mußte. Er tat einen Schritt gegen das Fenster in der Absicht, um Hilfe zu rufen. Schließlich begann er, ganz vergessend, daß es ja nicht möglich war, sich mit Amalia zu verständigen, auf sie einzureden, ihr das Versprechen abzunehmen, sich in seiner Abwesenheit ruhig zu verhalten. Er preßte ihr mit sanftem Druck die Decke um die Schulter, um ihr dadurch anzudeuten, daß sie ruhig liegenbleiben müsse. «Amalia, versprichst du mir, dich nicht zu rühren?» sagte er zu ihr.

Sie sprach jetzt von Kleidern. Ihr Kleidervorrat reichte für ein Jahr, und so brauchten sie ein Jahr lang kein Geld auszugeben. «Wir sind nicht reich, aber wir haben alles, wirklich alles.» Frau Berlini durfte zwar auf sie herabblicken, denn sie besaß weit mehr, Amalia aber war zufrieden, daß diese Dame um soviel mehr besaß, denn sie mochte sie gern. In dieser Art ging ihr kindliches und gutmütiges Geplapper weiter. Es war herzzerreißend zu hören, wie sie sich inmitten ihrer Leiden glücklich pries.

Es war hoch an der Zeit, einen Entschluß zu fassen. In ihrem Delirium war Amalia weder gewalttätig geworden, noch hatte sie ein heftiges Wort gesagt. Emilio riß sich aus der Betäubung, in der er sich seit dem Augenblick, da er Amalia delirierend vorgefunden hatte, befand, ging aus dem Zimmer und eilte zur Wohnungstür. Er wollte den Hausmeister rufen und dann rasch zu einem Arzt gehen, oder zu Balli, um sich bei ihm Rat zu holen. Er wußte immer noch nicht, was er eigentlich tun sollte, er wußte nur, daß er irgendwohin laufen mußte, um seine unglückliche Schwester zu retten. Sein Herz zog sich zusammen bei dem bloßen Gedanken an ihre mitleiderregende Blöße.

Auf dem Stiegenflur blieb er zögernd stehen. Am liebsten wäre er wieder zu Amalia zurückgerannt – wer weiß, was sie in seiner Abwesenheit Unsinniges getan haben mochte. Er preßte seine Brust gegen das Stiegengeländer, um zu sehen, ob irgend jemand käme. Er beugte sich vor, um möglichst weit sehen zu können, und für den Bruchteil eines Augenblicks verirrten sich seine Gedanken: er vergaß, daß seine Schwester dort drinnen vielleicht im Sterben lag, und erinnerte sich, daß er in genau der gleichen Stellung Angiolina zu erwarten pflegte. Dieser kurz aufblitzende Gedanke war so übermächtig, daß er, während er sich zwang, möglichst weit zu sehen, statt nach Hilfe, nach der leuchtenden Gestalt seiner Geliebten Ausschau hielt. Er richtete sich auf, ekelte sich vor sich selbst.

Eine Tür im oberen Stockwerk wurde geöffnet und wieder geschlossen. Jemand stieg herab. War es die Hilfe? Emilio nahm in einem einzigen Anlauf einen ganzen Treppenabsatz und stand einer großen und kräftigen Frauengestalt gegenüber. Sie war groß, kräftig und dunkel. Mehr konnte er nicht erkennen, aber er fand sogleich die richtigen Worte: «O gnädige Frau», bat er, «helfen Sie mir! Auch ich würde jedem helfen, der sich in meiner Lage befindet.»

«Sie sind Herr Brentani?» hörte er eine sanfte Stimme fragen. Die dunkle Gestalt, die bereits im Begriff war, an ihm vorbeizugehen, blieb stehen.

Er erzählte, wie er heimgekommen und seine Schwester delirierend vorgefunden habe. Er müsse einen Arzt rufen, wage es aber nicht, die Kranke allein zu lassen.

Die Frau kam herunter. «Fräulein Amalia? Die Ärmste! Ich komme gleich mit Ihnen, sehr gerne.» Sie trug Trauer. Emilio gewann den Eindruck, daß sie sehr fromm sein mußte, und so sagte er nach einem kurzen Zögern: «Gott möge es Ihnen lohnen.»

Die Frau folgte ihm in Amalias Zimmer. Während er den kurzen Weg zurücklegte, erfaßte ihn eine namenlose Angst. Was mochte ihn erwarten? Im Nebenzimmer war keinerlei Geräusch zu vernehmen, dabei hatte er gemeint, daß man Amalias schweren Atem im ganzen Hause hören müsse.

Amalia lag mit dem Gesicht zur Wand. Sie sprach jetzt von einem Brand. Sie sah Flammen, die ihr allerdings kein Leid zufügten, sondern bloß eine furchtbare Hitze erzeugten. Er beugte sich zu ihr herab und küßte sie, um sich bemerkbar zu machen, auf ihre glühenden Wangen. Sie wandte sich ihm zu. Ehe er fortging, wollte er sich vergewissern, welchen Eindruck seine Begleiterin auf Amalia machte, der er sie überlassen wollte. Amalia sah die Frau nur kurz an, mit absoluter Gleichgültigkeit.

«Ich vertraue sie Ihnen an», sagte Emilio zu der Frau. Er konnte es ruhig tun, die Frau hatte ein sanftes, mütterliches Gesicht. Ihre kleinen Augen ruhten voll Mitleid auf Amalia. «Das Fräulein kennt mich», sagte sie und setzte sich ans Bett. «Ich bin Elena Chierici. Ich wohne im dritten Stock. Erinnern Sie sich noch, wie Sie mir das Thermometer liehen, damit ich meinem Sohn das Fieber messen konnte?»

Amalia sah sie an: «Ja, aber es brennt, es wird immer brennen.»

«Es wird nicht immer brennen», sagte Frau Elena und beugte sich mit einem guten, ermunternden Lächeln Amalia zu. Ihre Augen feuchteten sich. Sie bat Emilio, er möge ihr, bevor er ging, einen Krug Wasser und ein Glas bringen. Es war für Emilio eine komplizierte Angelegenheit, diese Gegenstände in der Wohnung aufzufinden, in der er bisher mit der Unbekümmertheit eines Menschen gelebt hatte, der in einem Hotel abgestiegen ist.

Amalia begriff nicht gleich, daß ihr das Glas Wasser, das ihr angeboten wurde, Erfrischung bringen sollte. Aber sie trank doch, mit kleinen gierigen Zügen. Als sie sich auf das Polster zurücksinken ließ, gab es für sie eine weitere Erleichterung: Elena hatte ihren weichen Arm ausgestreckt und stützte nun teilnahmsvoll Amalias Kopf. Ein Gefühl der Dankbarkeit durchflutete Emilio, und ehe er ging, drückte er Elena ergriffen die Hand.

Er eilte in Ballis Atelier. Der Bildhauer war eben im Begriff auszugehen. Einen Augenblick vermutete Emilio, Angiolina könnte sich hier befinden – er atmete auf, als er Balli allein vorfand. Was sein Verhalten während der kurzen Stunden betraf, in denen er noch glaubte, es ließe sich etwas für Amalia unternehmen, so hatte er sich später nichts vorzuwerfen. In diesen Stunden hatte er nur an seine Schwester gedacht. Eine Begegnung mit Angiolina wäre ihm nur deshalb peinvoll gewesen, weil ihr Anblick ihn an seine Schuld erinnert hätte.

«O Stefano! Furchtbare Dinge sind mir zugestoßen!» Er trat ins Atelier, setzte sich auf einen Sessel, der neben der Tür stand, barg sein Gesicht in den Händen und brach in verzweifeltes Weinen aus. Er vermochte selbst nicht zu sagen, warum die Tränen ihn gerade jetzt übermannten. Begann er, sich von dem furchtbaren Schlag zu erholen, und waren die Tränen nur die notwendige Reaktion auf seinen Schmerz? Oder war die Nähe Ballis, der an Amalias Krankheit nicht ganz unbeteiligt sein mochte, die Ursache seiner heftigen Gemütsbewegung? Jedenfalls aber – und darüber gab es keinen Zweifel – bemerkte er bald, daß ihm diese heftige Äußerung seines Schmerzes eine tiefe Befriedigung verschaffte. Er fühlte sich erleichtert, als besserer Mensch. Sollte Amalia auch – wie er vermutete – wahnsinnig geworden sein, so wollte er sie doch weiterhin bei sich behalten, sie betreuen, nicht mehr wie eine Schwester, sondern wie eine Tochter. So groß war die Befriedigung, die seine Tränen ihm gaben, daß er völlig vergaß, wie dringend es war, einen Arzt zu holen. Hier war sein Platz, hier mußte er zum Nutzen Amalias handeln. In seiner Erregung schien es ihm nun, daß es ihm leichtfallen würde, was immer auch zu unternehmen. Es war ihm, als würde die Äußerung seines Schmerzes genügen, um auch Balli das Geschehene vergessen zu lassen. Endlich würde es ihm gelingen, Balli eine richtige Kenntnis von Amalia beizubringen, die so sanft, so gut und so unglücklich war.

Er beschrieb das Schauspiel, das er kurz zuvor daheim erlebt hatte, in allen seinen Einzelheiten: er schilderte Amalias Delirium, ihre Atemnot, die ganze lange Zeit, während der er sich, allein mit der Kranken, aus der Wohnung nicht entfernen konnte, bis zum Erscheinen der Frau Chierici, die die Vorsehung ihm gesandt hatte.

Balli machte das Gesicht eines Menschen, der von einer unangenehmen Nachricht überrascht wird. Das war sicherlich nicht die Reaktion, die Emilio erwartet hatte. Bei so einer Einstellung fiel es Balli natürlich nicht schwer, den Energischen zu spielen und zu erklären, man müsse unbedingt den Doktor Carini rufen. Der war, wie man ihm immer wieder sagte, ein vorzüglicher Arzt und außerdem einer seiner intimen Freunde. Ihm, Balli, werde es leicht gelingen, ihn für Amalias Schicksal zu interessieren.

Emilio begann zu weinen und machte keine Anstalten, sich vom Fleck zu rühren. Er hatte das Gefühl, noch nicht alles gesagt zu haben. Er gab sich noch nicht für besiegt, er suchte nach einem Satz, der Balli aufrütteln sollte. Endlich fand er einen, der ihn selbst zusammenschauern ließ: «Sie ist verrückt oder im Sterben!» Der Tod! Es war das erste Mal, daß er sich Amalia tot vorstellte, aus dieser Welt verschwunden. Eben jetzt, da er sich klargeworden war, Angiolina nicht mehr zu lieben, traf ihn das Los, allein zurückzubleiben. Vergeblich würde er nach Trost suchen, wenn ihn die Reue überkam, das Glück, das ihm bisher geboten worden war, nicht genützt zu haben, das Glück, sich einem Menschen widmen zu können, der seines Schutzes und seiner Opferbereitschaft bedurfte. Mit Amalia schwand alle Hoffnung auf ein glückliches Dasein. Er sagte mit tiefer Stimme: «Ich weiß nicht, was größer ist, mein Schmerz oder meine Gewissensbisse.»

Er sah Balli an, um herauszubekommen, ob der ihn endlich begriffen habe. Stefanos Gesicht drückte aufrichtiges Erstaunen aus: «Gewissensbisse?» Er hatte Emilio stets für das Vorbild aller Brüder gehalten. Er sagte ihm dies auch. Gewiß, fiel ihm jetzt ein, hatte Emilio Angiolinas wegen seine Schwester ein wenig vernachlässigt. So fügte er hinzu: «Es war sicherlich nicht der Mühe wert, daß du dich mit einer Frau wie Angiolina so viel abgegeben hast, aber das ist schließlich ein Malheur, das jedem passieren kann ...» Balli begriff Emilio so wenig, daß er gar nicht verstand, warum sie jetzt noch Zeit verloren. Man müsse so rasch wie möglich zu Doktor Carini gehen und dürfe nicht verzweifeln, solange man nicht wußte, was der Arzt über Amalias Zustand sagen würde. Es war leicht möglich, daß die Krankheitssymptome, die einen Laien erschreckten, auf einen Arzt nur geringen Eindruck machten.

Das war die Hoffnung. Emilio gab sich ihr ganz hin. Sie verabschiedeten sich auf der Straße. Balli hielt es für ratsam, Amalia nicht allzulange mit einem fremden Menschen allein zu lassen. Emilio sollte nach Hause zurückkehren, während er selbst den Arzt holen wollte.

Beide entfernten sich im Laufschritt. Emilio wurde zur

Eile von der Hoffnung angetrieben, die soeben in ihm erweckt worden war. Es war nicht ausgeschlossen, daß er, nach Hause zurückgekehrt, Amalia bei voller Besinnung antraf. Er sah sie schon, wie sie ihn dankbar begrüßte, dankbar für die brüderliche Liebe, die sie ihm vom Gesicht ablesen konnte. Sein rascher Schritt trieb seine Hoffnungen immer kühner voran. Einen solchen Traum, aus innigster Sehnsucht geboren, hatte Angiolina ihm niemals verschafft.

Er war unempfindlich gegen die Kälte, die plötzlich eingebrochen war. Nichts mehr erinnerte an den eben noch fast frühlingshaften Tag, den Emilio wie einen schreienden Gegensatz zu seinem Schmerz empfunden hatte. Die Straßen verfinsterten sich rasch, der Himmel bedeckte sich mit schweren Wolken. Sie wurden von einer Luftströmung dahingetrieben, die man unten auf der Erde nur aus dem plötzlichen Temperatursturz erriet. In der Ferne sah Emilio gegen den wolkenschwarzen Himmel einen Berggipfel gelb im sterbenden Licht leuchten.

Amalia delirierte immer noch. Als er ihre müde Stimme wiederhörte, die unverändert sanft klang und nur dann und wann im Kampf mit der Atemnot verstummte, begriff er, daß die Kranke, während er sich auf der Straße wahnsinnigen Hoffnungen hingegeben, keinen Augenblick der Erleichterung in ihrem Bett gefunden hatte. Frau Elena konnte sich von dem Bett nicht fortrühren, denn der Kopf der Kranken ruhte immer noch auf ihrem Arm. Amalia, so berichtete sie, habe kurz nach seinem Fortgang diese Stütze, die ihr unangenehm geworden war, zurückgewiesen. Nun nahm sie sie dankbar wieder an.

Eigentlich wäre die Aufgabe dieser guten Frau jetzt zu Ende gewesen. Er sagte es ihr, indem er ihr seine große Dankbarkeit aussprach.

Sie sah ihn mit ihren gütigen, kleinen Augen an, ohne ihren Arm, auf dem sich Amalias Kopf unruhig hin und her bewegte, zurückzuziehen. Sie fragte: «Und wer wird mich vertreten?» Als sie hörte, daß er sich an den Arzt wegen einer Krankenschwester gegen Bezahlung wenden wollte, bat sie ihn mit großer Wärme: «Dann erlauben Sie mir doch hierzubleiben!» Sie dankte ihm sogar, als er gerührt versicherte, daß er nie daran gedacht habe, sie wegzuschicken, sondern nur gefürchtet habe, ihr ein weiteres Verweilen in diesem Zimmer nicht zumuten zu können. Er fragte sie noch, ob er jemanden von ihrem Ausbleiben verständigen solle. Sie antwortete mit großer Einfachheit: «Ich habe niemanden, der sich über mein Fortbleiben Gedanken machen würde. Das Dienstmädchen ist erst heute bei mir eingetreten.»

Amalia ließ ihren Kopf nun auf das Kissen gleiten, und so hatte Frau Elena ihren Arm frei. Endlich konnte sie ihren Hut, der einen Trauerschleier trug, ablegen. Als sie den Hut fortlegte, dankte ihr Emilio noch einmal, denn es schien ihm, daß diese Geste erst ihren endgültigen Entschluß bestätigte, am Krankenbett Amalias zu bleiben. Sie sah ihn erstaunt an, ohne zu verstehen. Man konnte sich wirklich nicht einfacher benehmen, als sie es tat.

Amalia begann wieder zu reden, ruhig, ohne sich zu rühren, ohne nach jemandem zu verlangen. Sie sprach, als hätte sie die Erzählung ihres Traumes niemals unterbrochen. Von einigen Sätzen sagte sie nur den Anfang, von anderen nur das Ende. Einige Worte waren unverständlich gemurmelt, andere fast überklar formuliert; es war wie ein Rufen und Fragen. Die Fragen hatten einen bangen Klang. Von den Antworten fühlte sich Amalia nie befriedigt, vielleicht verstand sie sie nicht ganz. Frau Elena beugte sich zu ihr hinab, um besser zu hören, denn sie glaubte, Amalia wünsche etwas. «Bist du nicht Vittoria?» fragte Amalia. – «Ich? Nein», antwortete Frau Elena erstaunt. Diese Antwort wurde von Amalia verstanden, und sie genügte, um sie für eine Weile zu beruhigen.

Bald darauf begann Amalia zu husten. Während sie gegen den Husten ankämpfte, bekam ihr Gesicht den Ausdruck kindischer Verzweiflung. Sie litt offenbar große Schmerzen. Frau Elena machte Emilio auf diesen Gesichtsausdruck aufmerksam. Sie hatte ihn während seiner Abwesenheit schon einmal gesehen. «Man wird das dem Doktor sagen müssen. Nach diesem Husten zu schließen, muß Fräulein Amalia krank auf der Brust sein.» Es folgten noch mehrere, leise, unterdrückte Hustenanfälle. «Ich kann nicht mehr», stöhnte Amalia und weinte.

Aber während ihre Wangen noch naß von Tränen waren, vergaß sie bereits wieder ihren Schmerz. Mit der Atemnot ringend sprach sie erneut von der Hauswirtschaft. Man hatte etwas erfunden, um Kaffee billig herstellen zu können. «Die Menschen erfinden jetzt schon alles mögliche. Bald wird man ohne Geld leben können. Geben Sie mir etwas von dem Kaffee, damit ich ihn ausprobieren kann. Ich werde Ihnen alles zurückgeben. Ich liebe die Gerechtigkeit, ich habe es auch Emilio gesagt...»

«Ja», sagte Emilio, um sie zu beruhigen, «ich weiß es genau. Du hast immer die Gerechtigkeit geliebt.» Er beugte sich zu ihr und küßte sie auf die Stirn.

Ein Moment dieses Deliriums sollte für Emilio besonders unvergeßlich bleiben. «Ja, wir beide», sagte sie, wobei sie Emilio mit jenem Ausdruck der Delirierenden ansah, aus dem nicht klar wird, ob es sich um einen Ausruf oder um eine Frage handelt. «Wir zwei, hier, ruhig, vereint, wir zwei allein.» Der ernste Ton dieser Worte wurde von einem bangen Ernst des Gesichtsausdrucks noch unterstrichen. Ihr Ringen nach Luft schien auf einen quälenden Schmerz hinzudeuten. Aber schon fuhr sie in ihrer Rede fort, sprach von ihrem Aufenthalt zu zweit in der billigen Wohnung.

Es läutete an der Tür. Balli kam mit Doktor Carini. Der Doktor war ein Mann um die Vierzig, dunkelhaarig, groß und mager. Emilio kannte ihn von früher her. Man erzählte sich von ihm, daß er seine Universitätsjahre weniger darauf verwandt habe zu studieren, als sich zu amüsieren. Nun, da er begütert war, lag ihm nicht viel daran, sich einen großen Patientenkreis zu schaffen, er begnügte sich vielmehr mit einer untergeordneten Stellung in einem Krankenhaus, um hier seine Studien, die er früher verabsäumt hatte, vervollständigen zu können. Er liebte die Medizin mit der Leidenschaft des Dilettanten. Nichtsdestoweniger wechselte bei ihm das Studium mit allerlei anderen Liebhabereien ab, so zählte er zu seinen Freunden mehr Künstler als Ärzte.

Er blieb im Speisezimmer stehen. Da ihm Balli, wie er betonte, über die Krankheit nichts weiter habe sagen können, als daß es sich um einen heftigen Fieberanfall zu handeln scheine, bat er Emilio, ihm Näheres mitzuteilen.

Emilio berichtete nun von dem Zustand, in dem er seine Schwester vor ein paar Stunden allein in der Wohnung angetroffen hatte, wo sie offenbar schon seit den Morgenstunden die seltsamsten Handlungen vollführt haben mußte. Er beschrieb in allen Einzelheiten ihr Delirium, die anfängliche unrastvolle Jagd nach Insekten auf ihren Beinen, sodann ihr ununterbrochenes Geplapper. Als er die einzelnen Phasen des Unglücks dieses Tages in seiner Erinnerung wieder heraufbeschwor, regte er sich so auf, daß er den weiteren Verlauf der Krankheit nur mehr unter Tränen schildern konnte: die Atemnot, die Art des Hustens, diesen dünnen und falschen Klang in der Stimme, als käme er von einem zerbrochenen Gefäß, schließlich die heftigen Schmerzen, die jeder Hustenanfall der Kranken bereiteten.

Der Doktor versuchte, Emilio mit ein paar freundlichen Worten zu trösten. Dann aber, als er wieder auf die Sache zu sprechen kam, versetzte er Emilio durch eine Frage in nicht geringe Bestürzung: «Und vor heute morgen?»

«Meine Schwester war zwar immer schwach, aber immer gesund.» Als er diesen Satz aussprach, fühlte er sich wie ertappt. Jetzt erst kamen ihm Zweifel. Diese lauten Träume, bei denen er sie überrascht hatte, waren zweifellos keine Anzeichen von Gesundheit. Sollte er mit dem Arzt darüber reden? Wie aber konnte er dies vor Balli tun?

«Bis zum heutigen Morgen hat sich Ihr Fräulein Schwester immer wohl gefühlt?» fragte Doktor Carini mit ungläubiger Miene. «Auch gestern noch?»

Emilio war verwirrt. Er wußte nicht, was antworten. Er erinnerte sich nicht einmal, Amalia während der vergangenen Tage richtig gesehen zu haben. Wirklich, wann war dies zum letztenmal der Fall gewesen? Vermutlich waren es ein paar Monate her, damals, als er sie in ihrem seltsamen Aufzug auf der Straße angetroffen hatte. «Ich glaube nicht, daß sie früher krank gewesen ist. Sie hätte es mir sonst gesagt.»

Der Doktor und Emilio betraten nun das Zimmer der Kranken, während Balli, nach kurzem Zögern, im Speisezimmer zurückblieb.

Frau Chierici erhob sich von ihrem Platz am Kopfende des Bettes und stellte sich an das Bettende. Die Kranke schien zu schlummern, aber sie sprach weiterhin in der bereits gewohnten Art, als wäre sie mitten in einem Gespräch und müsse auf Fragen antworten oder früher gemachte Bemerkungen ergänzen: «In einer halben Stunde, ja, aber nicht früher.» Sie öffnete weit ihre Augen und erkannte Doktor Carini. Sie sagte etwas, das wohl ein Gruß sein sollte.

«Guten Tag, Fräulein Amalia», erwiderte der Arzt mit lauter Stimme, offensichtlich bestrebt, auf ihre Phantasien einzugehen. «Ich wollte Sie schon früher aufsuchen, aber es war mir nicht möglich.» Doktor Carini war nur einmal bei den Brentanis zu Besuch gewesen, und Emilio war nun glücklich, daß sie ihn wiedererkannte. In den kurzen Stunden mußte sich ihr Zustand sehr gebessert haben, denn noch zu Mittag hatte sie nicht einmal ihn erkannt. Er teilte diese Beobachtung mit leiser Stimme dem Doktor mit.

Carini war jetzt dabei, der Kranken aufmerksam den Puls zu fühlen. Dann entblößte er ihre Brust und legte sein Ohr an mehreren Stellen an. Amalia schwieg und hielt die Augen zur Decke gerichtet. Mit Frau Elenas Hilfe richtete er die Kranke auf und horchte in der gleichen Weise ihren Rücken ab. Einen Augenblick lang leistete Amalia Widerstand. Als sie aber begriff, was man von ihr verlangte, versuchte sie sogar, sich ohne Hilfe aufrecht zu halten.

Jetzt richtete sie ihren Blick zum Fenster, vor dem rasch die Dunkelheit herabsank. Die Tür war offen, und Balli, der auf der Schwelle stand, wurde von der Kranken bemerkt. «Der Herr Stefano», sagte sie ohne jede Überraschung und ohne sich zu rühren, da sie begriff, daß sie stillhalten müsse. Emilio, der schon eine Szene befürchtet hatte, bedeutete Balli mit lebhaften Gesten, sich zurückzuziehen. Durch Emilios Gesten erst wurde die Bedeutung dieser Begegnung unterstrichen. Balli aber hatte keine Möglichkeit mehr zurückzutreten, denn Amalia ermutigte ihn durch wiederholte Kopfbewegungen, sie rief ihn gleichsam herbei. «So lange Zeit», murmelte sie. Sicher wollte sie damit sagen, daß sie sich schon so lange Zeit nicht mehr gesehen hätten.

Als man ihr gestattete, sich wieder niederzulegen, fuhr sie immer noch fort, Balli anzusehen. Auch im Delirium war er für sie die wichtigste Person in diesem Zimmer. Ihre Atemnot hatte sich durch die für sie anstrengende Untersuchung verschlimmert. Sie bekam einen leichten Hustenanfall, ihr Gesicht verzog sich vor Schmerzen, aber sie wandte den Blick nicht von Balli ab. Sie hielt ihn fest auf ihn gerichtet, auch als sie wollüstig ein Glas Wasser austrank, das man ihr gereicht hatte. Jetzt schloß sie die Augen, als wollte sie schlafen. «Nun ist alles gut», sagte sie mit lauter Stimme, und ein paar Augenblicke lang schien sie beruhigt.

Die drei Männer verließen Amalias Zimmer und hielten sich im Nebenraum auf. Emilio fragte ungeduldig: «Nun, Herr Doktor?»

Doktor Carini hatte wenig Erfahrung, mit Patienten umzugehen, und sprach seine Meinung offen aus: «Eine Lungenentzündung.» Er hielt den Zustand der Kranken für überaus bedenklich.

«Ohne Hoffnung?» fragte Emilio mit angstvoller Erwartung in der Stimme.

Carini warf ihm einen mitleidigen Blick zu. Hoffnung, sagte er, bestehe immer. Er habe schon ähnlich schwere Fälle erlebt, bei denen die Krankheit geradezu von einem Tag auf den anderen der Gesundheit gewichen sei, ein Phänomen, das selbst die erfahrensten Ärzte verblüffte.

Emilio geriet in eine große Erregung. Warum sollte sich dieses überraschende Phänomen nicht auch in diesem Fall verwirklichen? Es hätte ihn für sein ganzes Leben glücklich gemacht. Das unerwartete Glück als großes Geschenk der Vorsehung, das war es ja, was er immer erträumt hatte. Einen Augenblick lang kannte seine Hoffnung keine Grenzen. Es war ihm, als sehe er Amalia bereits umherwandeln und höre sie wieder im Vollbesitz ihrer Sinne sprechen.

Doktor Carini aber hatte noch nicht alles gesagt. Er hielt es für ausgeschlossen, daß die Krankheit erst an diesem Tage ausgebrochen war. Nach den Krankheitssymptomen zu schließen, die bereits in voller Entfaltung waren, mußte sie sich schon ein bis zwei Tage vorher angekündigt haben.

Neuerdings mußte sich Emilio für eine Vergangenheit rechtfertigen, die schon so weit hinter ihm lag. «Möglich», gab er zu, «aber ich glaube es kaum. Wenn die

Krankheit schon gestern ausgebrochen sein sollte, dann in einer so leichten Form, daß ich es unmöglich bemerken konnte.» Er fühlte Ballis vorwurfsvollen Blick auf sich ruhen. Das beleidigte ihn und er fügte hinzu: «Ich halte es für ausgeschlossen.»

Balli fragte nun den Arzt in jenem groben Ton, den alle an ihm duldeten: «Weißt du, wir verstehen gar nichts von Medizin. Wird dieses Fieber die ganze Zeit dauern, solange die Krankheit nicht vorüber ist? Wird es gar keine Ruhepause geben?»

Carini erwiderte, daß er über den Verlauf der Krankheit nichts sagen könne. «Es gibt da für mich zu viele unbekannte Faktoren. Ich kenne die Krankheit nur in ihrer gegenwärtigen Erscheinungsform. Wird es eine Krise geben? Und wann? Morgen, heute nacht, in drei oder vier Tagen – was weiß ich!»

Nach diesen Mitteilungen glaubte sich Emilio zu den kühnsten Hoffnungen berechtigt. Er überließ es Balli, den Arzt weiter auszufragen. Er stellte sich Amalia bereits gesund vor, bei voller Vernunft, so daß sie imstande war, seine ganze Liebe für sie voll zu empfinden.

Das bedenklichste Symptom, so fand Carini, war weder das Fieber noch der Husten, sondern die Art des Deliriums, dieses ununterbrochene und erregte Phantasieren. Er schloß mit leiser Stimme: «Ich fürchte, daß ihr Organismus hohe Temperaturen nicht durchhalten kann.»

Er ließ sich Schreibzeug geben. Bevor er das Rezept ausstellte, sagte er: «Um ihren Durst zu stillen, möchte ich ihr Wein mit Selterswasser geben. Alle zwei oder drei Stunden würde ich ihr sogar gestatten, ein Glas kräftigen Weines zu nehmen. Nun», bemerkte er dann etwas zögernd, «das Fräulein muß ja Wein gewöhnt sein», und mit entschlossenen Federstrichen schrieb er sein Rezept.

«Amalia ist keineswegs an Wein gewöhnt», widersprach Emilio. «Im Gegenteil, sie kann Wein nicht vertragen. Es ist mir nie gelungen, sie zu bewegen, Wein zu trinken.»

Der Arzt sah Emilio mit allen Zeichen der Überraschung an, als könne er an die Wahrheit dieser Worte nicht glauben. Auch Balli betrachtete Emilio mit forschendem Blick. Er hatte bereits begriffen, daß der Arzt aus den Krankheitssymptomen schloß, es mit einer Alkoholikerin zu tun zu haben. Andererseits glaubte er aus Erfahrung zu wissen, daß Emilio nicht frei von falscher Scham war. So wollte er ihn nun veranlassen, die Wahrheit zu sagen, die der Arzt kennen mußte.

Emilio erriet den Sinn dieses Blickes. «Wie kannst du so etwas glauben? Sie und trinken? Auch Wasser trinkt sie nur in kleinen Mengen. Sie braucht eine Stunde, um ein Glas Wasser zu leeren.»

«Wenn Sie es sagen», bemerkte der Arzt, «um so besser, denn auch ein zarter Organismus kann, wenn er nicht von Alkohol geschwächt ist, hohen Temperaturen widerstehen.» Er sah sein Rezept überlegend an, ließ es aber unverändert, und Emilio begriff, daß ihm nicht geglaubt wurde. «Von der Medizin, die Sie in der Apotheke erhalten werden, geben Sie der Kranken alle Stunde einen Eßlöffel. Übrigens, ich möchte ein paar Worte mit der Dame sprechen, die sie betreut.»

Emilio und Balli folgten dem Arzt und stellten ihn Frau Elena vor. Man sollte versuchen, wünschte Doktor Carini, der Kranken Eiskompressen auf die Brust zu legen. Wenn die Kranke sie ertrüge, wäre dies sehr nützlich.

«Oh, sie wird sie ertragen!» sagte Frau Elena mit einer Entschiedenheit, die die drei Männer überraschte.

«Nun», meinte der Arzt lächelnd und offensichtlich befriedigt, die Kranke in so guten Händen zu wissen, «ich möchte nicht, daß man sie zwingt. Sollte sie zu großen Widerstand leisten, dann müßte man auf den Versuch verzichten.»

Doktor Carini versprach, am nächsten Morgen frühzeitig wiederzukommen. «Nun Herr Doktor?» fragte Emilio wieder mit bittender Stimme. Statt einer Antwort sagte der Arzt ihm ein paar Trostworte. Er wollte sein endgültiges Urteil auf den nächsten Tag verschieben. Balli begleitete Doktor Carini aus dem Hause, versprach aber, gleich wiederzukommen. Er wollte den Arzt unter vier Augen sprechen, um von ihm zu erfahren, ob er Emilio die volle Wahrheit gesagt habe.

Emilio klammerte sich mit allen Kräften an seine Hoffnung. Der Arzt täuschte sich ja, wenn er Amalia für eine Trinkerin hielt, und so war es möglich, daß auch seine Prognose falsch war. Emilio gab sich so hemmungslos seinen Träumen hin, daß er sogar glaubte, Amalias Genesung könne noch von seinem Verhalten abhängen. Sie war vor allem deshalb erkrankt, weil er seiner Pflicht, sie zu beschützen, nicht nachgekommen war. Nun aber war er da und bereit, ihr alle Wünsche zu erfüllen, alle Lebenssorgen abzunehmen. Das war es, was der Arzt nicht wissen konnte. Er trat an ihr Bett, als wollte er ihr sofort das für sie erträumte Glück verschaffen. Da aber fühlte er sich hilflos. Er küßte ihre Stirn und sah sie lange an, sah, wie sie darum kämpfte, etwas Luft in ihre armen Lungen zu bekommen.

Balli war zurückgekehrt und setzte sich in einen Winkel, möglichst weit von Amalias Bett entfernt. Der Arzt hatte ihm nur wiederholt, was Emilio bereits wußte. Frau Elena bat, für einen Augenblick in ihre Wohnung gehen zu können, wo sie noch einige Anordnungen treffen mußte. Sie würde ihr Dienstmädchen in die Apotheke schicken. Als sie fortging, richtete Balli einen bewundernden Blick auf sie. Es war nicht nötig gewesen, ihr Geld zu geben, denn die Brentanis hatten in der Apotheke traditionsgemäß eine laufende Rechnung.

Balli sagte leise: «Einfache Güte ergreift mich immer weit mehr als noch so große Genialität.»

Emilio nahm den von Frau Elena freigelassenen Platz ein. Seit einer Weile waren Amalias Worte unverständlich geworden. Sie murmelte wirre Laute, als setzte sie immer wieder dazu an, schwierige Worte auszusprechen. Emilio stützte seinen Kopf in die Hand und lauschte ihrem unverändert mühsamen, unregelmäßigen Atem. Er hörte ihn nun schon seit den Morgenstunden, hatte seinen Klang im Ohr, und es war ihm, als könne dieser Klang nie mehr daraus weichen. Die Erinnerung an jenen Abend wurde in ihm wach, da er sich trotz der Kälte aus dem Bett erhoben hatte, um seiner Schwester, die so sehr litt, eine kleine Freude zu bereiten, indem er sie einlud, mit ihm ins Theater zu gehen. Die Dankbarkeit, die er damals aus Amalias Stimme heraushörte, war ihm ein großer Trost gewesen. Inzwischen hatte er diese Episode völlig vergessen und auch niemals versucht, sie zu wiederholen. Wenn er damals gewußt hätte, daß es in seinem Dasein eine so wichtige Mission gab wie die, über ein Leben zu wachen, das einzig und allein ihm anvertraut war, dann hätte er wohl nicht das Bedürfnis verspürt, mit Angiolina wieder zusammenzukommen. Nun war er von dieser Liebe geheilt, nun, da es vielleicht zu spät war. Er weinte im Dunkeln stille und bittere Tränen.

«Stefano!» rief die Kranke mit schwacher Stimme. Emilio fuhr zusammen. Er sah nach Balli hin, der in jenem Teil des Zimmers saß, der vom fahlen Licht, das durch das Fenster fiel, noch spärlich beleuchtet war. Stefano schien nichts gehört zu haben, denn er rührte sich nicht.

«Wenn du willst, dann will ich es auch», sagte Amalia. Die alten Träume, denen das plötzliche Fernbleiben Ballis ein jähes Ende bereitet hatte, erstanden nun wieder, mit den gleichen Worten wie früher. Die Kranke öffnete die Augen und betrachtete die Wand gegenüber. «Ich bin einverstanden», sagte sie, «tu's aber rasch.» Sie hatte einen neuen Hustenanfall, ihr Gesicht zog sich vor Schmerz zusammen. Gleich darauf fuhr sie fort: «Oh, was für ein schöner Tag! So lange habe ich auf ihn gewartet!» Ihre Lider schlossen sich.

Emilio dachte daran, Balli aus dem Zimmer zu entfernen, aber er brachte dazu den Mut nicht auf. Schon einmal hatte er ein Unglück angerichtet, als er sich zwischen Balli und Amalia stellte.

Nun floß für eine Weile ein unverständliches Gemurmel über die Lippen der Kranken. Emilio begann sich schon zu beruhigen, als Amalia neuerlich von einem Hustenanfall geschüttelt wurde. Dann sagte sie die klaren Worte: «Oh, Stefano, mir geht es so schlecht.»

«Hat sie mich gerufen?» fragte Balli und trat ans Bett.

«Ich habe nicht recht gehört», antwortete Emilio verwirrt.

Die Kranke sagte nun zu Balli: «Ich kann das nicht verstehen, Herr Doktor. Ich liege ganz ruhig, ich tue alles für meine Gesundheit, und fühle mich so schlecht.»

Balli war überrascht, daß sie ihn, nachdem sie ihn gerufen hatte, nicht erkannte. Er sprach zu ihr, als wäre er der Arzt, er redete ihr zu, weiterhin Geduld zu haben, sie werde sich bald besser fühlen.

Amalia fuhr fort: «Wozu habe ich das alles nötig gehabt, dieses ... dieses ...» Sie griff nach ihrer Brust und nach ihrer Hüfte. «Dieses...» In den Pausen zwischen den Worten war ihr schwerer Atem deutlich zu hören. Die Pausen wurden aber nicht durch die Atemnot bewirkt, sondern durch eine innere Unschlüssigkeit.

«Dieses Leiden», ergänzte Balli und half ihr so, das Wort zu finden, das sie vergeblich suchte.

«Dieses Leiden», wiederholte sie dankbar. Gleich darauf aber kamen ihr Zweifel, ob sie sich auch richtig ausgedrückt habe, und sie wiederholte keuchend: «Wozu habe ich das nötig gehabt, dieses ... gerade heute! Was werden wir nun machen mit diesem ... diesem ... an einem solchen Tag?»

Emilio allein verstand sie. Sie träumte von der Hochzeit.

Amalia spann jedoch ihren Traumgedanken nicht aus. Sie wiederholte nur immer wieder, sie habe dieses Leiden nicht nötig gehabt, sie glaube auch, daß niemand es gewollt habe, und gerade jetzt ... gerade jetzt. Sie gab über die näheren Umstände dieses Jetzt keine Erklärungen ab. Balli konnte es nicht verstehen. Wenn sie sich auf ihr Kissen zurücklegte, vor sich hin sah oder die Augen schloß, unterhielt sie sich mit großer Vertraulichkeit mit dem Gegenstand ihrer Träume. Aber wenn sie die Augen wieder öffnete, bemerkte sie nicht, daß sich dieser Gegenstand ihrer Träume in Fleisch und Blut neben ihrem Bett befand. Emilio war der einzige, der ihren Traum verstehen konnte, er allein kannte die wirklichen Umstände und die Träume, die Amalias Delirium vorangegangen waren. Er fühlte sich an diesem Bett überflüssiger denn je. Amalia entglitt ihm in ihren Phantasien; sie gehörte ihm noch weniger an als zur Zeit, da sie noch im Vollbesitz ihrer Sinne war.

Frau Elena kehrte zurück und brachte nasse Tücher mit, die sie bereits vorbereitet hatte, sowie alles Nötige, um die Tücher zu isolieren und zu verhindern, daß die Nässe ins Bett drang. Sie entblößte Amalias Brust und schützte sie vor den Augen der Männer, indem sie sich davorstellte.

Amalia stieß einen leisen Schreckensschrei aus, als sie plötzlich mit den kalten Tüchern in Berührung kam. «Das wird Ihnen guttun», redete ihr Frau Elena, über sie gebeugt, zu.

Amalia verstand sie, fragte aber dennoch zweifelnd und unter Keuchen: «Guttun?» Zugleich wehrte sie sich gegen die ihr widerwärtigen kalten Tücher: «Aber nicht heute, nicht heute.»

«Ich bitte dich, Amalia», beschwor Emilio sie inständig, froh, daß er endlich eine Gelegenheit gefunden hatte, sich nützlich zu machen. «Zwing dich, diese Tücher auf der Brust zu ertragen. Das wird dich gesund machen.»

Amalias Atemnot schien sich zu verschlimmern. Wiederum füllten sich ihre Augen mit Tränen. «Es ist finster», sagte sie, «sehr finster.» Es war tatsächlich finster, aber als Frau Elena sich beeilte, eine Kerze anzuzünden, bemerkte die Kranke es nicht. Sie fuhr fort, sich über die Finsternis zu beklagen. Damit drückte sie wohl ein ganz anderes quälendes Gefühl aus.

Beim Kerzenschein entdeckte Frau Elena, daß Amalias Gesicht über und über von Schweiß bedeckt war. Auch das Hemd war bis zu den Schultern mit Schweiß durchtränkt. «Sollte das ein gutes Zeichen sein?» rief sie freudig aus.

Amalia aber, die bisher in ihrem Delirium die Fügsamkeit selbst gewesen war, versuchte nun, sich von der kalten Last auf ihrer Brust zu befreien, ohne doch gegen die Anordnungen zu verstoßen, die immerhin in ihr Bewußtsein gedrungen waren, und schob die Tücher zur Schulter hin. Aber auch hier empfand sie sie unangenehm, und da verstaute sie sie mit überraschender Geschicklichkeit unter dem Polster. Sie war sichtlich froh, eine Stelle gefunden zu haben, wo sie sie bei sich behalten konnte, ohne von ihnen belästigt zu werden. Dann sah sie mit unruhigem Auge prüfend die Gesichter ihrer Krankenwärter an, die sie, wie sie wohl fühlte, nötig hatte. Als Frau Elena die Tücher aus dem Bett entfernte, zeichnete sich auf Amalias Gesicht Erstaunen ab. Gleichzeitig stieß sie einen undeutlichen Laut der Überraschung aus. Ein Moment so klaren Bewußtseins stellte sich bei ihr während der ganzen Nacht nicht wieder ein. Aber auch jetzt zeigte sich bei ihr nicht mehr als die Intelligenz eines gutartigen und folgsamen Tiers.

Balli hatte durch Michele mehrere Flaschen Weiß- und Rotwein kommen lassen. Der Zufall wollte es, daß die erste Flasche, die er in die Hand nahm, Sekt enthielt. Der

Pfropfen sprang mit lautem Knall in die Höhe, prallte an der Decke ab und fiel auf Amalias Bett. Sie bemerkte es gar nicht, während die anderen erschrocken mit den Blicken dem geschoßähnlichen Flug des Pfropfens gefolgt waren. Die Kranke trank das Glas schäumenden Weines, das Frau Elena ihr anbot, mit allen Zeichen des Widerwillens. Emilio stellte dies mit tiefer Befriedigung fest.

Balli lud Frau Elena ein, ebenfalls ein Glas zu trinken. Sie nahm unter der Bedingung an, daß er und Emilio mittranken. Ehe Balli das Glas an die Lippen setzte, sprach er mit tiefer Stimme einen Genesungswunsch für Amalia aus.

Die arme Amalia aber war von Genesung weit entfernt. Bald darauf sagte sie mit klarer Stimme, während sie vor sich hin blickte: «Oh, oh, wen sehe ich! Vittoria ist mit ihm! Das ist doch nicht möglich, er hätte es mir sonst gesagt.» Es war das zweite Mal, daß sie diesen Namen nannte. Jetzt begriff Emilio sie, jetzt, da er wußte, wen sie mit dem Wort «er» meinte. Es war ein Eifersuchtstraum. Sie sagte noch einiges, das man nicht recht verstehen konnte. Emilio aber war nun imstande, aus ihrem bloßen Gemurmel den Traum weiter zu verfolgen. Er währte länger als die vorangegangenen. Die beiden Menschen, die sie in ihrem Delirium erschaffen hatte, waren nun beisammen. Die arme Amalia versicherte, es bereite ihr Vergnügen, sie zu sehen, zusammen zu sehen. «Wer sagt, daß es mir nicht recht ist? Ich bin froh darüber.» Es folgte ein längeres Gestammel, das nur aus vereinzelten, unverständlichen Worten bestand. Vielleicht war der Traum schon seit längerer Zeit zu Ende geträumt, während Emilio immer noch versuchte, aus den hervorgekeuchten Lauten den Schmerz der Eifersucht herauszuhören.

Frau Elena hatte wieder ihren früheren Platz am Kopfende des Bettes eingenommen. Emilio trat zu Balli, der, an das Fensterbrett gelehnt, auf die Straße hinabblickte. Das Unwetter, das sich schon seit einigen Stunden zusammenbraute, nahm immer bedrohlichere Formen an. Noch war kein Regentropfen gefallen. Das letzte Leuchten des Sonnenuntergangs warf in der trüben Luft gelbe Reflexe auf das Straßenpflaster und die Häuser. Es wirkte wie der flackernde Widerschein eines Brandes. Balli betrachtete und genoß dieses seltsame Farbenspiel mit zusammengekniffenen Augen.

Emilio versuchte, obwohl Amalia ihn aus ihren Phantasien ausgeschlossen hatte, dennoch neuerdings einen inneren Weg zu ihr zu finden, indem er sie in Schutz nahm, verteidigte. «Hast du gesehen», fragte er Balli, «mit welchem Widerwillen sie den Wein getrunken hat? Trinkt so ein Mensch, der Alkohol gewöhnt ist?»

Balli mußte ihm zustimmen, andererseits wollte er aber auch Carini rechtfertigen, und so sagte er in der ihm eigenen, unbekümmerten Art: «Es ist allerdings auch möglich, daß die Krankheit ihren Geschmackssinn geändert hat.»

Emilio fühlte vor Wut ein Würgen im Hals: «Du glaubst immer noch an das, was dieser Idiot gesagt hat?»

Da er Emilio so erregt sah, entschloß sich Balli zu einer Entschuldigung: «Ich verstehe ja nichts davon. Aber die Sicherheit, mit der Carini gesprochen hat, hat mich schwankend gemacht.»

Emilio brach neuerlich in Tränen aus. Nicht die Krankheit oder der mögliche Tod Amalias, so versicherte er, versetzte ihn in solche Verzweiflung, sondern der Gedanke, daß sie Zeit ihres Lebens verkannt und Erniedrigungen ausgesetzt gewesen war. Nun gefalle es einem grausamen Schicksal, ihre sanfte und edle Erscheinung im Tod völlig zu entstellen, sie unter Symptomen sterben zu lassen, als hätte sie einem Laster gefrönt. Balli versuchte ihn zu beruhigen. Wenn er darüber nachdachte, hielt er es auch für unmöglich, daß Amalia eine Trinkerin gewesen sei. Im übrigen habe er ihr in keiner wie immer gearteten Weise einen Tort antun wollen. Er sah voll Mitleid zum Bett hinüber und sagte: «Auch wenn Carini mit seiner Annahme recht haben sollte – es würde meiner Achtung für deine Schwester keinen Abbruch tun.»

Sie standen längere Zeit schweigend beim Fenster. Das gelbe Licht auf der Straße wich nun dem Dunkel der Nacht, die rasch heranrückte. Nur der Himmel, wo die Wolken eine wilde Jagd vollführten, leuchtete noch hell und gelb.

Vielleicht, so dachte Emilio, würde auch Angiolina nicht zum Stelldichein kommen. Plötzlich aber versank alles, was er seit diesem Morgen erlebt hatte, in Vergessenheit, und er sagte: «Ich gehe jetzt zu meinem letzten Rendezvous mit Angiolina.» Wirklich, warum auch nicht? Ob Amalia mit dem Leben davonkommen oder sterben sollte, auf jeden Fall würde der Gedanke an sie ihn für immer von seiner Geliebten trennen. Warum aber sollte er nicht zu Angiolina gehen, um ihr zu sagen, daß er endgültig jede Beziehung mit ihr abbreche? Das Herz schlug ihm höher, als er an diese letzte Unterredung dachte. In diesem Zimmer war seine Gegenwart niemandem von Nutzen, hingegen konnte er, wenn er zu Angiolina ging, sofort ein Opfer für Amalia bringen. Balli war höchst erstaunt, als er Emilios Worte vernahm, und versuchte ihn von seinem Vorhaben abzubringen. Emilio erwiderte, daß er zu dem Stelldichein gehe, weil er seine momentane seelische Verfassung dazu ausnützen wolle, um für immer mit Angiolina zu brechen.

Stefano glaubte ihm nicht. Er meinte den gleichen schwächlichen Emilio reden zu hören, wie er ihn seit eh und je kannte. Er wollte ihm Rückgrat verleihen, und nur deshalb berichtete er, daß er an diesem Tag genötigt gewesen sei, Angiolina aus dem Atelier zu werfen. Seine Worte ließen keine Zweifel aufkommen, warum er es getan hatte.

Emilio wurde blaß. Nein, seine Bindung an Angiolina hatte noch nicht ihre Kraft verloren. Sie lebte wieder auf, und gerade am Krankenlager seiner Schwester. Angiolina betrog ihn neuerdings, und auf die unerhörteste Weise. Er hatte das Gefühl, von der gleichen Atemnot befallen zu sein wie Amalia. In eben dem Augenblick, wo er sich bewußt werden mußte, daß er wegen Angiolina seine brüderlichen Pflichten vernachlässigt hatte, betrog sie ihn mit Balli. Sein jetziger Wutanfall, der ihn zu ersticken drohte, unterschied sich von den früheren einzig darin, daß er jetzt keinen anderen Rachegedanken zu fassen vermochte als den, diese Frau endgültig zu verlassen. Sein zermarteter Geist war nicht mehr imstande, den Begriff der Rache richtig zu erfassen. Tatsächlich hätten die Dinge doch genau den gleichen Verlauf genommen, auch wenn Balli ihm nichts gesagt hätte. Es gelang ihm nicht, seine schmerzliche Überraschung zu verbergen. Mit einer Erregung, die zu unterdrücken er gar nicht bemüht war, sagte er: «Ich bitte dich, mir alles genau zu erzählen, was sich zugetragen hat.»

Balli winkte ab: «Genug, daß ich einmal, ein einziges Mal in meinem Leben den keuschen Joseph spielen mußte. Ich will nicht diese meine Schande in allen ihren Einzelheiten auch noch der Geschichte überliefern. Du aber bist endgültig verloren, wenn du an einem Tag wie heute an diese Frau überhaupt nur denkst.»

Emilio verteidigte sich. Sein Entschluß, Angiolina zu verlassen, so sagte er, stehe schon seit dem Morgen fest. Ballis Mitteilung berühre ihn nur deshalb so schmerzlich, weil er jetzt erst richtig bedaure, soviel Zeit seines Lebens an diese Frau verschwendet zu haben. Balli dürfe nicht glauben, daß er die Absicht habe, Angiolina bei der letzten Zusammenkunft eine Szene zu machen. Ein schwaches Lächeln umspielte seine Lippen. Nein, davon sei er weit entfernt! In dieser Hinsicht hätten Ballis Mitteilungen nichts an der Sachlage geändert. Er sei deswegen nicht entschlossener, als er es ohnedies schon gewesen, mit dieser

Beziehung Schluß zu machen. «Ich rege mich nur deshalb so auf, weil ich an all das denken muß, was schon geschehen ist.»

Er log. Es war die Gegenwart, die ihn so sehr, auf geradezu wunderbare Weise erregte. Die Mutlosigkeit, die er die ganze Zeit empfunden hatte, während er vergeblich bemüht gewesen war, Amalia Beistand zu leisten, war mit einemmal fort. Er empfand seine Erregung keineswegs unangenehm. Am liebsten wäre er gleich fortgeeilt, um so rasch wie möglich den Augenblick zu erleben, da er Angiolina sagen würde, daß er sie nicht mehr wiedersehen wolle. Gleichwohl hatte er das Bedürfnis, vorher Ballis Zustimmung zu erhalten. Dies gelang ihm unschwer, denn Stefano empfand an diesem Tag ein so großes Mitleid mit ihm, daß er nicht den Mut hatte, sich einem seiner Wünsche zu widersetzen.

Nach kurzem Zögern bat er Balli hierzubleiben, um Frau Elena Gesellschaft zu leisten. Er rechnete damit, sehr bald wieder zurück zu sein. Wieder einmal war es Angiolina, die Stefano an die Seite Amalias führte.

Balli schärfte Emilio nochmals ein, er möge sich nicht soweit herabwürdigen und Angiolina eine Szene machen. Emilio lächelte überlegen. Unaufgefordert versicherte er, daß er mit Angiolina kein Wort über ihre letzte Treulosigkeit, von der er eben erst erfahren hatte, sprechen werde. Das war seine ehrliche Absicht. Er stellte sich vor, daß seine letzte Unterredung mit Angiolina ruhig, fast zärtlich verlaufen werde. Das war sein innigster Wunsch. Er wollte ihr mitteilen, daß Amalia im Sterben lag, daß er nun auf seine Geliebte verzichte, ohne ihr weitere Vorwürfe zu machen. Er liebte sie nicht mehr. Aber es gab auch nichts anderes auf der Welt, das er zu lieben vermochte.

Den Hut schon in der Hand, trat er an Amalias Bett. Er betrachtete sie lange. «Kommst du zum Mittagessen?» fragte sie ihn. Dann versuchte sie, hinter seinen Rücken zu sehen, und fragte noch einmal: «Seid ihr beide zum Mittagessen gekommen?» Immer noch suchte sie Balli.

Er grüßte Frau Elena. Für einen kurzen Augenblick war er wieder unschlüssig. Auf unheimlich seltsame Weise hatte das Schicksal bis jetzt Amalias Unglück in eine Parallele zu seiner Liebe zu Angiolina gesetzt: konnte es nicht geschehen, daß seine Schwester gerade in dem Augenblick starb, da er seine letzte Unterredung mit seiner Geliebten hatte? Er trat wieder ans Bett. Die arme Kranke bot ein Bild angstvoller Qual. Sie hatte sich auf eine Seite geworfen, ihr Kopf glitt vom Kissen und hing über den Bettrand hinaus. Ihr spärliches Haar war naß und zerrauft. Vergeblich suchte sie einen Ruhepunkt. All das konnte der unmittelbare Vorbote der Agonie sein. Trotzdem trat Emilio von ihr fort und ging.

Die neuerlichen Verhaltungsmaßnahmen, die Balli ihm auf den Weg mitgegeben, hatte er abermals mit einem Lächeln quittiert. Nun rüttelte die kalte Nachtluft ihn auf, erfrischte ihn bis in den letzten Winkel seiner Seele. Er und Gewalt gegen Angiolina anwenden! Warum denn? Weil sie schuld an Amalias Tod war? Nein, diese Schuld konnte man ihr nicht anlasten. Das Furchtbare geschah, es wurde nicht begangen. Ein vernünftiges Wesen konnte gar nicht gewalttätig werden, es gab keinen Raum in ihm für Haß. Nach alter Gewohnheit beobachtete Emilio sich selbst, analysierte sich, und da kam ihm der Verdacht, daß seine jetzige Seelenverfassung möglicherweise seinem Bedürfnis entspringen könnte, sich vor sich selbst zu rechtfertigen und sich freizusprechen. Er lächelte darüber wie über etwas sehr Komisches. Er und Amalia waren schuldig, das Leben allzu ernst genommen zu haben.

Als er zum Kai kam, blickte er auf die Uhr und blieb stehen. Der Sturm schien hier noch mehr zu wüten als in der Stadt. In das Brausen des Windes mengte sich das gewaltige Dröhnen des Meeres, ein ungeheurer Schrei, der sich aus vielen, verschieden starken Lauten zusammensetzte. Die Nacht war pechschwarz. Vom Meer war nichts zu sehen außer da und dort eine Welle, die weiß aufblitzte. Aus dem Chaos geboren, barst sie, noch ehe sie das Ufer erreichte. In den Booten, die am Kai vertäut lagen, war alles in Bereitschaft. Hoch oben auf den Masten, die ihren altgewohnten Tanz nach den vier Windrichtungen vollführten, unterschied man mehrere Gestalten, Matrosen, die in der Nacht der Gefahr arbeiteten.

Emilio schien dieser Aufruhr der Elemente seinem eigenen schmerzlichen Zustand durchaus zu entsprechen. Er schöpfte aus ihm eine noch größere innere Ruhe. Der Literat in ihm verglich dieses Naturschauspiel mit seinem eigenen Leben. Auch in dem äußeren Bild, in dem Spiel der Wellen, die, aus ihrer Trägheit emporgerissen, ihre jeweilige Bewegung der nächstfolgenden Welle weitergaben, in ihrem Versuch, sich zu erheben, der schließlich damit endete, daß sie in ihre ursprüngliche horizontale Lage wieder zurückfielen, vermeinte er, das gleichmütige Walten des Schicksals zu erkennen. Es gab keine Schuld, auch wenn der Schaden noch so groß war.

Neben Emilio stand ein dicker Matrose. Seine festen Beine staken in hohen Stiefeln. Er rief einen Namen ins Meer hinaus, ein Ruf kam als Antwort zurück, und schon sprang der Matrose zu einem nahen Pfeiler hin, löste ein Tau los, das dort aufgespult war, lockerte es und machte es wieder fest. Langsam, kaum wahrnehmbar, entfernte sich ein großer Segler vom Ufer. Emilio begriff, daß der Segler nun an eine nahe Boje gebunden wurde, um zu verhindern, daß der Wellenschlag ihn ans Land schleuderte.

Der dicke Matrose nahm jetzt eine völlig andere Haltung ein. Er lehnte sich an den Pfeiler, zündete sich eine Pfeife an und ruhte sich genießerisch in diesem Höllenwetter aus.

Emilio mußte denken, daß sein ganzes Unglück von seinem tatenarmen Leben herrührte. Wäre ihm nur ein einziges Mal in seinem Leben die Aufgabe zugefallen, ein Tau rechtzeitig loszumachen und wieder zu befestigen, wäre das Schicksal eines Seglers, selbst des allerkleinsten, ihm, seiner Aufmerksamkeit und seiner Energie anvertraut gewesen, hätte er mit seiner Stimme das Lärmen des Windes und des Meeres übertönen müssen, dann hätte er sich nicht so schwach und unglücklich gefühlt.

Er ging zum Stelldichein. Es sollte nicht lange dauern, und seine alten Qualen würden wiederkehren; in diesem Augenblick aber liebte er, trotz seines Wissens um Amalia. Diese Stunde, in der er seiner eigenen Natur folgen durfte, war für ihn frei von Qualen. Wollüstig genoß er seinen Zustand mit ruhiger und zum Verzeihen geneigter Resignation. Nicht einen Augenblick dachte er an den Satz, mit dem er Angiolina mitteilen wollte, daß dies ihre letzte Begegnung war. Im Gegenteil. Diese Unterredung sollte für sie völlig unerklärlich bleiben. Er wollte einfach so handeln, als wohnte dieser Unterredung ein mit höherer Intelligenz ausgestattetes Wesen bei, um über ihn und Angiolina zu richten.

Ein kalter, heftiger Wind war aufgekommen und blies pausenlos mit unverminderter Stärke. Der Kampf in den Lüften war entschieden.

Angiolina kam ihm aus der Allee von Sant' Andrea entgegen. Es gab gleich einen Mißton, den er in einem schmerzlichen Widerspruch zu seiner inneren Haltung empfand, als sie ihm bei seinem Anblick höchst verärgert entgegenrief: «Ich stehe da seit einer halben Stunde. Ich wollte gerade wieder weggehen.»

Er führte sie sanft zu einer Straßenlaterne und wies ihr seine Uhr vor, die genau die vereinbarte Stunde zeigte.

«Dann habe ich mich eben getäuscht», sagte sie, nicht viel milder gestimmt. Während er noch darüber nachdachte, wie er ihr mitteilen sollte, daß dies ihre letzte

Begegnung sei, blieb sie stehen und erklärte: «Heute abend solltest du mich freigeben. Wir können uns morgen wiedersehen. Es ist kalt und dann ...»

Das riß ihn aus seiner Selbsterforschung, mit der er immer noch befaßt gewesen war. Er sah sie an, beobachtete sie. Es wurde ihm sofort klar, daß es nicht die Kälte war, weswegen sie weggehen wollte. Außerdem fiel ihm auf, daß sie weit sorgfältiger gekleidet war als sonst. Sie trug ein braunes Kleid, das er an ihr noch nie gesehen hatte. Es war hochelegant und offenbar nur für besondere Anlässe bestimmt. Auch ihr Hut schien ihm neu zu sein, und die zierlichen Schuhe, die sie trug, waren gewiß nicht geeignet, um mit ihm bei diesem Wetter in Sant' Andrea spazierenzugehen. «Und dann?» wiederholte er ihren letzten abgebrochenen Satz, blieb stehen und sah ihr in die Augen.

«Hör einmal zu, ich will dir alles sagen», begann sie und nahm dabei einen Ausdruck an, als entschlösse sie sich plötzlich, ihn ins Vertrauen zu ziehen. Dieser Ausdruck war gar nicht am Platz. Ohne zu bemerken, daß Emilios Gesicht immer finsterer wurde, fuhr sie unbeirrt fort: «Ich habe von Volpini ein Telegramm erhalten, in dem er mir sein Kommen ankündigt. Ich weiß nicht, was er von mir will, aber er dürfte schon bei mir zu Hause sein.»

Sie log. Kein Zweifel. Siehe da, Volpini, dem er noch am gleichen Morgen jenen Brief geschrieben hatte, erschien nun, ohne erst eine Antwort abzuwarten, um sie zerknirscht um Verzeihung zu bitten. Innerlich angewidert lachte er auf. Es war ein trauriges Lachen: «Wie? Der gleiche Mann, der dir gestern diesen Brief geschrieben hat, taucht nun in eigener Person auf, um ihn zu widerrufen, und kündigt sein Kommen überdies noch telegraphisch an! Das ist ja großartig! Ein Telegramm ist ein bescheidenes Mittel, um ein so großartiges Ereignis anzukündigen! Und wie, wenn du dich irrst? Wie, wenn statt Volpini ein anderer auf dich wartet?»

Sie lächelte immer noch selbstsicher: «Ach, Sorniani hat dir wohl erzählt, daß er mich vorgestern abend, zu später Stunde, auf der Straße in Begleitung eines Herrn gesehen hat? Ich war eben von den Deluigis weggegangen und fürchtete mich so ganz allein in der Nacht. Diese Begleitung kam mir sehr gelegen.» Er hörte gar nicht mehr hin, aber der letzte Satz ihrer Rede, die sie für eine Rechtfertigung hielt, blieb ihm der merkwürdigen Formulierung wegen haften: «Das war nichts weiter als irgendein Deo gratias.» Dann fuhr sie fort: «Schade, daß ich das Telegramm zu Hause vergessen habe, aber wenn du mir nicht glaubst, um so schlimmer. Komme ich nicht immer pünktlichst zu den Verabredungen? Warum sollte ich dir gerade heute irgendwelche Geschichten aufbinden, um freizukommen?»

«Sehr einfach!» sagte Emilio mit zornigem Lachen. «Weil du heute eine andere Verabredung hast. Geh, geh rasch! Er wartet auf dich.»

«Schön, wenn du so etwas von mir glaubst, dann ist es wirklich besser, ich gehe!» Sie sagte es mit großer Entschlossenheit, rührte sich aber nicht vom Fleck.

Ihre Worte machten auf ihn den Eindruck, als hätte sie sie sogleich in die Tat umgesetzt. Sie wollte ihn stehenlassen! «Warte einen Augenblick, wir müssen uns aussprechen.» Trotz der furchtbaren Wut, die ihn erfaßte, dachte er eine Sekunde daran, ob es ihm nicht doch möglich wäre, zu jener gelassenen Resignation zurückzufinden, zu der er kurz vorher gelangt war. Aber war es nicht viel richtiger, sie zu Boden zu schleudern und zu schlagen? Er packte sie bei den Armen, um zu verhindern, daß sie fortgehe, lehnte sich an den Pfahl der Straßenlaterne, die sich unmittelbar hinter ihm befand, und näherte sein wutverzerrtes Gesicht dem ihren. Das war rosig und ungerührt. Er schrie: «Das ist das letzte Mal, daß wir uns sehen!»

«Gut, gut», sagte sie, nur darauf bedacht, sich aus der Umklammerung zu befreien, die ihr weh tat.

«Und weißt du warum? Weil du eine bist, eine …» Einen kurzen Augenblick zögerte er, dann brüllte er das Wort hinaus, das ihm selbst in seinem Zorn übertrieben schien. Aber er brüllte es triumphierend, er triumphierte über seine eigenen Bedenken.

«Laß mich los!» schrie sie, von Wut und Angst geschüttelt. «Laß mich los, oder ich rufe um Hilfe!»

«Du bist eine …» Nun, da er sie endlich in Erregung geraten sah, verzichtete er darauf, sie zu schlagen. «Glaubst du wirklich, daß ich nicht schon längst weiß, mit wem ich es zu tun habe? Als ich dich damals als Dienstmädchen verkleidet angetroffen habe, auf den Stiegen deines Hauses» – der damalige Abend entstand mit allen Einzelheiten vor seinem Geist – «mit diesem billigen bunten Tuch um den Kopf, während deine Arme noch warm vom Bett waren – schon damals dachte ich mir das Wort, das ich dir jetzt gesagt habe. Aber ich wollte es dir nicht sagen, ich spielte weiter mit dir, wie alle die anderen, wie Leardi, Giustini, Sorniani und … und … Balli.»

«Balli!» schrie sie mit lachender Stimme, um das Geräusch des Windes und Emilios Stimme zu übertönen. «Balli prahlt damit, aber es ist nichts daran wahr.»

«Weil er es nicht wollte, der Dummkopf, aus Rücksicht auf mich, als läge mir etwas daran, ob dich ein Mann mehr oder weniger gehabt hat, dich …» Und zum drittenmal sagte er ihr das Wort ins Gesicht. Sie verdoppelte ihre Kraft, um von ihm loszukommen, für Emilio aber war jetzt die Anstrengung, sie festzuhalten, die beste Möglichkeit, seine Wut auszutoben. Wollüstig preßte er seine Finger in ihren zarten Arm.

Er wußte, in dem gleichen Augenblick, in dem er sie losließ, würde sie gehen, und alles würde zu Ende sein, alles, und in so ganz anderer Weise, als er es sich in seinen

Träumen vorgestellt hatte. «Dabei habe ich dich liebge-habt», sagte er. Vielleicht war das ein Versuch, sich zur Mäßigung zu zwingen. Gleich darauf jedoch fuhr er fort: «Aber ich habe immer gewußt, was du bist. Weißt du, was du bist?» Endlich hatte er die Möglichkeit gefunden, sich Genugtuung zu verschaffen: man mußte sie zwingen, selbst einzugestehen, was sie war: «Los, sag, was bist du?»

Sie war anscheinend am Ende ihrer Kräfte und hatte Angst. Ihr Gesicht war kreideweiß. Sie sah ihn mit einem Blick an, der Mitleid heischte. Sie ließ sich widerstandslos schütteln, und ihm schien es, als würde sie jetzt und jetzt zusammenfallen. Da lockerte er seinen Druck und stützte sie. Plötzlich machte sie sich von ihm frei und begann ver-zweifelt zu laufen. Auch jetzt noch hatte sie gelogen! Er konnte sie nicht mehr einholen. Er bückte sich, suchte einen Stein, und da er keinen fand, scharrte er kleine Kiesel zusammen und schleuderte sie ihr nach. Der Wind trug sie mit sich fort, und einige dürften sie auch getroffen haben, denn sie stieß einen erschrockenen Schrei aus; andere ver-fingen sich in den Ästen und erzeugten dort ein leises Ge-räusch, das in gar keinem Verhältnis zu dem Zorn stand, mit dem er sie geschleudert hatte.

Was nun? Die letzte Genugtuung war ihm versagt ge-blieben. Trotz seines Willens zur Resignation war alles um und in ihm wild und rauh. Er selbst hatte sich zur Brutali-tät hinreißen lassen. Das Blut pochte in seinen Adern vor Erregung. Er glühte vor Zorn in der Kälte, vor Fieber. Er blieb reglos stehen, die Beine versagten ihm den Dienst, und schon meldete sich in ihm der ruhige Beobachter und machte ihm Vorwürfe.

«Ich werde sie nie mehr wiedersehen», sagte er zu sich, wie um auf diese Vorwürfe zu erwidern. «Nie mehr! Nie mehr!» Als er wieder gehen konnte, klangen diese Worte in das Geräusch seiner Schritte und in das Pfeifen des Win-des hinein, der über eine trostlose Landschaft strich. Und als er an den Stellen vorbeikam, die er beim Hinweg durchschritten hatte, und sich der Vorsätze erinnerte, die ihn zum Stelldichein begleitet hatten, mußte er vor sich hin lächeln. Wie überraschend war doch die Wirklichkeit immer wieder!

Er ging nicht gleich nach Hause. In seinem jetzigen Zustand wäre es ihm unmöglich gewesen, den Krankenwärter zu spielen. Er wandelte wie im Traum dahin und hätte später nicht mehr angeben können, durch welche Straßen er den Heimweg gefunden hatte. Ja, wenn die letzte Unterredung mit Angiolina so verlaufen wäre, wie er es ursprünglich gewollt, dann hätte er geradewegs ans Krankenlager Amalias zurückkehren können, ohne auch nur eine Miene zu verziehen.

Er entdeckte eine neue Parallele zwischen seinem Verhältnis zu Angiolina und dem zu Amalia. Von beiden Frauen mußte er Abschied nehmen, ohne das letzte Wort gesagt zu haben, das wenigstens die Erinnerung an sie verklärt hätte. Amalia konnte dieses letzte Wort nicht mehr hören, und Angiolina hatte er es nicht zu sagen vermocht.

# XIII

Er verbrachte diese Nacht am Krankenbett Amalias wie in einem fortwährenden Traum. Nicht als ob er immerfort an Angiolina gedacht hätte, sondern zwischen ihm und seiner Umgebung befand sich gleichsam ein Schleier, der ihn daran hinderte, die Dinge klar zu sehen. Er fühlte sich so müde, daß die kühnen Hoffnungen, die er am Nachmittag immerhin zeitweise geschöpft hatte, nicht mehr in ihm aufkommen konnten, aber auch die wilde Verzweiflung, für die es keinen anderen Ausweg als Tränen gab, empfand er nicht mehr.

Als er daheim ankam, schien ihm alles unverändert zu sein, nur Balli hatte seinen Winkel verlassen und saß nun am Fußende des Bettes, neben Frau Elena. Emilio warf einen langen Blick auf Amalia. Er hoffte, er würde wieder weinen können. Er betrachtete sie lange und angestrengt, er wollte ihre Qualen nachempfinden, mit ihr gemeinsam leiden. Dann wendete er den Blick von ihr ab und schämte sich. Er hatte sich dabei ertappt, wie er erst nach Bildern und Vergleichen suchen mußte, um Ergriffenheit in sich hervorzurufen. Aus dem Bedürfnis heraus, irgend etwas zu tun, sagte er, Balli könne nun ruhig weggehen, er danke ihm für den Beistand, den er ihm geleistet hatte.

Balli aber, der nicht im entferntesten daran dachte, ihn zu fragen, wie die letzte Begegnung mit Angiolina verlaufen war, nahm ihn beiseite und erklärte ihm, daß er bleiben wolle. Er schien verlegen und traurig. Er mußte ihm noch etwas sagen, das er für sehr heikel hielt. Er wagte nicht, ohne vorbereitende Worte davon zu reden. Sie seien, so sagte er, seit vielen Jahren befreundet, und jedes Mißgeschick, das Emilio treffe, empfinde er wie sein eigenes. Schließlich rückte er mit der Sprache heraus. «Die Ärmste nennt immer wieder meinen Namen, ich bleibe.» Emilio drückte ihm die Hand, ohne besondere Dankbarkeit zu empfinden. Für Amalia gab es nun keine Hilfe mehr. Er war dessen bereits sicher. Diese Gewißheit verschaffte ihm sogar eine große Ruhe.

Man berichtete ihm, daß Amalia seit kurzer Zeit immer wieder von ihrer Krankheit spreche. Könnte das nicht ein Zeichen sein, daß das Fieber im Abklingen war? Er hörte sich diese Mitteilung an, war aber überzeugt, daß die beiden sich täuschten. Tatsächlich begann Amalia gleich wieder zu delirieren: «Ist es meine Schuld, daß es mir gar so schlecht geht? Kommen Sie morgen wieder, Herr Doktor, dann wird es mir wieder besser gehen.» Sie schien keine Schmerzen zu empfinden. Ihr Gesicht war nun ganz klein, armselig, es entsprach nun ganz genau diesem abgezehrten Körper. Während er sie ständig ansah, dachte er: «Sie wird sterben.» Er stellte sie sich tot vor, befreit von Atemnot und Delirium, der Friede war in sie eingekehrt. Seine eigenen gefühllosen Vorstellungen schmerzten ihn. Er entfernte sich ein paar Schritte vom Bett und setzte sich an den Tisch, an dem inzwischen auch Balli Platz genommen hatte.

Frau Elena blieb neben dem Bett sitzen. Beim matten Schein der Kerze gewahrte Emilio, daß sie weinte. Als sie sah, daß ihre Tränen bemerkt worden waren, sagte sie: «Es ist mir, als säße ich am Krankenlager meines Sohnes.»

Plötzlich erklärte Amalia, daß sie sich wohl fühle, außerordentlich wohl. Sie verlangte zu essen. Wer ihrem Delirium aufmerksam folgte und es miterlebte, konnte leicht erkennen, daß für die Kranke die Zeit nicht ihren normalen Verlauf nahm. Jeden Augenblick berichtete sie von einem anderen Zustand, in dem sie sich befinde, oder erzählte von anderen Erlebnissen. Die Abwicklung der verschiedenen Phasen, die sie ihre Krankenwärter miterleben ließ, hätte im gewöhnlichen Leben Tage, ja Monate gedauert.

Frau Elena bereitete nun, wie der Arzt es ihr angeschafft hatte, etwas schwarzen Kaffee für die Kranke. Amalia leerte die Tasse, als man sie ihr darreichte, mit großen Zügen. Gleich darauf kehrte ihre Fieberphantasie wieder zu Balli zurück. Nur einem oberflächlichen Beobachter konnte es scheinen, als hätten diese Phantasien keinen inneren Zusammenhang. Ihre Gedanken gingen durcheinander, wurden von immer neuen verdrängt, aber als der ursprüngliche Gedanke wieder auftauchte, stellte es sich heraus, daß sie die ganze Zeit an ihm festgehalten hatte. Sie hatte eine Nebenbuhlerin ersonnen, diese Vittoria. Anfangs hatte sie sie mit liebenswürdigen Worten begrüßt, bald aber war es – wie Balli berichtete – zwischen den beiden Frauen zu einem heftigen Disput gekommen. Aus ihm hatte Balli entnommen, daß er selbst im Mittelpunkt der Gedanken Amalias stand. Nun tauchte Vittoria wieder auf. Mit Schrecken sah die Kranke sie auf sich zukommen. «Ich werde ihr nichts sagen! Ich werde mäuschenstill sein, als ob sie nicht da wäre. Ich will gar nichts, sie soll mich also in Frieden lassen.» Dann rief sie mit lauter Stimme Emilio: «Du bist doch sein Freund, sag ihm also, daß sie lauter Lügen erzählt. Ich habe ihr nichts getan.»

Balli glaubte sie beruhigen zu können: «Hören Sie, Amalia! Ich bin hier und ich glaube niemandem, der Schlechtes über Sie erzählt.»

Amalia hörte ihn und betrachtete ihn lange: «*Du, Stefano?*» Aber sie erkannte ihn nicht: «Dann sagen Sie es ihr also!» Erschöpft ließ sie ihren Kopf auf das Kissen zurückfallen. Nach den bisher gemachten Erfahrungen wußten nun alle, daß diese Episode vorläufig abgeschlossen war.

Während der nun eintretenden Ruhepause schob Frau Elena ihren Sessel an den Tisch, an dem die beiden Männer saßen. Sie bemerkte, daß Emilio todmüde war, und redete ihm zu, sich niederzulegen. Er lehnte ab. Diese paar Worte aber leiteten ein Gespräch ein, das die drei Krankenwärter vorübergehend ablenkte.

Frau Chierici, der Balli mit der ihm eigenen Neugier einige indiskrete Fragen gestellt hatte, erzählte, daß sie eben im Begriff gewesen war, zur Messe zu gehen, als Emilio sie traf. Jetzt, so sagte sie, hatte sie das Gefühl, die ganze Zeit hindurch, seit dem Morgen, in einer Kirche zu weilen. Sie empfand die gleiche Gewissenserleichterung, als verrichte sie ein inniges Gebet. Sie sagte dies ohne Scheu, im Ton eines gläubigen Menschen, der keinen Zweifler fürchtet.

Sodann erzählte sie eine seltsame Geschichte, ihre eigene. Bis zu ihrem vierzigsten Lebensjahr hatte sie, die ihre Eltern frühzeitig verlor, ein Leben ohne Liebe geführt. Aber wiewohl sie keine Liebe empfing, verbrachte sie ihre einsamen Tage doch ruhig und ungetrübt. Dann lernte sie einen Witwer kennen, der sie heiratete, um seinen Kindern aus erster Ehe, einer Tochter und einem Sohn, eine neue Mutter zu geben. Die Kinder begegneten ihr von allem Anfang an mit Mißtrauen, trotzdem empfand sie eine aufrichtige Zuneigung für sie und war überzeugt, sich doch schließlich ihre Liebe zu gewinnen. Sie täuschte sich. Sie sahen in ihr nach wie vor die Stiefmutter und haßten sie. Es waren die Verwandten der ersten Frau, die sich zwischen die Kinder und die neue Mutter stellten. Sie stachelten in ihnen den Haß gegen sie auf, erzählten ihnen allerlei Lügen und redeten ihnen ein, der Geist ihrer toten Mutter würde keine Ruhe finden, wenn sie ihre Kindesliebe der neuen Frau schenkten. «Mir aber wuchsen sie immer mehr ans Herz, und ich begann sogar meine unsichtbare Nebenbuhlerin zu lieben, die sie mir geschenkt hatte. Vielleicht», so fügte sie mit dem Ausdruck einer objektiven Beobachterin hinzu, «verliebte ich mich deshalb so in die Kinder, weil der Unwille, den sie mir entgegenbrachten, ihren rosigen Gesichtern so gut stand.» Als der Mann starb, holte ein Verwandter die Tochter zu sich. Er ließ es sich nicht ausreden, daß die Kleine von ihr schlecht behandelt werde. Den Knaben ließ man ihr, und nun hatte sie ihn ganz für sich. Aber auch als es keine Verwandten mehr gab, die seinen Haß gegen sie schürten, verharrte er mit einer erstaunlichen Widerspenstigkeit in seiner feindseligen Haltung. Er behandelte sie schroff und tat ihr allerlei Bosheiten an. Auch als er an gefährlichem Scharlach erkrankte, auch in seinem Fieber gab er seine Haltung nicht auf. Erst wenige Stunden vor seinem Tod, als er seine Kräfte immer mehr schwinden fühlte, schlang er seine Arme um ihren Hals, nannte sie Mutter und bat sie, ihn zu retten. Frau Elena erging sich nun darin, diesen Knaben, der ihr soviel Leid bereitet hatte, in allen seinen Eigenschaften zu schildern. Er war unerschrocken, lebhaft, intelligent, er hatte eine rasche Auffassungsgabe; nur die Liebe, die sie ihm entgegenbrachte, konnte er nicht verstehen. Jetzt spielte sich das Leben Frau Elenas zwischen ihrer leeren Wohnung, der Kirche, wo sie für denjenigen bat, der sie nur wenige Augenblicke geliebt hatte, und seinem Grab ab, an dem es immer etwas zu tun gab. Ja, morgen mußte sie unbedingt wieder hingehen. Das Bäumchen, das sie dort gepflanzt hatte, wollte nicht gerade wachsen. Sie hatte es kürzlich gestützt und mußte nun nachsehen, ob ihr Versuch gelungen war.

«Wenn Vittoria hier ist, dann gehe ich fort», schrie Amalia und richtete sich auf. Erschrocken hob Emilio die Kerze, um besser zu sehen. Amalias Gesicht war fahl, es hatte die gleiche Farbe wie das Kissen, auf dem es bisher geruht. Balli betrachtete sie mit offenkundiger Bewunderung. Das gelbe Kerzenlicht warf leuchtende Reflexe auf ihr feuchtes Antlitz. Dieses Antlitz schien aus sich selbst zu strahlen. Es war, als ginge von diesem nackten, vom Leid gezeichneten Fleisch ein Schrei aus. Es sah aus wie die plastische Darstellung eines furchtbaren Schmerzensschreis. In diesem schmalen Gesicht zeichnete sich sekundenlang ein fester Entschluß ab, ein drohender Wille. Das alles wirkte wie ein Blitz. Gleich darauf sank sie zurück. Die beruhigenden Worte, die auf sie eindrangen, vernahm sie nicht mehr. Sie verfiel wieder in ein sanftes Gestammel. Nur hie und da begleitete sie die schwindelerregende Flucht ihrer Träume mit einem verständlichen Wort.

Balli sagte: «Ich habe noch nie etwas Derartiges gesehen. Es war wie das Wüten der Güte und Sanftheit selbst.» Er setzte sich wieder nieder und sah mit jenem träumerischen Blick in die Luft, mit dem er seinen Ideen nachzuhängen pflegte. Es war ganz klar: Balli schenkte der sterbenden Amalia die edelste Liebe, deren er fähig war. Emilio empfand darüber eine tiefe Befriedigung.

Frau Elena nahm das Gespräch wieder auf, wo sie es unterbrochen hatte. Möglicherweise war sie, auch während sie Amalia zu beruhigen trachtete, weiterhin mit ihrem Lieblingsgedanken beschäftigt gewesen. Der Groll gegen die Verwandten ihres verstorbenen Mannes bildete ein weiteres Element ihres Lebens. Sie hatten sie verachtet, so meinte sie, weil sie nur die Tochter eines gewöhnlichen Eisenhändlers war. «Und doch», fügte sie hinzu, «ist der Name Deluigi stets ein ehrlicher Name gewesen.»

Emilio konnte sich nicht genug über den Zufall wundern, der ein Mitglied jener Familie, die von Angiolina so oft erwähnt worden war, in sein Haus geführt hatte. Er fragte Frau Elena sofort, ob sie noch Verwandte habe. Sie verneinte und bestritt, daß es in Triest noch eine andere Familie dieses Namens gebe. Sie bestritt es so energisch, daß Emilio ihr Glauben schenken mußte.

So wurden auch in dieser Nacht seine Gedanken wieder

zu Angiolina hingelenkt. Wie in jener, nun so ferne scheinenden Zeit, da Amalia noch gesund war und er sie wie eine Belastung empfand, wie einen Menschen, dessen Nähe er möglichst mied, wurde er nun von dem brennenden Wunsch erfaßt, zu Angiolina zu eilen und ihr ihren Betrug vorzuhalten. Es war der größte Betrug, den sie an ihm begangen hatte. Diese Deluigis waren von ihr gleich zu Anfang ihrer Beziehung aufs Tapet gebracht worden. Sie hatte die Mitglieder der Familie je nach Bedarf erfunden. Zuerst die alte Frau Deluigi, die Angiolina in mütterlicher Liebe zugetan war, dann die Tochter, die sie für ihre Freundin ausgab, und schließlich den alten Herrn Deluigi, der sie betrunken machen wollte. Diese Lügen hatte sie ihm bei jeder ihrer Zusammenkünfte aufgetischt. Sie löschten die letzten Spuren von Zärtlichkeit aus, die die Erinnerung an Angiolina für ihn noch haben mochte. Auch die wenigen Liebesbezeugungen, die sie ihm vorgetäuscht hatte, enthüllten sich nun mit absoluter Eindeutigkeit als das, was sie waren: als Lügen. Und doch empfand er diesen neuen Betrug Angiolinas gar bald als eine neue Bindung. Vergebens quälte sich Amalia, nach Atem ringend, auf ihrem Schmerzenslager ab: eine ganze Weile bemerkte er sie überhaupt nicht. Als er seine Ruhe teilweise wieder zurückgewann, mußte er sich das schmerzliche Geständnis machen, daß er, ob nun Amalia gesundete oder aus dieser Welt verschwand, neuerdings zu Angiolina eilen würde. Um sich selbst Zwang anzutun, verhielt er sich steif und unbeweglich auf seinem Sessel und schwor, nie mehr in diese Fänge zu geraten: «Nie mehr, nie mehr.»

Diese Nacht, die schmerzlichste, die er je durchwacht und die später einmal vielleicht die Reue in ihm erwecken würde, sie nicht besser genützt zu haben, ging vorüber. Irgendeine Uhr schlug die zweite Morgenstunde.

Frau Elena bat Emilio, ihr ein frisches Tuch zu verschaffen, um Amalias Gesicht abtrocknen zu können. Er wollte das Zimmer nicht verlassen und öffnete, nachdem er endlich die Schlüssel gefunden hatte, den Schrank seiner Schwester. Sogleich schlug ihm ein merkwürdiger Geruch nach Medikamenten entgegen. Die wenigen Wäschestücke waren in großen Schubfächern untergebracht, die im übrigen mit Fläschchen verschiedener Größe vollgeräumt waren. Er begriff nicht gleich, um was es sich handelte, und nahm die Kerze, um besser zu sehen. Einige Fächer waren bis an den Rand mit glitzernden Fläschchen angefüllt. Sie leuchteten in goldgelbem Schimmer, als enthielten sie geheimnisvolle Schätze. In anderen Fächern gab es noch Platz; die wenigen Fläschchen, die sich hier befanden, waren sorgfältig aneinandergereiht. Eine seltsame Sammlung, die offenbar noch vervollständigt werden sollte. Ein einziges Fläschchen stand außerhalb der Reihe. Es enthielt noch den Rest einer durchsichtigen Flüssigkeit. Der Geruch dieser Flüssigkeit ließ keinen Zweifel: es handelte sich um parfümierten Äther. Doktor Carini hatte recht gehabt: Amalia hatte im Rausch Vergessen gesucht. Keinen Augenblick kam ihm der Gedanke eines Vorwurfs gegen seine Schwester, nur ein einziger Gedanke schoß ihm durch den Kopf: Amalia war verloren. So führte ihn diese Entdeckung wieder zu ihr zurück. Er schloß sorgfältig den Schrank. Er hatte es nicht vermocht, über das Leben seiner Schwester zu wachen – nun wollte er alles tun, um ihren Ruf ohne Makel zu erhalten.

Der Morgen nahte trüb, zögernd, traurig. Er erhellte das Fenster, im Zimmer aber herrschte noch die Nacht. Nur ein einziger Strahl schien eingedrungen zu sein, denn in den Gläsern, die auf dem Tisch standen, brach sich das Tageslicht in zarten bläulichen und grünen Farbtönen. In der Straße heulte noch der Wind. Es war wie ein ununterbrochenes Triumphgeheul, unverändert wie zu der Stunde, da Emilio Angiolina verlassen hatte.

Im Zimmer aber herrschte lautlose Stille. Seit einigen

Stunden äußerten sich Amalias Fieberphantasien nur in abgerissenen Worten. Sie hatte auf der rechten Seite liegend Ruhe gefunden, ihr Gesicht lag ganz nahe zur Wand, ihre Augen hielt sie ständig offen.

Balli begab sich in Emilios Zimmer, um sich auszuruhen. Er bat, ihn in spätestens einer Stunde zu wecken.

Emilio setzte sich wieder an den Tisch. Erschrocken fuhr er zusammen: Amalia atmete nicht mehr. Auch Frau Elena hatte es bemerkt und richtete sich auf. Die Kranke starrte immerfort mit weit aufgerissenen Augen die Wand an. Nach ein paar Augenblicken begann sie wieder zu atmen. Die ersten vier oder fünf Atemzüge waren die eines gesunden Menschen, und Emilio und Elena sahen sich lächelnd an. Sie schöpften neue Hoffnung. Allzubald aber erstarb ihnen das Lächeln auf den Lippen. Amalias Atem ging immer rascher, dann immer mühsamer und setzte schließlich ganz aus. Die Pause dauerte diesmal so lange, daß Emilio aufschrie. Der Atem setzte wieder so ein wie zuvor, ging eine Zeitlang ruhig und verwandelte sich dann in ein schwindelerregendes Keuchen. Für Emilio war es eine überaus schmerzliche Zeitspanne. Obwohl er sich nach einer Stunde angespanntester Aufmerksamkeit vergewissern konnte, daß das plötzliche Aussetzen des Atems noch nicht der Tod war und daß die darauf einsetzende regelmäßige Atmung nicht die Wiederkehr der Gesundheit bedeutete, so hielt er doch jedesmal angstvoll auch seinen Atem an, wenn der Amalias ausblieb, gab sich den wahnsinnigsten Hoffnungen hin, wenn sie wieder ruhig und rhythmisch zu atmen begann, und die Tränen traten ihm vor Enttäuschung in die Augen, sowie er sie von neuem nach Luft ringen sah.

Das Morgenlicht erhellte nun auch das Bett. Frau Elena hatte sich, als gewissenhafte Krankenwärterin, nur mit einem oberflächlichen Schlummer begnügt. Sie hielt den Kopf auf die Brust gesenkt, und das graue Haar in ihrem

Nacken glänzte wie Silber. Für Amalia sollte diese Nacht kein Ende mehr nehmen. Ihr Kopf hob sich in scharfen Konturen vom Polster ab. Ihr schwarzes Haar kam erst jetzt, auf dem Krankenlager, zur vollen Geltung. Ihr Profil gewann an Energie, ihre Backenknochen traten deutlich hervor, ihr Kinn war spitz geworden.

Emilio stützte die Arme auf den Tisch und legte seine Stirn in die Hände. Die Stunde, da er gegen Angiolina tätlich geworden war, erschien ihm nun unendlich fern. Es kam ihm ganz unmöglich vor, daß er einer solchen Handlung fähig gewesen war. Er konnte in sich keine Spur jener Energie und Brutalität finden, die ein solches Vorgehen erforderte. Er schloß die Augen und schlief ein. Hinterher war es ihm, als hätte er bis in den Schlaf hinein Amalias Atem wahrgenommen und wie im Wachzustand abwechselnd Schrecken, Hoffnung und Enttäuschung erlebt.

Als er erwachte, war es bereits Tag. Amalia hielt ihre Augen starr zum Fenster gerichtet. Er stand auf. Als sie seine Schritte vernahm, sah sie ihn an. Was war das für ein Blick! Aus ihm sprach nicht mehr das Fieber. Es war der Blick eines Menschen, der zu Tode ermattet ist und sein Auge nicht mehr in der Gewalt hat, es nur mit großer Anstrengung in eine bestimmte Richtung lenken kann. «Was ist mir denn, Emilio? Ich sterbe.»

Die Vernunft war in sie zurückgekehrt. Wieder erwachte die Hoffnung in Emilio. Er vergaß ganz die Beobachtungen, die er soeben über ihren Blick angestellt hatte, und sagte ihr, daß es ihr bisher sehr schlecht gegangen sei, daß sie nun aber offenkundig wieder genese. Die Zärtlichkeit für sie, die in seinem Herzen aufstieg, floß über und ließ ihn vor freudiger Bewegung in Tränen ausbrechen. Er küßte sie und rief, daß sie von nun an nur füreinander da sein würden, untrennbar miteinander vereint. Es schien ihm, daß diese qualvolle Nacht nur dazu dagewesen sei, um ihn innerlich für diesen glücklichen Ausgang vorzubereiten. Später konnte er nur mit Scham an diese Szene zurückdenken. Er hatte sich im Verdacht, daß er diesen lichten Augenblick Amalias nur ausnützen wollte, um sein eigenes Gewissen zu beruhigen.

Frau Elena eilte herbei, um ihn zu beruhigen und ihn zu ermahnen, die Kranke nicht unnötig aufzuregen. Aber Amalia hatte ihn zu seiner Verzweiflung nicht verstanden. Sie schien mit ihrer fixen Idee so beschäftigt, daß alle ihre Sinnesorgane von ihr in Anspruch genommen wurden: «Sag mir», bat sie, «was ist denn geschehen? Ich habe solche Angst! Ich habe dich gesehen und Vittoria und ...» Traum und Wirklichkeit vermengten sich für sie. Ihr erschöpfter Geist war nicht fähig, sich in der Verwirrung ihrer Sinneswahrnehmungen zurechtzufinden.

«Versuch doch zu begreifen!» flehte Emilio sie inständig an. «Du hast seit gestern ununterbrochen geträumt. Ruh dich jetzt aus, es ist immer noch Zeit, darüber nachzudenken.» Diesen letzten Satz hatte er auf einen warnenden Wink Frau Elenas hin gesagt. Dadurch aber hatte sie die Aufmerksamkeit Amalias auf sich gelenkt. «Sie ist nicht Vittoria», sagte die Kranke, offensichtlich beruhigt. Nein, das war nicht die Vernunft, die man als Vorstufe der Gesundheit ansprechen konnte. Sie blitzte nur für kurze Augenblicke auf, und es war zu befürchten, daß sie nur dazu diente, der Kranken ihre Schmerzen bewußt und fühlbar zu machen. Emilio zitterte nun vor diesen lichten Augenblicken ebensosehr wie früher vor den Fieberphantasien.

Balli trat ins Zimmer. Er hatte Amalia reden gehört und kam nun, weil er an eine unerwartete Besserung glaubte. «Wie geht es Ihnen, Amalia?» fragte er liebevoll.

Sie sah ihn mit einem Ausdruck ungläubiger Überraschung an: «Es war also kein Traum?» Lange betrachtete sie Stefano, dann sah sie ihren Bruder an, und dann wieder Balli, als wollte sie die beiden Körper miteinander vergleichen und feststellen, welcher von ihnen unwirklich sein könnte. «Aber Emilio!» rief sie aus, «ich verstehe nicht!»

«Als er hörte, daß du krank bist», erklärte ihr Emilio, «wollte er dir heute nacht Gesellschaft leisten. Er ist immer noch unser alter Freund geblieben.»

Sie hatte seine Worte nicht recht verstanden: «Und Vittoria?» fragte sie.

«Diese Frau war niemals da», beruhigte sie Emilio.

«Er hat vollkommen recht, so zu handeln, du kannst auch bei ihnen bleiben», murmelte sie, und in ihren Augen flackerte es wie Groll. Dann vergaß sie alles und alle und sah in das Licht, das durch das Fenster hereinströmte.

Stefano sagte zu ihr: «So hören Sie mich doch, Amalia! Ich habe diese Vittoria niemals gekannt, von der Sie da reden. Ich bin Ihr alter ergebener Freund und bin hiergeblieben, um Ihnen zu helfen.»

Sie hörte nicht. Sie starrte auf das lichtumflutete Fenster, mit einer sichtlichen Anstrengung, ihr halb erloschenes Auge zum Sehen zu zwingen. Es war ein bewundernder, ekstatischer Blick. Dabei verzog sie das Gesicht zu einer Grimasse, die wohl ein Lächeln sein sollte.

«Oh», sagte sie, «was für schöne Kinder.» Lange verharrte sie in diesem Zustand der Bewunderung. Das Delirium war wiedergekehrt. Aber es gab doch einen Unterschied zwischen den Träumen, die sie in der Nacht hatte, und diesen in den Farben des Morgenlichtes leuchtenden Visionen. Sie sah rosige Kinder, die in der Sonne tanzten. Nur wenige Worte drangen aus diesem Delirium. Sie bezeichneten die Dinge, die sie sah, nichts weiter. Ihr eigenes Leben war vergessen. Sie nannte weder Balli mehr, noch Vittoria, noch Emilio. «Wieviel Licht», sagte sie hingerissen. Auch sie begann zu leuchten. Unter der durchscheinenden Haut sah man, wie das Blut emporstieg und ihre Wangen und ihre Stirn rot färbte. Sie verwandelte sich, aber sie fühlte sich selbst nicht mehr. Sie sah nur die Dinge, die sich immer weiter von ihr entfernten.

Balli schlug vor, den Arzt zu holen. «Es ist überflüssig», sagte Frau Elena, die bei dieser plötzlichen Rötung sofort begriff, wie die Sache stand.

«Überflüssig?» fragte Emilio. Er erschrak, als er seinen eigenen Gedanken laut ausgesprochen hörte.

Tatsächlich verkrampfte sich bald darauf Amalias Mund. Jene seltsame Anstrengung setzte ein, die den Eindruck erweckt, als würden im letzten Augenblick auch die Muskeln, die gar nicht dazu bestimmt sind, herangezogen, um die Atmung zu bewerkstelligen. Ihr Auge sah noch, aber sie sprach kein Wort mehr. Kurz darauf ging der Atem in Röcheln über. Ein Laut, der wie eine Klage klang. Es war die Klage dieses sanften Menschen, der starb. Es war wie der Ausdruck einer stillen Verzweiflung, wie ein bewußter, wenngleich demütiger Protest. In Wahrheit war es die Klage der Materie, die nun, bereits verlassen und in Zersetzung, die Laute ausstößt, die sie in der langen Zeit bewußten Schmerzes erlernt hat.

# XIV

Die Vorstellung des Todes genügt, um den Geist vollauf zu beschäftigen. Es erfordert eine ebenso große, ja titanische Anstrengung, das Bild des Todes dauernd festzuhalten, wie es zu verdrängen. Denn jede Fiber unseres Wesens ruft, wenn man den Tod einmal nahe gefühlt hat, noch schreckerfüllt sein Bild wieder hervor, während gleichzeitig jedes unserer Moleküle es durch den Akt der Erhaltung und Erneuerung des Lebens zurückweist. Der Gedanke an den Tod ist wie eine Eigenschaft, eine Krankheit des Organismus. Er kann durch den einfachen Willen weder hervorgerufen noch zurückgedrängt werden.

Lange Zeit lebte Emilio ganz von diesem Gedanken erfüllt. Das Frühjahr war vorüber, und er hatte es nur an den Blumen wahrgenommen, die auf dem Grab seiner Schwester blühten. In diesen Gedanken mengten sich keinerlei Gewissensbisse. Der Tod ist der Tod; seine Schrecken waren jetzt nicht mehr durch die Umstände bedingt, die ihn begleitet hatten. Die große Missetat des Todes war vorbei, und Emilio fühlte, wie damit auch die Erinnerung an seine eigenen Irrtümer und Missetaten ausgelöscht worden war.

In dieser Zeit lebte er so einsam wie möglich. Er ging sogar Balli aus dem Weg, der nach seinem so menschlichen Verhalten am Krankenlager Amalias bereits die kurz währende Bewunderung vergaß, die die Verstorbene in ihm erweckt hatte. Emilio konnte es nicht verzeihen, daß er ihm in dieser Hinsicht so wenig ähnlich war. Dies war aber auch das einzige, was er ihm vorwarf.

Als sich seine seelische Erschütterung zu legen begann, vermeinte er, den Schwerpunkt seines Lebens zu verlieren. Er eilte auf den Friedhof. Er litt unsägliche Qualen auf dieser staubigen Straße, vor allem unter der Gluthitze. Am Grab nahm er die Haltung eines Menschen an, der sich geistigen Betrachtungen hingibt. Aber er war zu keinerlei Betrachtungen fähig. Was er vor allem empfand, war das Brennen seiner von der Sonne ausgesogenen, von Staub und Schweiß verklebten Haut. Wieder daheim, wusch er sich, und als sein Gesicht wieder kühl war, entschwand ihm jede Erinnerung an seinen Friedhofsgang. Er fühlte sich allein, unendlich allein. Er ging mit der unbestimmten Absicht aus, sich irgendeinem Menschen anzuschließen. Auf dem Treppenflur, wo er einst Hilfe gesucht und gefunden hatte, entsann er sich plötzlich, daß sich unweit von hier ein Mensch befand, der ihn unterweisen könnte, wie man die Erinnerung festhält: Frau Elena. Während er die Stiegen emporging, sagte er sich, daß er Amalia keineswegs vergessen habe, im Gegenteil, er erinnerte sich ihrer nur zu gut; was er nicht wiederfinden konnte, war die Erschütterung, die ihr Tod in ihm hervorgerufen hatte. Statt sie vor sich zu sehen, wie sie röchelnd ihren letzten Kampf bestand, erschien sie ihm nun in seinem Geist wieder traurig, müde, mit einem vorwurfsvollen Blick in ihren grauen Augen, weil er sie allein ließ. Er sah sie vor sich, wie sie, um all ihre Hoffnungen betrogen, die Tasse zurückstellte, die sie für Balli vorbereitet hatte, er sah die Gesten, mit denen sie dies tat, hörte ihre Worte, ihr Schluchzen, in dem sich Zorn und Verzweiflung vereinten. Es waren Erinnerungen an seine eigene Schuld, und es galt, sie durch den Gedanken an Amalias Tod zu überdecken. Frau Elena würde ihm helfen, diesen Gedanken neu zu erwecken. Amalia selbst hatte ja für sein Leben nur eine geringe Bedeutung gehabt. Er konnte sich nicht erinnern, daß sie je den Wunsch gezeigt hätte, sich ihm aufzuschließen, als er, um sich vor

Angiolina zu retten, den Versuch machte, sein Verhältnis zu seiner Schwester inniger zu gestalten. Nur Amalias Tod war für ihn wichtig gewesen; er hatte ihn wenigstens von seiner entwürdigenden Leidenschaft befreit.

«Ist Frau Elena zu Hause?» fragte er die Magd, die ihm öffnete. In diesem Hause schien man nicht gewöhnt zu sein, Besuch zu empfangen. Die Magd, ein anmutiges, blondes Ding, versperrte ihm den Weg und rief nach Frau Elena. Diese trat aus einer Seitentür in den dunklen Korridor und stand nun in dem Lichtschein, der aus dem Zimmer fiel.

«Ich habe gut daran getan hierherzukommen!» dachte Emilio froh. Der matt erhellte graue Kopf Frau Elenas schimmerte nun in den gleichen silbernen Reflexen, die er am Morgen von Amalias Tod beobachten konnte. Er fühlte sich sogleich wieder innerlich bewegt.

Frau Elena empfing ihn mit großer Liebenswürdigkeit. «Ich habe schon längst gehofft, Sie wieder einmal zu sehen. Es freut mich wirklich.»

«Ich weiß es», sagte Emilio mit Tränen in der Stimme. Der Freundschaftsdienst, den die Frau ihm am Sterbelager Amalias erwiesen hatte, rührte ihn von neuem. «Wir kennen uns zwar nur kurze Zeit, aber die Augenblicke, die wir miteinander verlebt haben, binden stärker als jahrelange Freundschaft.»

Frau Elena bat ihn, in das Zimmer einzutreten, aus dem sie gekommen war. Es hatte die gleiche Größe wie das Speisezimmer der Brentanis, über dem es sich befand. Die Einrichtung war einfach, fast spärlich, doch wirkte alles sehr gepflegt, und man hatte nicht den Eindruck, daß Möbelstücke fehlten. Nur die vollkommen schmucklos belassenen Wände erweckten den Eindruck übertriebener Einfachheit.

Die Magd brachte die brennende Petroleumlampe herein und wünschte dabei mit lauter Stimme einen guten Abend. Dann ging sie hinaus.

Die Frau sah ihr mit einem gütigen Lächeln nach: «Ich kann es ihr absolut nicht abgewöhnen, jedesmal wenn sie die Lampe bringt, nach bäuerlicher Sitte guten Abend zu wünschen. Eigentlich ist das eine sehr schöne Sitte. Giovanna ist ein herzensgutes Ding, nur sehr naiv. Es ist merkwürdig, heutzutage noch naive Menschen anzutreffen. Fast bekommt man Lust, sie davon wie von einer Krankheit heilen zu wollen, obzwar es eine sehr liebenswerte Krankheit ist. Wenn ich ihr von unseren modernen Gepflogenheiten erzähle, reißt sie vor Staunen nur so die Augen auf.»

Frau Elena lachte herzlich. Sie ahmte ihre Magd nach, indem sie die Augen weit aufriß. Es war, als bereite es ihr besonderes Vergnügen, das Mädchen zu studieren.

Während der Beschreibung der Lebensgewohnheiten dieser Magd war Emilios gerührte Stimmung verflogen. Ein Zweifel tauchte in ihm auf, und um ihn sofort zu klären, berichtete er von seinem letzten Friedhofsbesuch. Sein Zweifel fand nun auch gleich die nötige Klärung, denn Frau Elena sagte, ohne zu zögern: «Ich gehe nicht mehr auf den Friedhof. Seit dem Tod Ihrer Schwester war ich nicht mehr dort.» Sie wisse nun, so sagte sie weiter, daß man gegen den Tod nicht ankämpfen könne. «Wer tot ist, der ist tot. Trost kann einem nur von den Lebenden kommen.» Ohne jede Bitterkeit fügte sie hinzu: «Leider, aber es ist so.» Die kurze Zeit, die sie an Amalias Sterbelager verbracht, habe in ihr den Bann der Erinnerung gebrochen. Seit diesem Tag konnte sie am Grab ihres Sohnes nicht mehr jene tiefe Bewegung verspüren, jene Ergriffenheit, die innerlich erneuert. Sie sprach damit genau Emilios Gedanken aus. Er konnte ihr allerdings nicht mehr ganz folgen, als sie mit einer moralischen Sentenz schloß: «Die Lebenden sind es, die uns nötig haben.»

Sie sprach wieder von Giovanna. Als diese einmal erkrankte, pflegte Frau Elena sie und rettete ihr so das

Leben. Diese Krankheit war geradezu ein glücklicher Zufall gewesen, denn sie hatte die beiden Frauen einander nahegebracht. Als Giovanna genas, erkannte Frau Elena, daß in dem Mädchen gewissermaßen ihr Sohn zu neuem Leben erstanden war. «Nur ist sie viel sanfter, viel besser, viel dankbarer. Ach, sie ist ja so dankbar!» Aber auch ihre neue zärtliche Zuneigung bereitete Frau Elena Kummer und Sorgen: «Giovanna hatte sich verliebt und ...»

Emilio hörte nicht mehr zu. Er war vollauf mit der Lösung eines eigenen ernsten Problems beschäftigt. Als er fortging, grüßte er an der Tür respektvoll jene Magd, die es zuwege gebracht hatte, einen ihrer Mitmenschen vor der Verzweiflung zu retten. «Seltsam», dachte er, «es sieht so aus, als sei die eine Hälfte der Menschheit dazu da, um zu leben, und die andere, um erlebt zu werden.» Sogleich wandten sich seine Gedanken seinem eigenen konkreten Fall zu: «Vielleicht ist Angiolina nur dazu da, damit ich lebe.»

Ruhig, wie wiedergeboren, ging er durch die kühle Nacht, die dem schwülen Tag gefolgt war. Frau Elenas Beispiel bewies ihm, daß auch er noch in seinem Leben sein tägliches Brot, das heißt seine Daseinsberechtigung finden könnte. Diese Hoffnung hielt lange Zeit vor. Er vergaß, wie armselig die Elemente waren, aus denen sich sein Leben zusammensetzte, und glaubte, daß es nur seines Willens bedurfte, um es eines Tages von Grund auf erneuern zu können.

Die ersten Versuche scheiterten. Er wollte sich wieder einer künstlerischen Arbeit widmen, aber er blieb innerlich kalt. Er suchte Bekanntschaft mit Frauen, aber er fand sie bedeutungslos. Er dachte: «Ich liebe Angiolina!»

Eines Tages erzählte ihm Sorniani, daß Angiolina mit einem Bankkassierer davongelaufen war, der Geld unterschlagen hatte. Es gab einen Skandal, von dem die ganze Stadt sprach.

Das war für ihn eine sehr schmerzliche Enttäuschung. Er sagte sich: «Mein Leben ist mir davongelaufen.» In Wahrheit aber versetzte ihn Angiolinas Flucht für eine Zeitlang mitten ins Leben zurück, Schmerz und Zorn beherrschten ihn wieder ganz. Er träumte von Rache und Liebe, wie damals, als er Angiolina das erste Mal verließ.

Als sein Groll sich legte, ging er zu Angiolinas Mutter, so wie er zu Frau Elena gegangen war, als die Erinnerung an Amalia zu verblassen drohte. Auch dieser zweite Besuch wurde ihm durch eine ganz bestimmte innere Verfassung auferlegt. Er brauchte in diesem Augenblick einen neuen Impuls. So stark war dieses Bedürfnis, daß er sich zu dem Besuch während seiner Bürozeit aufmachte. Er konnte ihn keinen Augenblick verschieben.

Die Alte empfing ihn mit der gleichen Höflichkeit wie einst. In Angiolinas Zimmer sah es nun ein wenig anders aus. All der Kram, den sie im Verlauf ihrer langen Karriere gesammelt hatte, war daraus entfernt worden. Auch die Fotografien waren verschwunden und schmückten jetzt vermutlich eine andere Zimmerwand in einem anderen Land.

«Sie ist also durchgebrannt?» fragte Emilio mit bitterer Ironie. Er kostete diesen Augenblick aus, als spreche er mit Angiolina persönlich.

Die alte Zarri bestritt, daß Angiolina durchgebrannt sei. Sie habe sich zu Verwandten begeben, die in Wien lebten. Emilio sagte nichts dazu. Bald aber nahm er, einem unabweislichen Bedürfnis nachgebend, den Ton eines Anklägers an, was er ursprünglich vermeiden wollte. Er sagte, daß er alles vorausgesehen habe. Er habe seinerzeit versucht, Angiolina zu bessern und auf den rechten Weg zu weisen. Das sei ihm nicht gelungen, und das habe ihn entmutigt. Um so schlimmer für Angiolina. Niemals würde er sie verlassen haben, wenn sie ihn besser behandelt hätte.

Er wäre nicht imstande gewesen, die Worte wiederzugeben, die er in diesem so bedeutsamen Augenblick sprach. Sie waren aber offenbar sehr wirkungsvoll, denn die alte Zarri begann zu schluchzen. Es war ein seltsames, trockenes Schluchzen. Sie wandte ihm den Rücken und ging fort. Er sah ihr nach, von der Wirkung seiner Worte selbst überrascht. Dieses Schluchzen war echt. Ihr ganzer Körper wurde so geschüttelt, daß sie nur mit Mühe gehen konnte.

«Guten Tag, Herr Brentani», sagte Angiolinas Schwester, die ins Zimmer getreten war, einen schönen Knicks vor ihm machte und ihm die Hand entgegenstreckte. «Die Mutter ist ins andere Zimmer gegangen, weil sie sich nicht wohl fühlt. Wenn Sie wollen, kommen Sie an einem anderen Tag wieder.»

«Nein», sagte Emilio feierlich, als wäre er im Begriff, Angiolina wieder einmal zu verlassen. «Ich werde nie mehr wiederkommen.» Er streichelte der Kleinen das Haar, das etwas schütterer war als das Angiolinas, aber die gleiche Farbe hatte. «Nie mehr!» wiederholte er und küßte mit innigem Mitgefühl die Kleine auf die Stirn.

«Warum?» fragte sie und warf ihm ihre Arme um den Hals. Verblüfft ließ er es zu, daß sie sein Gesicht mit Küssen bedeckte, die alles andere als kindlich waren. Als es ihm gelang, sich aus dieser Umarmung zu lösen, hatte der Ekel in ihm alle Ergriffenheit ausgelöscht. Er verspürte keinerlei Bedürfnis mehr, seine Predigt fortzusetzen. Er ging, nachdem er noch das kleine Mädchen mit väterlicher Nachsicht gestreichelt hatte. Er wollte sie nicht kränken.

Als er allein auf der Straße war, befiel ihn eine große Traurigkeit. Er fühlte deutlich, daß die Zärtlichkeiten, die er dem kleinen Mädchen aus Nachsicht gewährt hatte, den Endpunkt seines Abenteuers bedeuteten.

Er wußte noch gar nicht, welch wichtiges Kapitel seines Lebens damit seinen Abschluß gefunden hatte.

Dieses Abenteuer hinterließ in ihm noch lange Zeit ein Gefühl der Unausgewogenheit, der Unbefriedigtheit. Liebe und Schmerz waren einmal in sein Leben getreten. Nun, da sie daraus wieder verschwunden waren, hatte er das Gefühl eines Menschen, dem ein wichtiger Teil seines Körpers amputiert wurde. Mit der Zeit aber schloß sich diese Lücke in seinem Inneren. Die Sehnsucht nach Ruhe und Sicherheit wurde wieder in ihm wach, und die Sorge um seine eigene Person verdrängte jeden anderen Wunsch.

Viele Jahre später blickte er auf diesen Abschnitt seines Lebens bewundernd und verzückt zurück. Er empfand ihn als seinen wichtigsten, seinen leuchtendsten Lebensabschnitt. Nun lebte er wie ein alter Mann in der Erinnerung an seine Jugend. In seinem Geist, dem Geist eines müßiggehenden Literaten, machte Angiolina eine seltsame Wandlung durch. Sie bewahrte unverändert ihre Schönheit, gewann aber auch alle Eigenschaften Amalias hinzu, die so durch sie ein zweites Mal starb. Angiolina verharrte jetzt in Trauer, in regloser Hoffnungslosigkeit, ihr Auge wurde klar und vergeistigt. Er sah sie vor sich, als stünde sie auf einem Altar, die Verkörperung des Gedankens, des Schmerzes. Er liebte sie noch immer, wenn Liebe Bewunderung und Verlangen zugleich ist. In ihr nahm all das Edle Gestalt an, das er in jener Spanne seines Lebens gedacht und erschaut hatte.

Diese Figur wurde sogar zu einem Symbol. Sie blickte immer in die gleiche Richtung, zum Horizont, in die Zukunft, von der ein roter Schein kam, der seine Reflexe auf ihr rosiges, bernsteinfarbenes und weißes Gesicht warf. Sie wartete! Sie versinnbildlichte jenen Traum, den er einmal versucht hatte, an ihrer Seite zu träumen, und den das Kind aus dem Volke nicht begreifen konnte.

Gelegentlich nahm dieses hohe, prächtige Symbol auch wieder Leben an, wurde wieder eine liebende Frau. Aber auch da war sie stets traurig und nachdenklich. Ja! Angiolina denkt und weint! Sie denkt, als hätte man ihr das Geheimnis des Weltalls und ihres eigenen Daseins erklärt; sie weint, als könnte sie auf dieser weiten Welt nirgends mehr auch nur irgendein Deo gratias finden.

# Anmerkungen und Erläuterungen

1 Die genaue Beschreibung der Farben – bernsteingelb und
rosa –, aus denen sich Angiolinas wunderschöner Teint zusam-
mensetzt, läßt Svevos neuerworbene Kenntnisse in der Farben-
lehre erkennen. Wir befinden uns denn auch in der Periode seiner
Freundschaft mit dem impressionistischen Maler Umberto Veruda, einer Freundschaft, die von 1891 bis 1904 währte. Silvio
Benco bestätigt, daß es Veruda war, der Svevos Blick schulte und
der ihm beibrachte, «die Dinge mit dem Auge des Künstlers zu
betrachten». Das «Grau» in ‹Senilità› ist nicht trüb wie in ‹Una
vita›, behauptet Benco, sondern völlig transparent. «Die Ver-
trautheit mit Veruda steckt darin.»

Silvio Benco, ein Freund Svevos und einer der ersten Leser seiner Werke, erinnert sich, daß Svevo bei einer Aufführung der
Oper ‹Carmen› von Bizet während der Szene von Carmens Verrat gestand: «Jetzt wird sie mich leiden lassen.» Und dann erzählte er von seiner leidenschaftlichen Jugendliebe, von den von
ihm in Kälte und Bora verbrachten Winternächten, in denen er
voll Eifersucht den Ausgang eines kleinen Hauses beobachtete,
in dem sich möglicherweise das untreue Geschöpf befand, das so
viel Qual gar nicht lohnte.

2 (siehe auch Anm. 1). Die Figur Ballis hat sicherlich Svevos
Freund Umberto Veruda zum Vorbild. Der Autor selbst gibt das
in einem Brief vom 14. Juni 1928 zu: «Balli ähnelte er in ein paar
Dingen, die Benco so treffend zum Ausdruck gebracht hat: der
großen Loyalität, aber auch einer gewissen Gleichgültigkeit gegenüber den Dingen der Welt, wenn sie nicht schön sind.» Doch
was Verantwortungsgefühl, Seriosität und künstlerischen Erfolg
anbelangt, so liegt Svevo daran zu betonen, daß der Freund

«ganz anders» war «als dieser selbstbewußte und wenig künstlerische Balli».

3 *Nach der Gallschen Theorie:* Franz Joseph Gall, Arzt und Hirnforscher (geb. 1758 in Tiefenbronn bei Pforzheim, gest. 1828 in Montrouge bei Paris), Begründer der Phrenologie, die aus den Schädelformen auf bestimmte geistig-seelische Veranlagungen schließen zu können glaubt.

4 *Abtrünnigkeit.* In der Entstehungszeit von ‹Senilità› verfolgte Svevo interessiert die Debatte um die Sozialistische Partei Italiens und veröffentlichte 1897 die Erzählung mit Lehrfabelcharakter ‹La tribù› (‹Der Stamm›) in *Critica sociale,* der von Turati herausgegebenen sozialistischen Zeitschrift (diese Novelle Svevos erregte sogar Gramscis Interesse). Svevos Beziehung zum Sozialismus ist widersprüchlich. Am 10. Mai 1898 schreibt er anläßlich der Arbeiterunruhen an seine Frau: «Ich versichere dir, daß ich mich noch nie so wenig sozialistisch gefühlt habe wie jetzt. Kanaillen; sie ruinieren Italien ohne irgendeinen Gewinn.» Doch am 17. desselben Monats spielt er auf eine politische Diskussion im Familienkreis an und gesteht seiner Frau: «Ich war anderer Meinung als alle anderen.» Und am 30. April 1913 verkündet er fröhlich: «Morgen (erster Mai) ist Feiertag. Ein echter Feiertag! Diesmal wollen ihn die Kirchentreuen und die Sozialisten, und ich, der ich mich sowohl mit den Sozialisten als auch, dank deiner, mit den Kirchentreuen vertrage, werde feiern.» Ein Hinweis auf Bebel und auf die Sozialdemokraten Schucking und Fried findet sich in dem Abhandlungsentwurf ‹Sulla teoria della pace› (‹Über die Theorie des Friedens›) aus der unmittelbaren Nachkriegszeit. Dagegen wird in ‹La coscienza di Zeno› vom Autor geschickt jeder erkennbare politische Hinweis ausgespart. Das Problem «Sozialismus» taucht erst wieder in Svevos letztem Schaffen auf, und zwar in Form von «Abtrünnigkeit», das heißt Aufgabe einer deutlichen politischen Position: So in dem Erzählfragment ‹Una bella giornata d'inverno› (‹Ein schöner Wintertag›): «Der Professor war durch den Krieg modern geworden [...] er hatte weder die Bolschewisten je um etwas gebeten, noch die Faschisten, aber er fühlte und er erinnerte sich,

daß er in ganz kurzer Zeit mehrmals abtrünnig geworden war.»
Und der Protagonist der Novelle ‹Vino generoso› (‹Feuriger
Wein›) sagt zu sich selbst: «Kein Sozialismus mehr. Was ging es
mich an, wenn Grund und Boden, entgegen jeder noch so ein-
sichtigen Folgerung der Wissenschaft, weiterhin Gegenstand des
Privatbesitzes blieben? Wenn deshalb so vielen das tägliche Brot
und jenes Maß an Freiheit, das jeden Tag des Menschen verschönern sollte, versagt wurden? Hatte ich etwa das eine oder das
andere?»

Daraus läßt sich schließen, daß der «Sozialismus» in Svevos
Kopf die gleiche Funktion ausübt wie eine der zahlreichen «Phi-
losophien», die ihn als Erzähler beeinflussen – wie die Lektüre
Schopenhauers, Nietzsches, Darwins, Freuds etc. – und die ihm,
sich auf geheimnisvolle Weise miteinander versöhnend, auch
noch nach vielen Jahren «einen geheimnisvollen Teil der Welt»
eröffnen, «ohne den man nicht mehr denken kann».

5 «*Pria confessi*...»: Zitat aus der Oper ‹Otello› von Giuseppe
Verdi (Text von Arrigo Boito), 3. Akt, 4. Szene.

6 *Maskenball:* Die Rolle des «Karnevals» und die Karnevals-
atmosphäre im Mittelteil des Romans (mit allem, was sie an
Verkleidung, Rollentausch, Mißverständnis, Überschwang und
Lüge mit sich bringt) ist für Svevo sehr wichtig. Zunächst dachte
er sogar daran, das Wort «Karneval» in den Romantitel aufzunehmen. Das geht aus einem Brief an seine Frau vom 14. Mai
1887 hervor: «Die Welt hellte sich auf, und ich fand den Titel
meines Romans: *Emilios Karneval.*»

7 «*Sì, vendetta*...»: «Ja, Rache, schreckliche Rache» – Zitat
aus der Oper ‹Rigoletto› von Giuseppe Verdi (Text von F.M.
Piave), 2. Akt, 8. Szene.

8 *Walküre:* 1883 wurde der ganze ‹Ring des Nibelungen› von
Richard Wagner in Originalsprache unter der Leitung des Un-
garn Anton Seidl im Teatro Comunale von Triest aufgeführt.
Svevo besuchte die Vorstellungen als – wie sich seine Frau erinnert – «begeisterter Bewunderer».

9 *Emilios Roman:* Einen nach diesem – in der Feuilleton-Tradition des ausgehenden 19. Jahrhunderts übrigens durchaus gängigen – Muster konstruierten Roman gibt es tatsächlich in der italienischen Literatur: ‹Tigre reale› – ein äußerst mittelmäßiges Frühwerk Giovanni Vergas.

10 *jeden Traum:* In der ersten Fassung von ‹Senilità› folgt an dieser Stelle eine Passage, die in der zweiten gestrichen wurde: die Beschreibung eines «Traums», in dem offensichtlich die Überlagerung der beiden Figuren – Angiolina und Amalia – vorweggenommen wurde, die dann den Roman mit einem einzigen Bild abschließt. In ‹Senilità› von 1898 heißt es:

«Er erstand jedoch neu. Amalia (um den Traum zu vervollständigen, erinnerte er sich auch der Schwester) warf Angiolina vor, daß sie so war und daß sie der Grund für das Leid ihres Bruders sei. Die Nähe der personifizierten Ehrbarkeit machte auch Angiolina ehrbar. Sie gab alles zu, mit einer Aufrichtigkeit, die jede Schuld tilgte. Und die gleiche Aufrichtigkeit machte auch ihre Behauptung glaubwürdig, daß sie echte Liebe nur für Emilio empfunden habe.

Der Traum – mittlerweile ein so wichtiger Teil seines Lebens – unterbrach seine Arbeit im Büro, verzückte ihn sogar an der Seite Amalias, die doch manchmal Teil des Traumes war, bestimmte seinen Schritt auf der Straße, je nachdem, wie rasch sich die Traumbilder überstürzten oder wie sehr er von sanfter, kontemplativer Ruhe, die ihn aus Rührung oder Mitleid erfüllte, ergriffen wurde.

Auch im Traum war Angiolina manchmal überraschend. Er träumte, daß sie Amalia erklärte, sie habe gehofft, von Emilio aus diesem Leben, das ihr zuwider sei, befreit zu werden. Statt dessen habe er selbst sie noch mehr verdorben, indem er sich ihrer wie eines Wesens bedient habe, mit dem man sich amüsieren dürfe, aber das man nie ernst nehmen könne. Es war süß zu träumen, daß auch er Angiolina verdorben habe und die Schuld daran teilen könne.»

Gabriella Contini und Silvana de Lugnani

# Italienische Literatur bei Wagenbach

**Italo Svevo   Der alte Herr und das schöne Mädchen**
Ein älterer feiner Herr verliebt sich in eine junge Straßenbahnschaff-
nerin und muß nun glauben, daß seine einzige bisher unerfüllt ge-
bliebene Leidenschaft das Straßenbahnfahren ist.
Italo Svevos letzte und schönste Erzählung.
*»Svevos Ironie ist bis in die kleinste Metapher auf einer luziden Höhe wie
ganze Generationen von Psychopathetikern nach ihm nicht mehr.«*
                                          Gabriele Killert, DIE ZEIT
Deutsche Erstausgabe. Aus dem Italienischen von Barbara Kleiner.
*SVLTO.* 112 Seiten mit biographischem Profil, Photos, Lebensdaten und Bildern.

**Klaus Wagenbach   Mein Italien, kreuz und quer**
Zum vierzigsten Jubiläum des Verlags hat Klaus Wagenbach Italien
neu besichtigt. Ein umfangreiches Kompendium: Italienische Schriftsteller erzählen von ihrem Land, kreuz und quer.
*»Die italienische Literatur hat ihre vornehmste Heimstatt bei Wagenbach ge-
funden.«*                 Alexander von Bormann, Der Tagesspiegel
*Quart*buch. Gebunden. 384 Seiten.

**Stefano Benni   Der Zeitenspringer**
*Roman*
Ein Buch über Liebe, Freundschaft und das Erlernen von Verant-
wortung. Der große Bestsellerautor aus Italien blickt in seinem
neuen Roman zurück auf die Kindheit und Jugend und entwirft das
Bild einer Generation, die in den sechziger und siebziger Jahren auf-
wächst und sich eine – ganz andere – Zukunft vorstellt.
Aus dem Italienischen von Moshe Kahn.
*Quart*buch. Gebunden. 336 Seiten.

Wenn Sie mehr über den Verlag und seine Bücher wissen möchten, schreiben
Sie uns eine Postkarte (mit Anschrift und ggf. e-mail). Wir verschicken immer im
Herbst die *Zwiebel*, unseren Westentaschenalmanach mit Gesamtverzeichnis,
Lesetexten aus unseren Büchern, Photos und Nachrichten aus dem Verlagskontor.
*Kostenlos!*
Verlag Klaus Wagenbach   Emser Str. 40/41   10719 Berlin   www.wagenbach.de

*Psychoanalyse
und des Lebens
Petitessen*

13485/DM 19,90/öS 145,–/sFr. 19,–

**Ein Mann ohne Charakter,** eine Figur von zweifelhafter Komik: Zeno Cosini erzählt einem Psychiater sein Leben. Der Bericht von Liebe, Ehebruch, Geschäften, Krankheiten und Tod gleicht einer Expedition in die Untiefen menschlicher Lächerlichkeiten. «Der wichtigste Beitrag Italiens zur Weltliteratur» *Jean-Paul Sartre*